Cloe y su Unicornio

amigas sobre ruedas

Cloe y su Unicornio

amigas sobre ruedas

Dana Simpson

blok

B DE BLOK

INTRODUCCIÓN

No hace mucho, si le hubiera sugerido a alguien que leyera unas historietas bastante inteligentes, divertidas y dulces sobre una niña y su unicornio, la respuesta no se habría hecho esperar: ojos en blanco y una seria preocupación sobre mi grado de madurez.

Pero los tiempos están cambiando. El cómic *Cloe y su unicornio* de Dana Simpson llegó en el momento preciso para perpetuar un cambio de opinión y una apertura sin precedentes hacia los pensamientos, los sentimientos, las experiencias —y el humor— genuinos en la vida de las chicas reales.

Por fin los medios de comunicación modernos empiezan a ver a las mujeres y a las niñas como seres humanos normales y corrientes. Cincuenta —por no decir diez— años atrás, cualquier descripción de una chica joven habría respondido a la versión hiperidealizada de la feminidad infantil. Cuando no eran duendes precoces, las chicas de los cómics y dibujos o eran mandonas pesadas, o eran bellezas frágiles y etéreas. Los observadores e idealizadores las habían creado, y a causa de este filtro el público las miraba desde la distancia. Pero la caracterización de Cloe es indicativa de un nuevo y refrescante cambio de perspectiva sobre quiénes son las chicas en realidad. Por mucho que sea una niña cuyos intereses son en gran parte «cosas de niñas», puede relacionarse con todos, sin que importe sexo ni edad. No la miramos desde los lugares baratos, sino que estamos con ella en el escenario, y la vemos con todos sus defectos. No es ninguna muñequita a quien debamos cuidar y admirar, sino que más bien nos vemos reflejados en ella. No es una niña cualquiera: es todos los niños. Es nosotros.

Y ahora habrá que hablar de Caléndula Nariz Celestial. La vanidad, ese rasgo supuestamente «femenino» que suele asignarse a toda clase de antagonistas y malas en general, está al mando de su cabeza. Sí, Caléndula es una creída, pero también es cariñosa y atenta, y mantiene sus promesas, y por mucho que no pierda ocasión de recordarnos que cualquier criatura vive bajo su mágica majestad, ciertamente no emplea ese privilegio para tratar mal a nadie. Está llena de amor propio y no se disculpa por nada. ¿No nos da pie eso para querernos un poco más? Su vanidad no se retrata como un rasgo digno de insulto, sino como algo que la hace particular, divertida y de lo más entrañable. Hay quien diría que esas son cualidades esenciales en una BFF, una «mejor amiga para siempre».

Cuando van juntas, esas dos representaciones tan modernas de arquetipos femeninos no sólo nos demuestran una amistad reconfortante y auténtica, sino que también nos las acercan, porque son como queremos ser. Y, además —y tal vez sobre todo—, nos hacen reír.

Así que es de esperar que pronto se acaben los ojos en blanco ante las niñitas y sus sueños de magia y unicornios. Empieza a ser hora de que todos nosotros, como Dana, nos demos cuenta de que las niñas tienen algo. Que un poco de magia en nuestro mundo es todo lo que se necesita para ayudarnos a pasar las pruebas y tribulaciones de la vida. Así que niña, niño o adulto: siéntate y disfruta porque *Cloe y su unicornio* es para ti.

Lauren Faust,
enero 2015

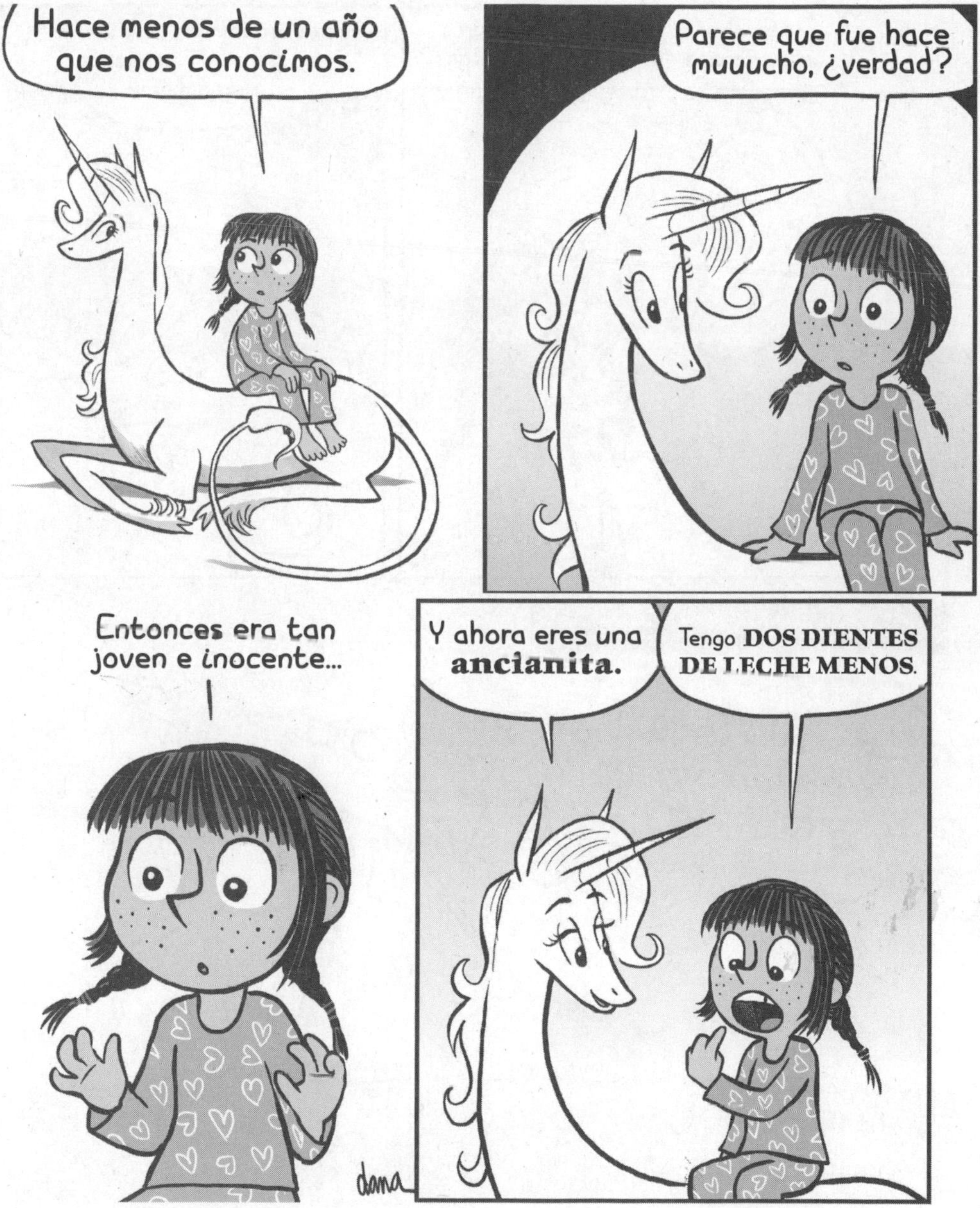
Hace menos de un año que nos conocimos.
Parece que fue hace muuucho, ¿verdad?
Entonces era tan joven e inocente...
Y ahora eres una **ancianita.**
Tengo **DOS DIENTES DE LECHE MENOS**.
dana

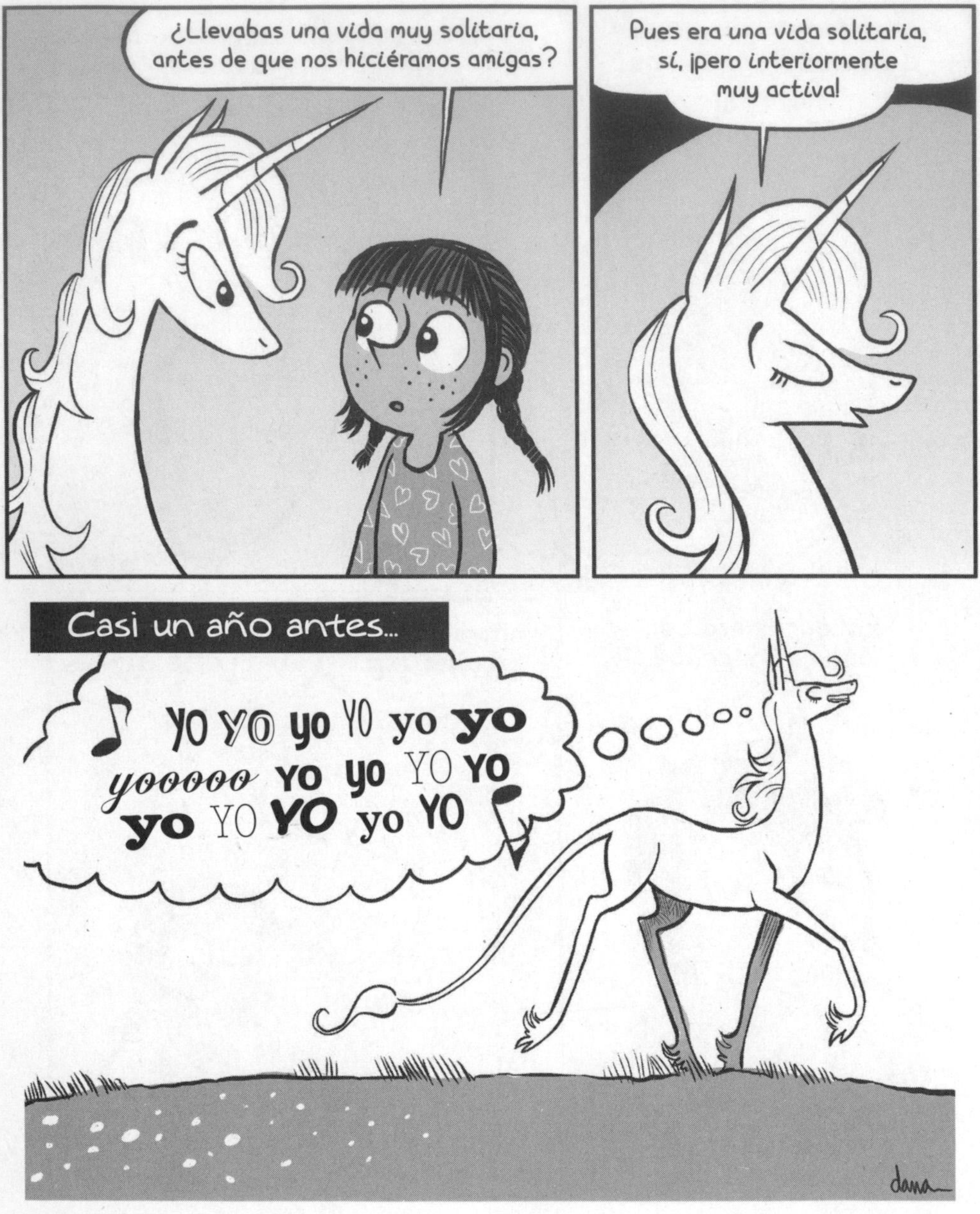
¿Llevabas una vida muy solitaria, antes de que nos hiciéramos amigas?
Pues era una vida solitaria, sí, ¡pero interiormente muy activa!
Casi un año antes...
YO YO yo YO yo yo yooooo YO yo YO YO yo YO YO yo YO
dana

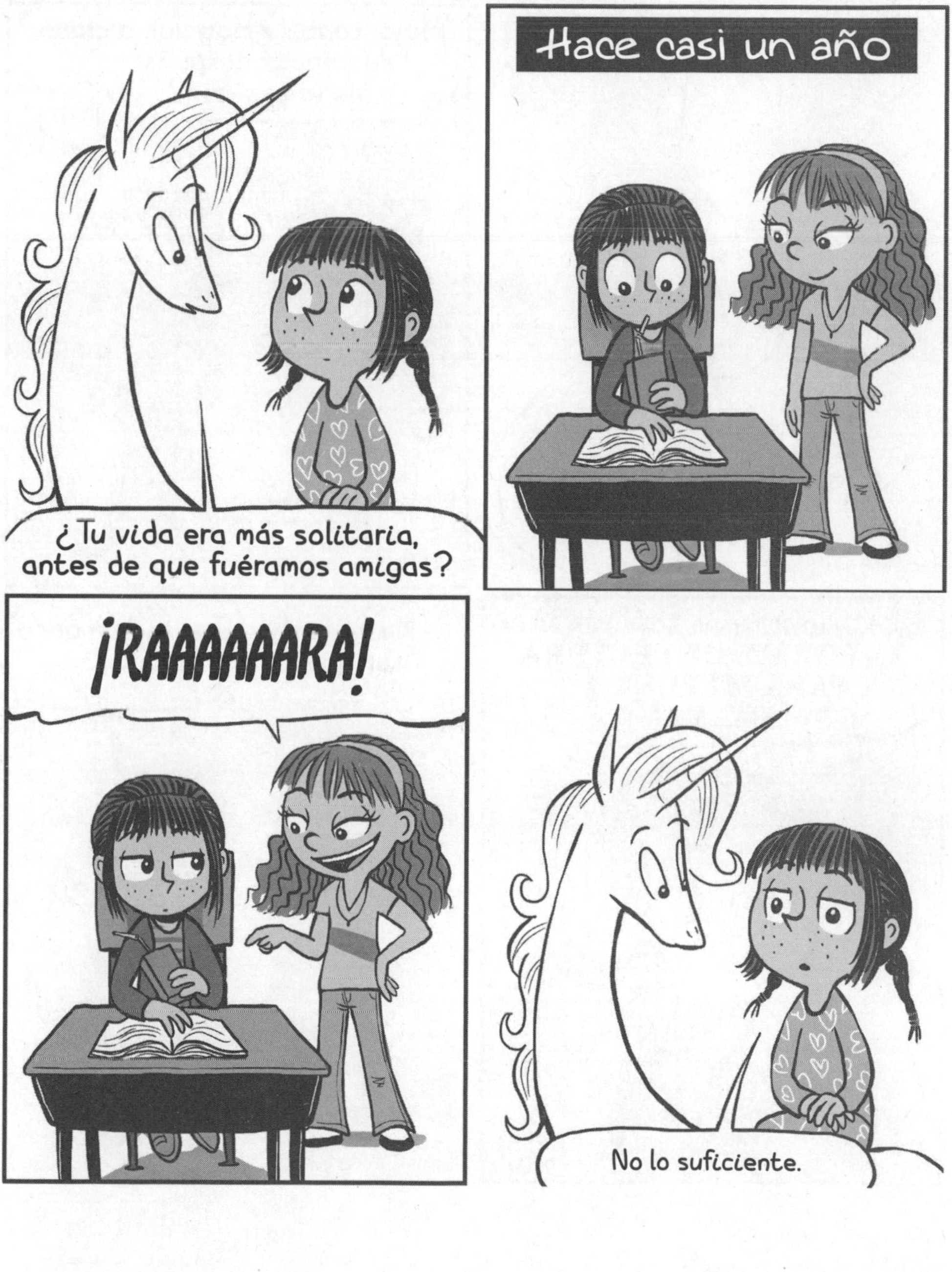
¿Tu vida era más solitaria, antes de que fuéramos amigas?
Hace casi un año
¡RAAAAAARA!
No lo suficiente.

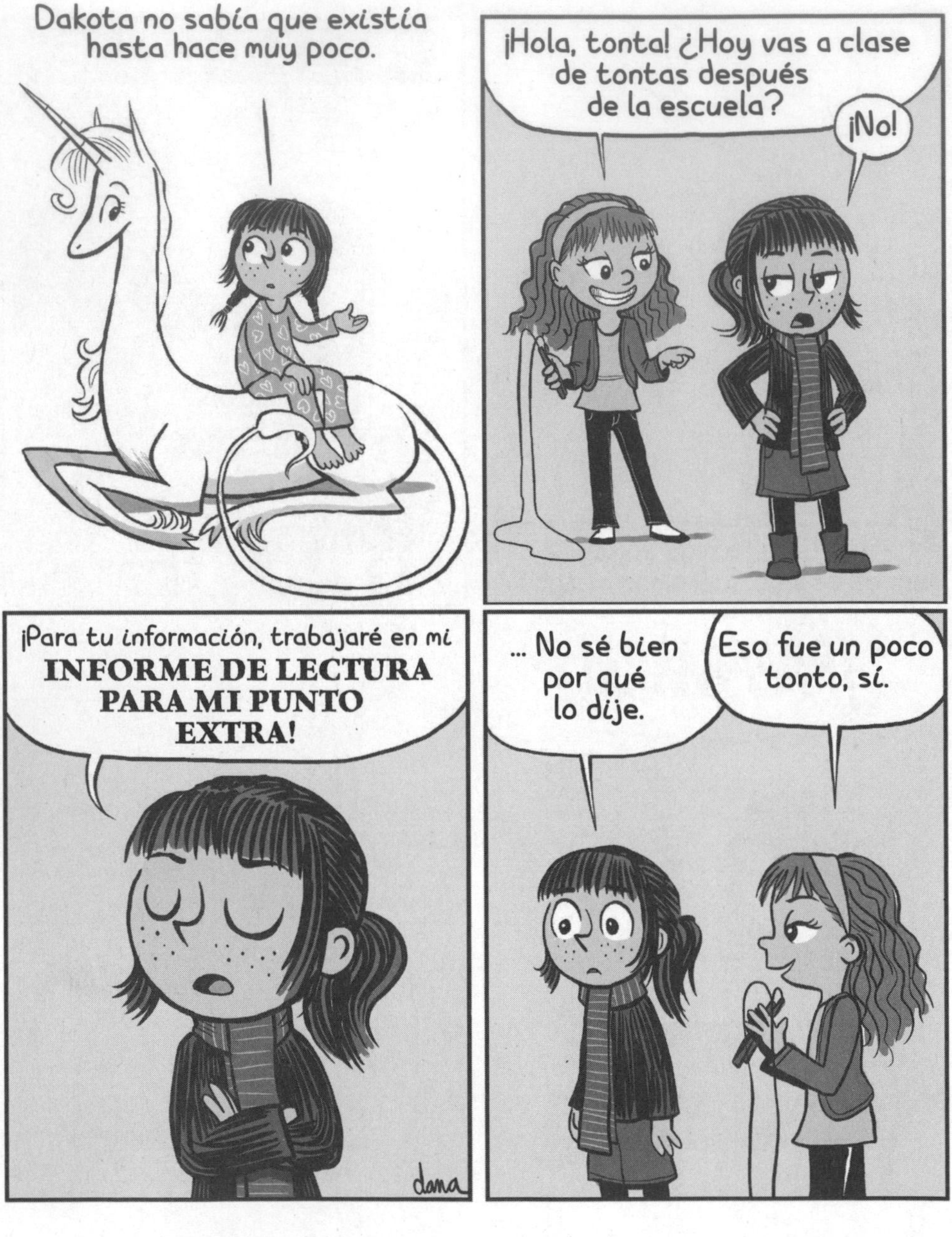
Dakota no sabía que existía hasta hace muy poco.
¡Hola, tonta! ¿Hoy vas a clase de tontas después de la escuela?
¡No!
¡Para tu información, trabajaré en mi INFORME DE LECTURA PARA MI PUNTO EXTRA!
dana
... No sé bien por qué lo dije.
Eso fue un poco tonto, sí.

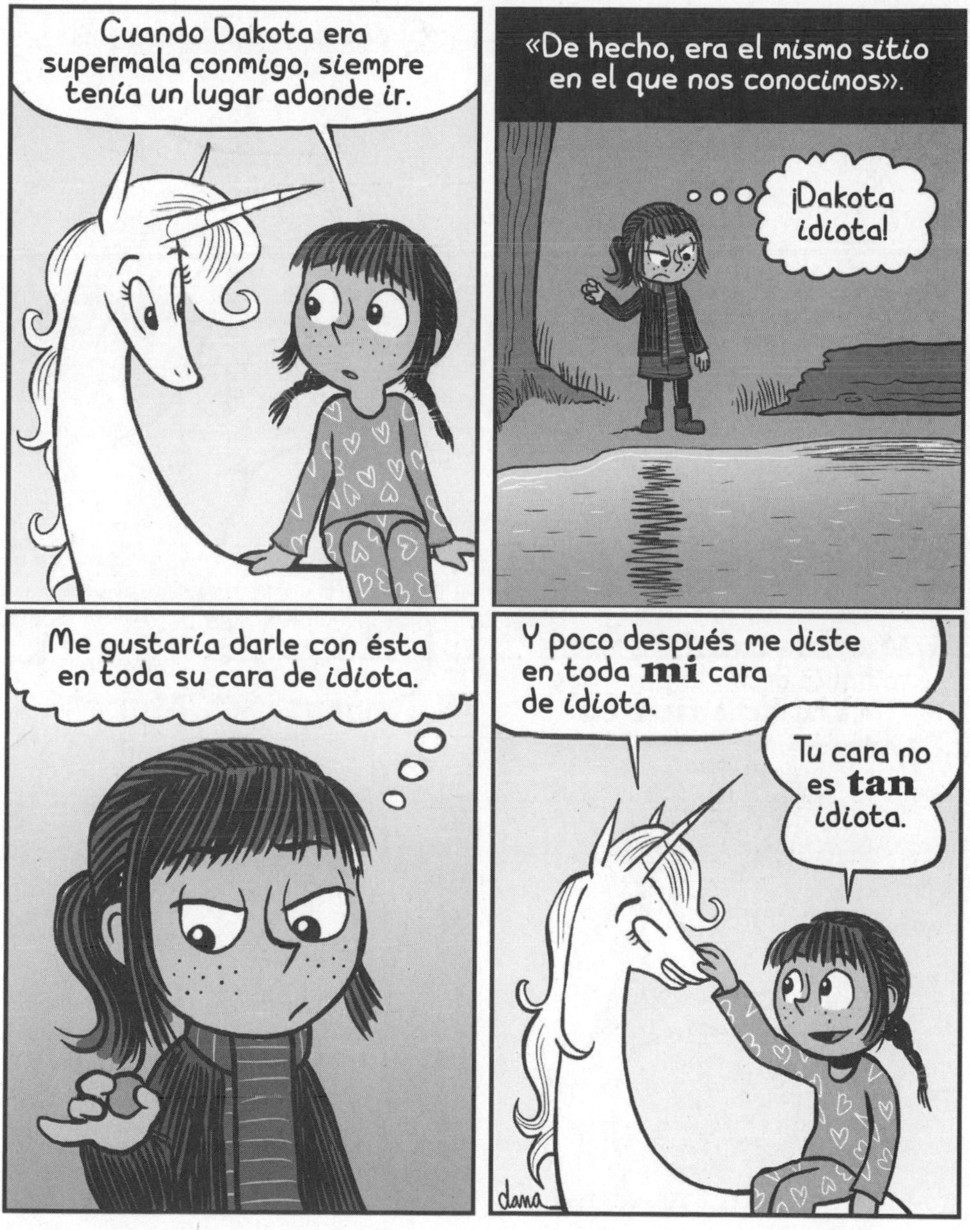
Cuando Dakota era supermala conmigo, siempre tenía un lugar adonde ir.
«De hecho, era el mismo sitio en el que nos conocimos».
¡Dakota idiota!
Me gustaría darle con ésta en toda su cara de idiota.
Y poco después me diste en toda **mi** cara de idiota.
Tu cara no es **tan** idiota.
dana

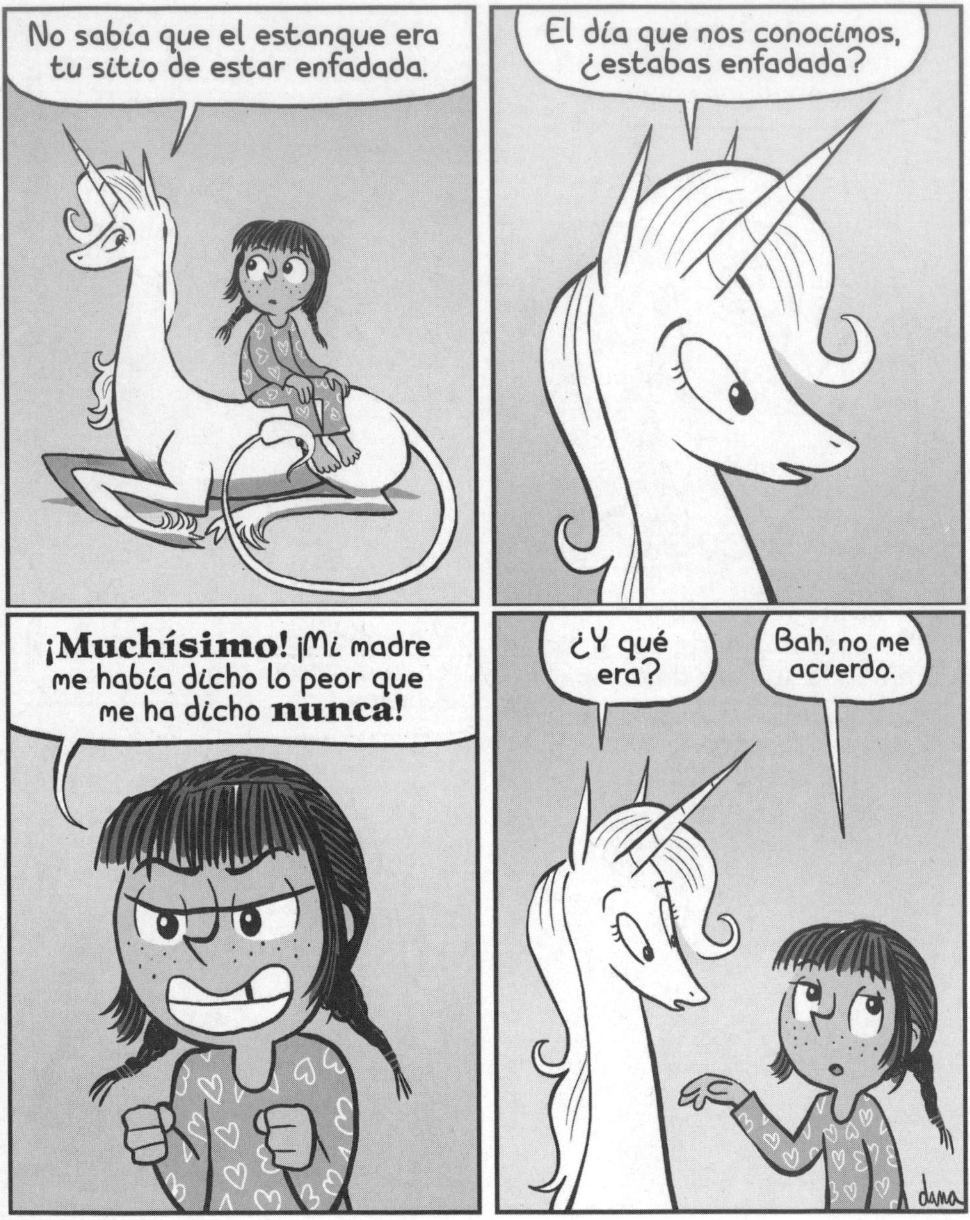
No sabía que el estanque era tu sitio de estar enfadada.
El día que nos conocimos, ¿estabas enfadada?
¡Muchísimo! ¡Mi madre me había dicho lo peor que me ha dicho nunca!
¿Y qué era?
Bah, no me acuerdo.
dana

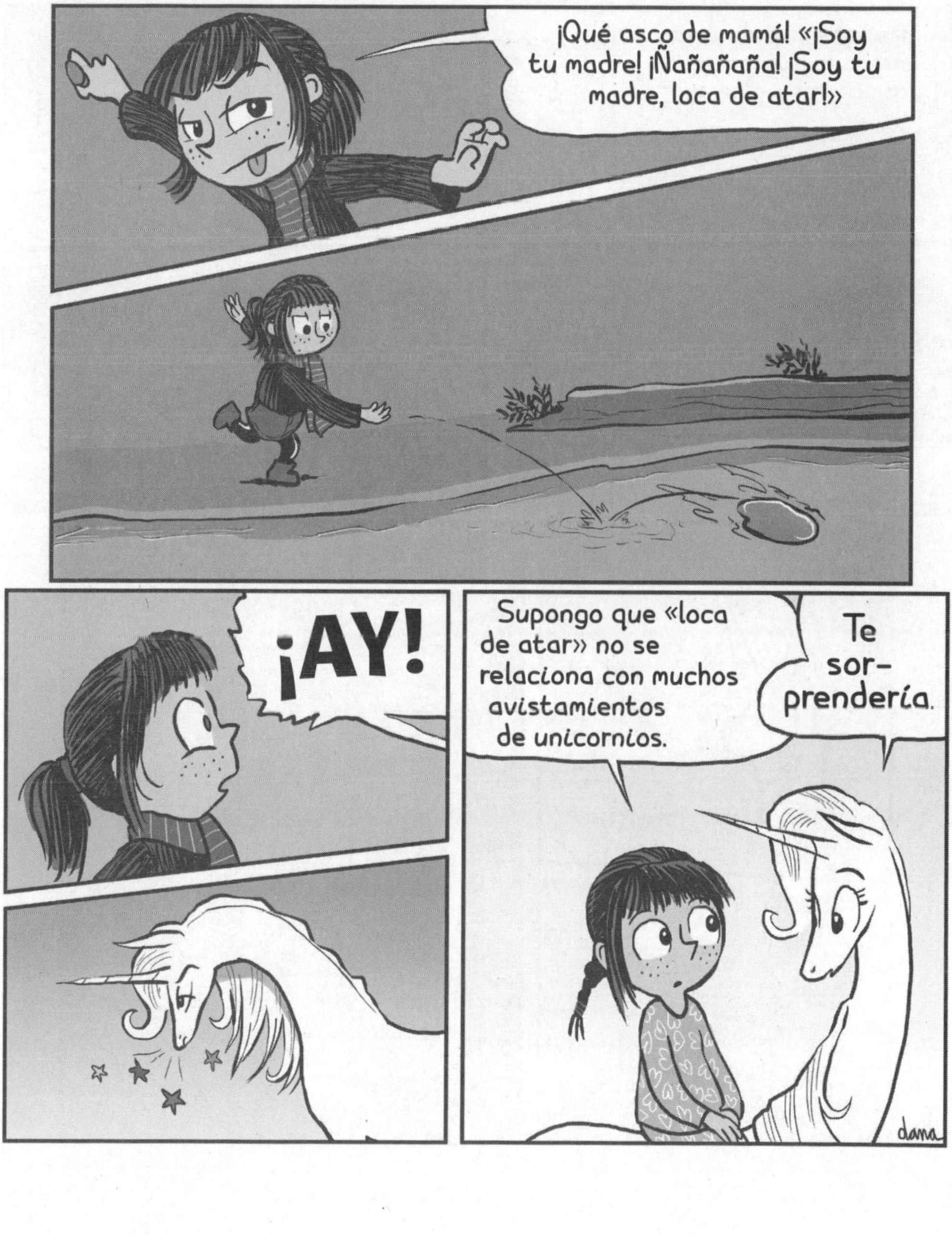
¡Qué asco de mamá! «¡Soy tu madre! ¡Ñañañaña! ¡Soy tu madre, loca de atar!»
¡AY!
Supongo que «loca de atar» no se relaciona con muchos avistamientos de unicornios.
Te sor-prendería.
dana

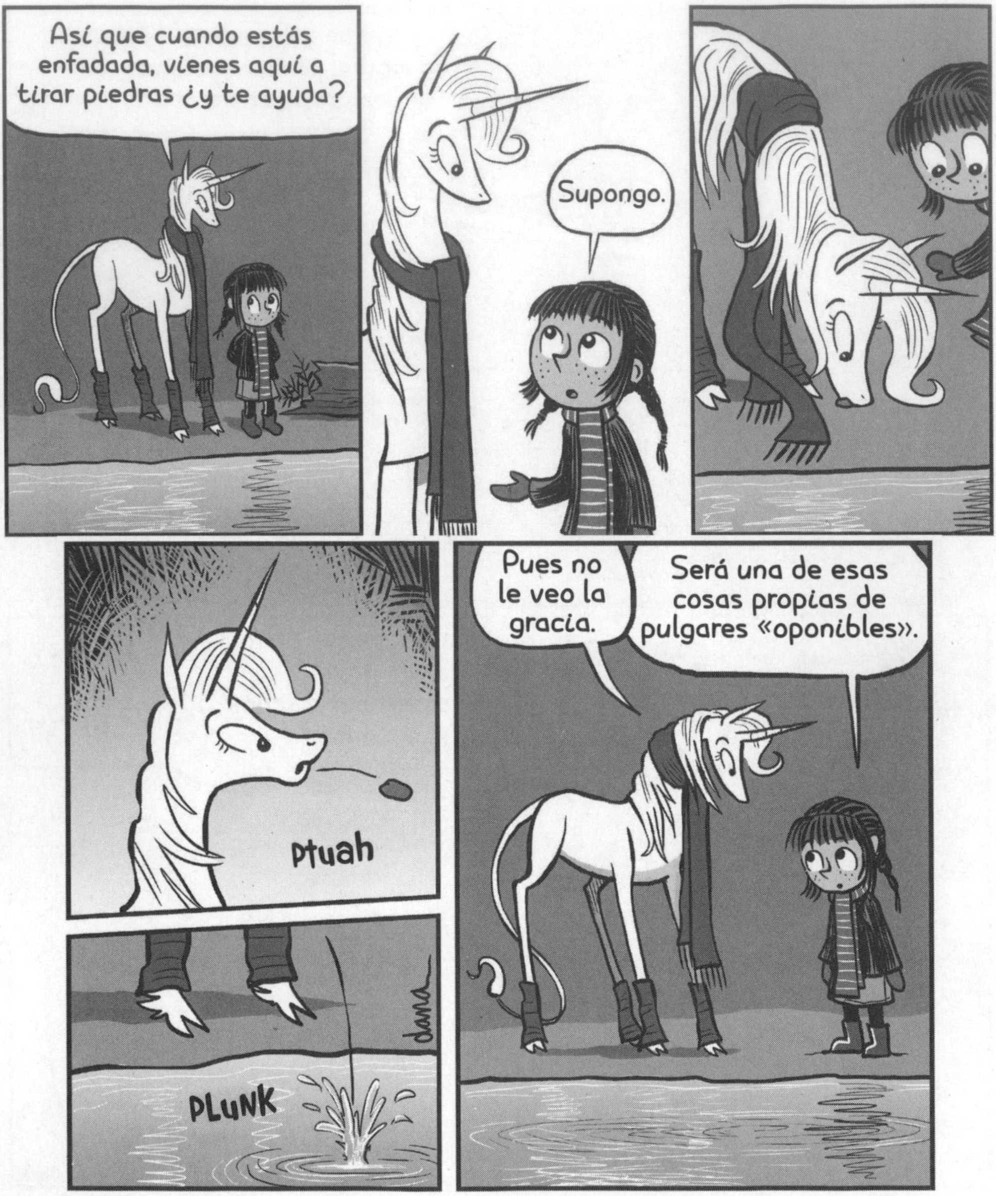
Así que cuando estás enfadada, vienes aquí a tirar piedras ¿y te ayuda?
Supongo.
Ptuah
PLUNK
Pues no le veo la gracia.
Será una de esas cosas propias de pulgares «oponibles».

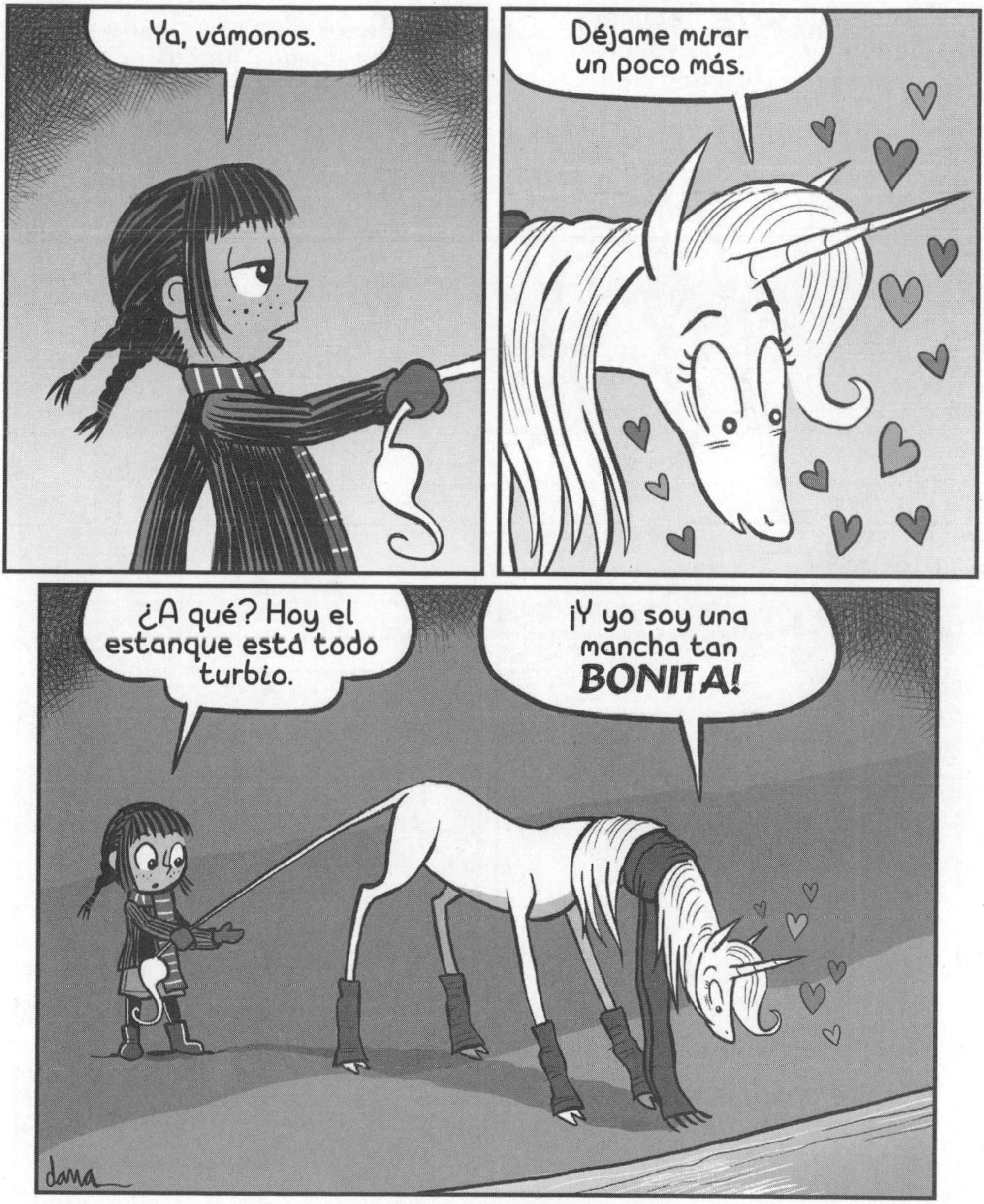
Ya, vámonos.
Déjame mirar un poco más.
¿A qué? Hoy el estanque está todo turbio.
¡Y yo soy una mancha tan **BONITA!**
dana

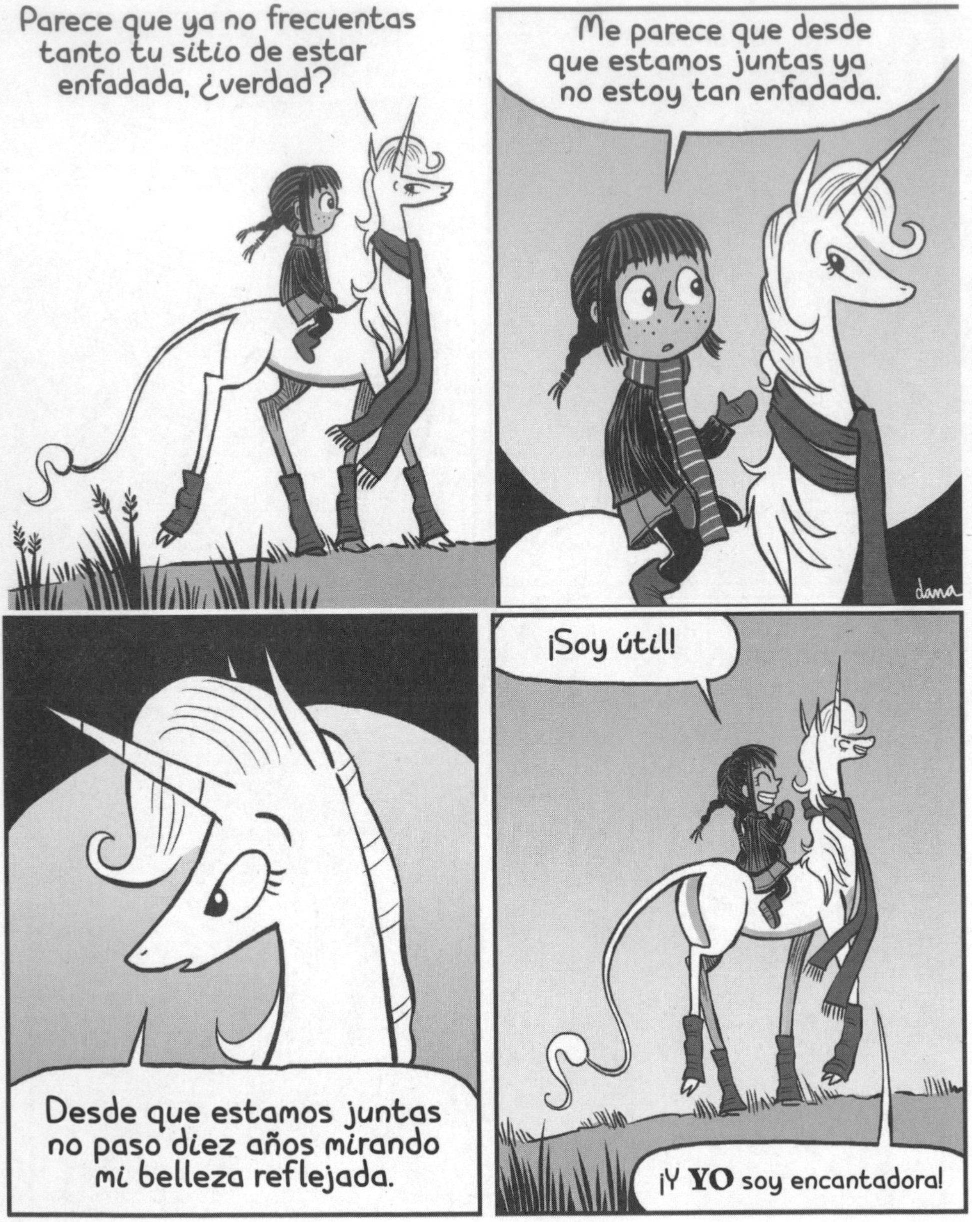
Parece que ya no frecuentas tanto tu sitio de estar enfadada, ¿verdad?
Me parece que desde que estamos juntas ya no estoy tan enfadada.
dana
Desde que estamos juntas no paso diez años mirando mi belleza reflejada.
¡Soy útil!
¡Y **YO** soy encantadora!

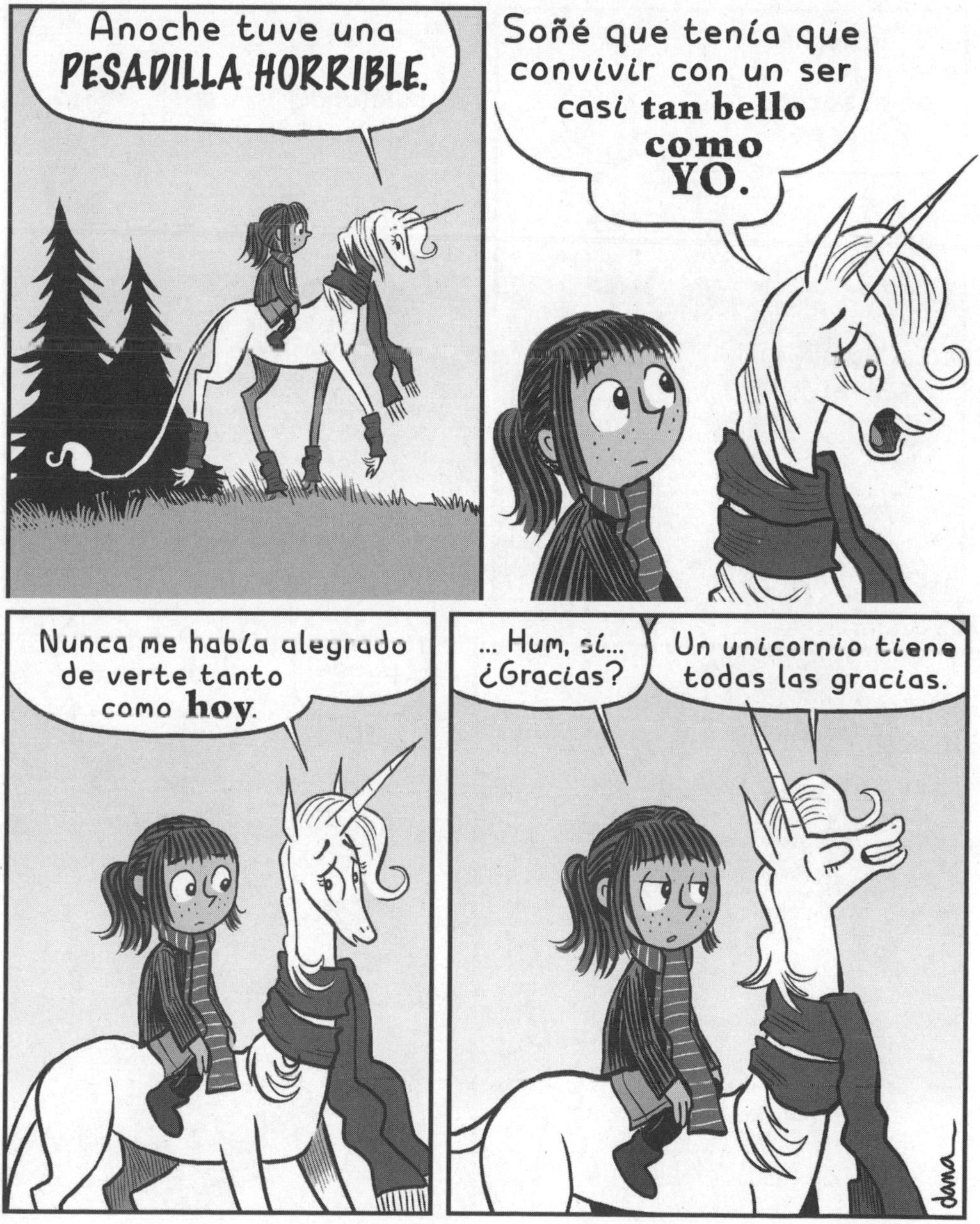
Anoche tuve una PESADILLA HORRIBLE.
Soñé que tenía que convivir con un ser casi tan bello como YO.
Nunca me había alegrado de verte tanto como hoy.
... Hum, sí... ¿Gracias?
Un unicornio tiene todas las gracias.
dana

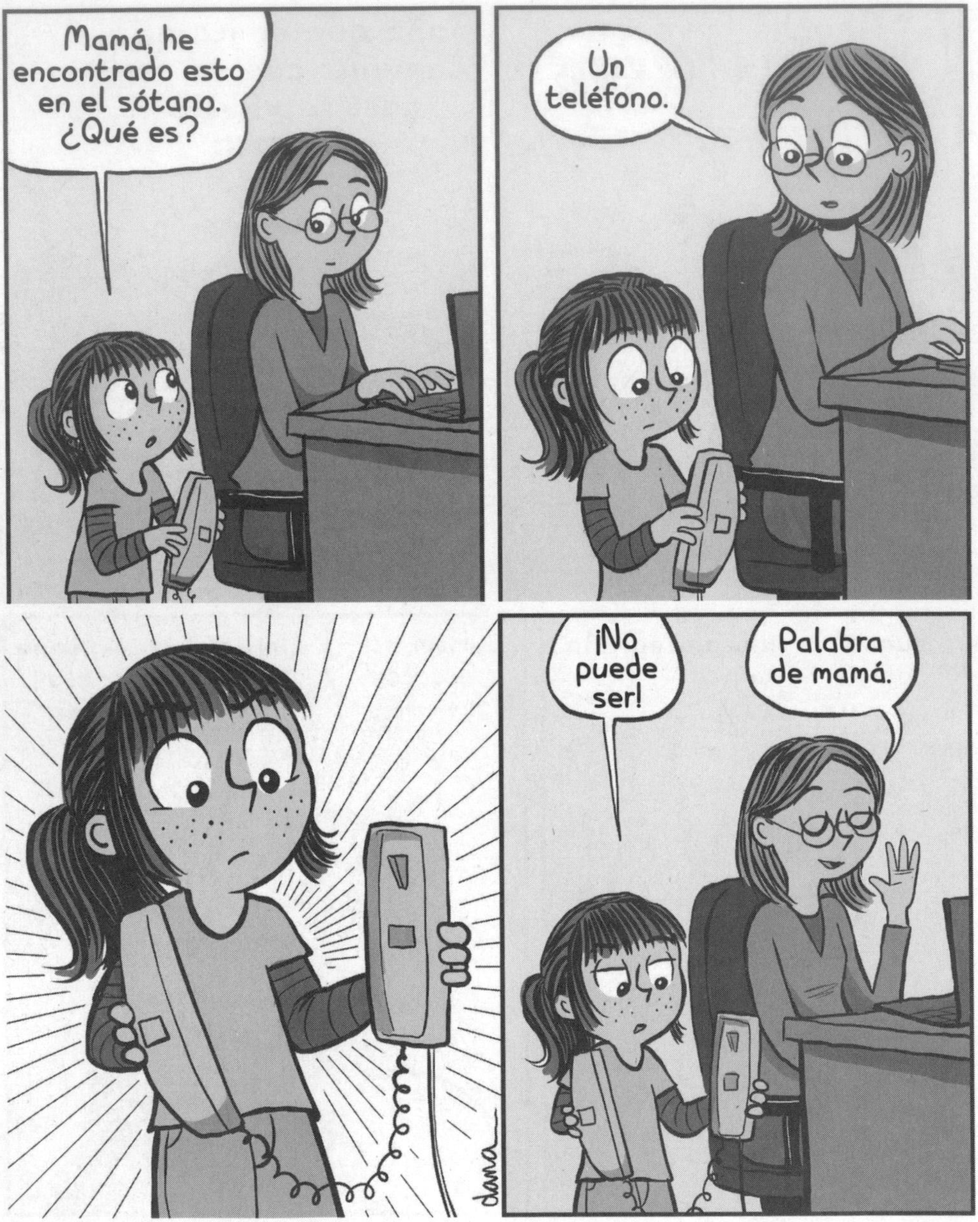
Mamá, he encontrado esto en el sótano. ¿Qué es?
Un teléfono.
¡No puede ser!
Palabra de mamá.
dana

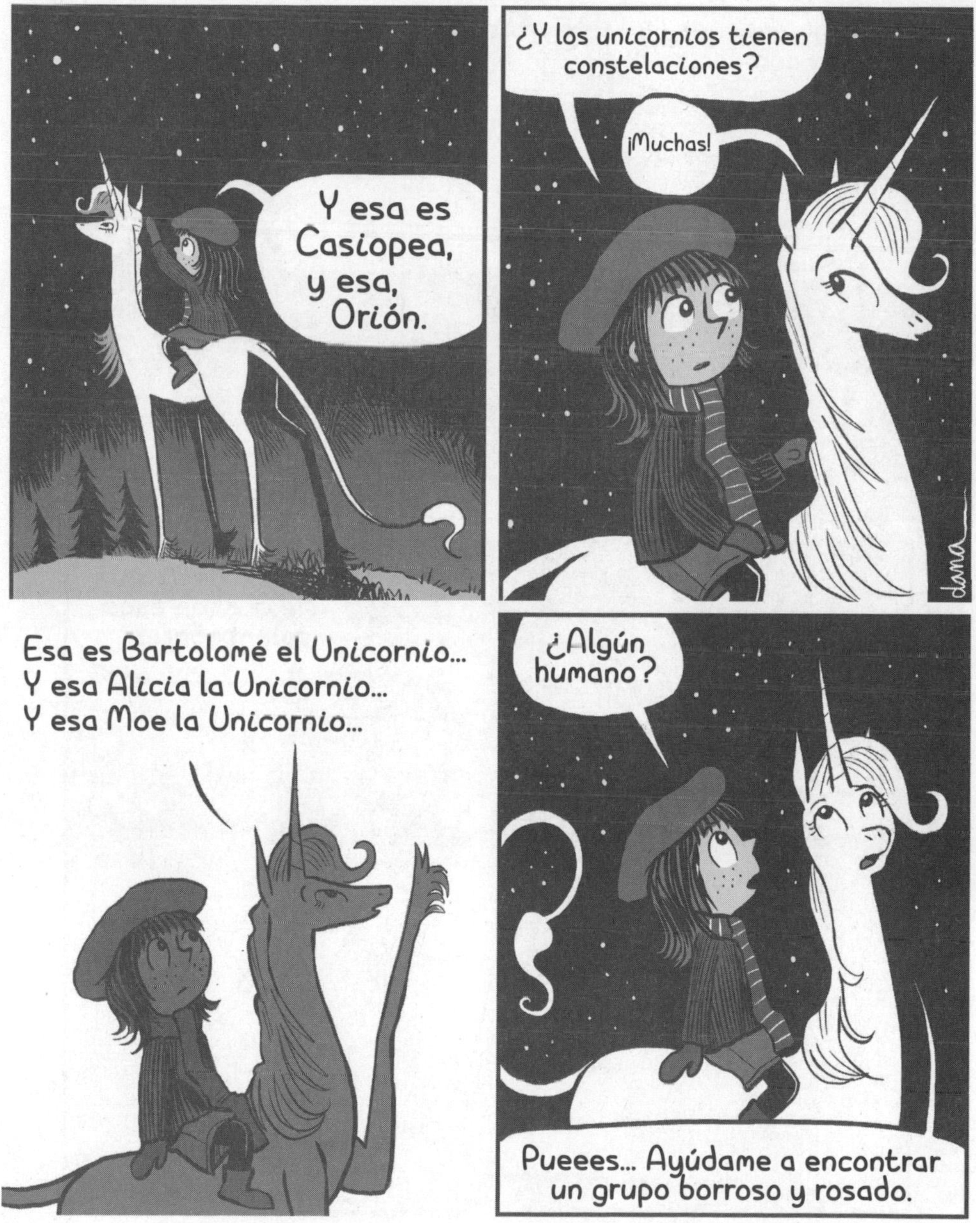
Y esa es Casiopea, y esa, Orión.
¿Y los unicornios tienen constelaciones?
¡Muchas!
Esa es Bartolomé el Unicornio...
Y esa Alicia la Unicornio...
Y esa Moe la Unicornio...
¿Algún humano?
Pueees... Ayúdame a encontrar un grupo borroso y rosado.

Caléndula, ¿tú de qué te sientes más agradecida?

ESO es muy fácil.

Te *iba* a decir que me gustan esos calentadores.

¡DE LA MODA!

dana

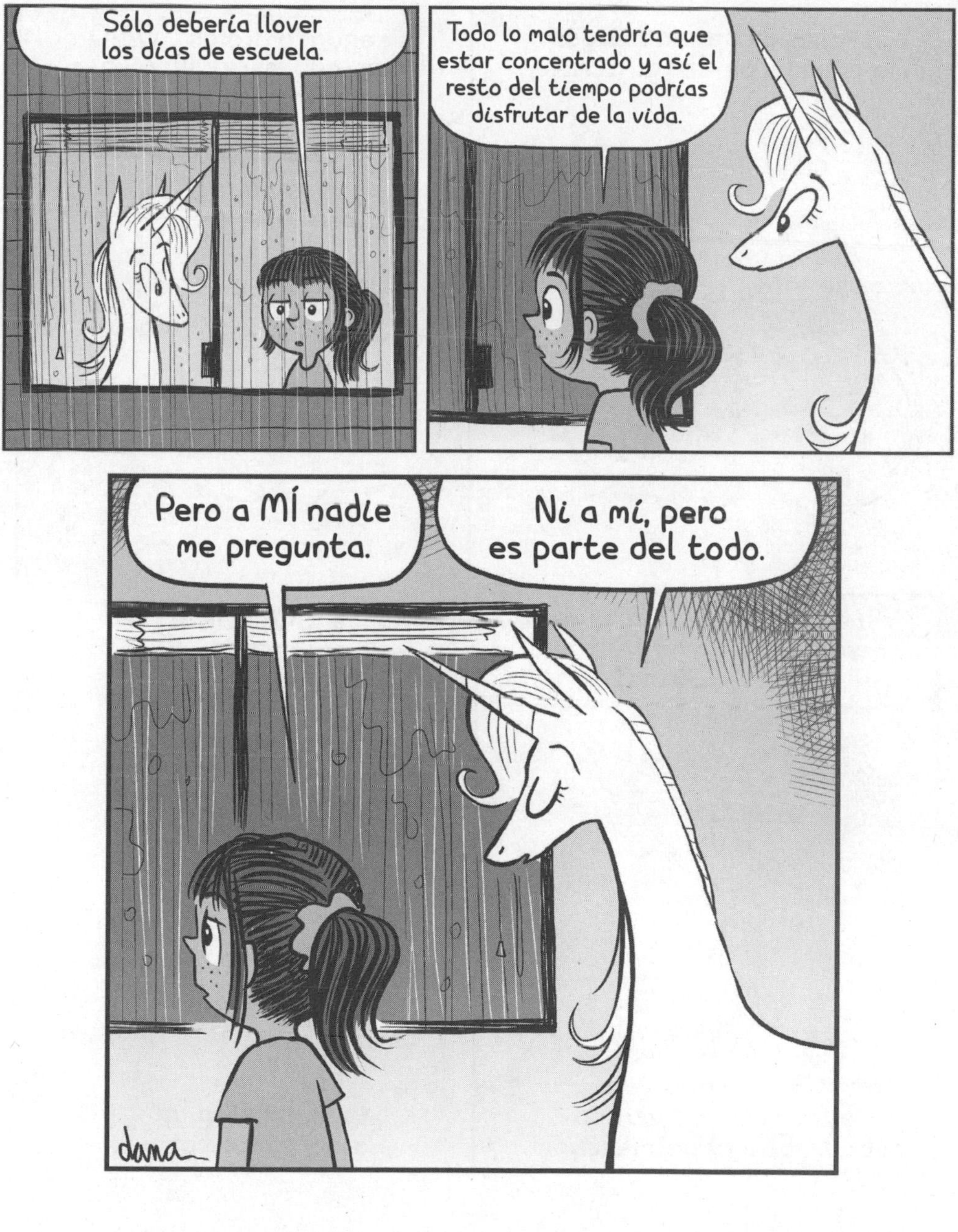
Sólo debería llover
los días de escuela.
Todo lo malo tendría que
estar concentrado y así el
resto del tiempo podrías
disfrutar de la vida.
Pero a MÍ nadie
me pregunta.
Ni a mí, pero
es parte del todo.
dana

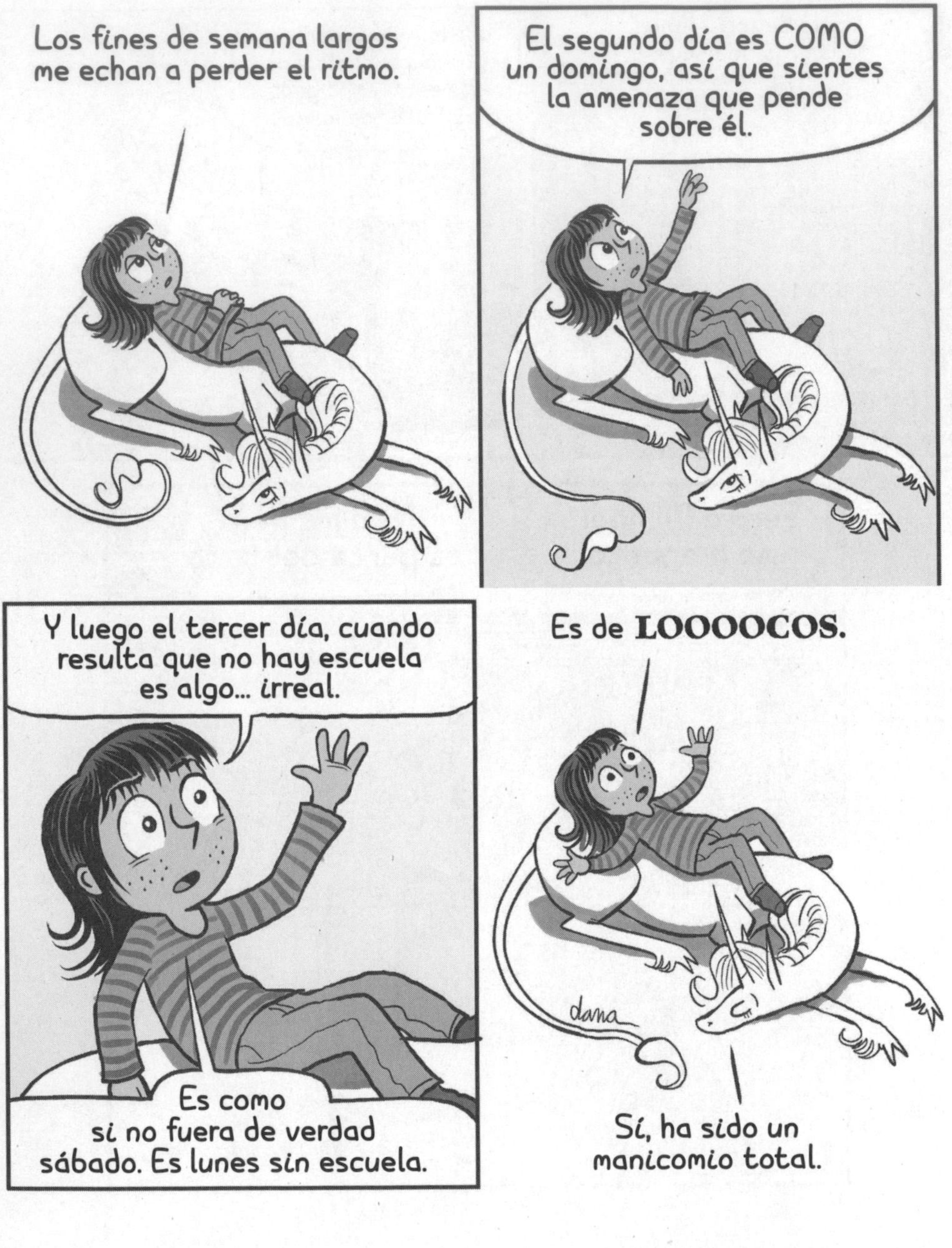
Los fines de semana largos me echan a perder el ritmo.
El segundo día es COMO un domingo, así que sientes la amenaza que pende sobre él.
Y luego el tercer día, cuando resulta que no hay escuela es algo... irreal.
Es como si no fuera de verdad sábado. Es lunes sin escuela.
Es de LOOOOCOS.
Sí, ha sido un manicomio total.
dana

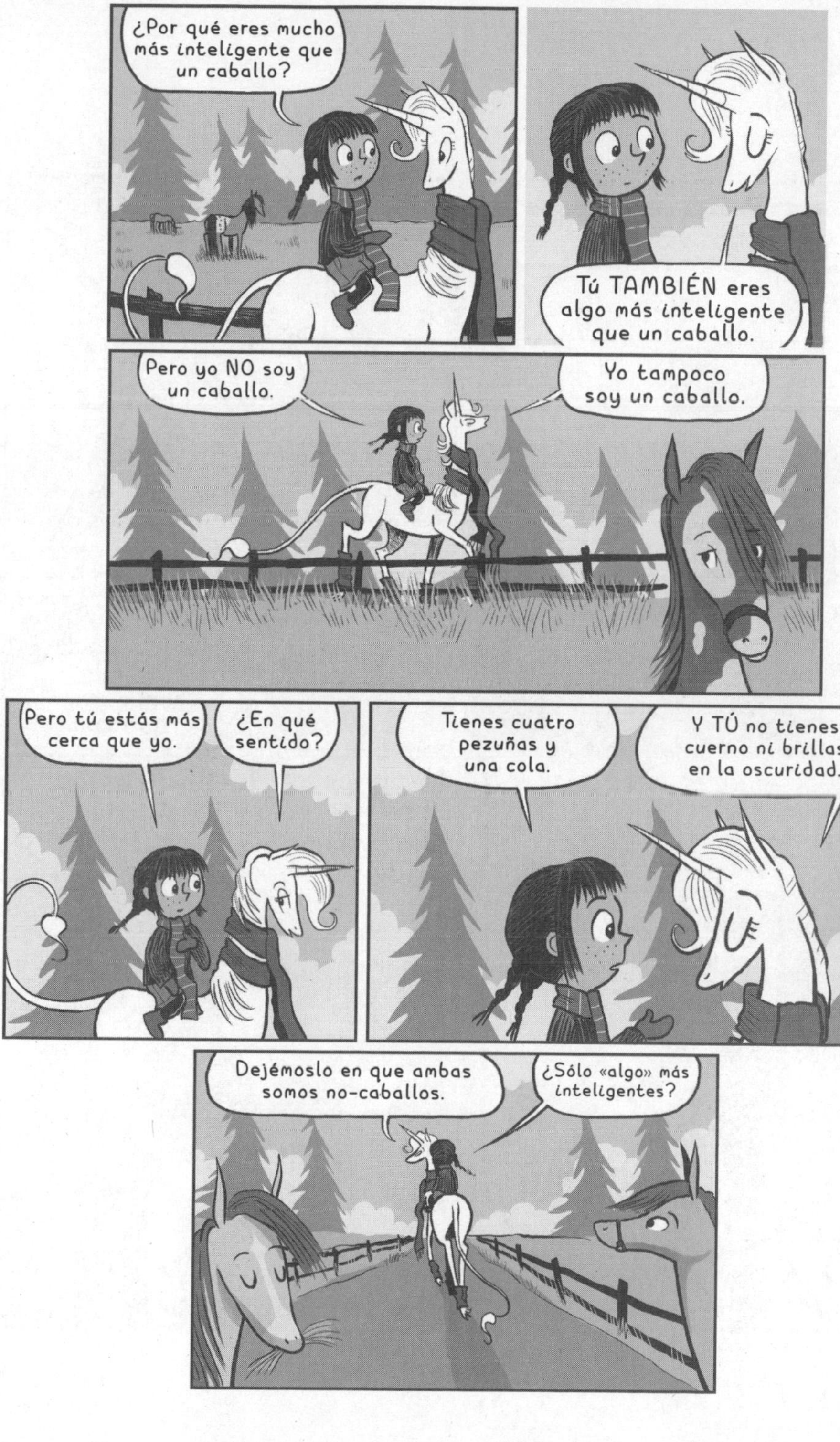

¿Por qué eres mucho más inteligente que un caballo?
Tú TAMBIÉN eres algo más inteligente que un caballo.
Pero yo NO soy un caballo.
Yo tampoco soy un caballo.
Pero tú estás más cerca que yo.
¿En qué sentido?
Tienes cuatro pezuñas y una cola.
Y TÚ no tienes cuerno ni brillas en la oscuridad.
Dejémoslo en que ambas somos no-caballos.
¿Sólo «algo» más inteligentes?

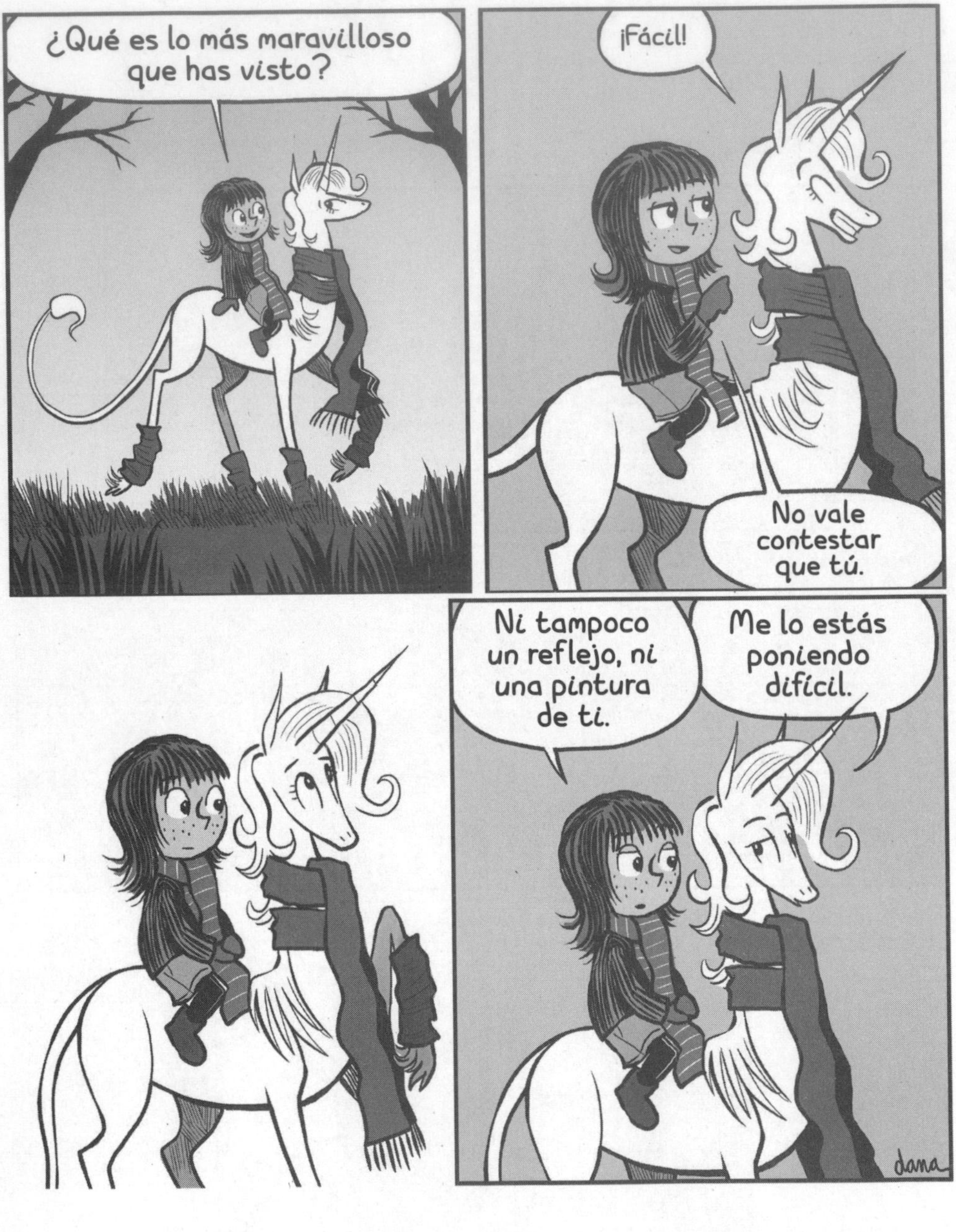
¿Qué es lo más maravilloso que has visto?
¡Fácil!
No vale contestar que tú.
Ni tampoco un reflejo, ni una pintura de ti.
Me lo estás poniendo difícil.
dana

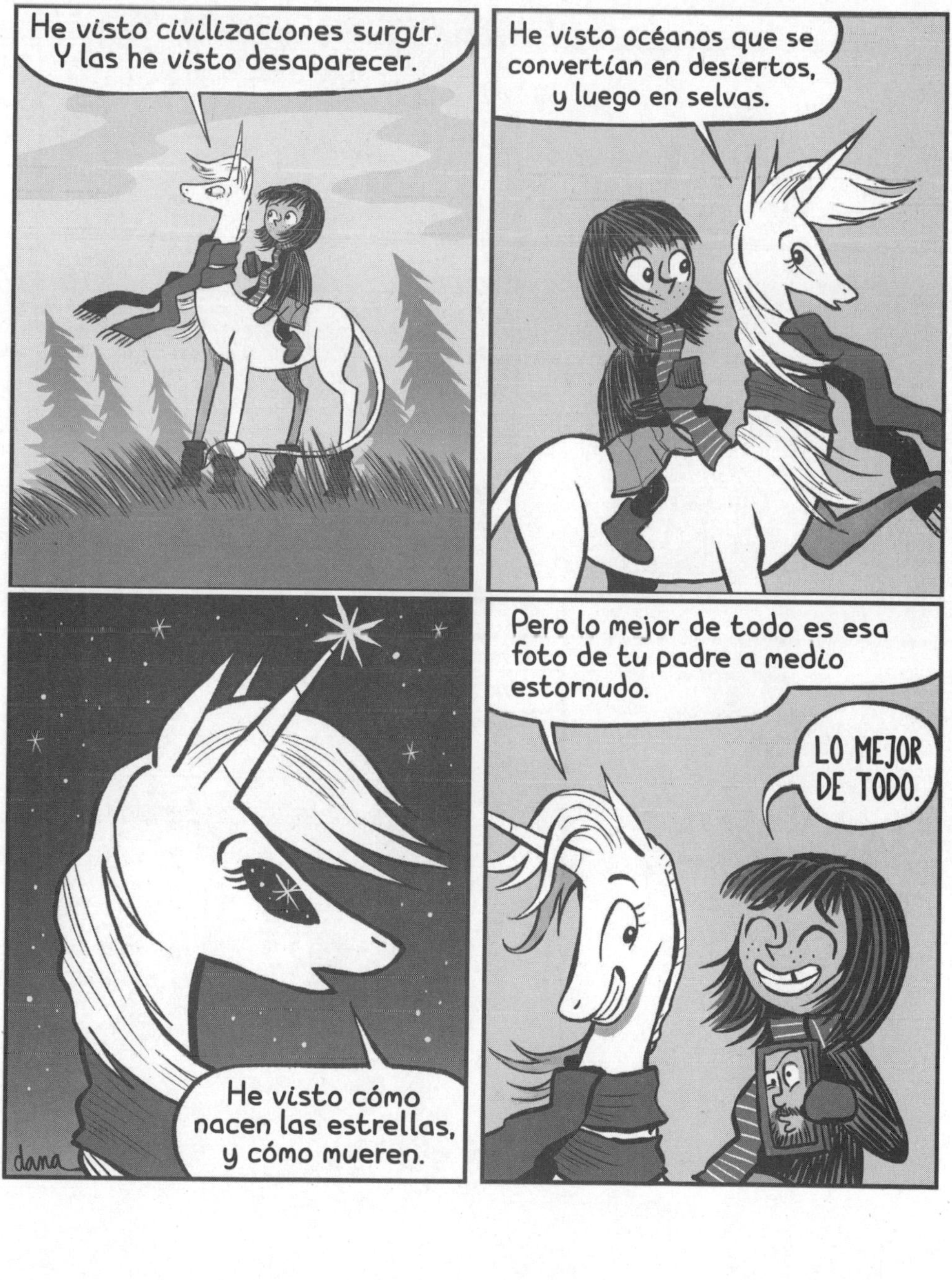
He visto civilizaciones surgir. Y las he visto desaparecer.
He visto océanos que se convertían en desiertos, y luego en selvas.
He visto cómo nacen las estrellas, y cómo mueren.
dana
Pero lo mejor de todo es esa foto de tu padre a medio estornudo.
LO MEJOR DE TODO.

Un día en el recreo...

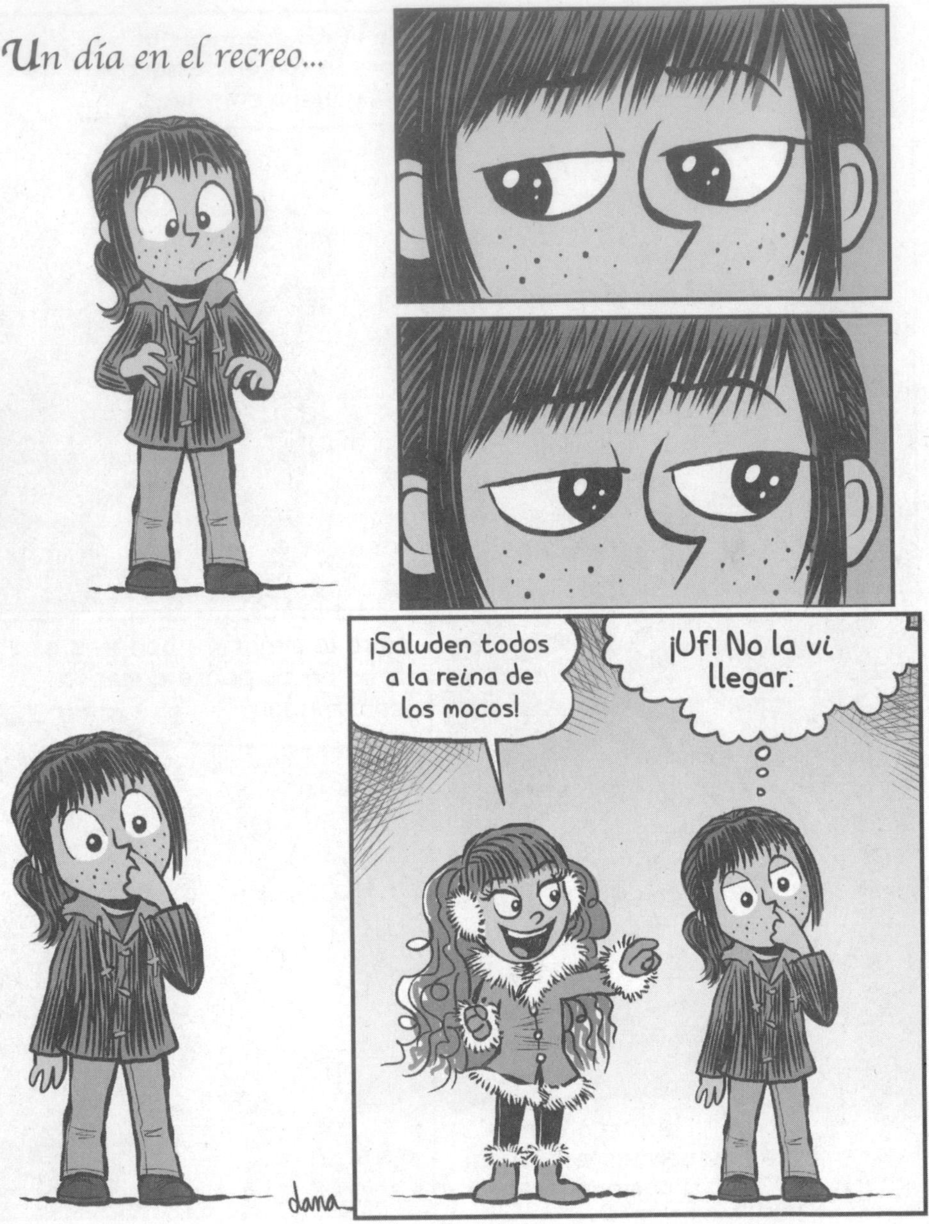
¡Saluden todos a la reina de los mocos!
¡Uf! No la vi llegar.
dana

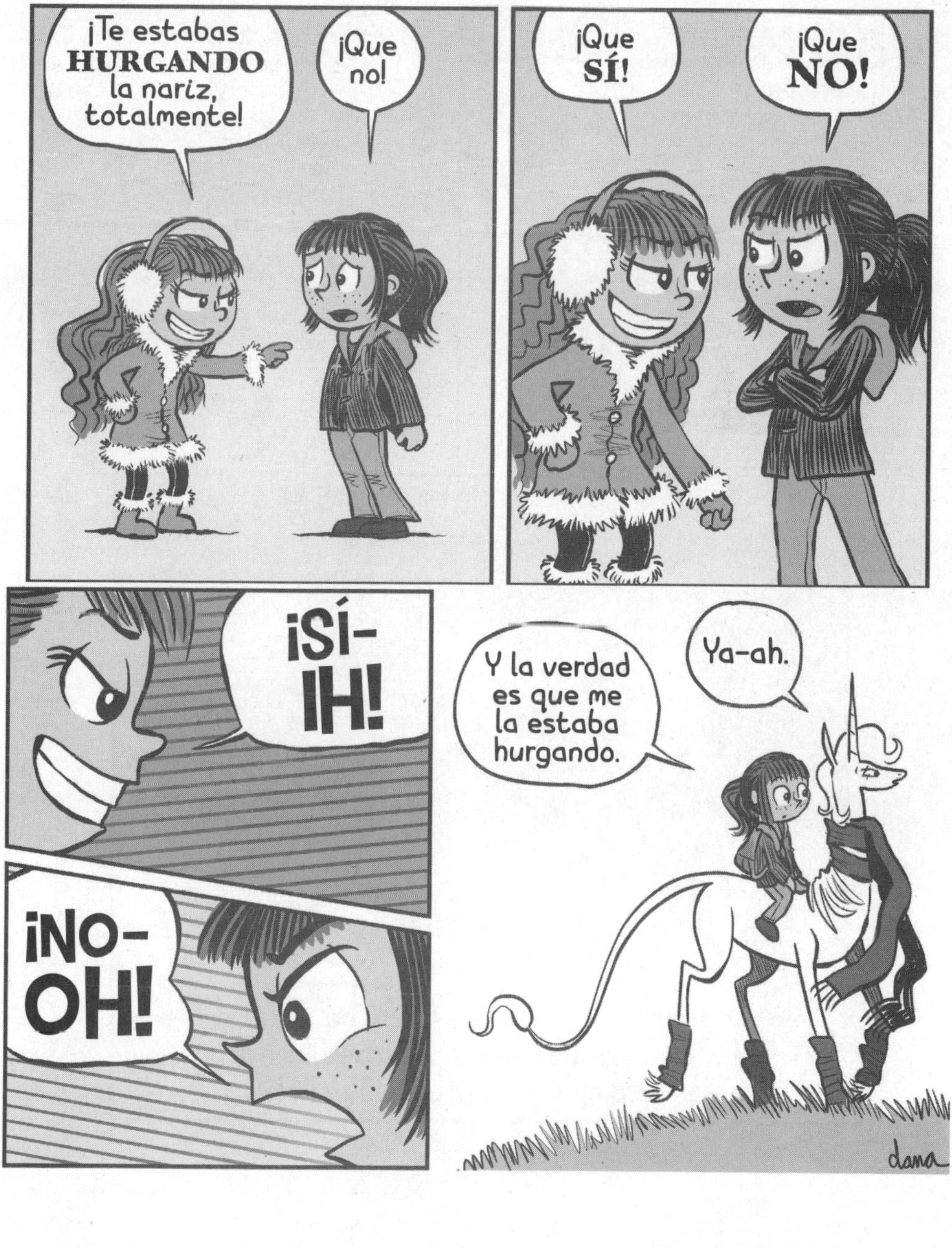
¡Te estabas HURGANDO la nariz, totalmente!
¡Que no!
¡Que SÍ!
¡Que NO!
¡SÍ-IH!
¡NO-OH!
Y la verdad es que me la estaba hurgando.
Ya-ah.
dana

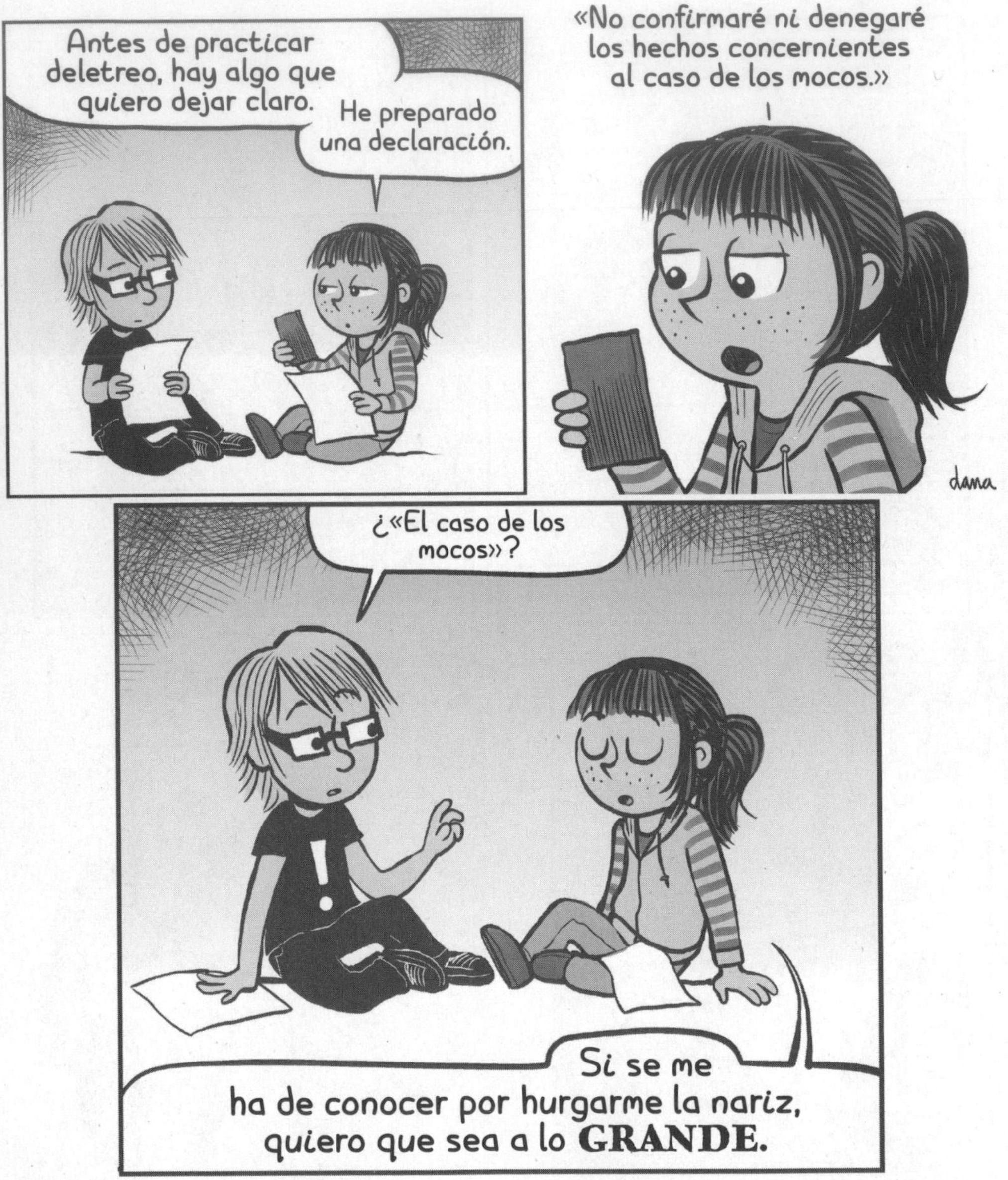

Antes de practicar deletreo, hay algo que quiero dejar claro.
He preparado una declaración.
«No confirmaré ni denegaré los hechos concernientes al caso de los mocos.»
dana
¿«El caso de los mocos»?
Si se me ha de conocer por hurgarme la nariz, quiero que sea a lo GRANDE.

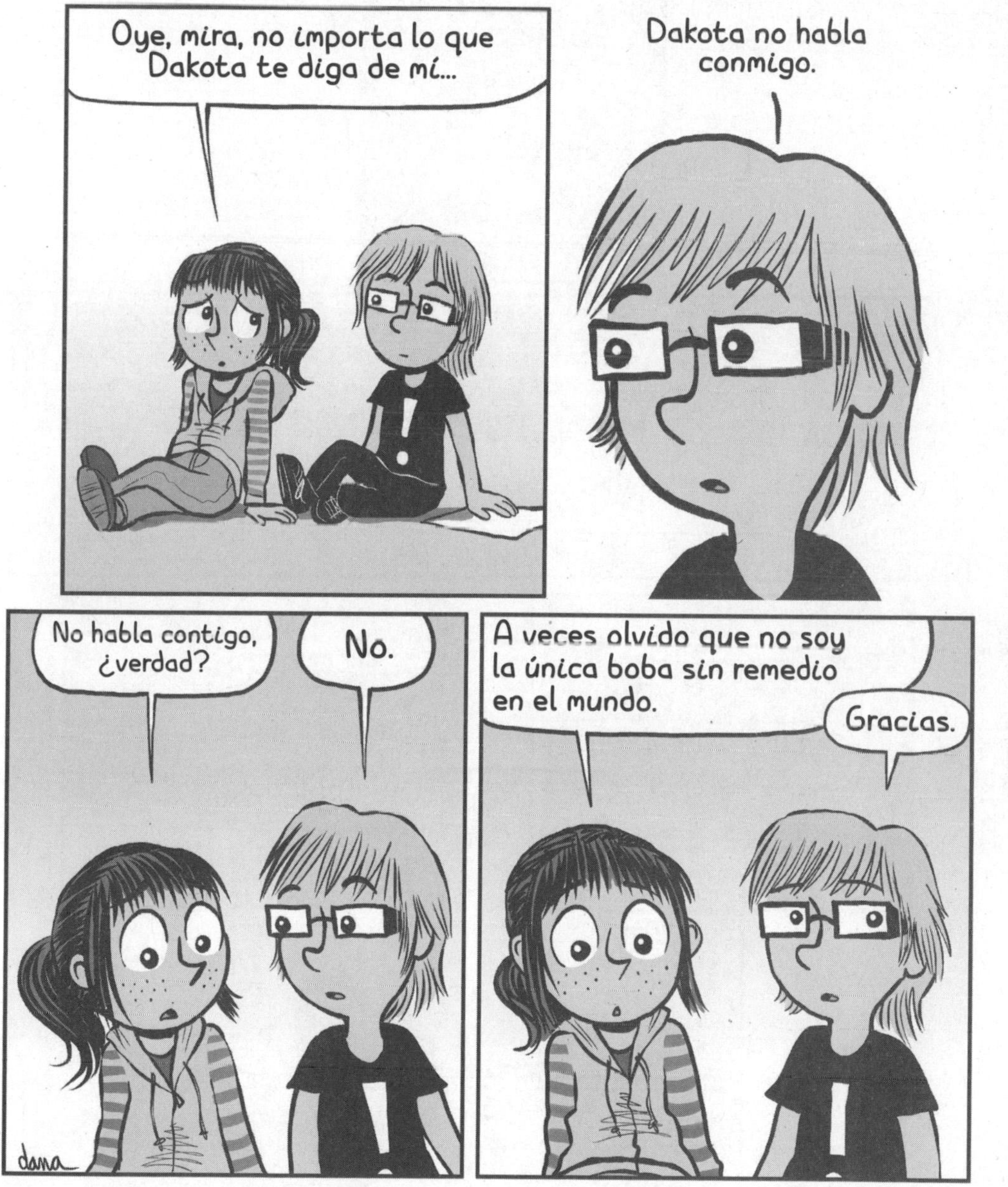
Oye, mira, no importa lo que Dakota te diga de mí...
Dakota no habla conmigo.
No habla contigo, ¿verdad?
No.
A veces olvido que no soy la única boba sin remedio en el mundo.
Gracias.
dana

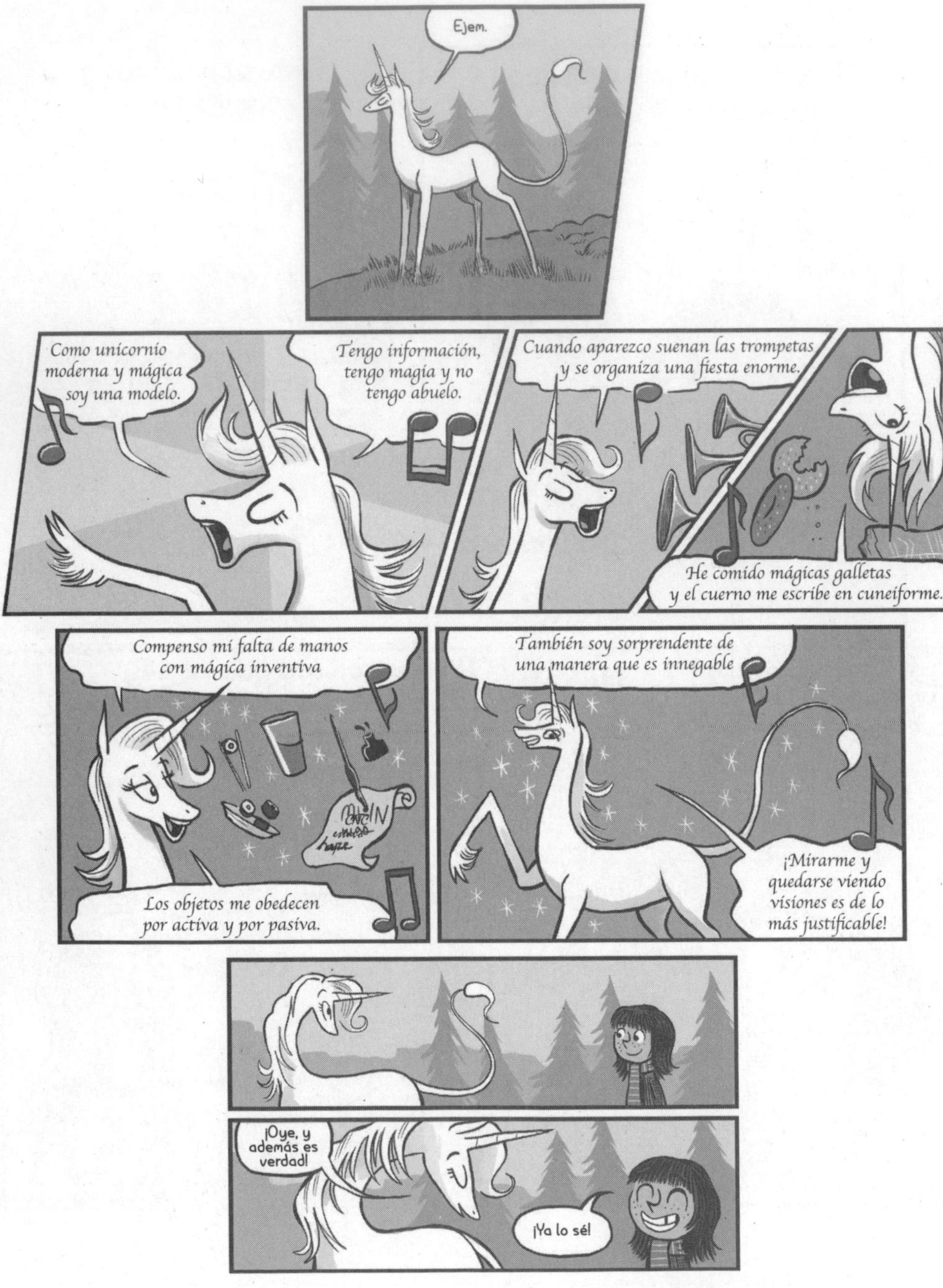
Ejem.
Como unicornio moderna y mágica soy una modelo.
Tengo información, tengo magia y no tengo abuelo.
Cuando aparezco suenan las trompetas y se organiza una fiesta enorme.
He comido mágicas galletas y el cuerno me escribe en cuneiforme.
Compenso mi falta de manos con mágica inventiva
Los objetos me obedecen por activa y por pasiva.
También soy sorprendente de una manera que es innegable
¡Mirarme y quedarse viendo visiones es de lo más justificable!
¡Oye, y además es verdad!
¡Ya lo sé!

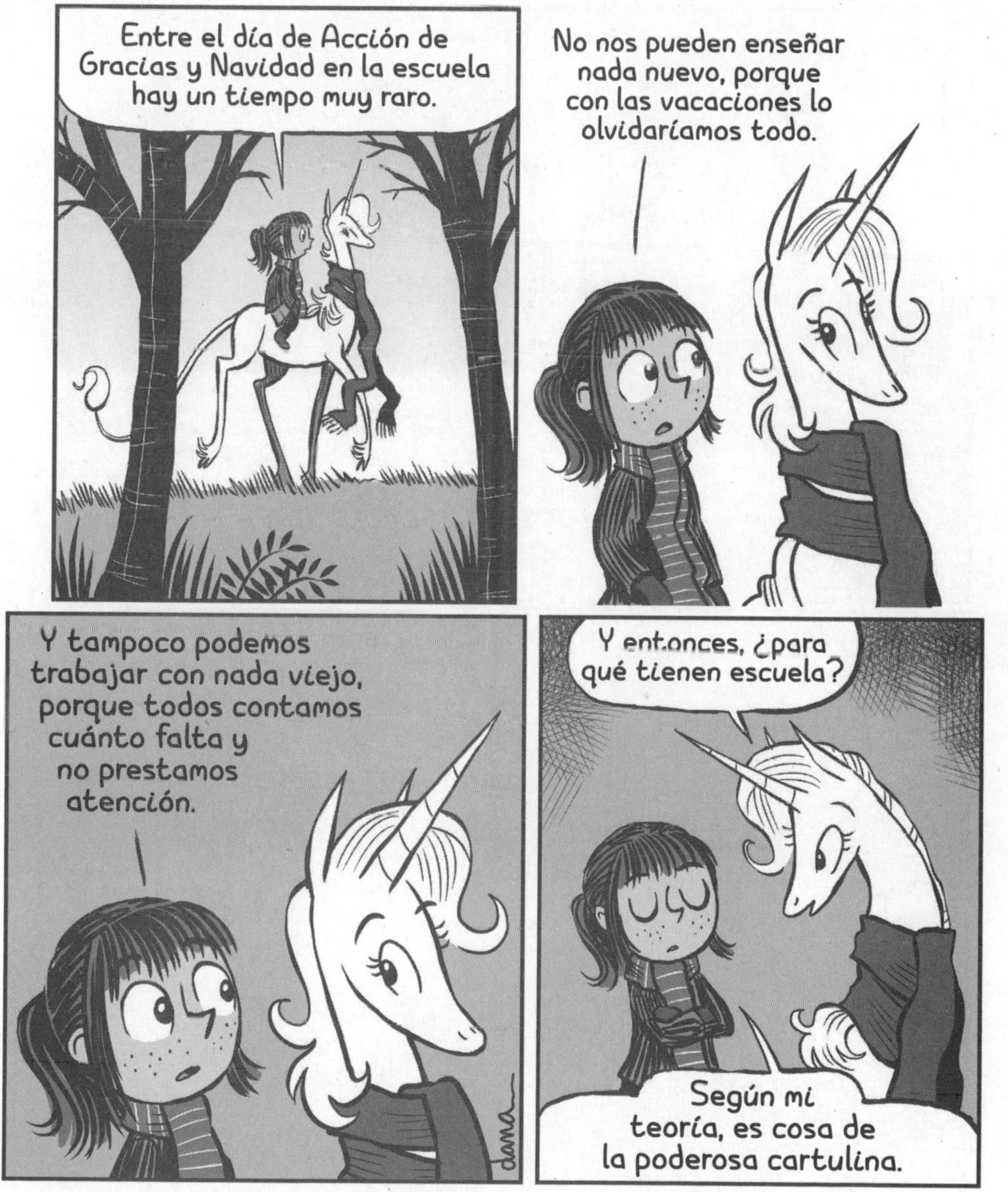
Entre el día de Acción de Gracias y Navidad en la escuela hay un tiempo muy raro.
No nos pueden enseñar nada nuevo, porque con las vacaciones lo olvidaríamos todo.
Y tampoco podemos trabajar con nada viejo, porque todos contamos cuánto falta y no prestamos atención.
Y entonces, ¿para qué tienen escuela?
Según mi teoría, es cosa de la poderosa cartulina.
dana

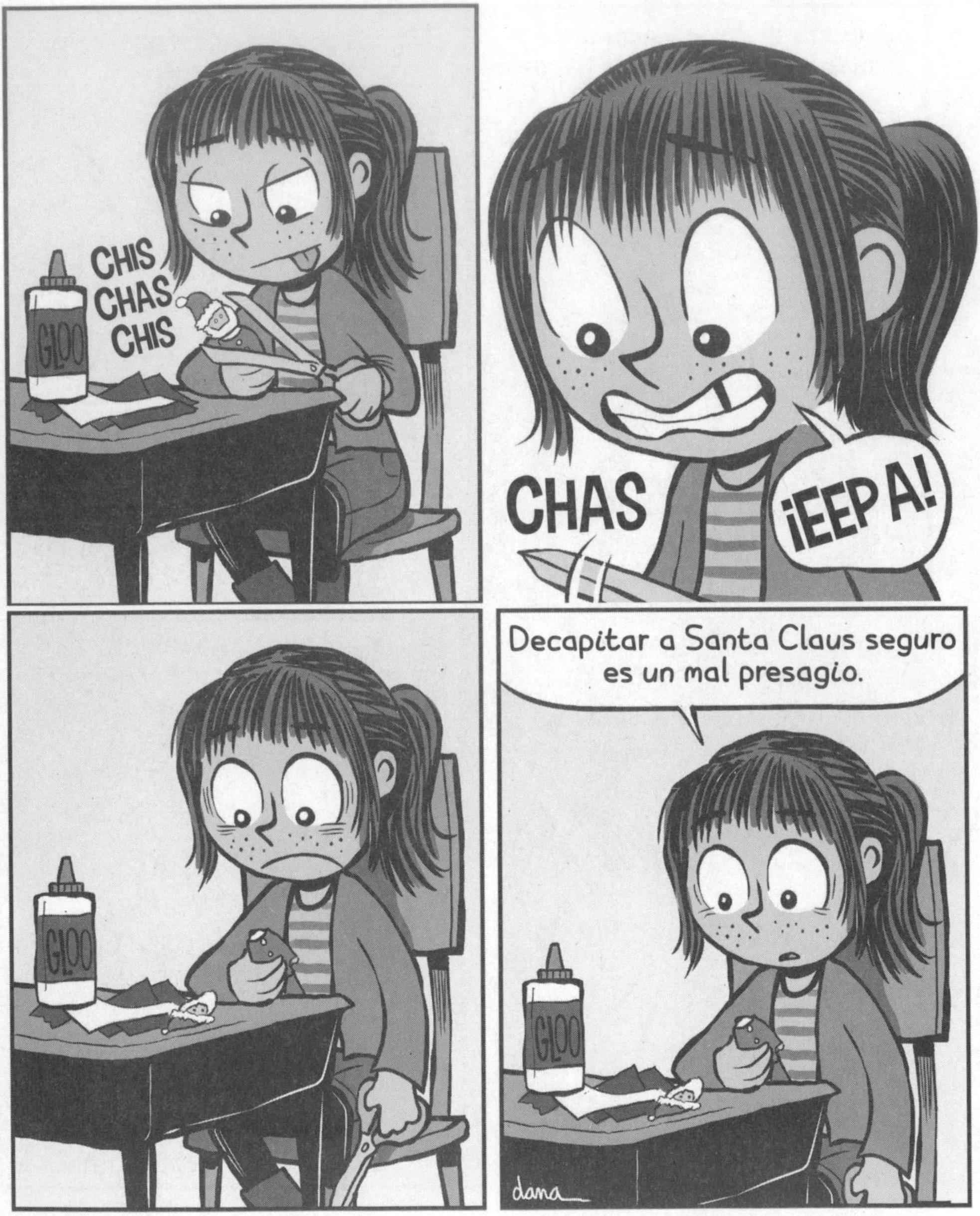
CHIS
CHAS
CHIS
GLOO
CHAS
¡EEP A!
GLOO
Decapitar a Santa Claus seguro es un mal presagio.
GLOO
dana

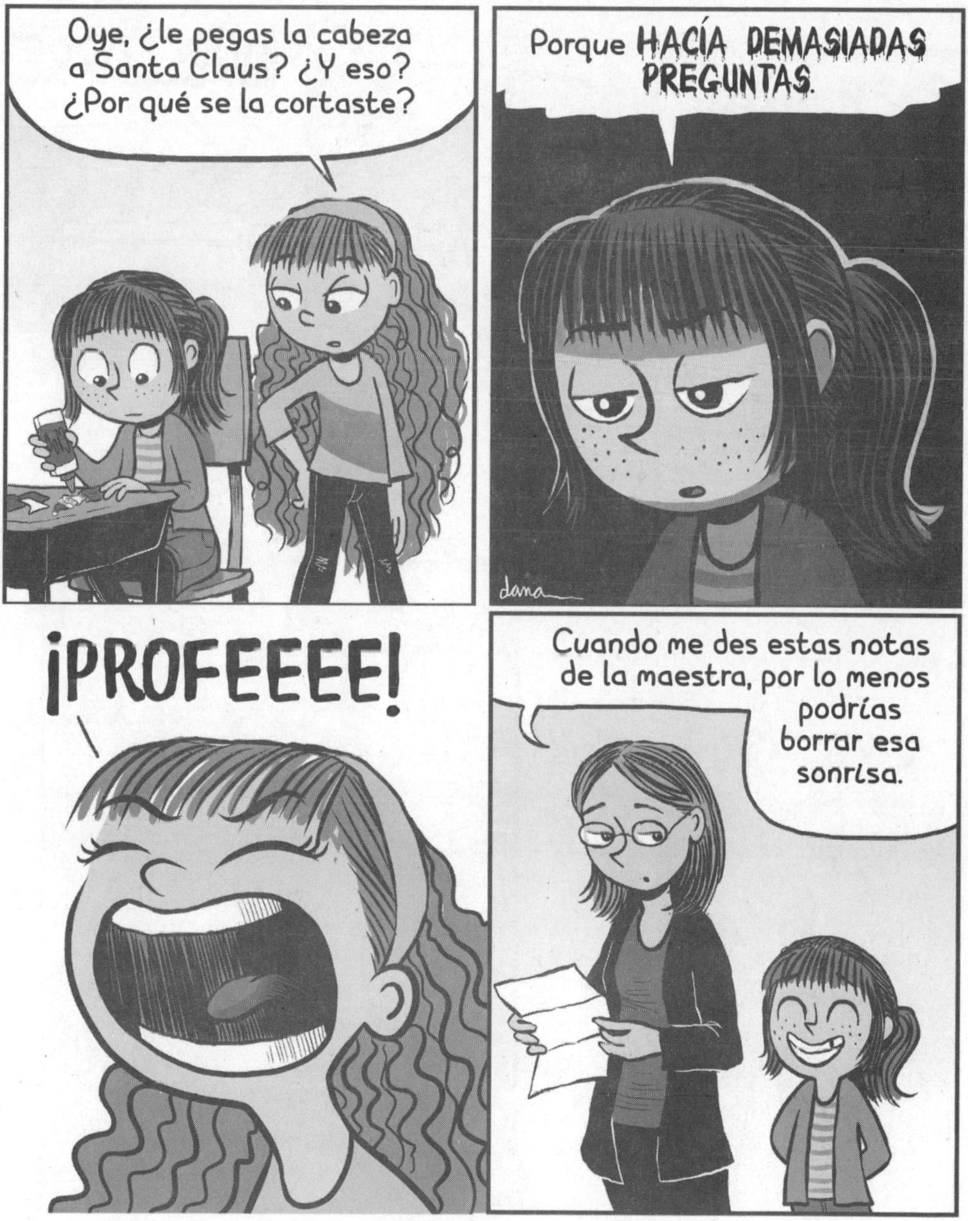
Oye, ¿le pegas la cabeza a Santa Claus? ¿Y eso? ¿Por qué se la cortaste?
Porque HACÍA DEMASIADAS PREGUNTAS.
dana
¡PROFEEEE!
Cuando me des estas notas de la maestra, por lo menos podrías borrar esa sonrisa.

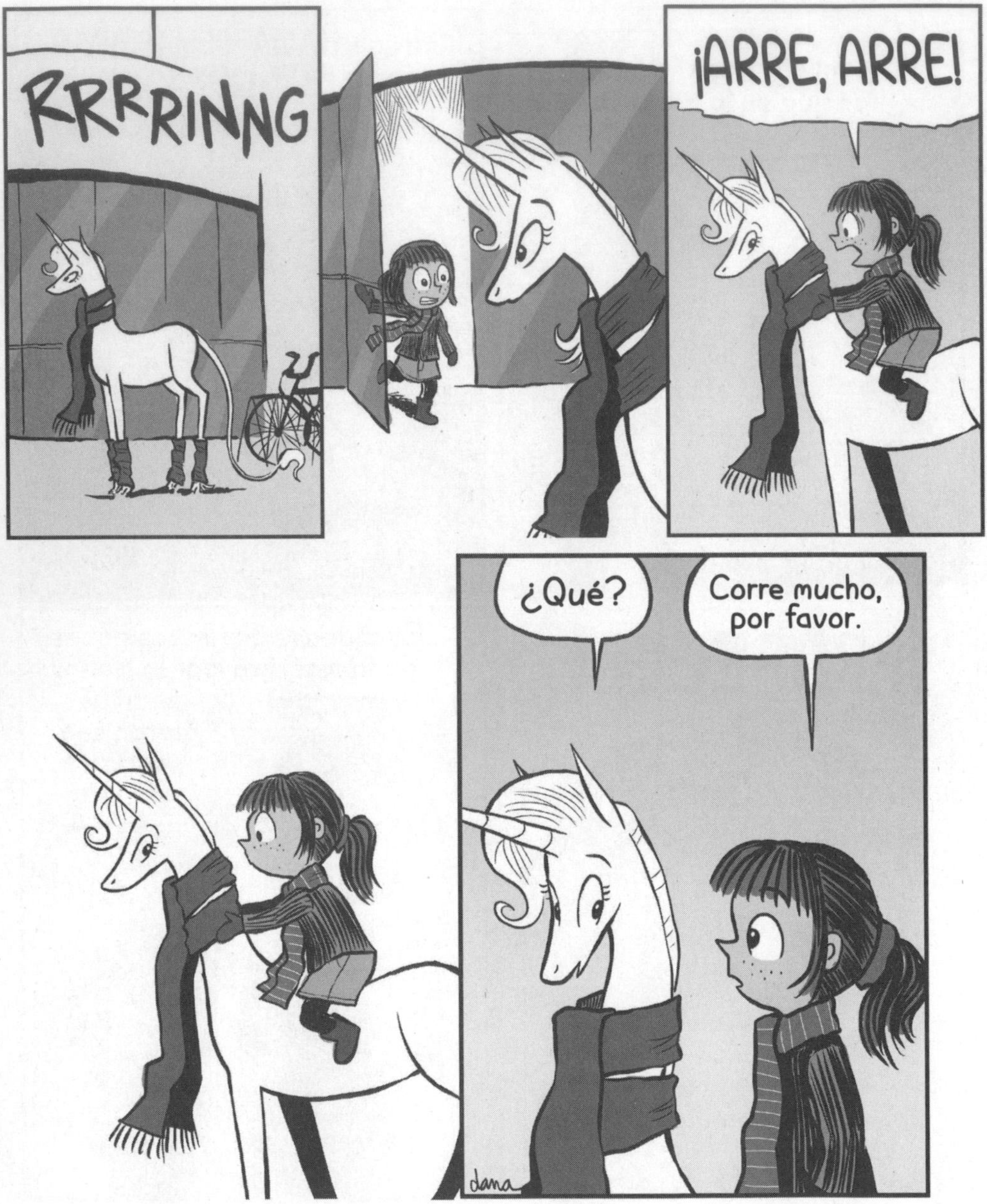
RRRRINNG
¡ARRE, ARRE!
¿Qué?
Corre mucho, por favor.
dana

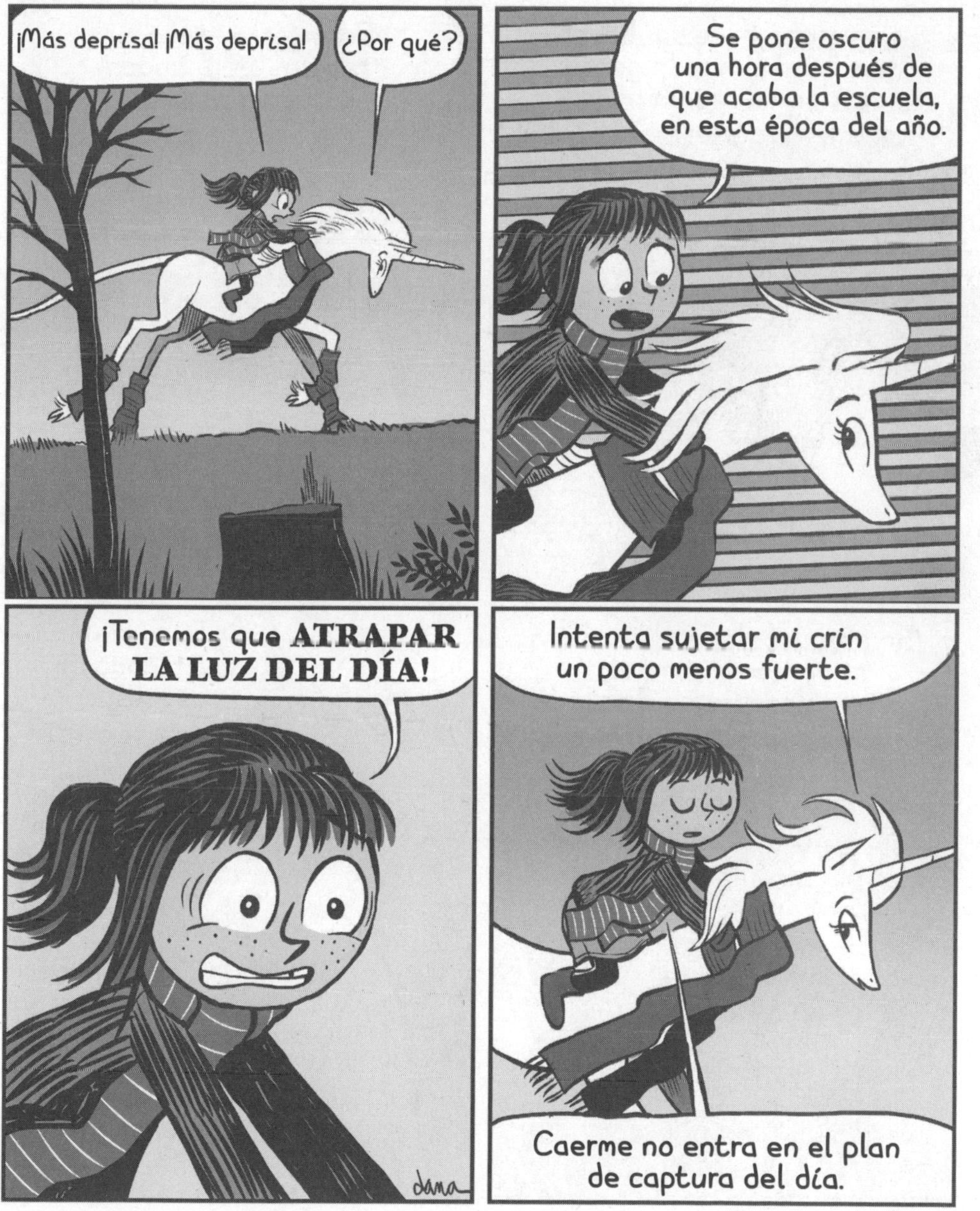
¡Más deprisa! ¡Más deprisa!
¿Por qué?
Se pone oscuro una hora después de que acaba la escuela, en esta época del año.
¡Tenemos que ATRAPAR LA LUZ DEL DÍA!
dana
Intenta sujetar mi crin un poco menos fuerte.
Caerme no entra en el plan de captura del día.

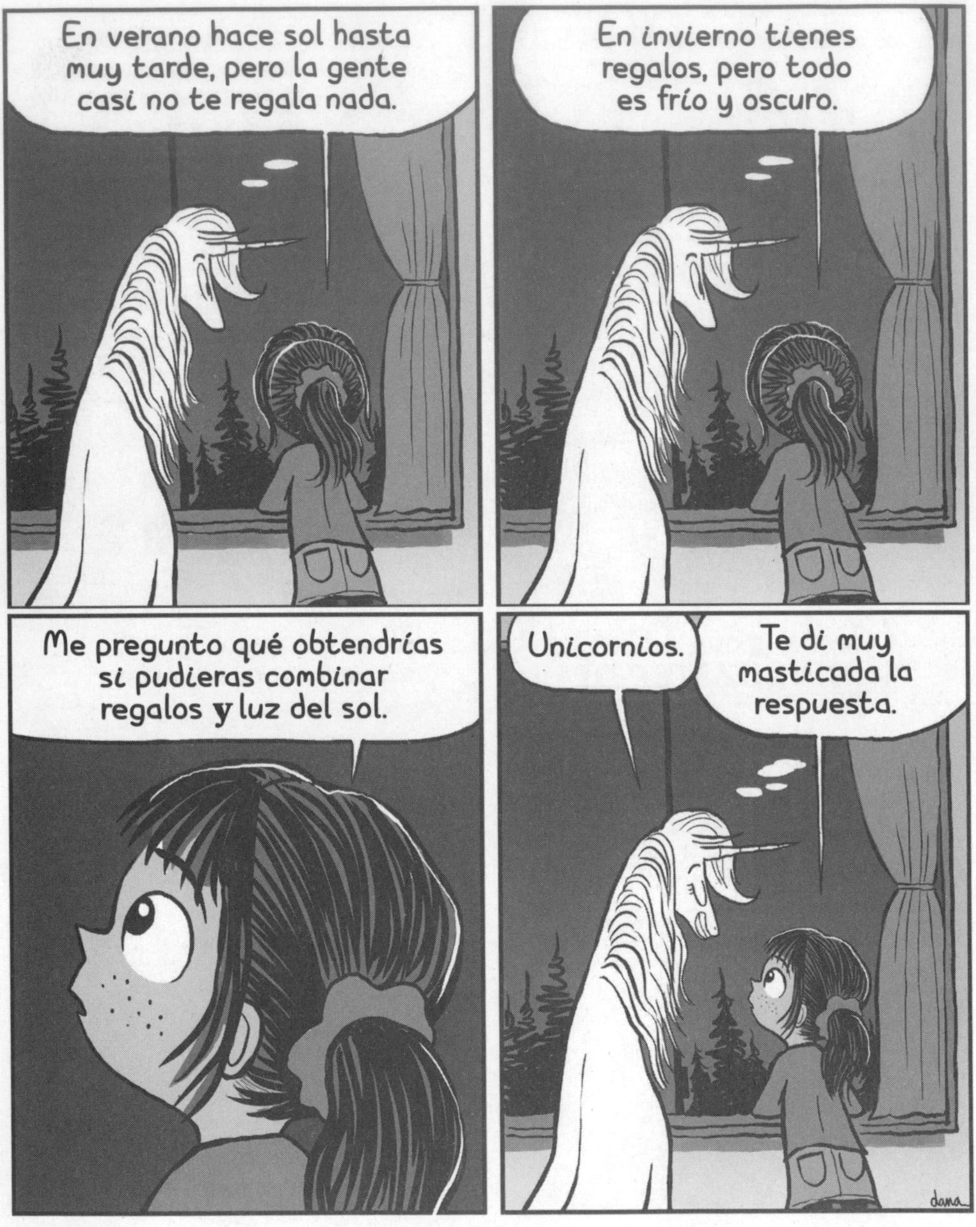
En verano hace sol hasta muy tarde, pero la gente casi no te regala nada.
En invierno tienes regalos, pero todo es frío y oscuro.
Me pregunto qué obtendrías si pudieras combinar regalos **y** luz del sol.
Unicornios.
Te di muy masticada la respuesta.
dana

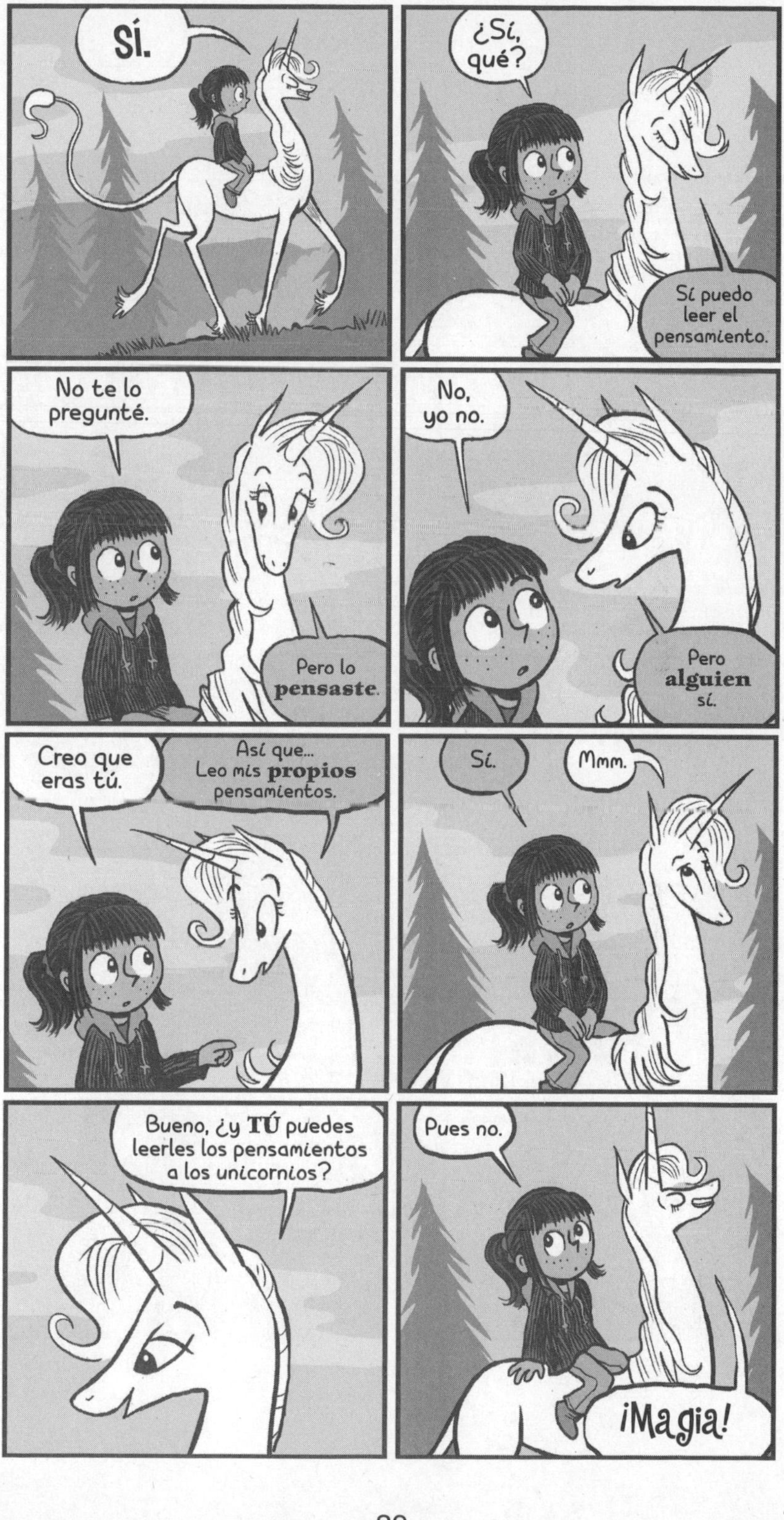
SÍ.
¿Sí, qué?
Sí puedo leer el pensamiento.
No te lo pregunté.
Pero lo **pensaste**.
No, yo no.
Pero **alguien** sí.
Creo que eras tú.
Así que... Leo mis **propios** pensamientos.
Sí.
Mmm.
Bueno, ¿y **TÚ** puedes leerles los pensamientos a los *unicornios*?
Pues no.
¡Magia!

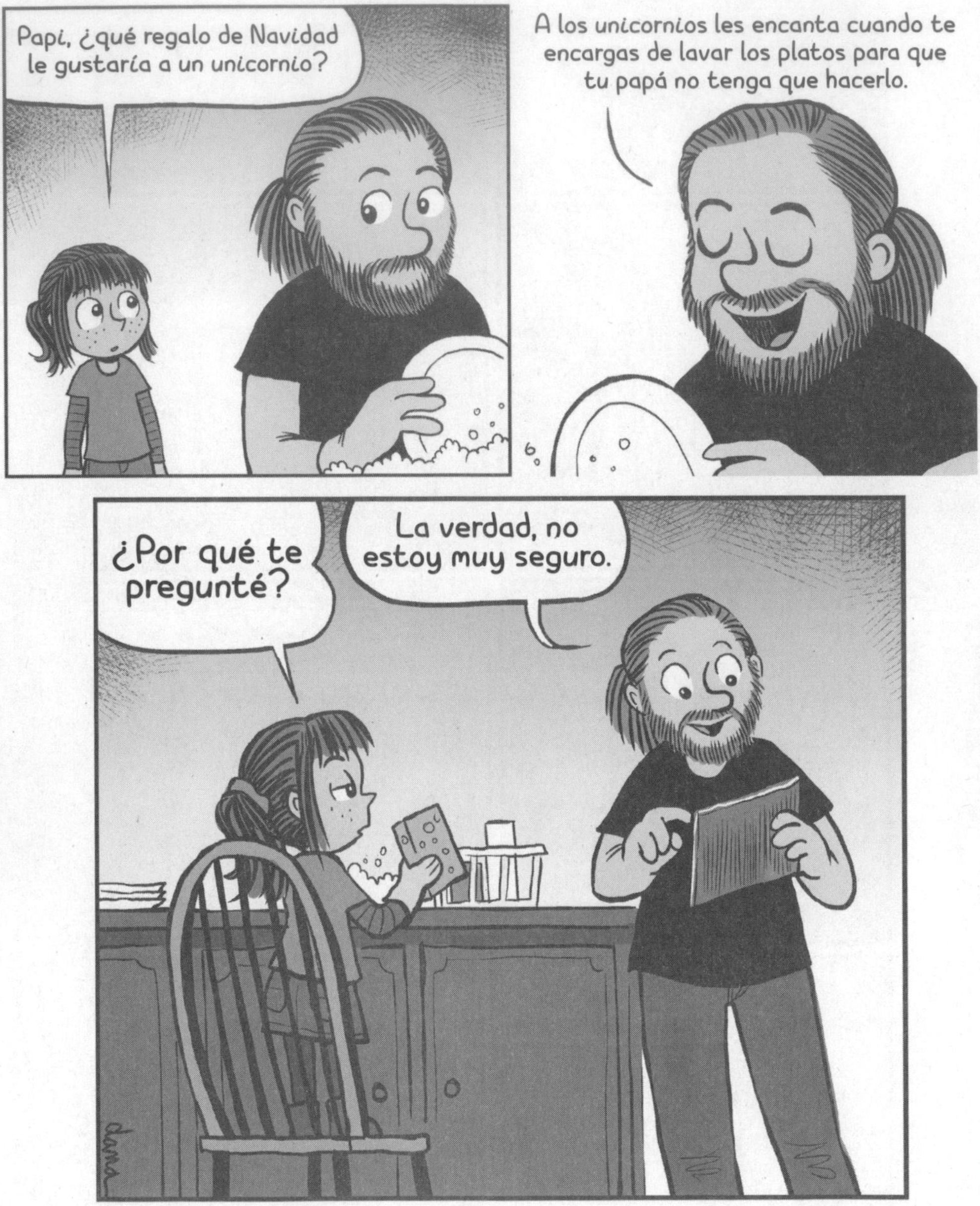
Papi, ¿qué regalo de Navidad le gustaría a un unicornio?
A los unicornios les encanta cuando te encargas de lavar los platos para que tu papá no tenga que hacerlo.
¿Por qué te pregunté?
La verdad, no estoy muy seguro.
dana

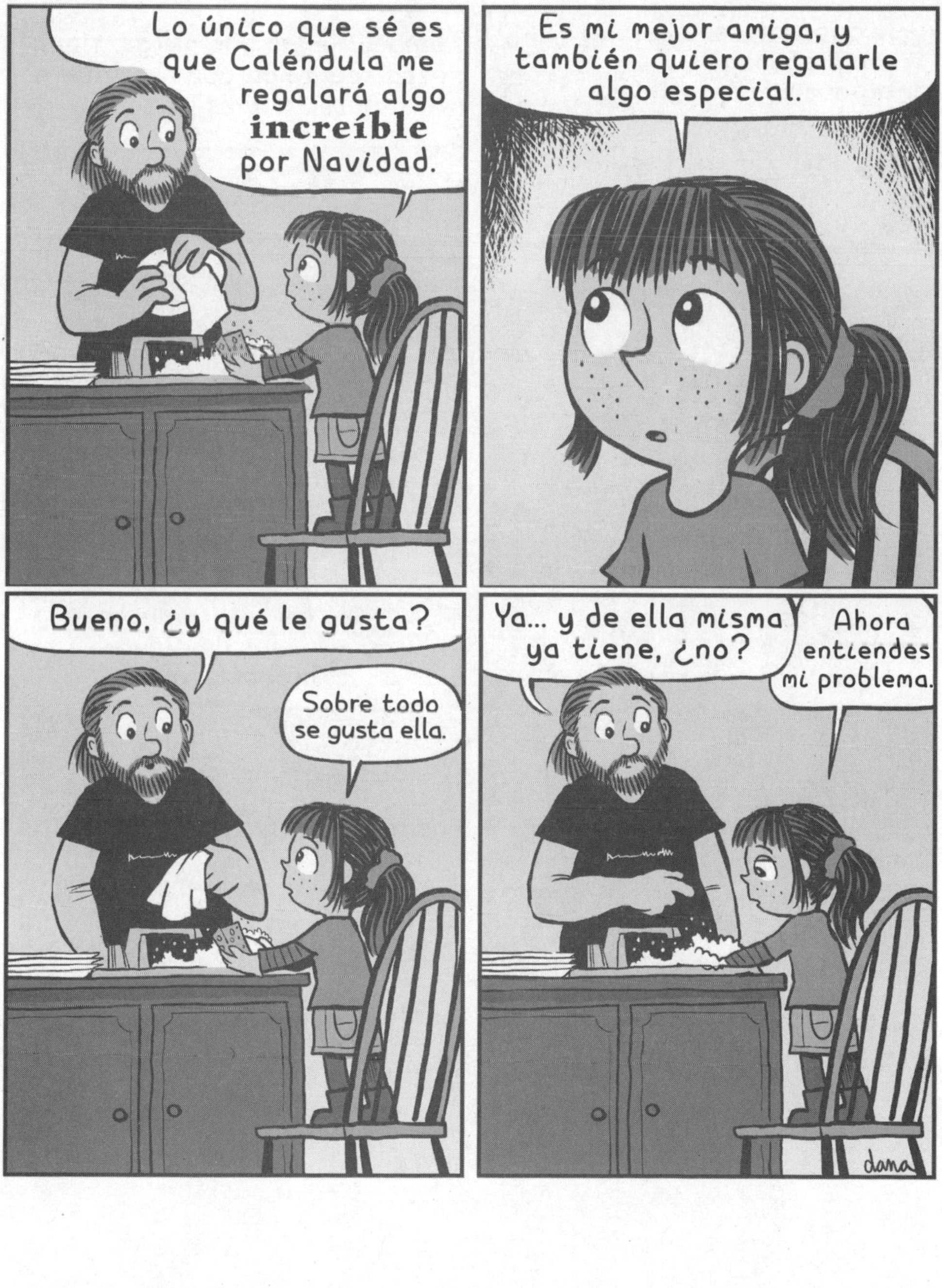
Lo único que sé es que Caléndula me regalará algo **increíble** por Navidad.
Es mi mejor amiga, y también quiero regalarle algo especial.
Bueno, ¿y qué le gusta?
Sobre todo se gusta ella.
Ya... y de ella misma ya tiene, ¿no?
Ahora entiendes mi problema.
dana

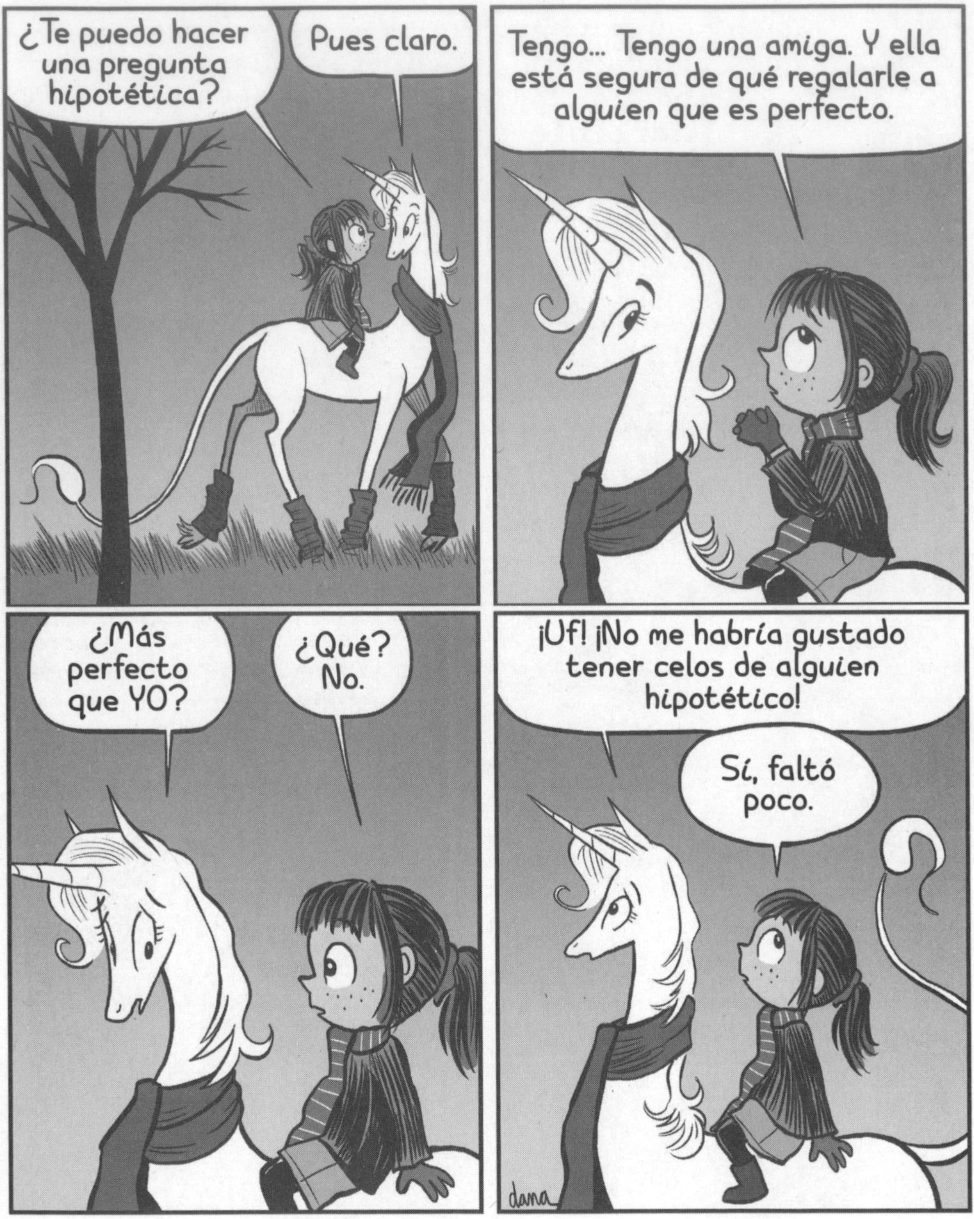
¿Te puedo hacer una pregunta hipotética?
Pues claro.
Tengo... Tengo una amiga. Y ella está segura de qué regalarle a alguien que es perfecto.
¿Más perfecto que YO?
¿Qué? No.
¡Uf! ¡No me habría gustado tener celos de alguien hipotético!
Sí, faltó poco.
dana

Cosas que estoy
segura de que Caléndula
todavía no tiene:

I. PANTALONES

Ji
jii

¡Mira qué
tengo!

I. PANTALONES

dana

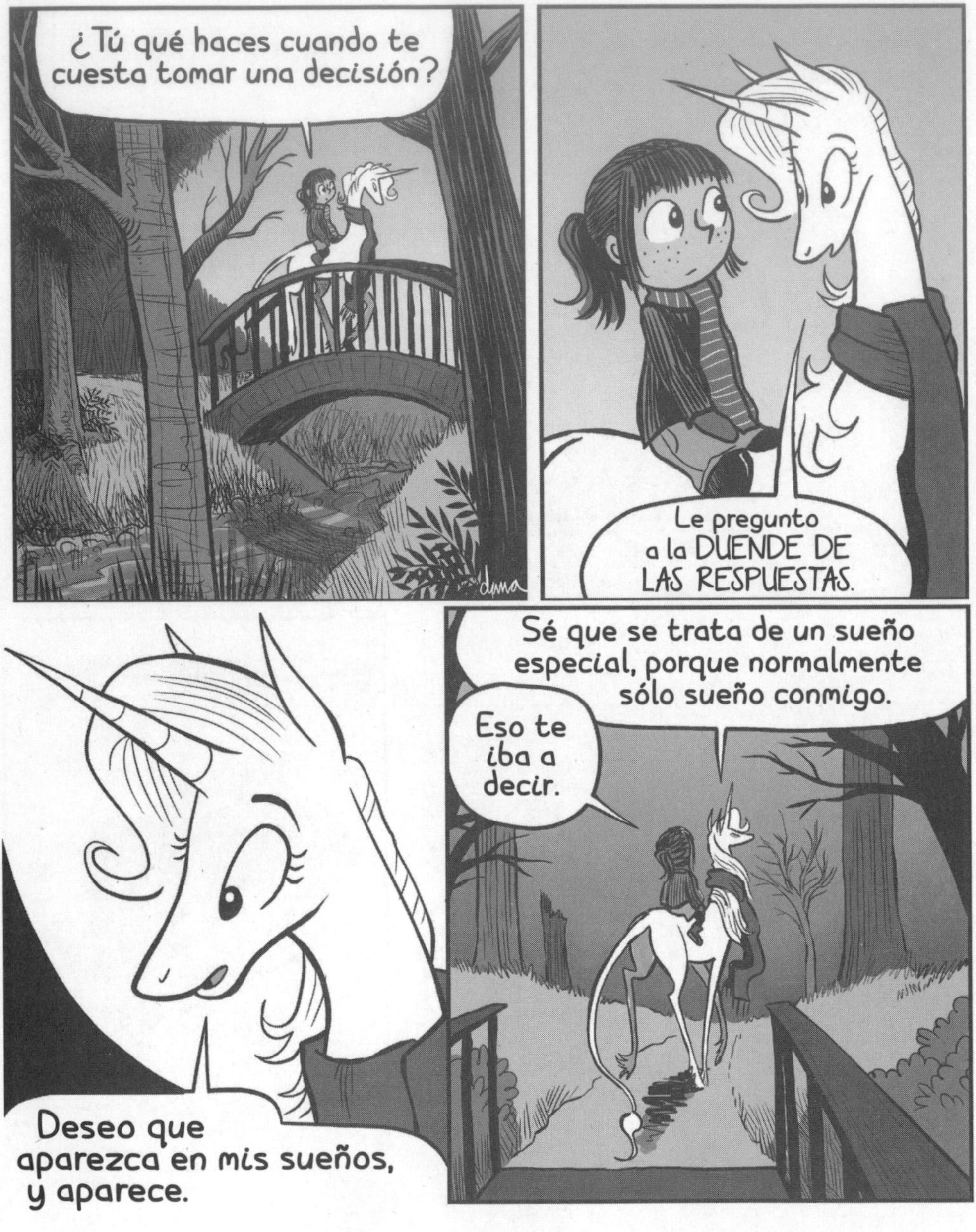
¿Tú qué haces cuando te cuesta tomar una decisión?
Le pregunto a la DUENDE DE LAS RESPUESTAS.
Deseo que aparezca en mis sueños, y aparece.
Sé que se trata de un sueño especial, porque normalmente sólo sueño conmigo.
Eso te iba a decir.

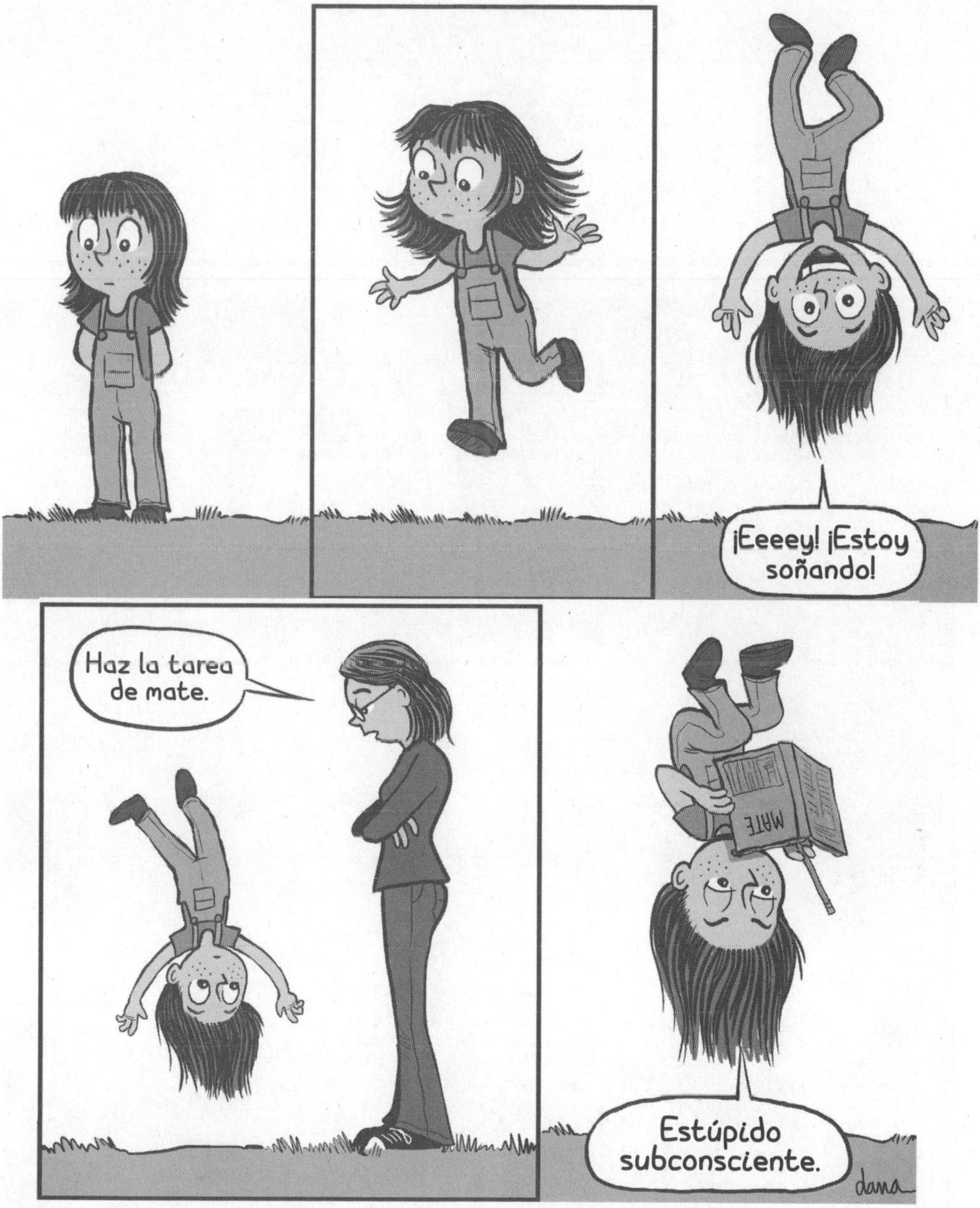
¡Eeeey! ¡Estoy soñando!
Haz la tarea de mate.
MATE
Estúpido subconsciente.
dana

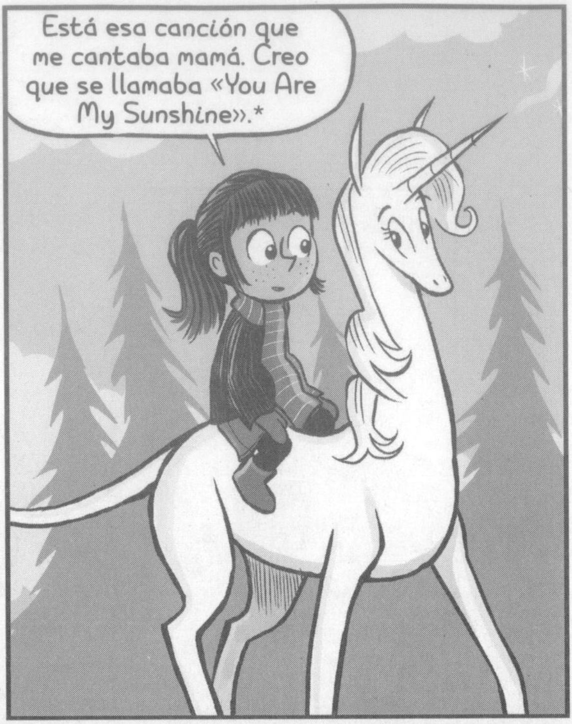
Está esa canción que me cantaba mamá. Creo que se llamaba «You Are My Sunshine».*

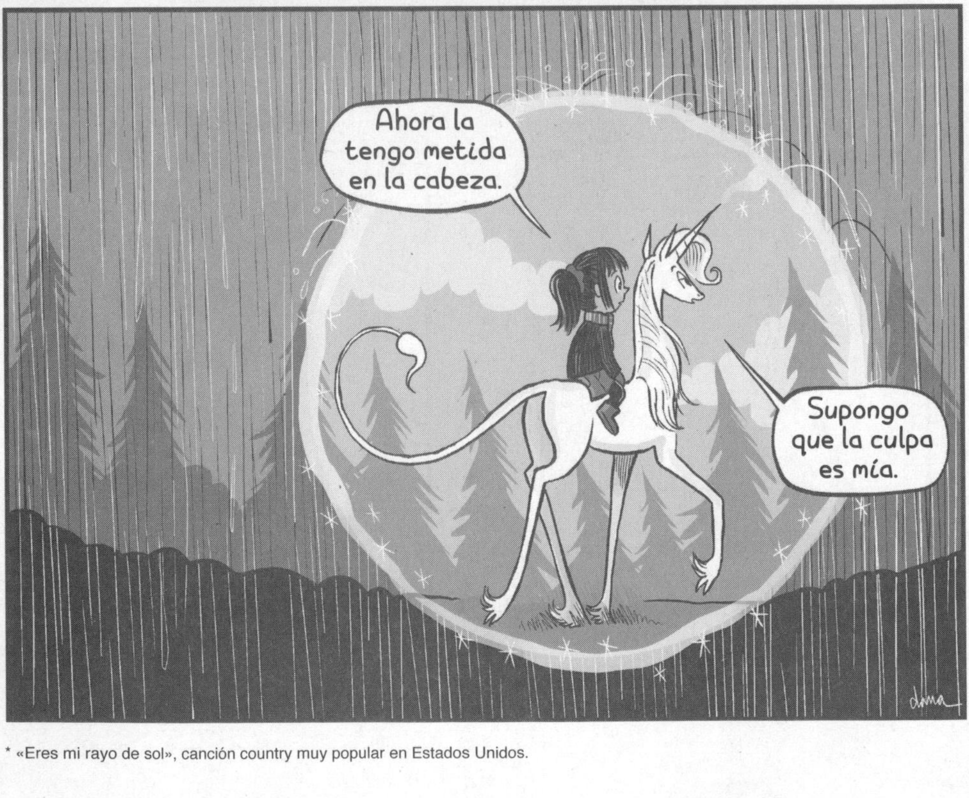
Ahora la tengo metida en la cabeza.
Supongo que la culpa es mía.

* «Eres mi rayo de sol», canción country muy popular en Estados Unidos.

MATE
¡Hola!
¿Qué?
Soy tu duende de respuestas.
¿Y por qué eres igual que Caléndula?
Porque solamente conoces a una criatura mágica.

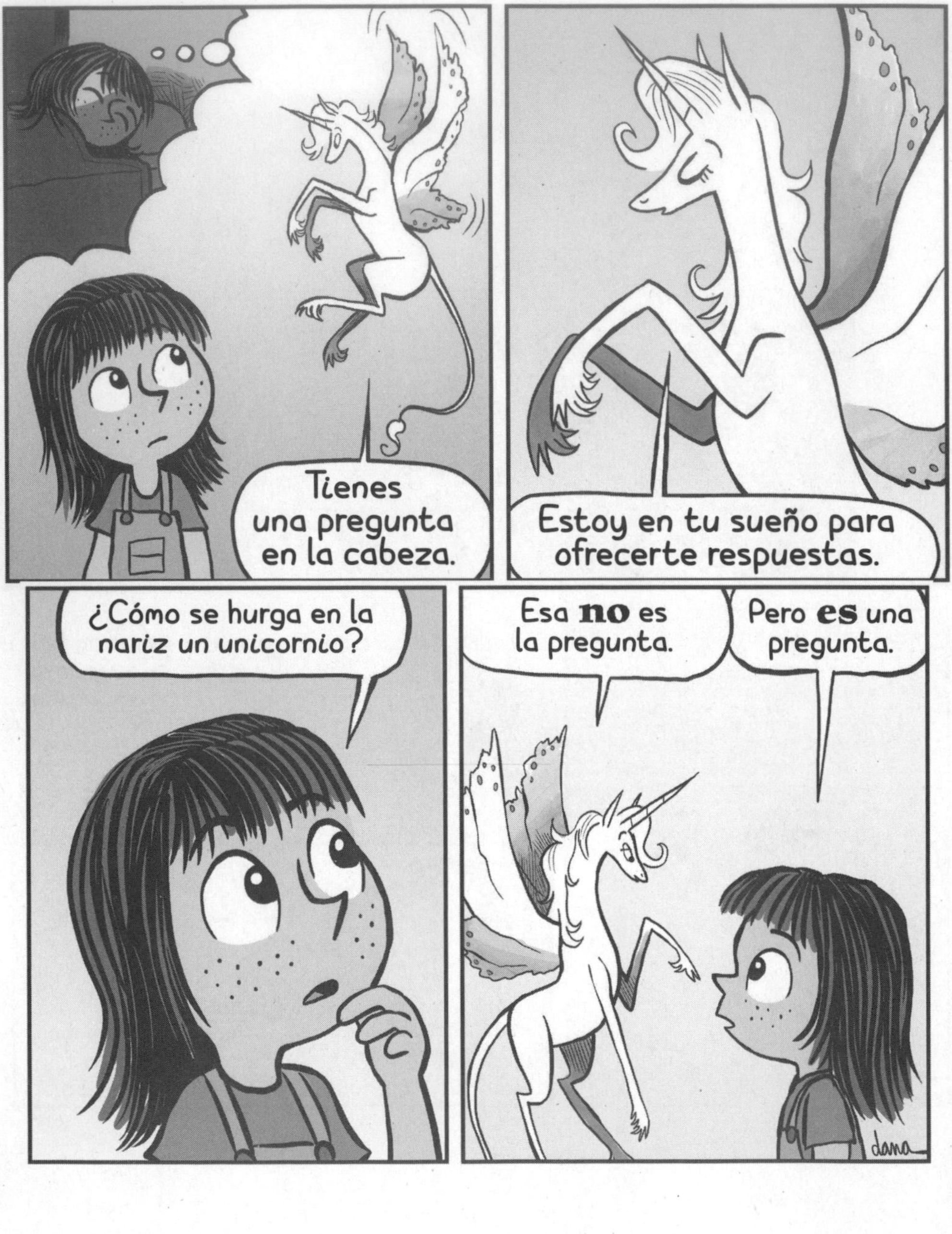
Tienes una pregunta en la cabeza.
Estoy en tu sueño para ofrecerte respuestas.
¿Cómo se hurga en la nariz un unicornio?
Esa **no** es la pregunta.
Pero **es** una pregunta.
dana

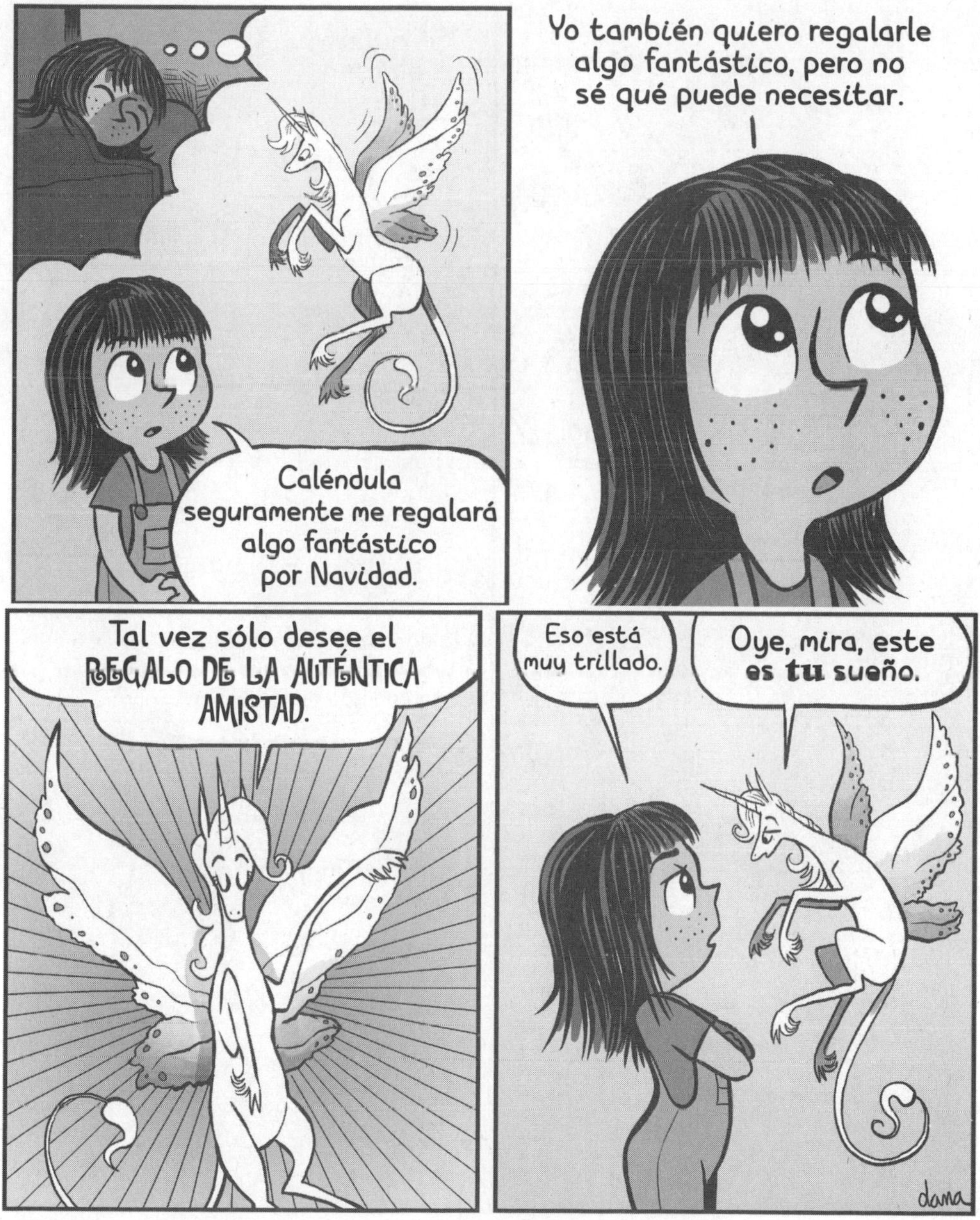

Caléndula seguramente me regalará algo fantástico por Navidad.
Yo también quiero regalarle algo fantástico, pero no sé qué puede necesitar.
Tal vez sólo desee el REGALO DE LA AUTÉNTICA AMISTAD.
Eso está muy trillado.
Oye, mira, este es tu sueño.
dana

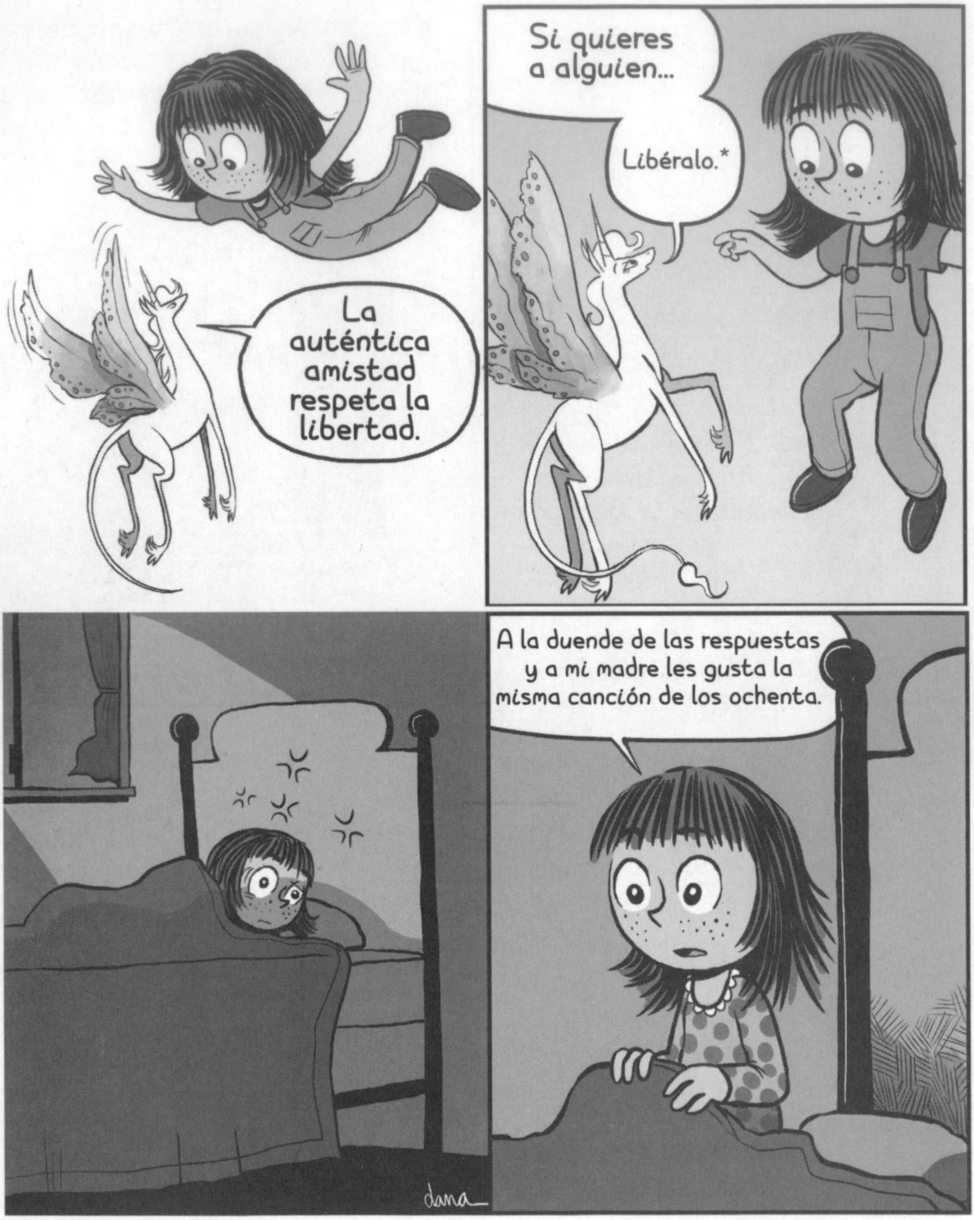
La auténtica amistad respeta la libertad.
Si quieres a alguien...
Libéralo.*
A la duende de las respuestas y a mi madre les gusta la misma canción de los ochenta.
dana

* «If you love somebody set them free», de Sting.

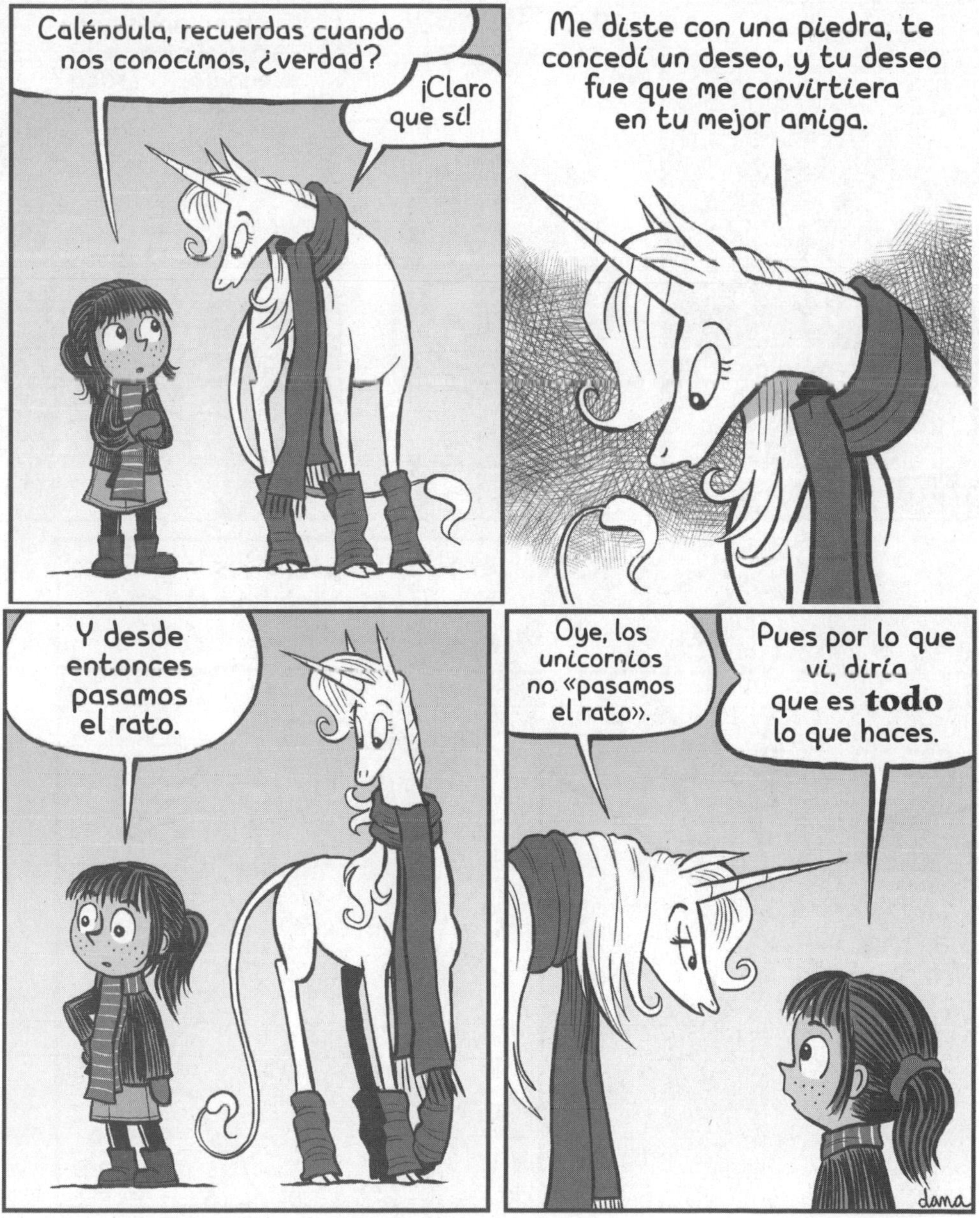
Caléndula, recuerdas cuando nos conocimos, ¿verdad?
¡Claro que sí!
Me diste con una piedra, te concedí un deseo, y tu deseo fue que me convirtiera en tu mejor amiga.
Y desde entonces pasamos el rato.
Oye, los unicornios no «pasamos el rato».
Pues por lo que vi, diría que es **todo** lo que haces.
dana

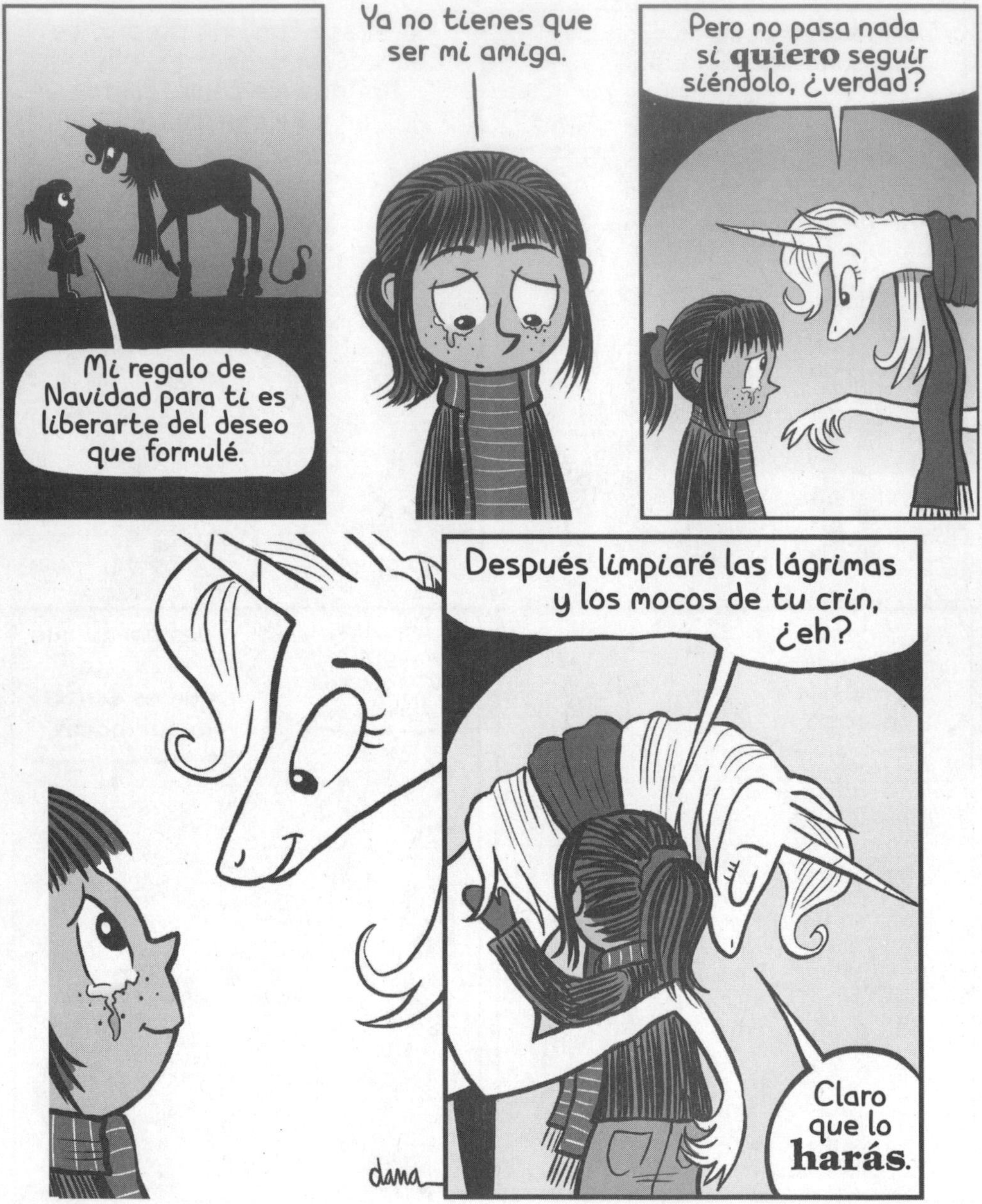
Mi regalo de Navidad para ti es liberarte del deseo que formulé.
Ya no tienes que ser mi amiga.
Pero no pasa nada si **quiero** seguir siéndolo, ¿verdad?
Después limpiaré las lágrimas y los mocos de tu crin, ¿eh?
Claro que lo **harás**.
dana

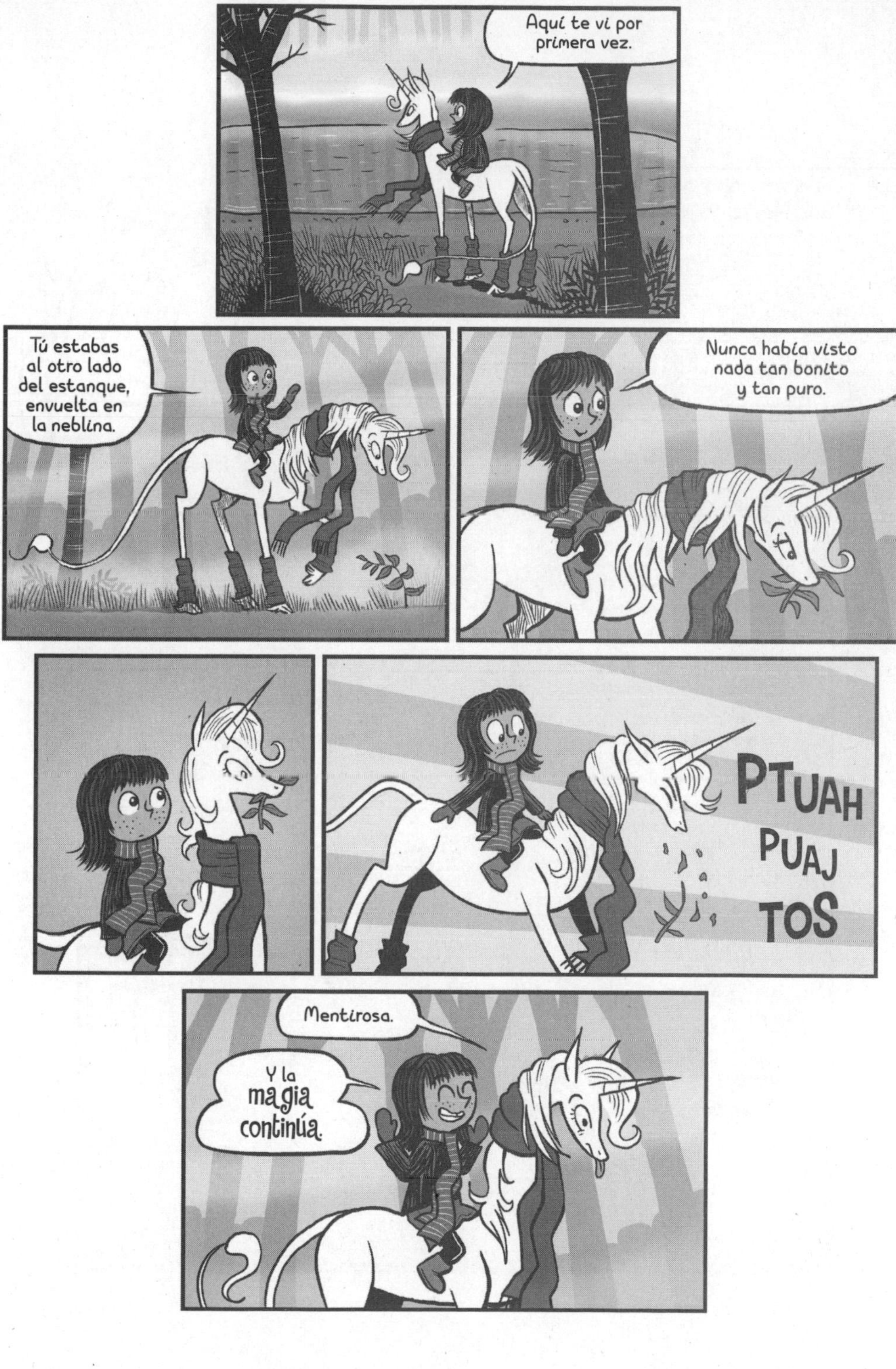
Aquí te vi por primera vez.
Tú estabas al otro lado del estanque, envuelta en la neblina.
Nunca había visto nada tan bonito y tan puro.
PTUAH
PUAJ
TOS
Mentirosa.
Y la magia continúa.

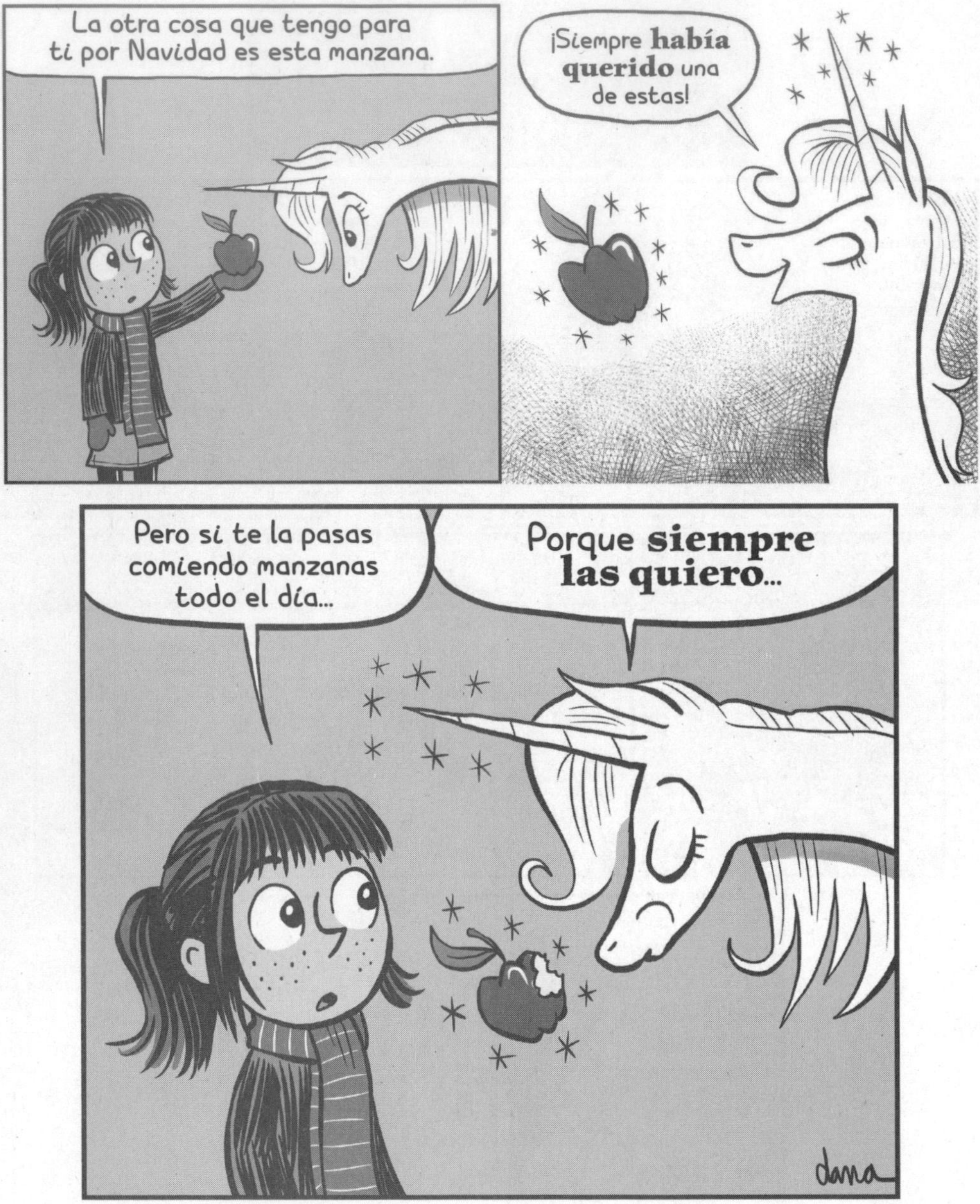
La otra cosa que tengo para ti por Navidad es esta manzana.
¡Siempre **había querido** una de estas!
Pero si te la pasas comiendo manzanas todo el día...
Porque **siempre las quiero**...
dana

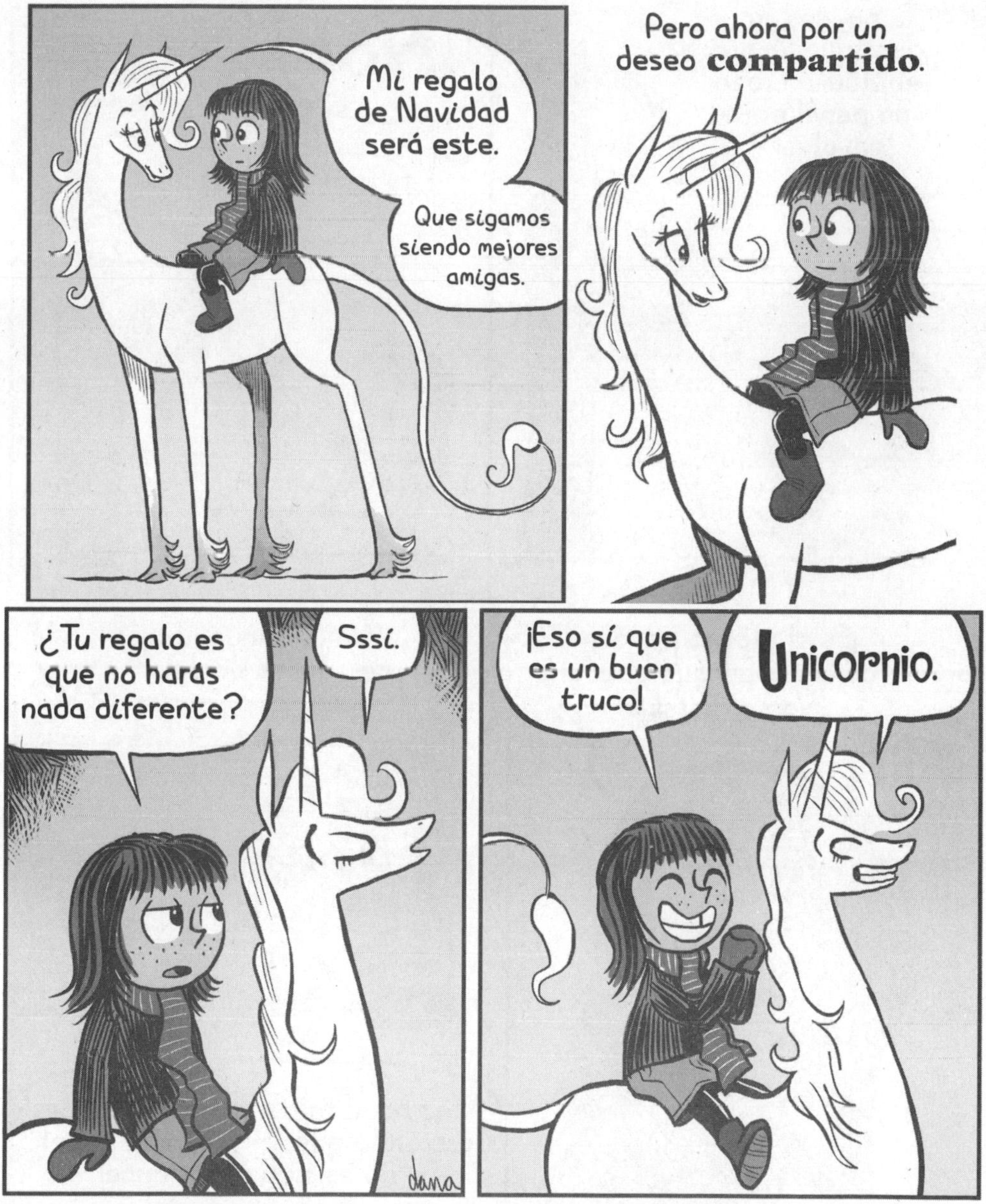
Mi regalo de Navidad será este.
Que sigamos siendo mejores amigas.
Pero ahora por un deseo **compartido**.
¿Tu regalo es que no harás nada diferente?
Sssí.
¡Eso sí que es un buen truco!
Unicornio.
dana

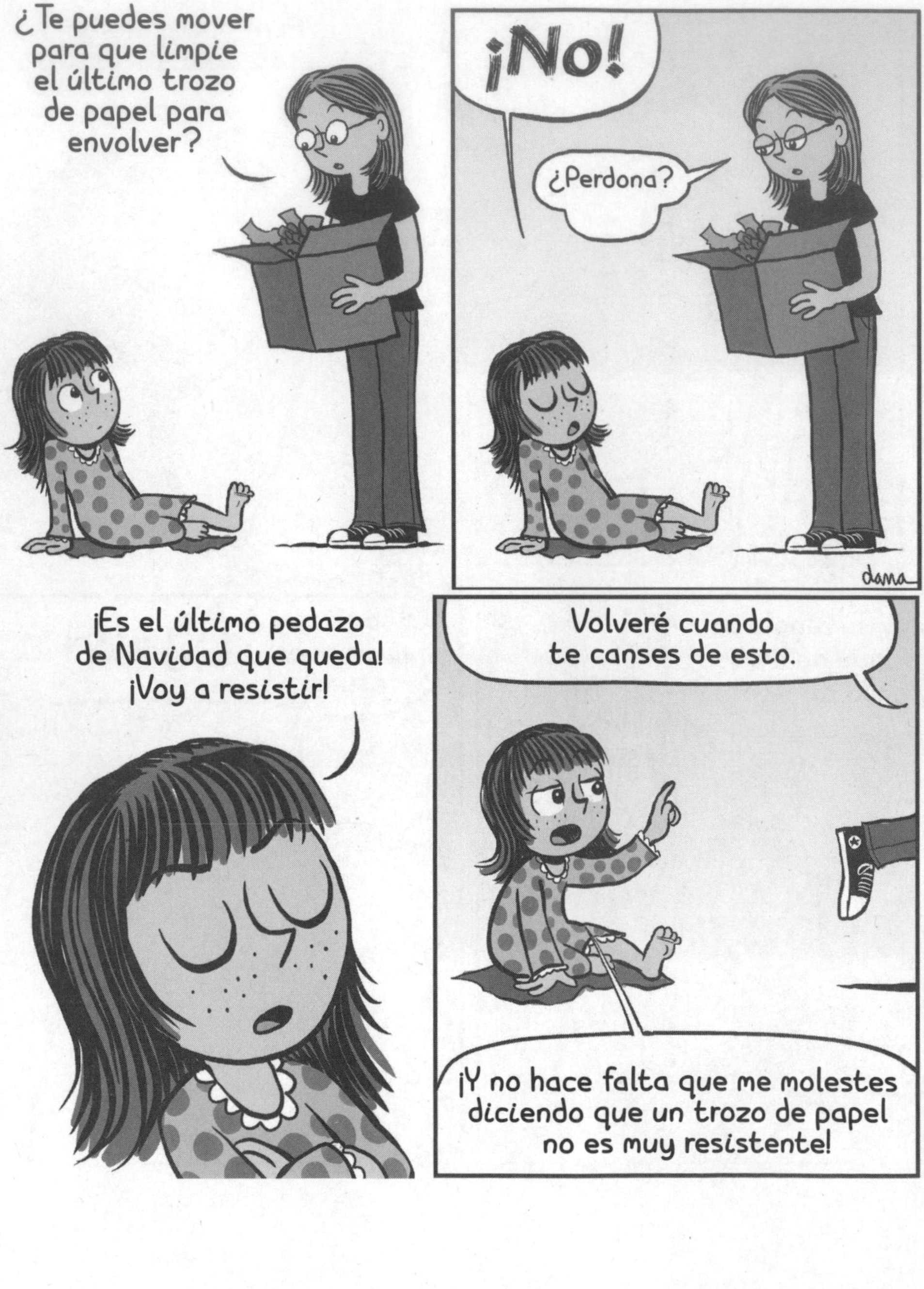
¿Te puedes mover para que limpie el último trozo de papel para envolver?
¡No!
¿Perdona?
dana
¡Es el último pedazo de Navidad que queda! ¡Voy a resistir!
Volveré cuando te canses de esto.
¡Y no hace falta que me molestes diciendo que un trozo de papel no es muy resistente!

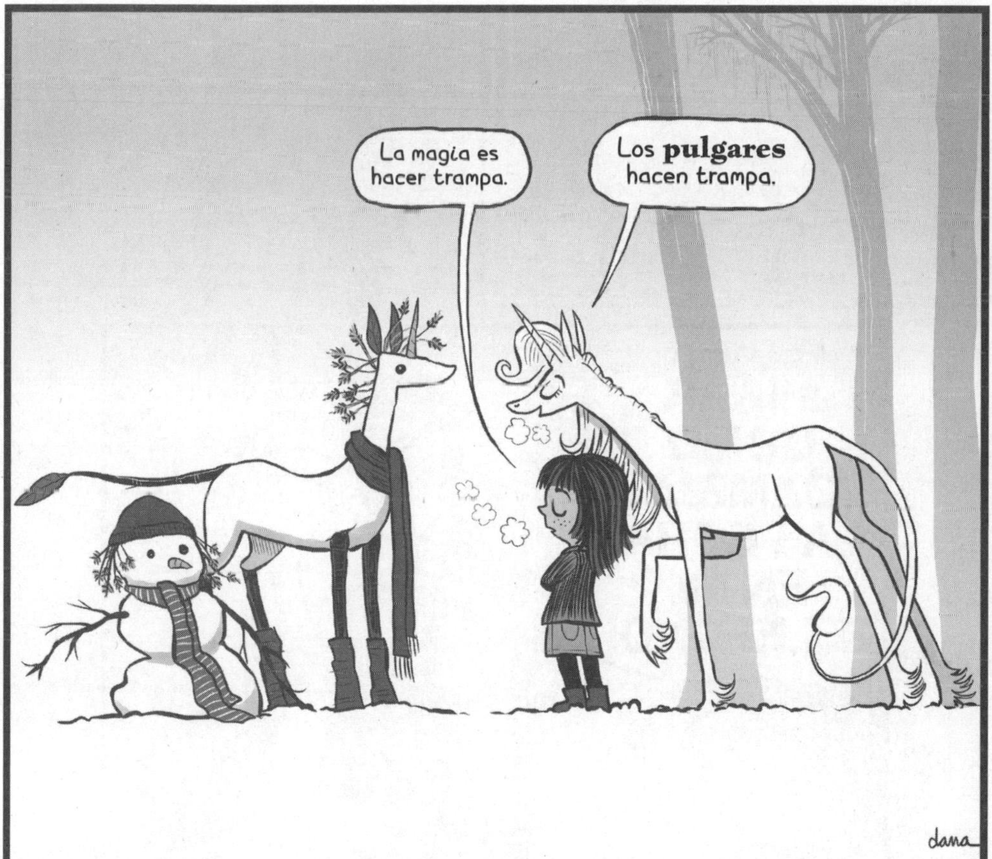
La magia es hacer trampa.
Los **pulgares** hacen trampa.
dana

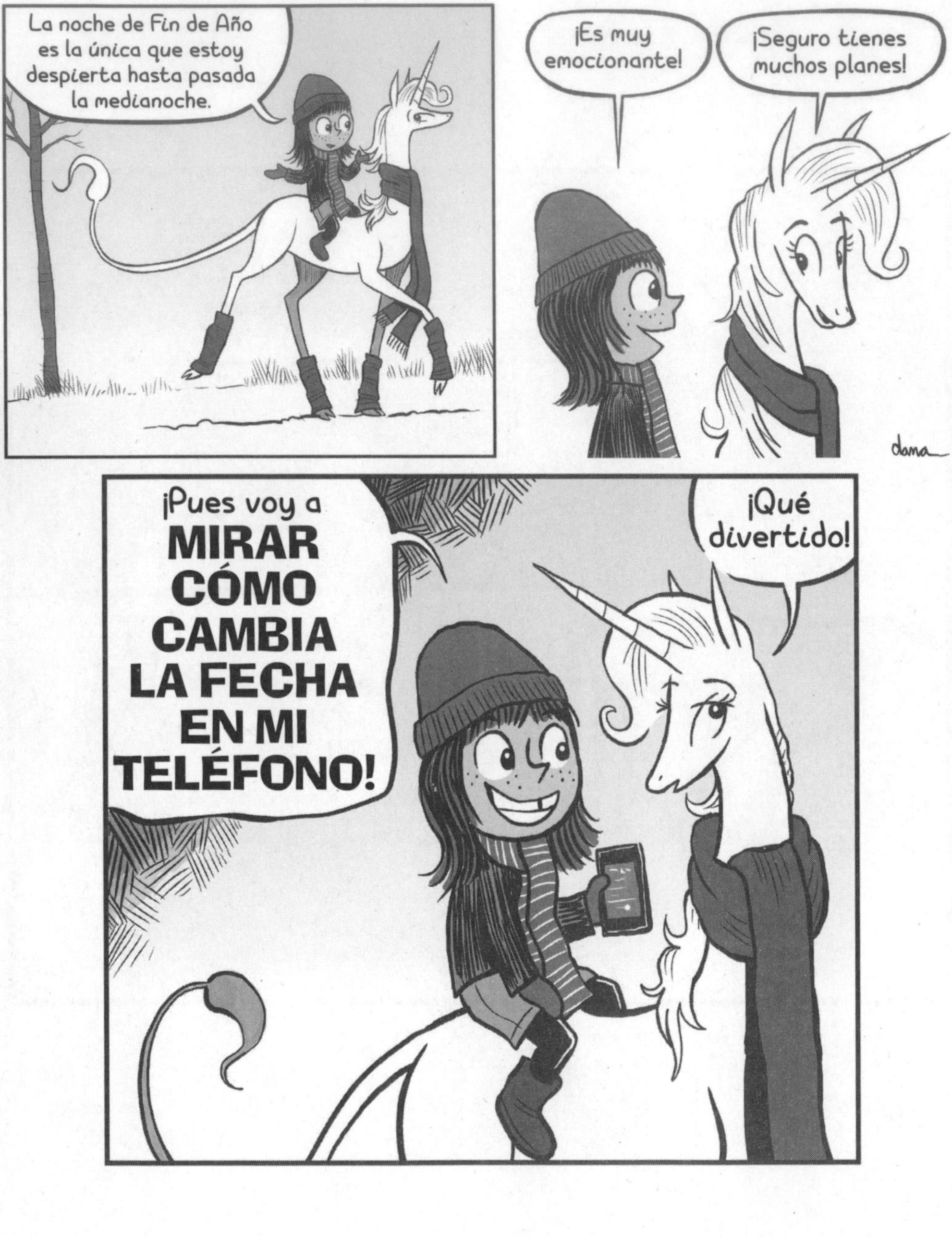
La noche de Fin de Año es la única que estoy despierta hasta pasada la medianoche.
¡Es muy emocionante!
¡Seguro tienes muchos planes!
dana
¡Pues voy a **MIRAR CÓMO CAMBIA LA FECHA EN MI TELÉFONO!**
¡Qué divertido!

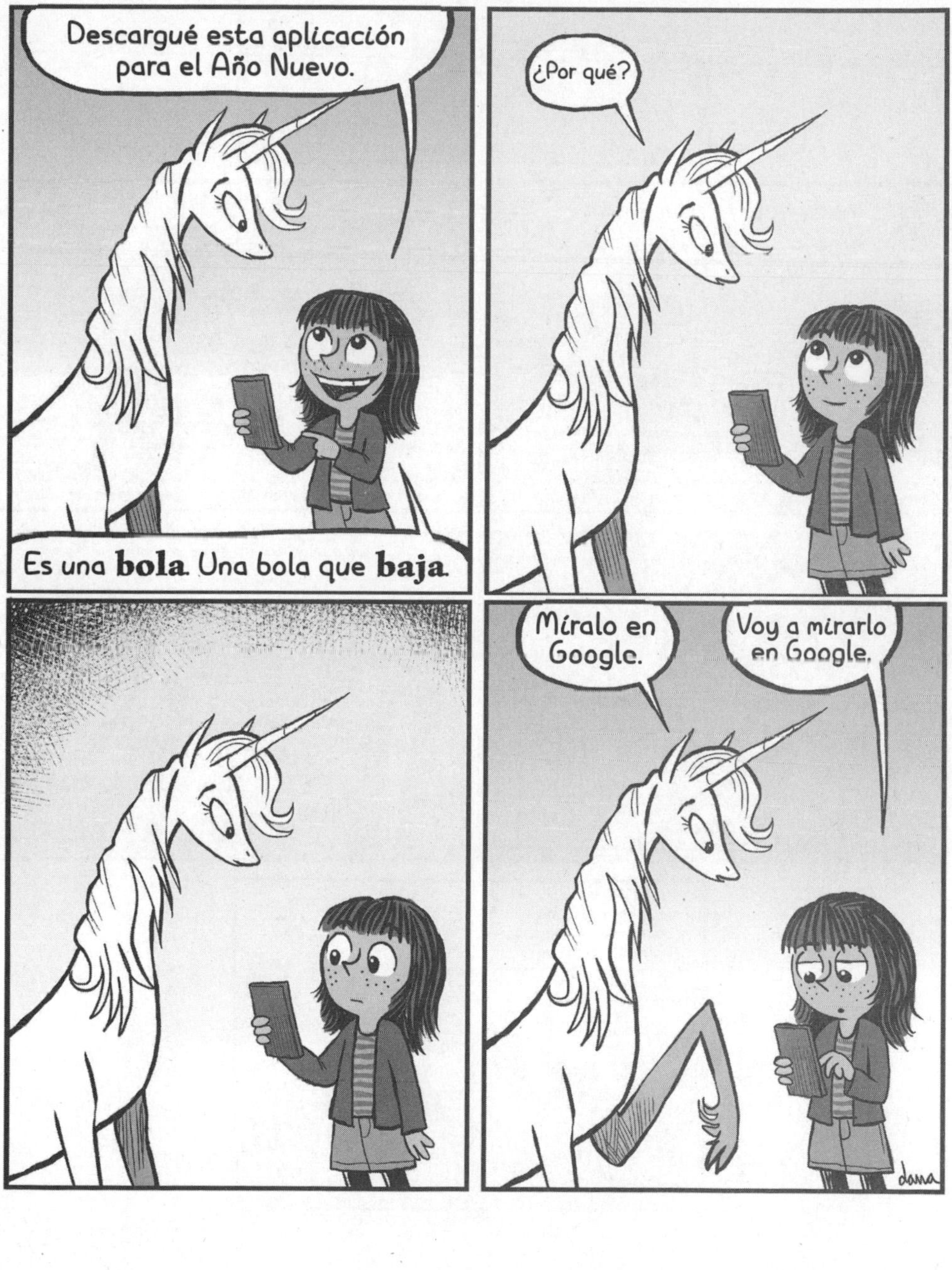
Descargué esta aplicación para el Año Nuevo.
Es una bola. Una bola que baja.
¿Por qué?
Míralo en Google.
Voy a mirarlo en Google.
dana

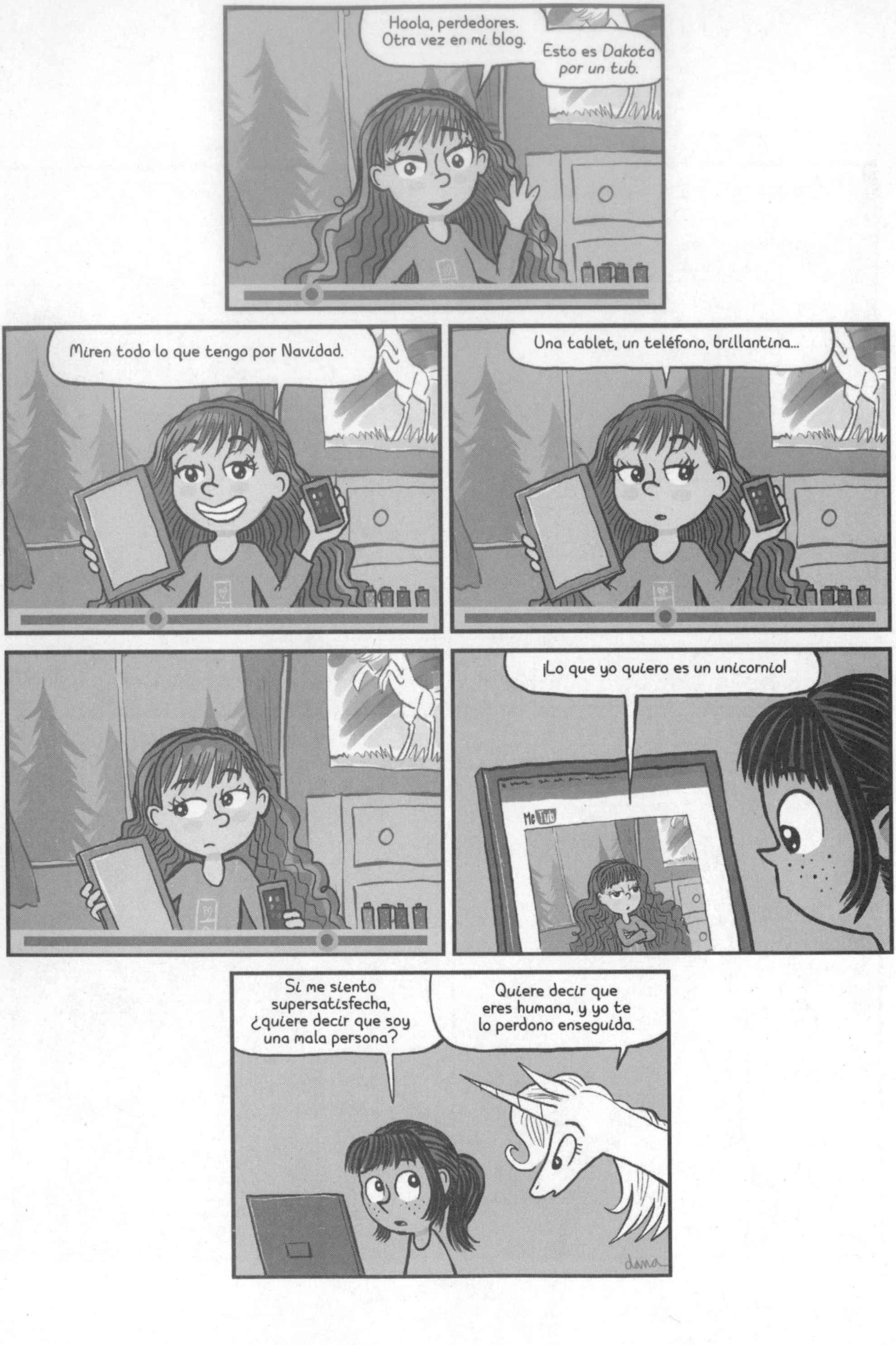
Hoola, perdedores. Otra vez en mi blog.
Esto es Dakota por un tub.
Miren todo lo que tengo por Navidad.
Una tablet, un teléfono, brillantina...
¡Lo que yo quiero es un unicornio!
Si me siento supersatisfecha, ¿quiere decir que soy una mala persona?
Quiere decir que eres humana, y yo te lo perdono enseguida.

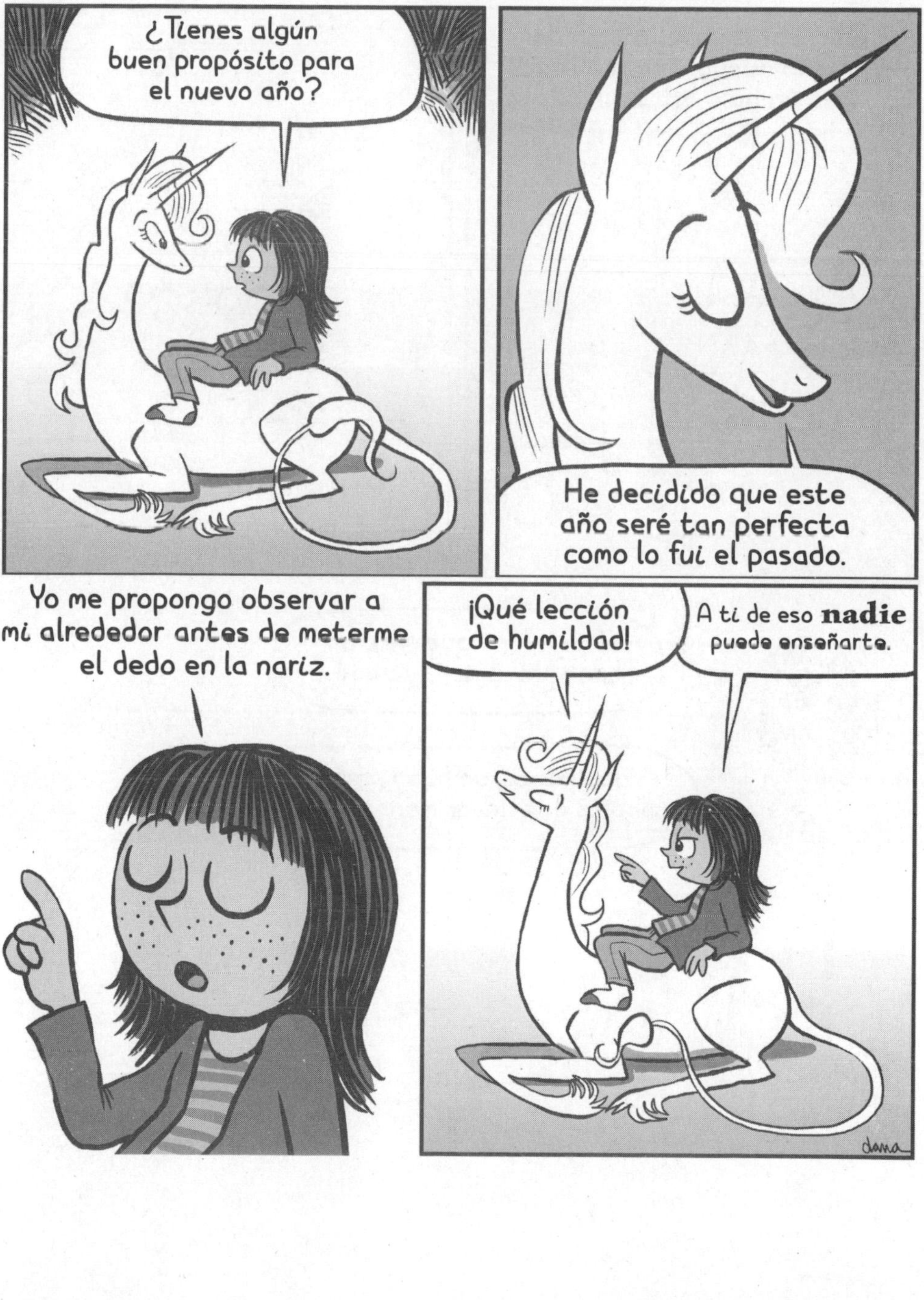
¿Tienes algún buen propósito para el nuevo año?
He decidido que este año seré tan perfecta como lo fui el pasado.
Yo me propongo observar a mi alrededor antes de meterme el dedo en la nariz.
¡Qué lección de humildad!
A ti de eso **nadie** puede enseñarte.
dana

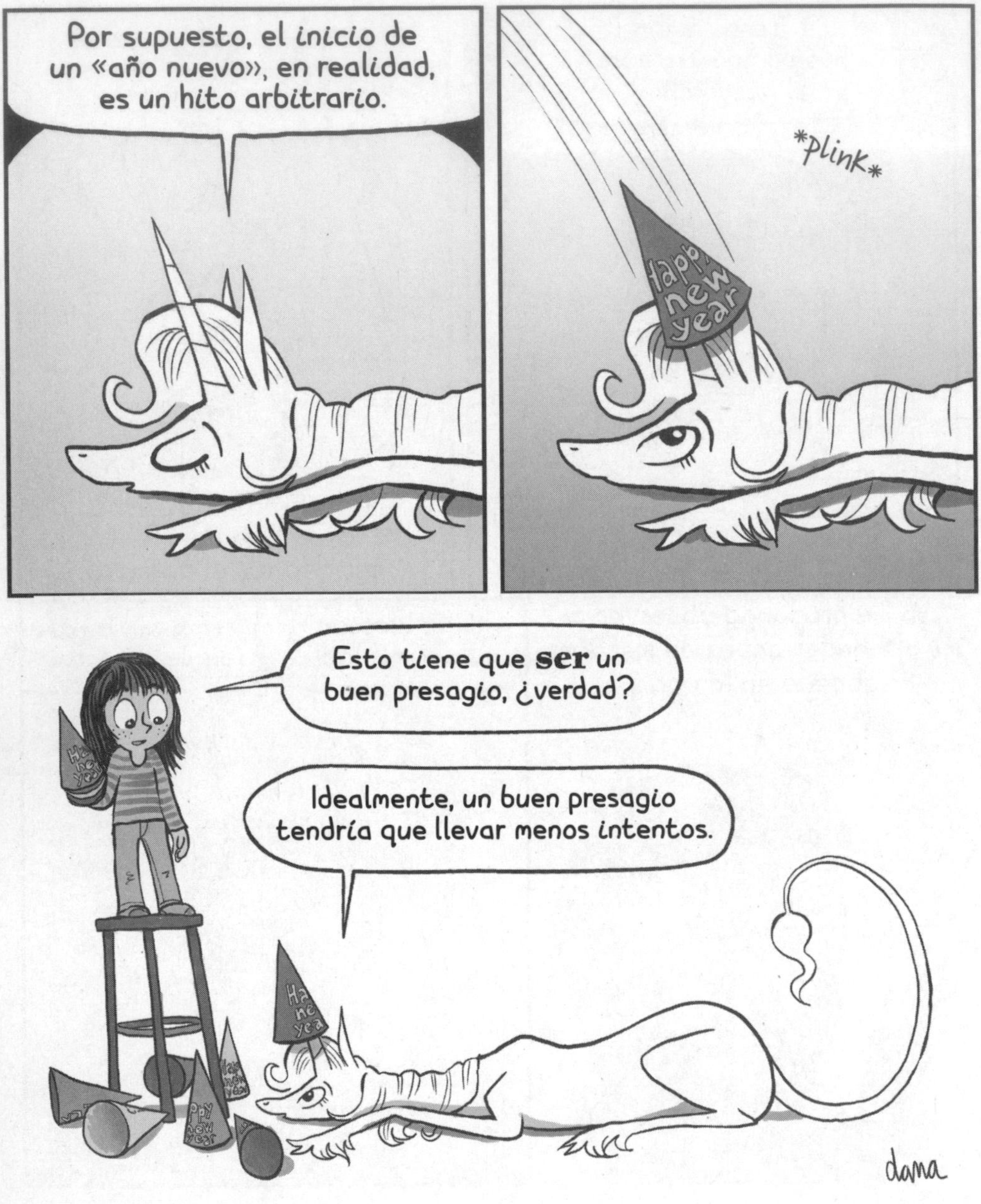
Por supuesto, el inicio de un «año nuevo», en realidad, es un hito arbitrario.
plink
Happy new year
Esto tiene que ser un buen presagio, ¿verdad?
Idealmente, un buen presagio tendría que llevar menos intentos.
dana

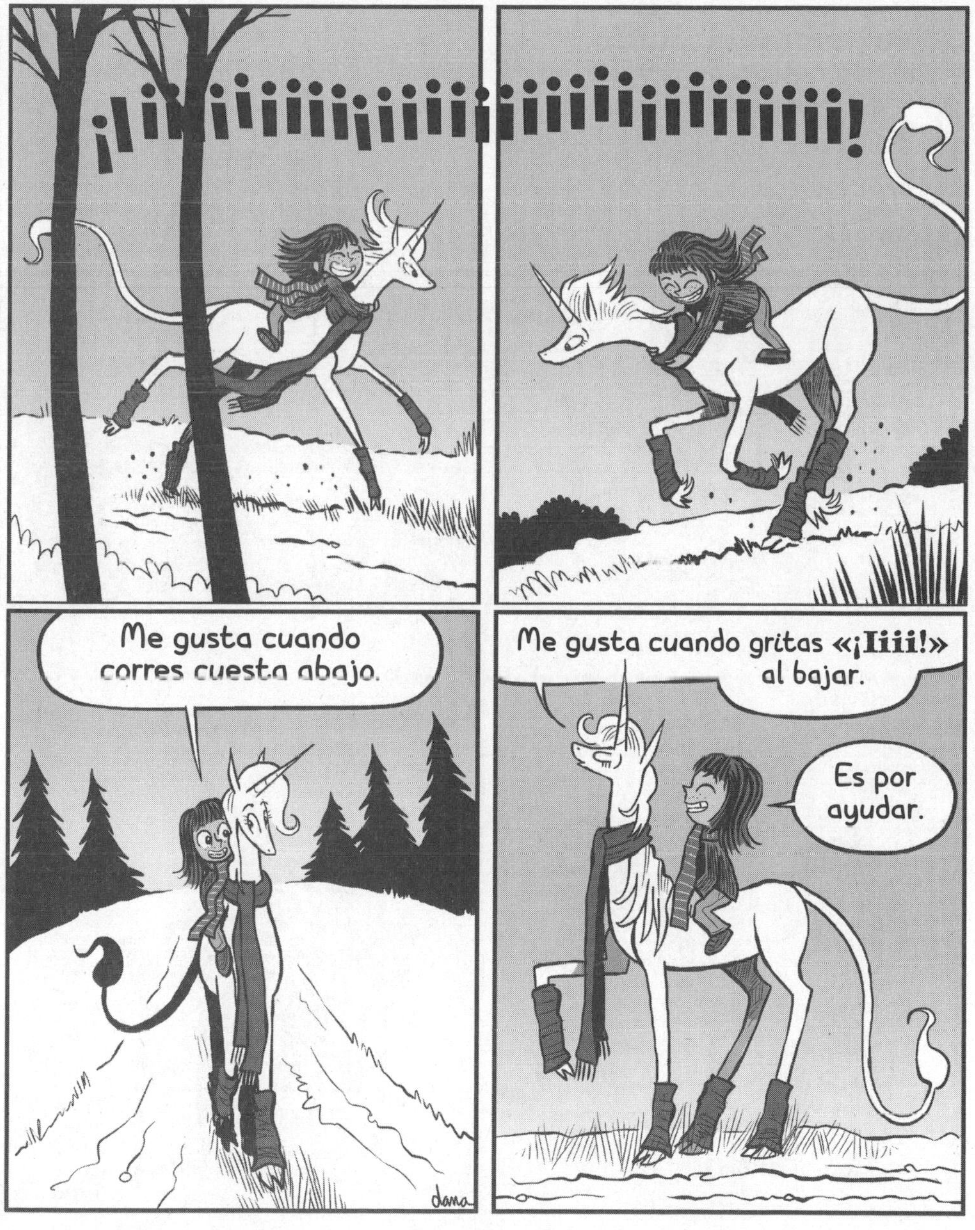

¡Iiiiiiiiiiiiiiiiiiiiiiiiiiiii!
Me gusta cuando corres cuesta abajo.
Me gusta cuando gritas «¡Iiii!» al bajar.
Es por ayudar.
dana

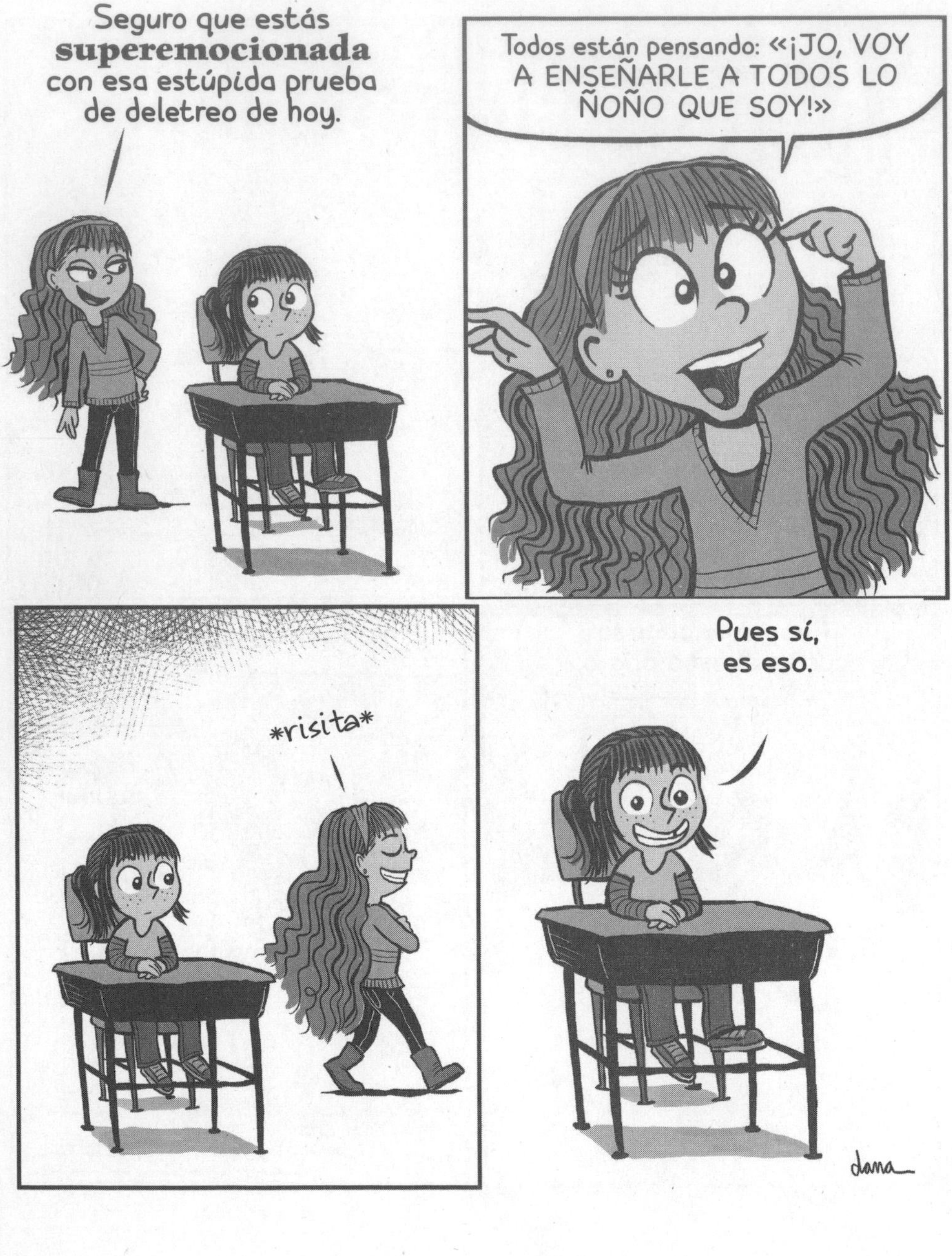
Seguro que estás **superemocionada** con esa estúpida prueba de deletreo de hoy.
Todos están pensando: «¡JO, VOY A ENSEÑARLE A TODOS LO ÑOÑO QUE SOY!»
risita
Pues sí, es eso.
dana

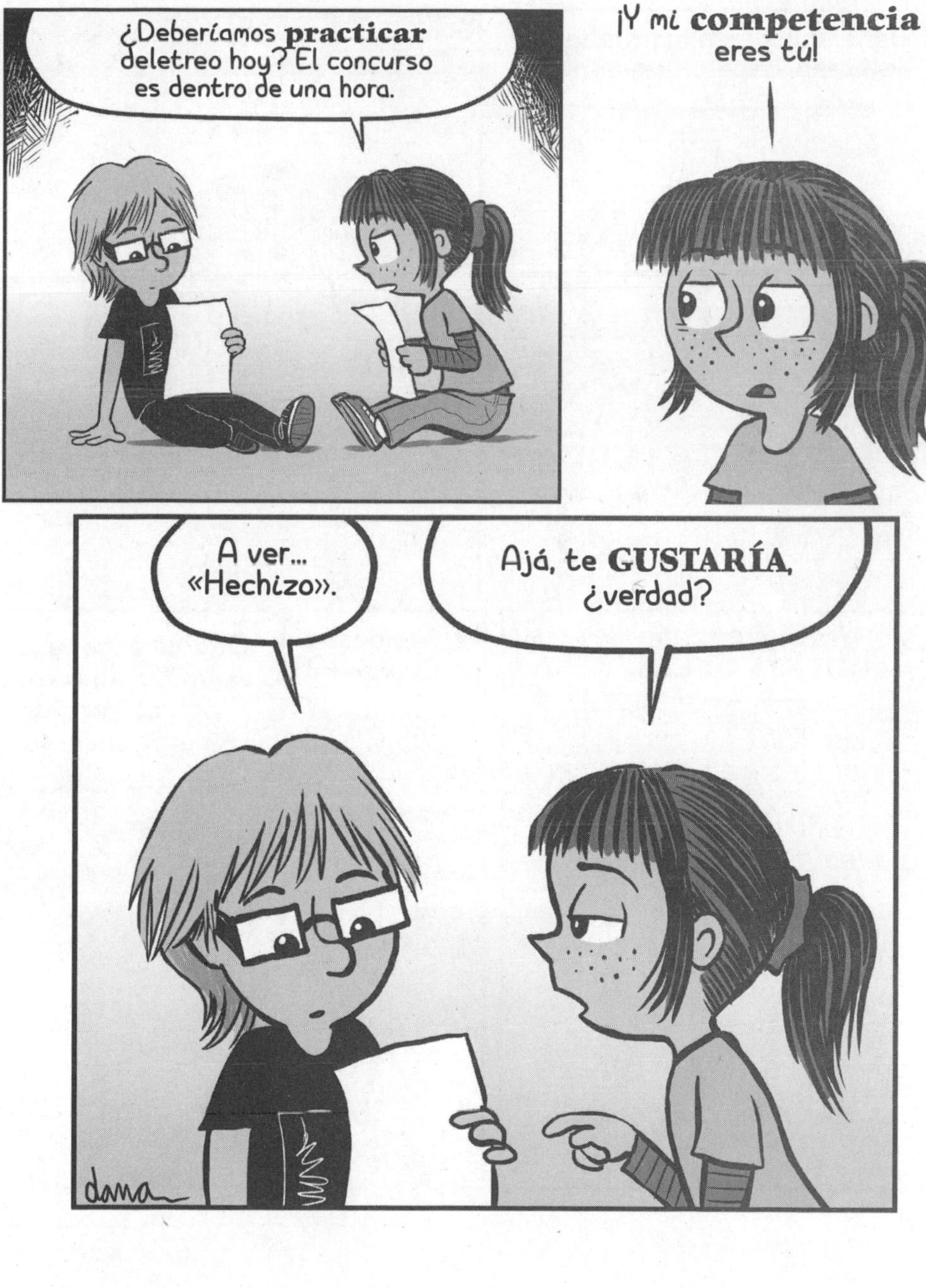
¿Deberíamos **practicar** deletreo hoy? El concurso es dentro de una hora.
¡Y mi **competencia** eres tú!
A ver… «Hechizo».
Ajá, te **GUSTARÍA**, ¿verdad?
dana

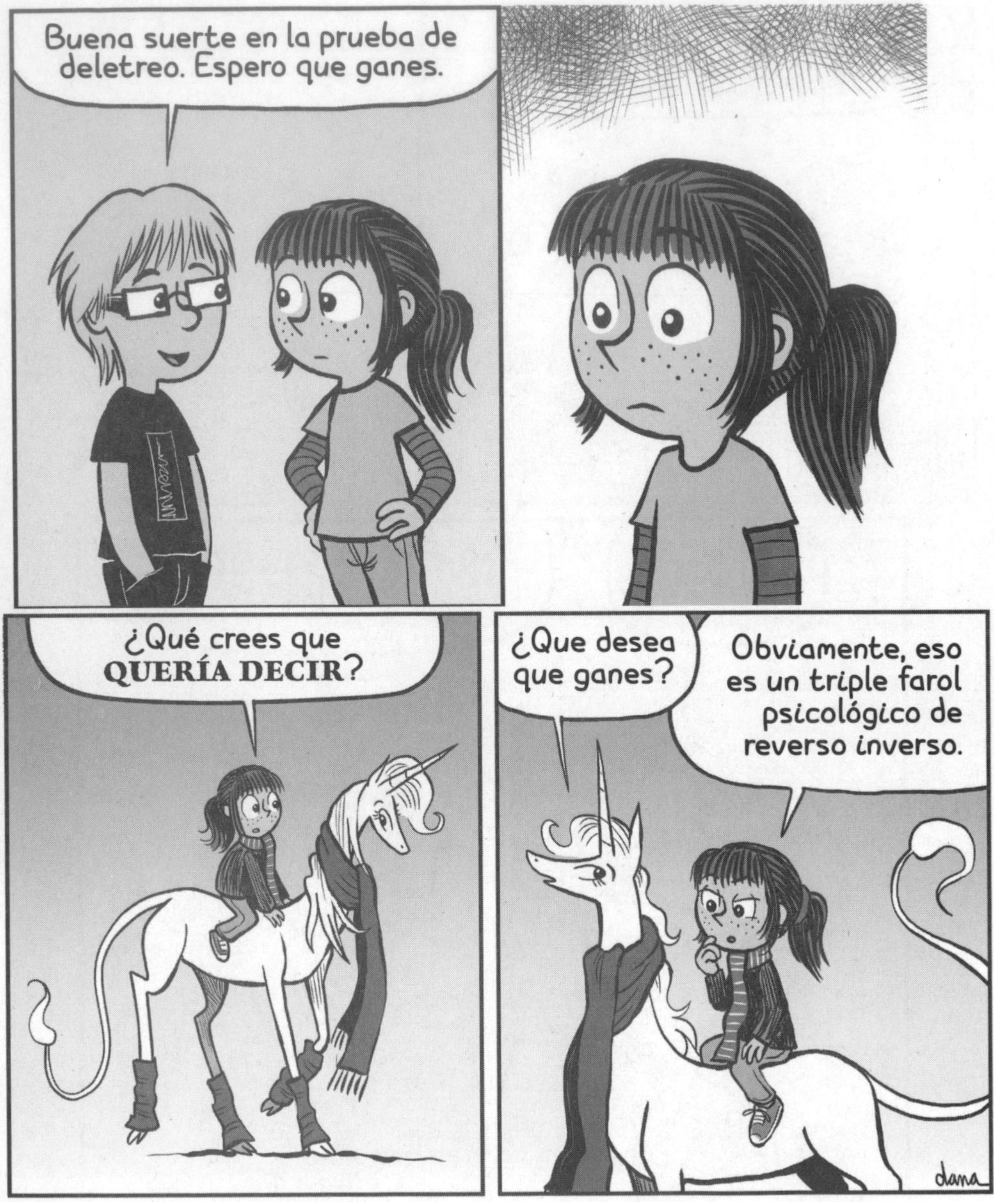
Buena suerte en la prueba de deletreo. Espero que ganes.
¿Qué crees que **QUERÍA DECIR**?
¿Que desea que ganes?
Obviamente, eso es un triple farol psicológico de reverso inverso.
dana

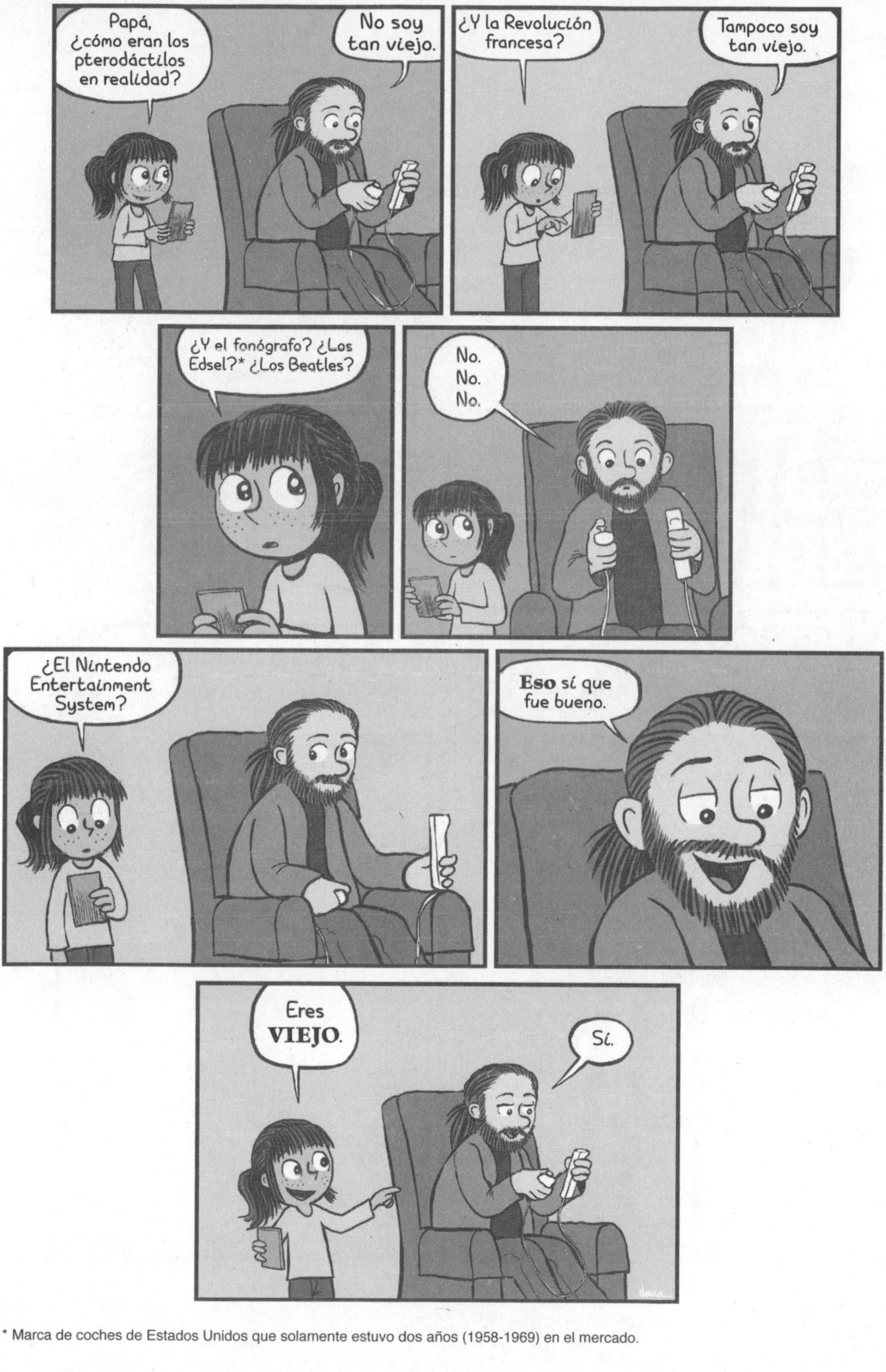
Papá, ¿cómo eran los pterodáctilos en realidad?
No soy tan viejo.
¿Y la Revolución francesa?
Tampoco soy tan viejo.
¿Y el fonógrafo? ¿Los Edsel?* ¿Los Beatles?
No. No. No.
¿El Nintendo Entertainment System?
Eso sí que fue bueno.
Eres VIEJO.
Sí.

* Marca de coches de Estados Unidos que solamente estuvo dos años (1958-1969) en el mercado.

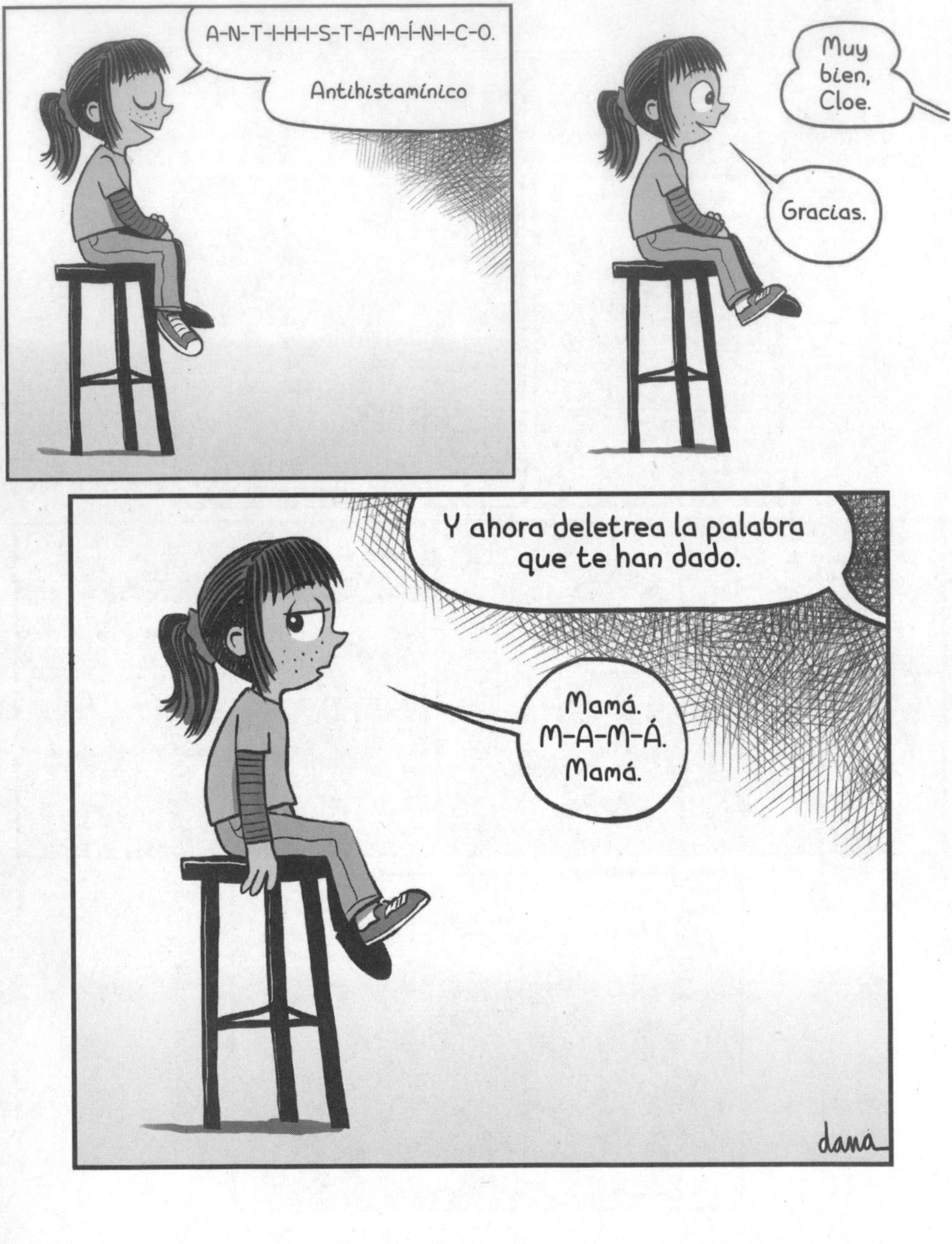
A-N-T-I-H-I-S-T-A-M-Í-N-I-C-O.
Antihistamínico
Muy bien, Cloe.
Gracias.
Y ahora deletrea la palabra que te han dado.
Mamá. M-A-M-Á. Mamá.
dana

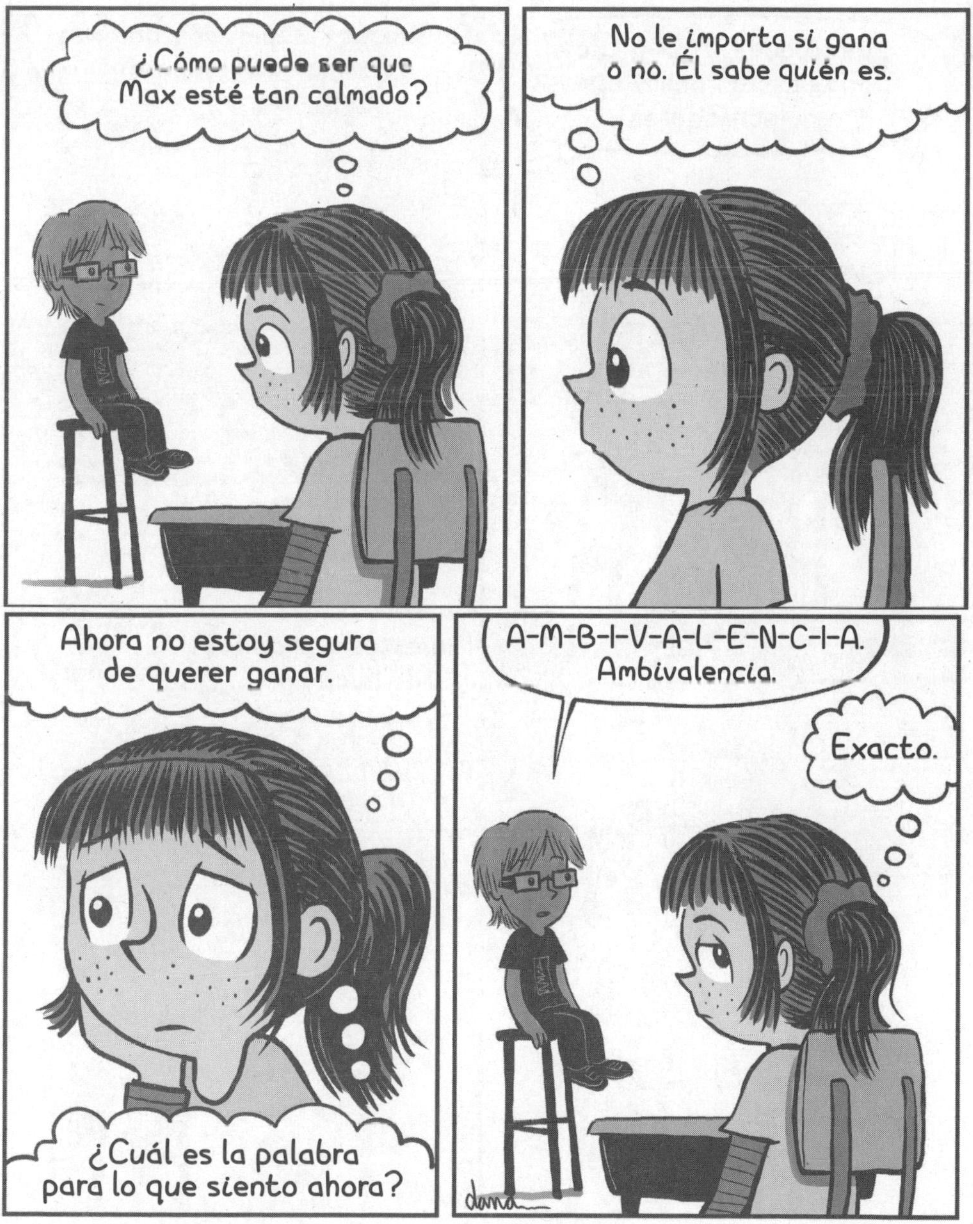
¿Cómo puede ser que Max esté tan calmado?
No le importa si gana o no. Él sabe quién es.
Ahora no estoy segura de querer ganar.
¿Cuál es la palabra para lo que siento ahora?
A-M-B-I-V-A-L-E-N-C-I-A. Ambivalencia.
Exacto.
dana

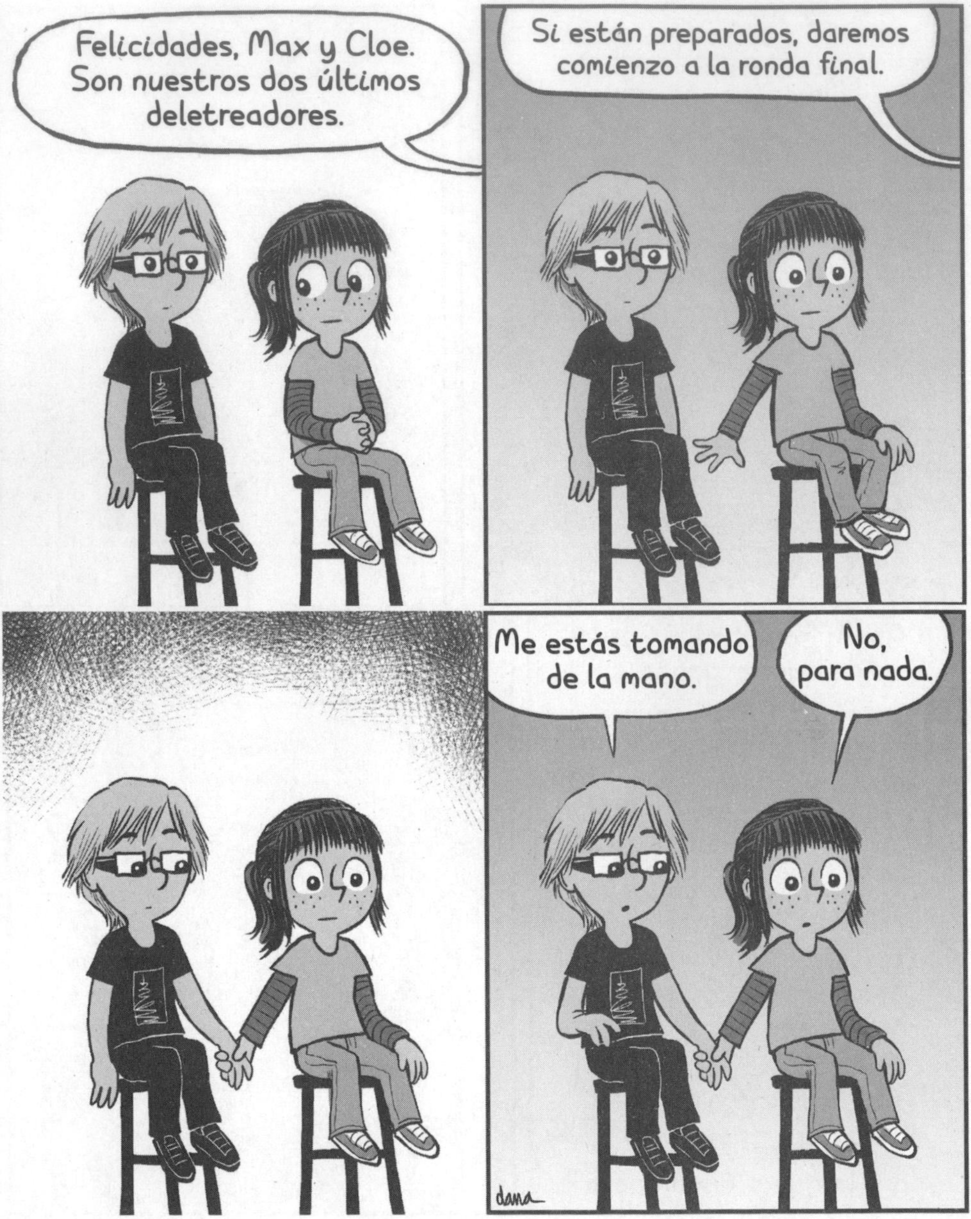
Felicidades, Max y Cloe. Son nuestros dos últimos deletreadores.
Si están preparados, daremos comienzo a la ronda final.
Me estás tomando de la mano.
No, para nada.
dana

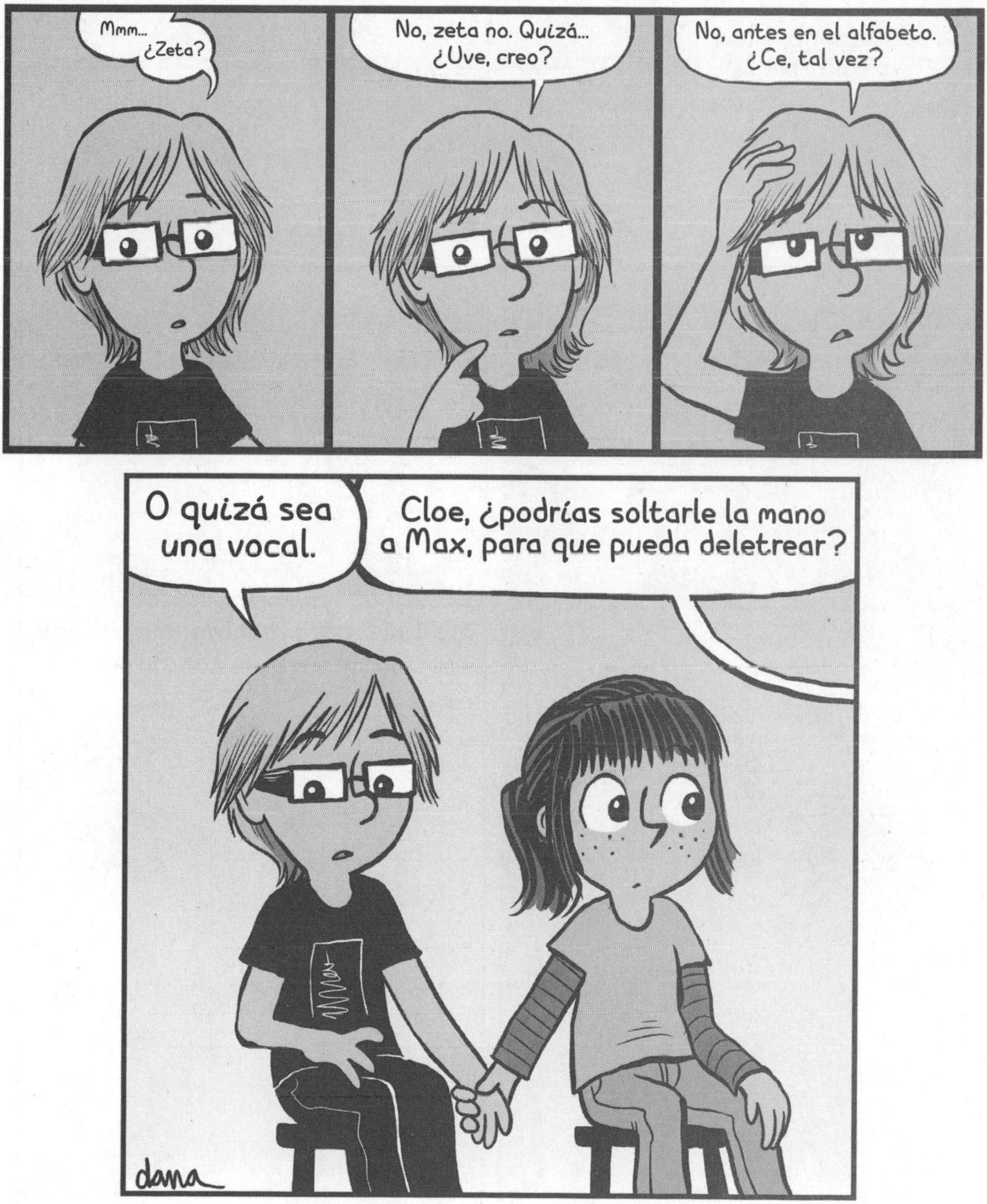
Mmm... ¿Zeta?
No, zeta no. Quizá... ¿Uve, creo?
No, antes en el alfabeto. ¿Ce, tal vez?
O quizá sea una vocal.
Cloe, ¿podrías soltarle la mano a Max, para que pueda deletrear?
dana

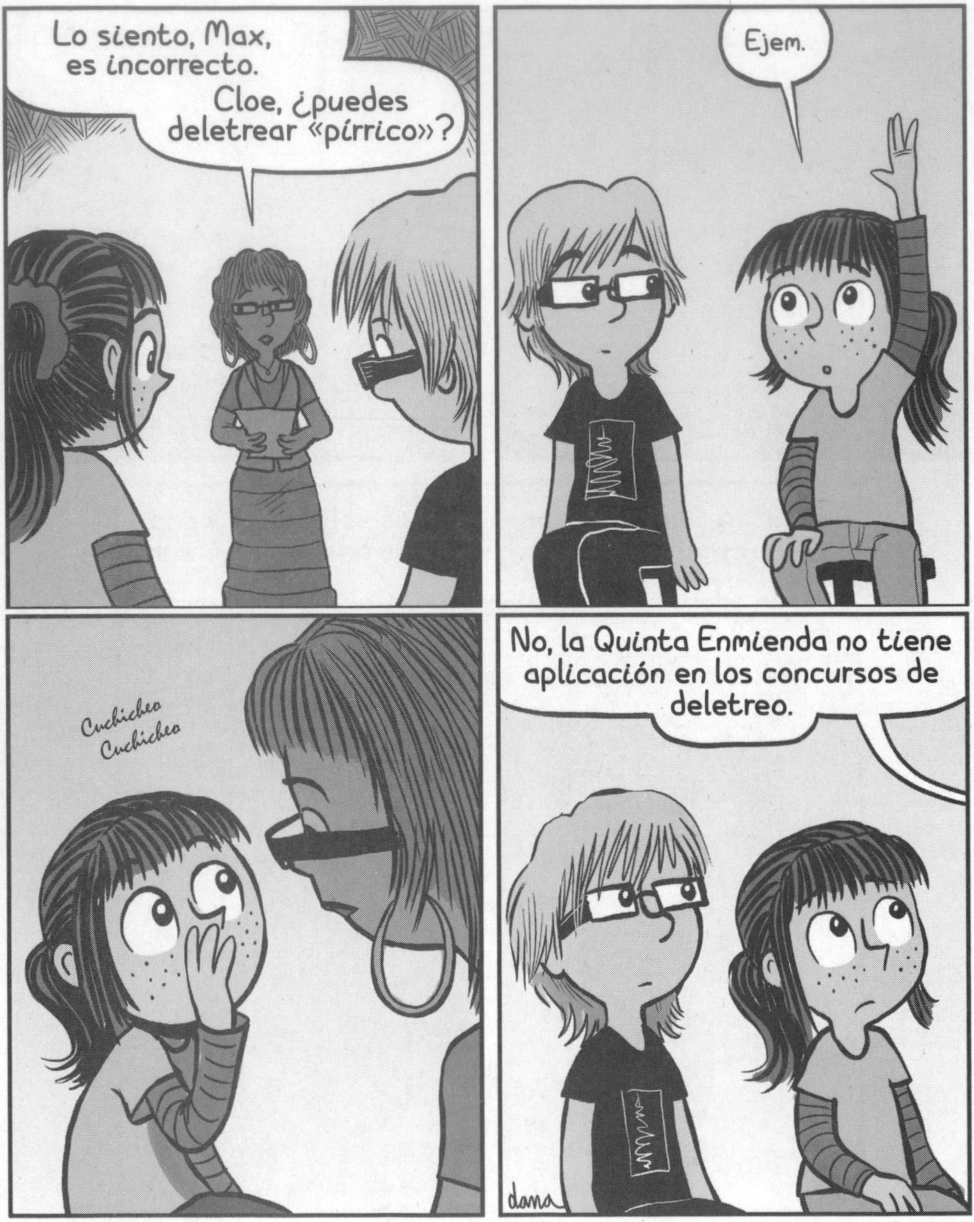
Lo siento, Max, es incorrecto.
Cloe, ¿puedes deletrear «pírrico»?
Ejem.
Cuchicheo
Cuchicheo
No, la Quinta Enmienda no tiene aplicación en los concursos de deletreo.
dana

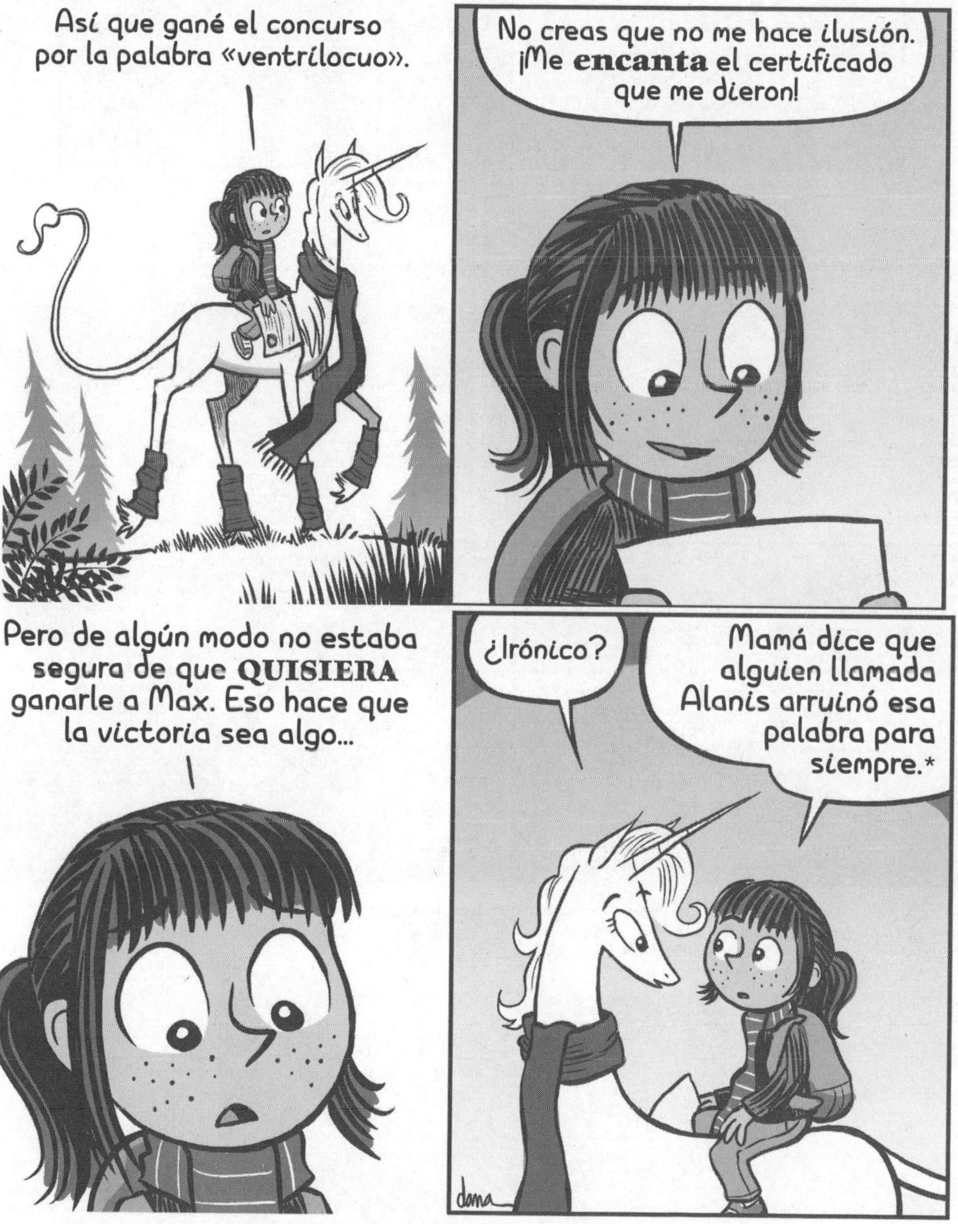
Así que gané el concurso por la palabra «ventrílocuo».
No creas que no me hace ilusión. ¡Me **encanta** el certificado que me dieron!
Pero de algún modo no estaba segura de que **QUISIERA** ganarle a Max. Eso hace que la victoria sea algo...
¿Irónico?
Mamá dice que alguien llamada Alanis arruinó esa palabra para siempre.*
dana

* Alanis Morissette, «Ironic», canción de éxito en las listas de 1995.

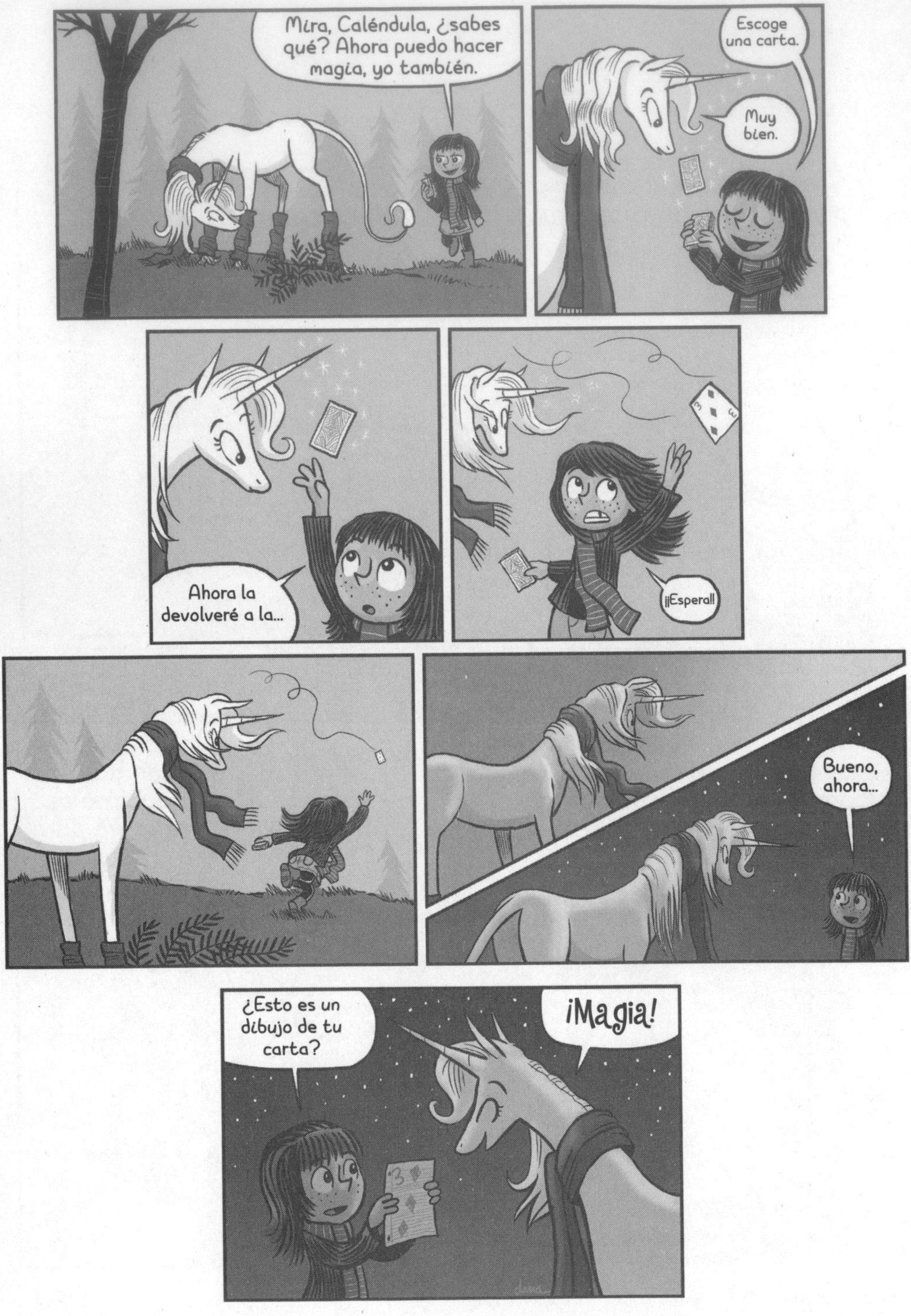

Mira, Caléndula, ¿sabes qué? Ahora puedo hacer magia, yo también.
Escoge una carta.
Muy bien.
Ahora la devolveré a la...
¡¡Espera!!
Bueno, ahora...
¿Esto es un dibujo de tu carta?
¡Magia!

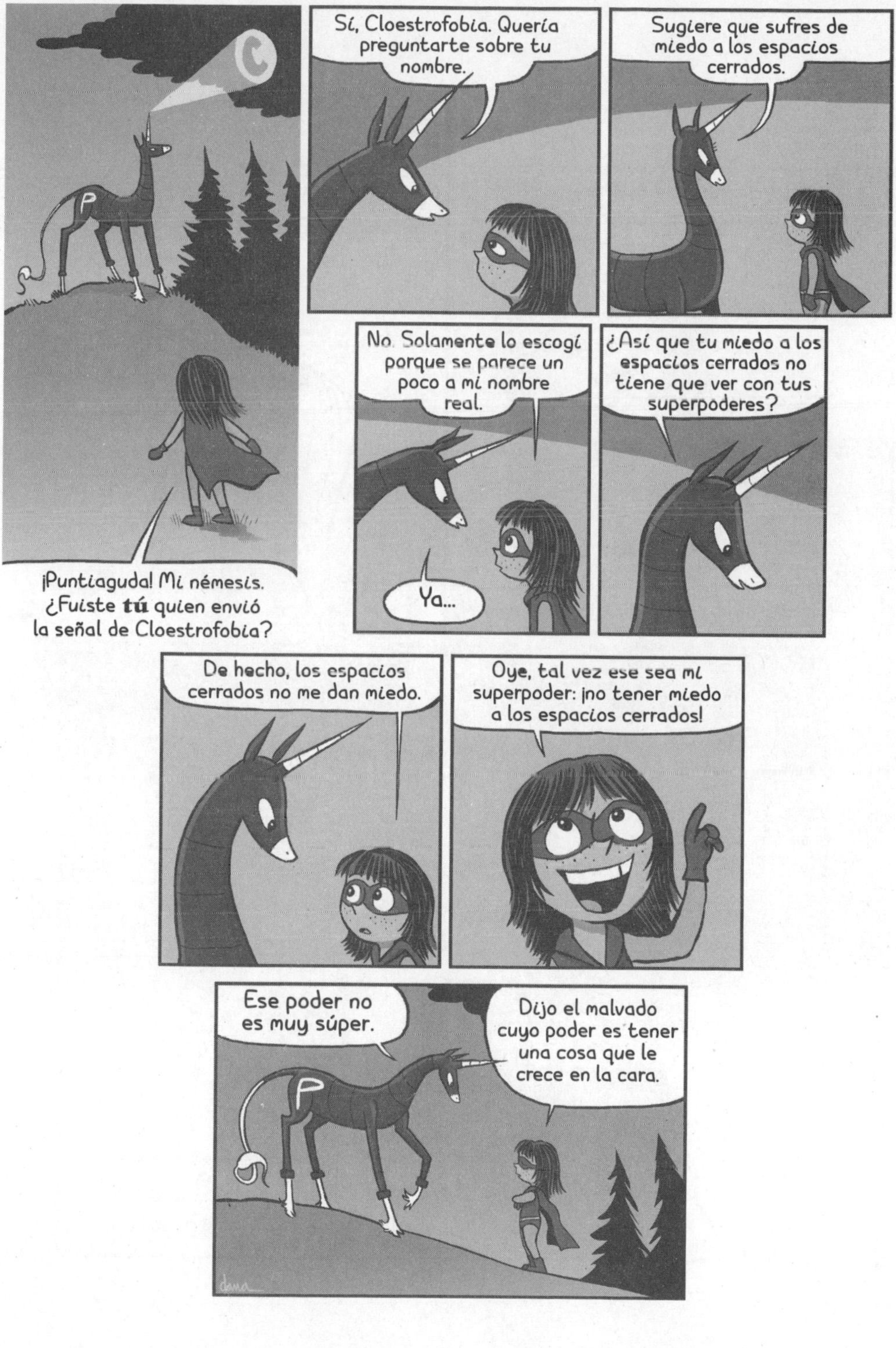

¡Puntiaguda! Mi némesis.
¿Fuiste **tú** quien envió la señal de Cloestrofobia?
Sí, Cloestrofobia. Quería preguntarte sobre tu nombre.
Sugiere que sufres de miedo a los espacios cerrados.
No. Solamente lo escogí porque se parece un poco a mi nombre real.
Ya...
¿Así que tu miedo a los espacios cerrados no tiene que ver con tus superpoderes?
De hecho, los espacios cerrados no me dan miedo.
Oye, tal vez ese sea mi superpoder: ¡no tener miedo a los espacios cerrados!
Ese poder no es muy súper.
Dijo el malvado cuyo poder es tener una cosa que le crece en la cara.

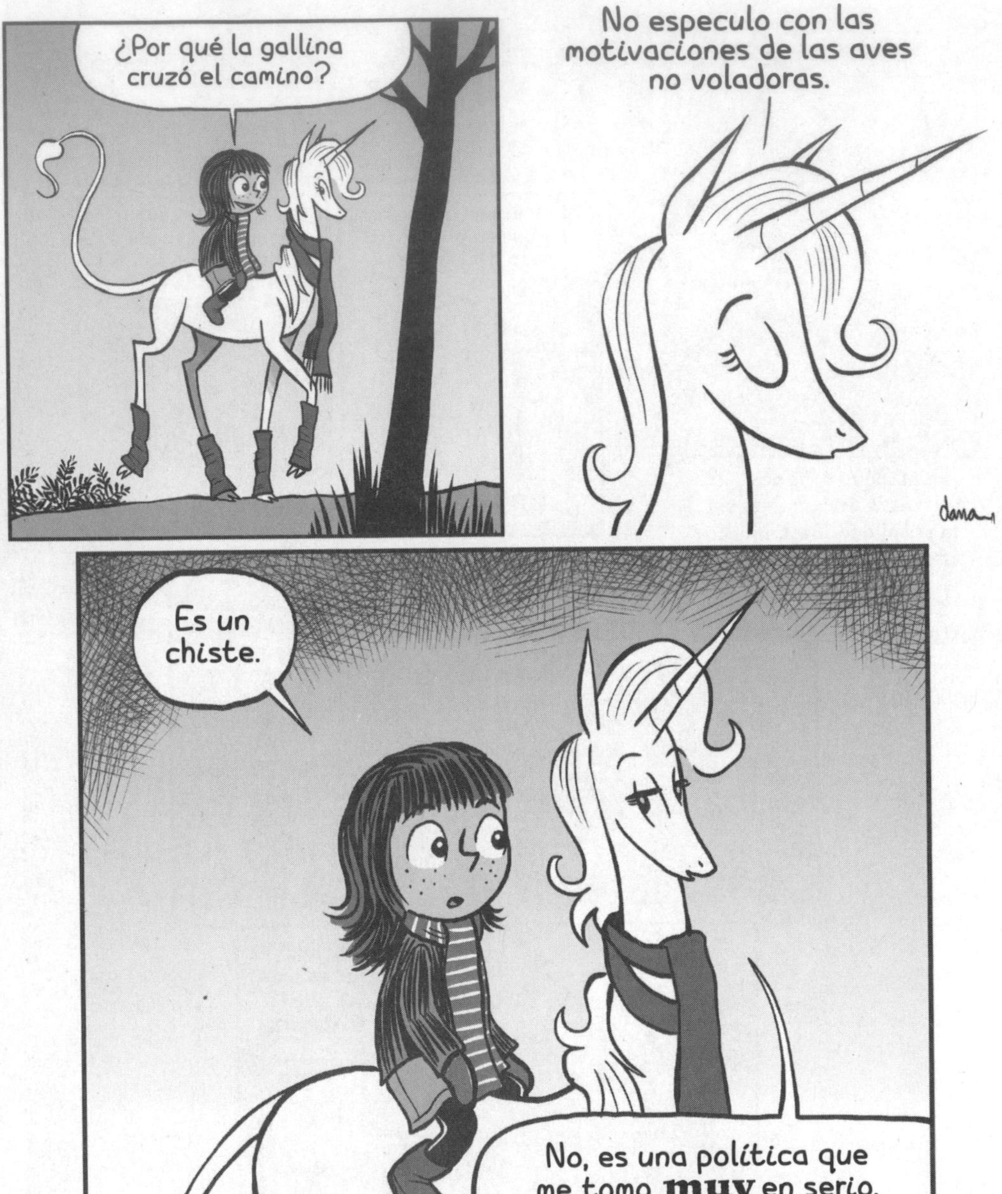
¿Por qué la gallina cruzó el camino?
No especulo con las motivaciones de las aves no voladoras.
dana
Es un chiste.
No, es una política que me tomo **muy** en serio.

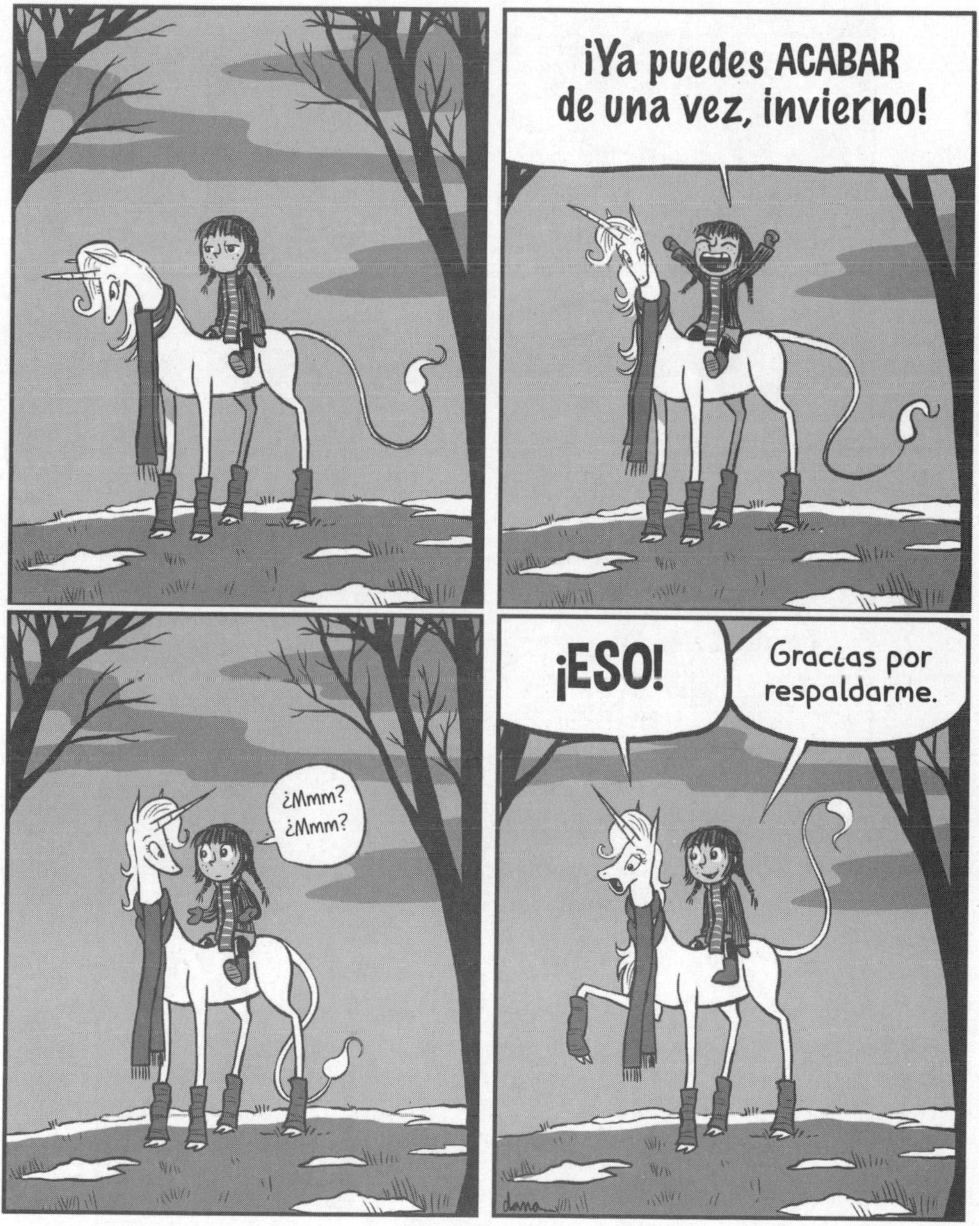
¡Ya puedes ACABAR de una vez, invierno!
¿Mmm? ¿Mmm?
¡ESO!
Gracias por respaldarme.
dana

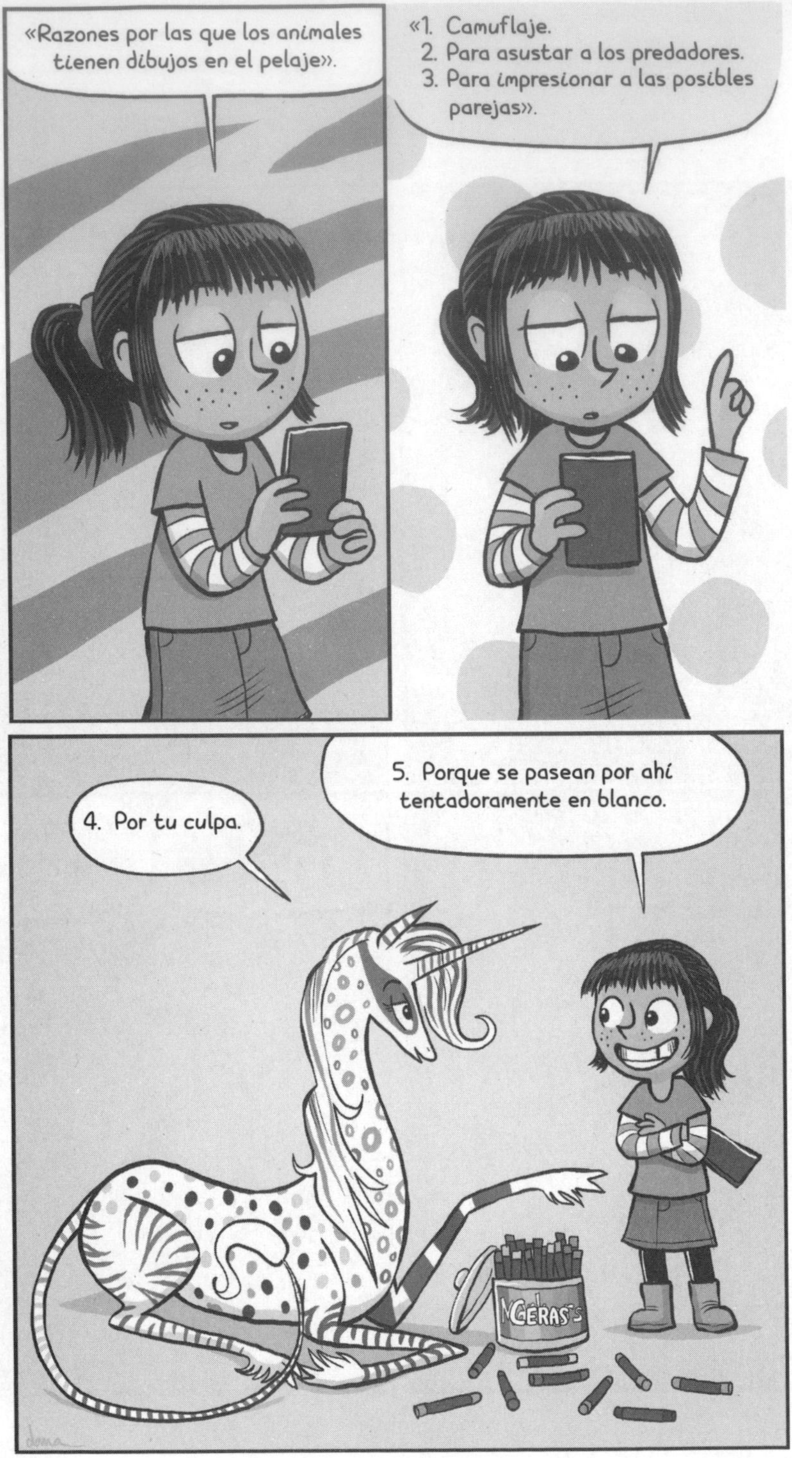
«Razones por las que los animales tienen dibujos en el pelaje».
«1. Camuflaje.
2. Para asustar a los predadores.
3. Para impresionar a las posibles parejas».
4. Por tu culpa.
5. Porque se pasean por ahí tentadoramente en blanco.

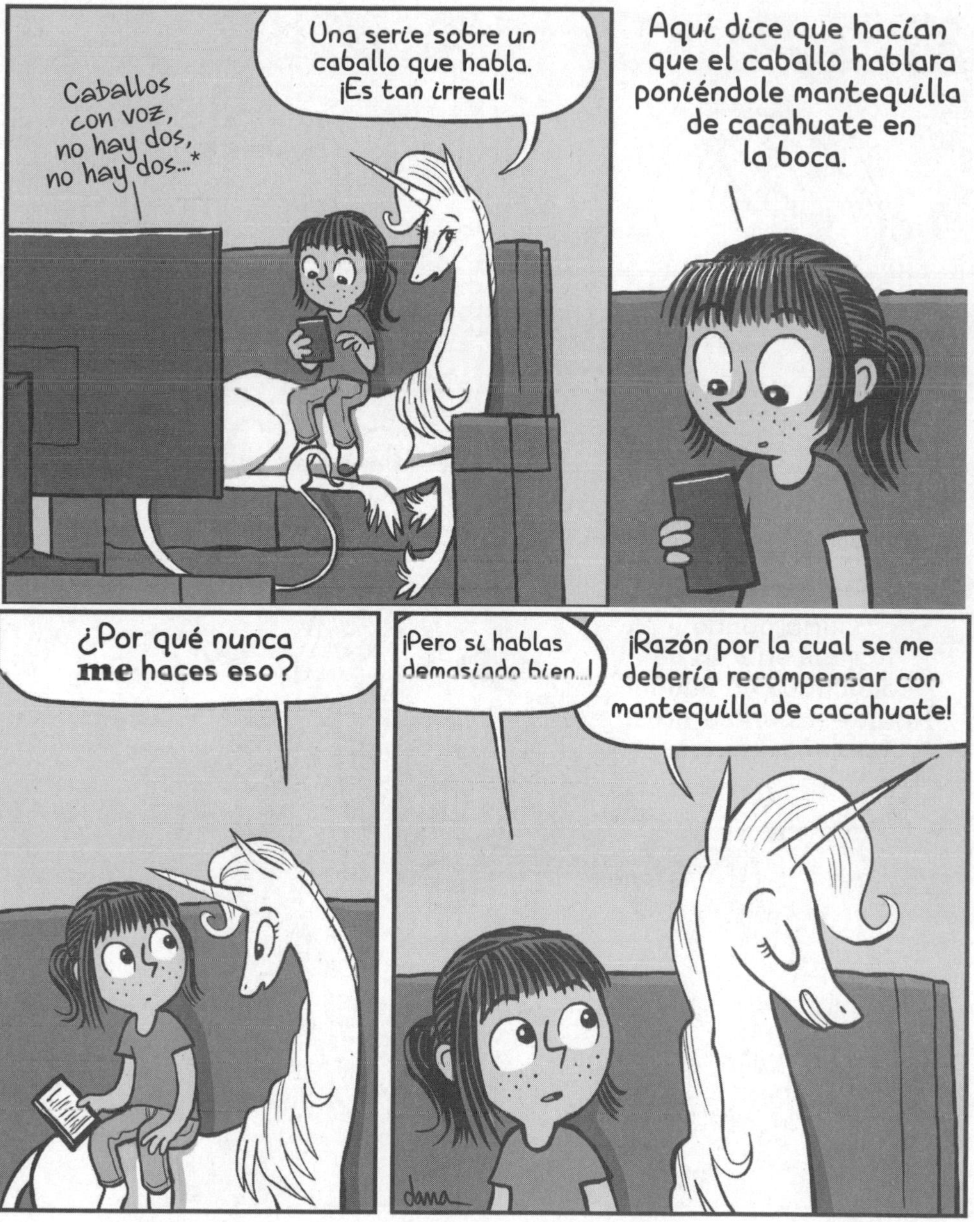
Caballos con voz, no hay dos, no hay dos...*
Una serie sobre un caballo que habla. ¡Es tan irreal!
Aquí dice que hacían que el caballo hablara poniéndole mantequilla de cacahuate en la boca.
¿Por qué nunca **me** haces eso?
¡Pero si hablas demasiado bien...!
¡Razón por la cual se me debería recompensar con mantequilla de cacahuate!
dana

* *Mister Ed*, serie de TV, 143 episodios a partir de 1961, con versión en español.

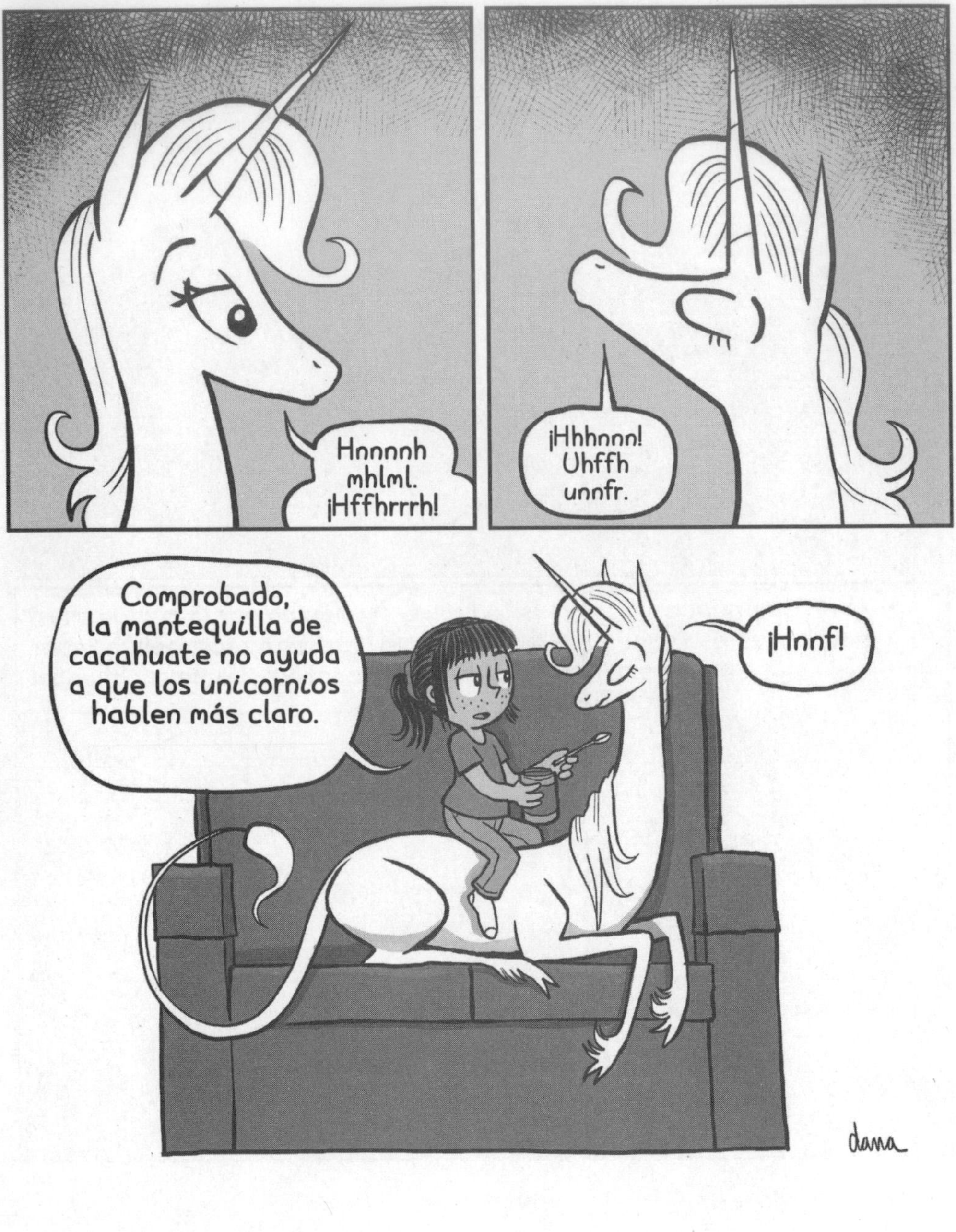
Hnnnnh mhlml. ¡Hffhrrrh!
¡Hhhnnn! Uhffh unnfr.
Comprobado, la mantequilla de cacahuate no ayuda a que los unicornios hablen más claro.
¡Hnnf!
dana

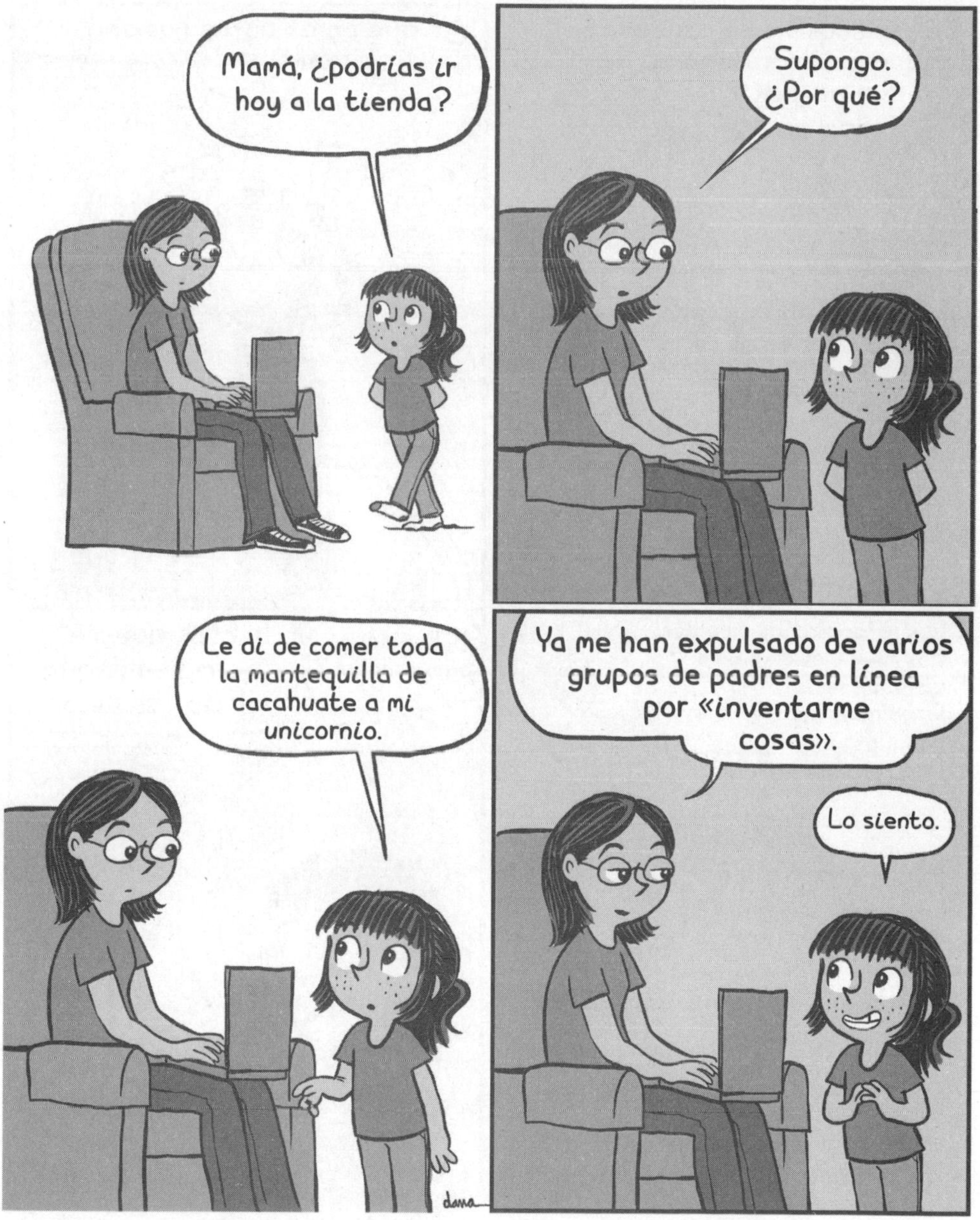
Mamá, ¿podrías ir hoy a la tienda?
Supongo. ¿Por qué?
Le di de comer toda la mantequilla de cacahuate a mi unicornio.
Ya me han expulsado de varios grupos de padres en línea por «inventarme cosas».
Lo siento.
dana

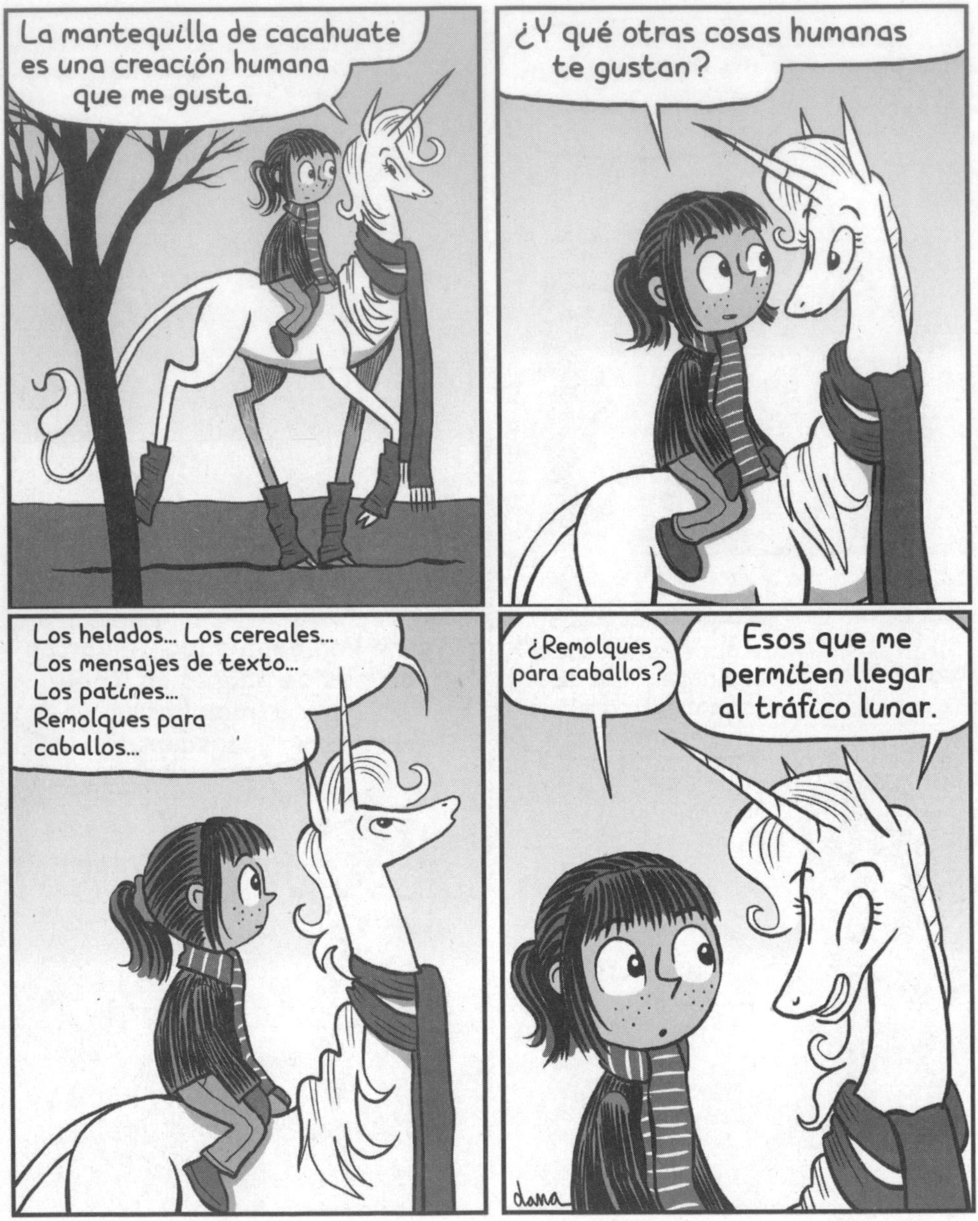
La mantequilla de cacahuate es una creación humana que me gusta.
¿Y qué otras cosas humanas te gustan?
Los helados... Los cereales... Los mensajes de texto... Los patines... Remolques para caballos...
¿Remolques para caballos?
Esos que me permiten llegar al tráfico lunar.
dana

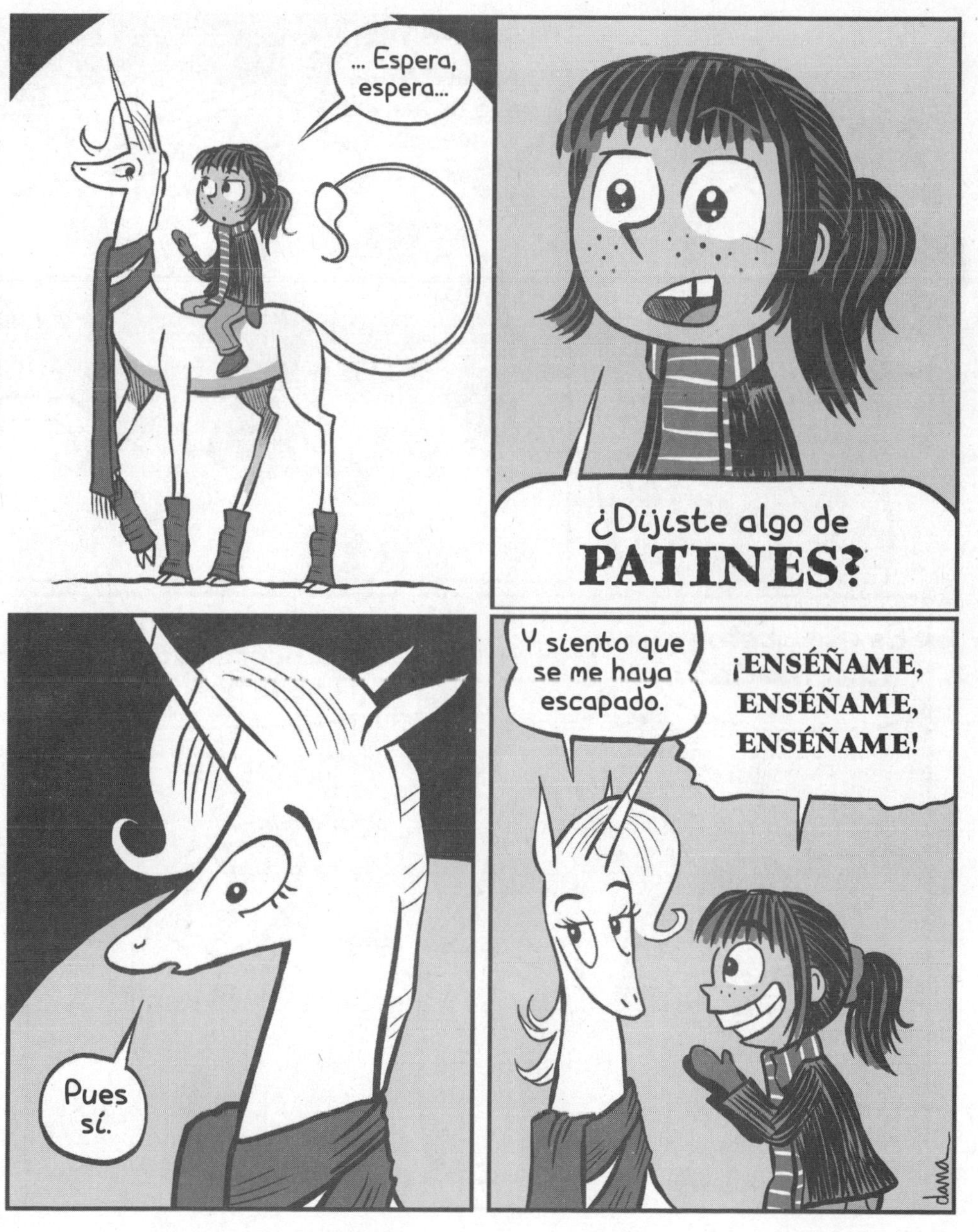
... Espera, espera...
¿Dijiste algo de PATINES?
Pues sí.
Y siento que se me haya escapado.
¡ENSÉÑAME, ENSÉÑAME, ENSÉÑAME!
dana

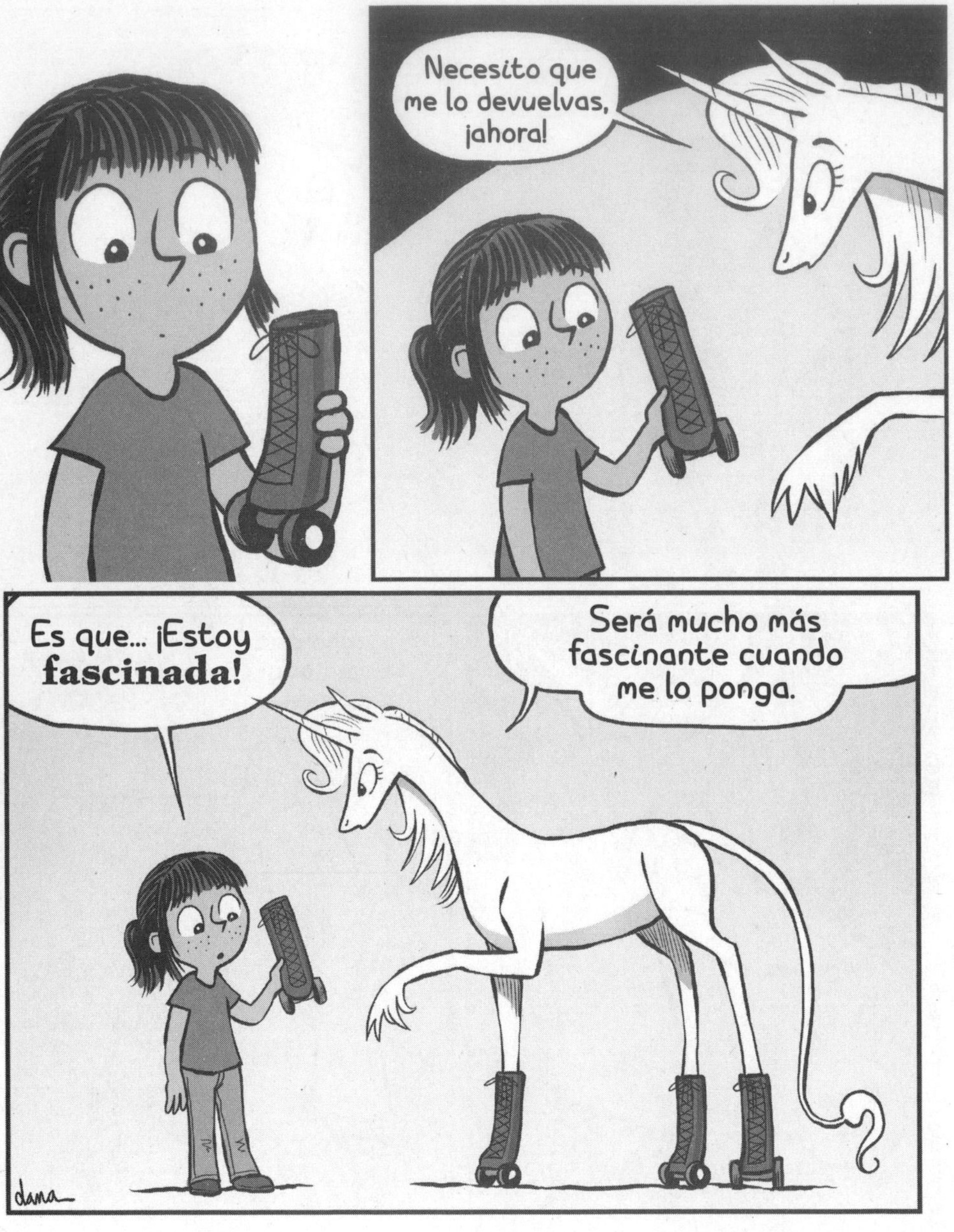
Necesito que me lo devuelvas, ¡ahora!
Es que… ¡Estoy **fascinada**!
Será mucho más fascinante cuando me lo ponga.
dama

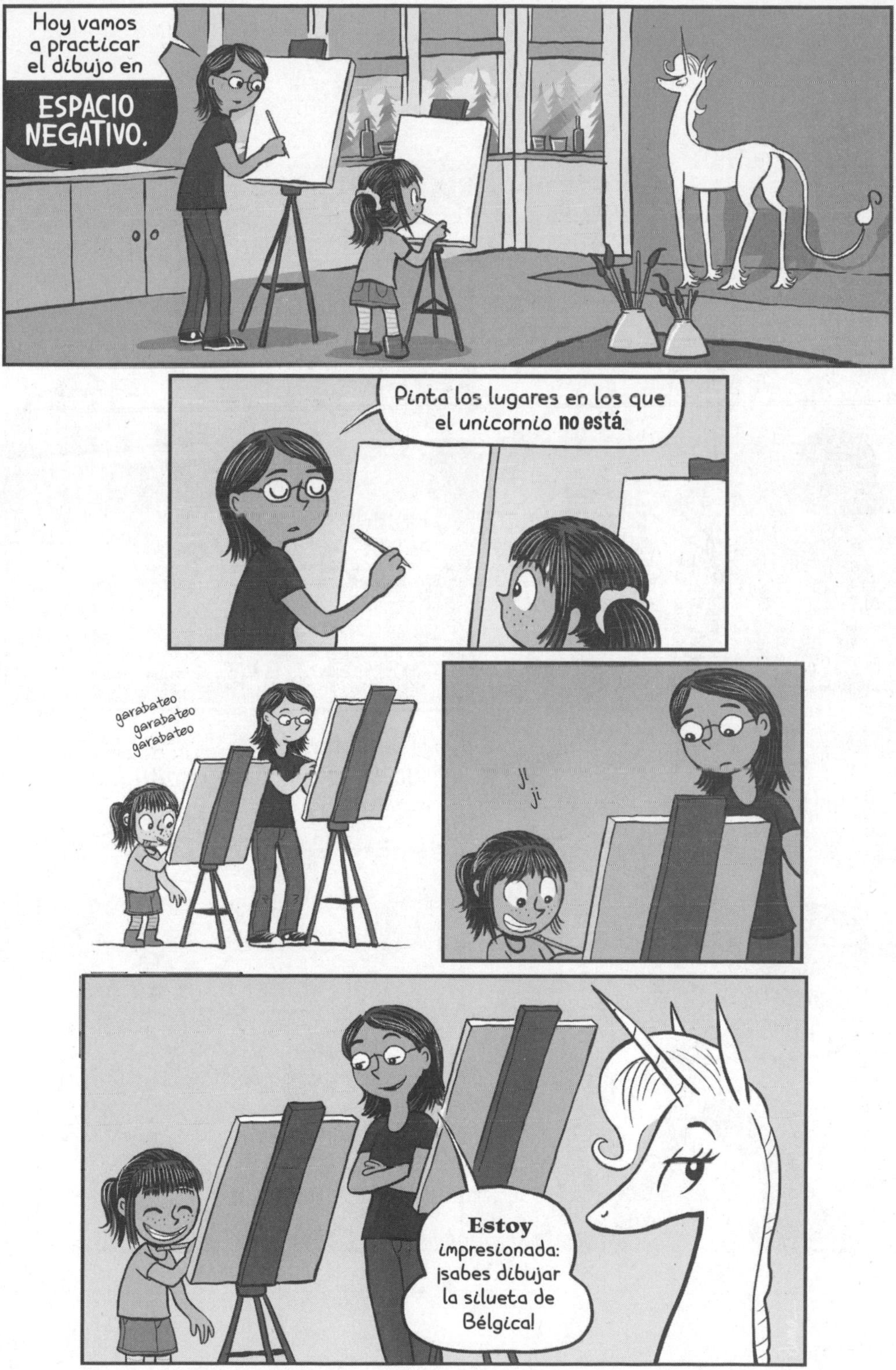
Hoy vamos a practicar el dibujo en
ESPACIO NEGATIVO.
Pinta los lugares en los que el unicornio no está.
garabateo garabateo garabateo
ji ji
Estoy impresionada: ¡sabes dibujar la silueta de Bélgica!

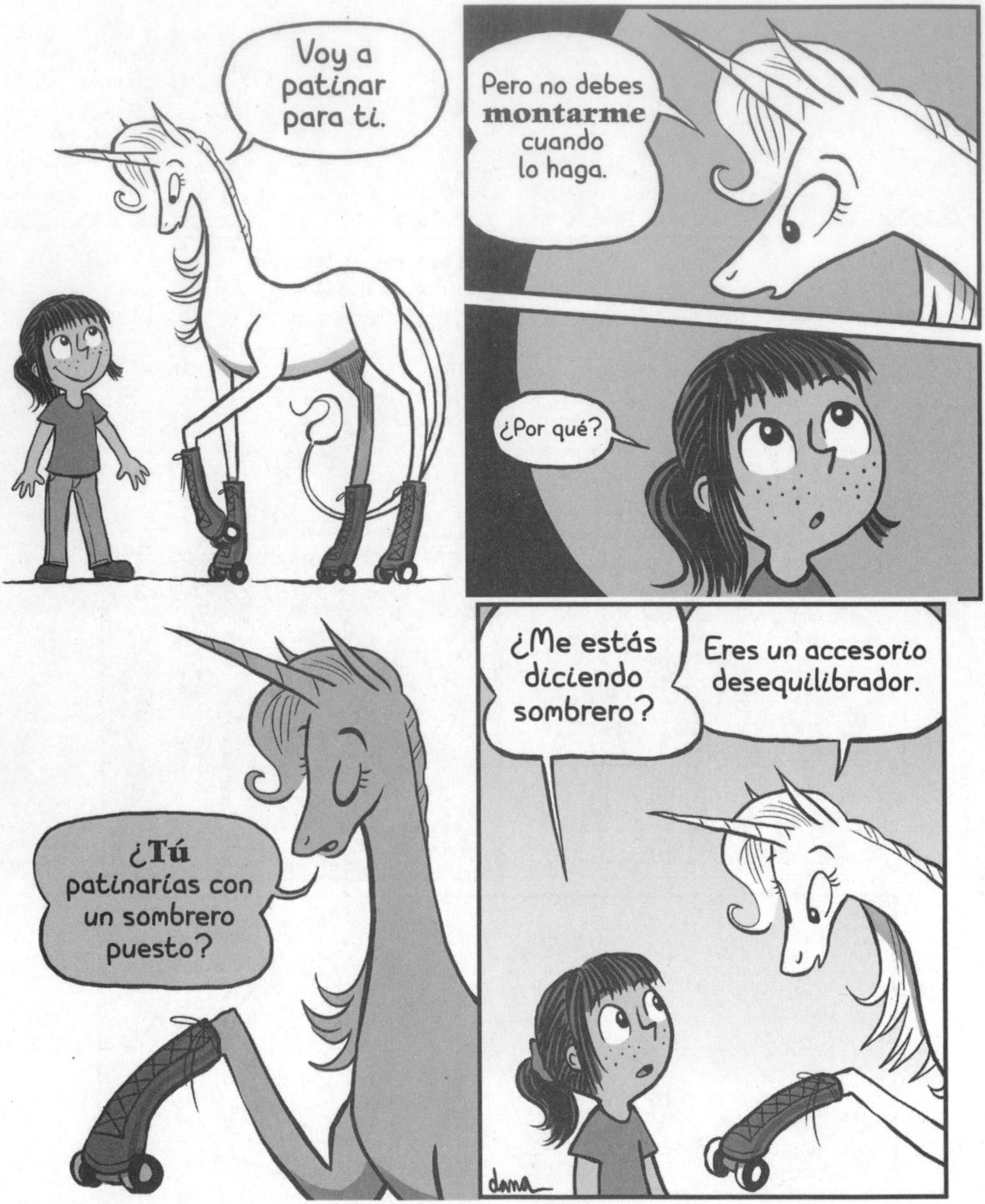
Voy a patinar para ti.
Pero no debes **montarme** cuando lo haga.
¿Por qué?
¿**Tú** patinarías con un sombrero puesto?
¿Me estás diciendo sombrero?
Eres un accesorio desequilibrador.
dana

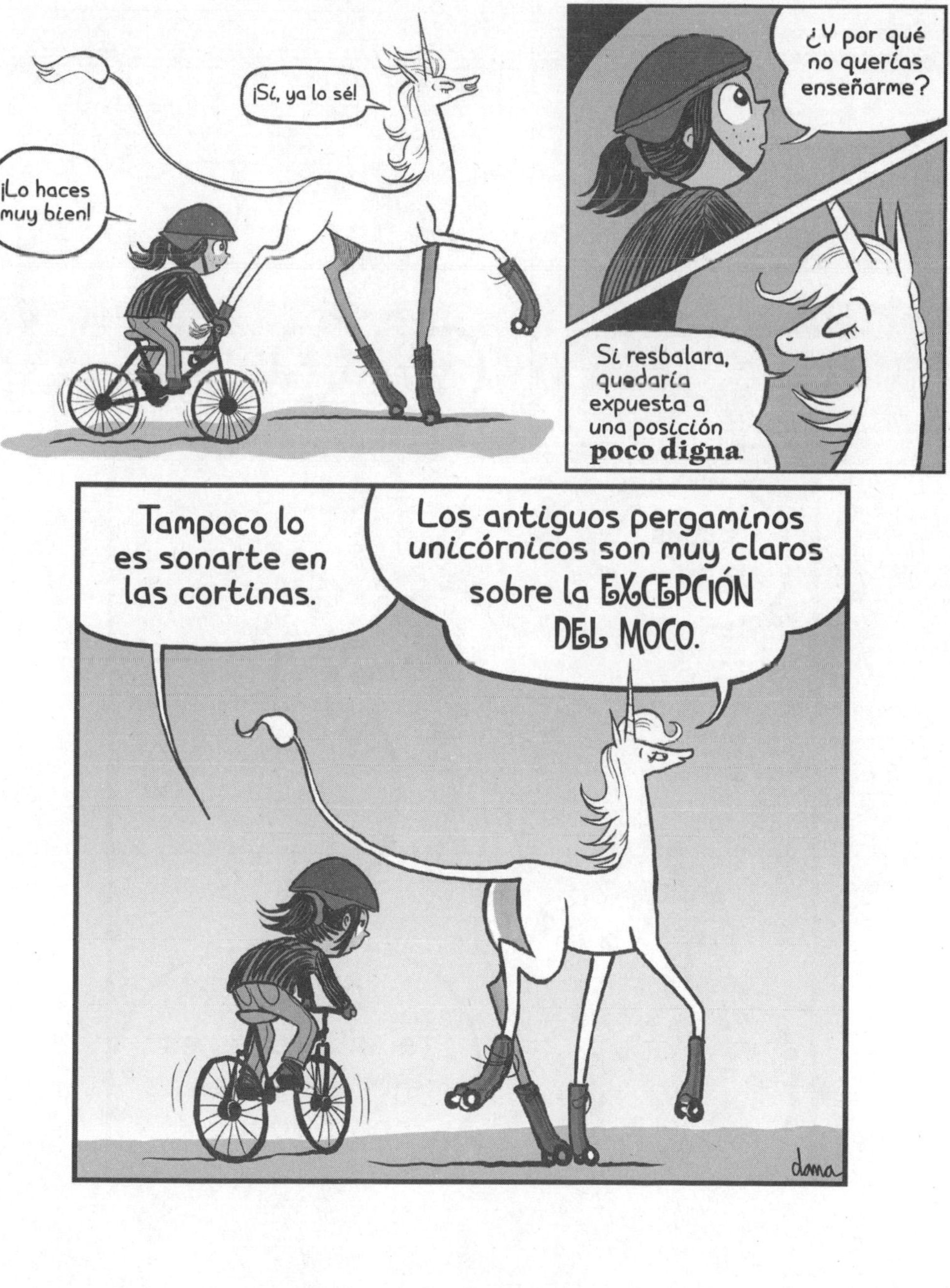

¡Lo haces muy bien!
¡Sí, ya lo sé!
¿Y por qué no querías enseñarme?
Si resbalara, quedaría expuesta a una posición **poco digna**.
Tampoco lo es sonarte en las cortinas.
Los antiguos pergaminos unicórnicos son muy claros sobre la EXCEPCIÓN DEL MOCO.
dana

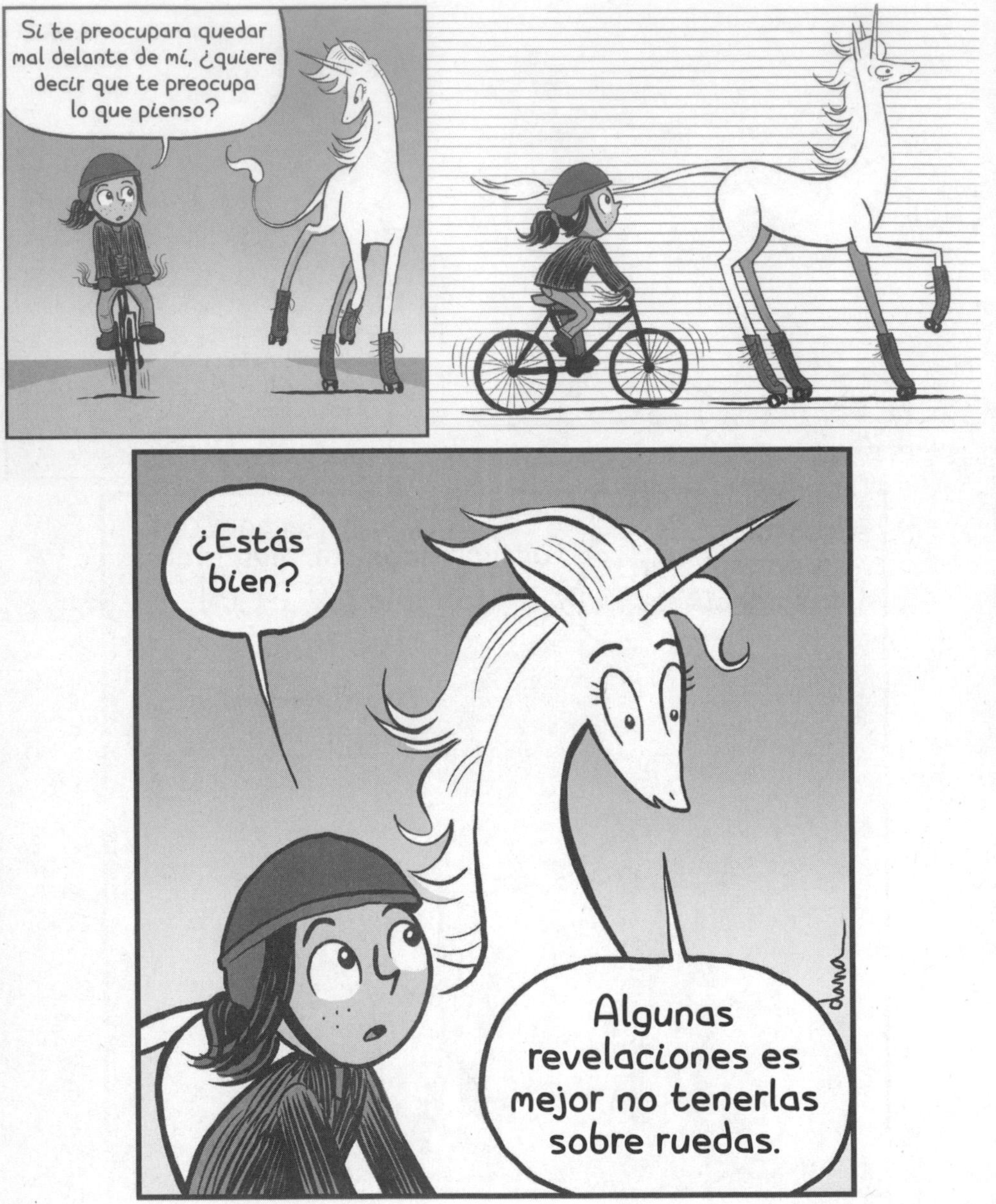
Si te preocupara quedar mal delante de mí, ¿quiere decir que te preocupa lo que pienso?
¿Estás bien?
Algunas revelaciones es mejor no tenerlas sobre ruedas.
dana

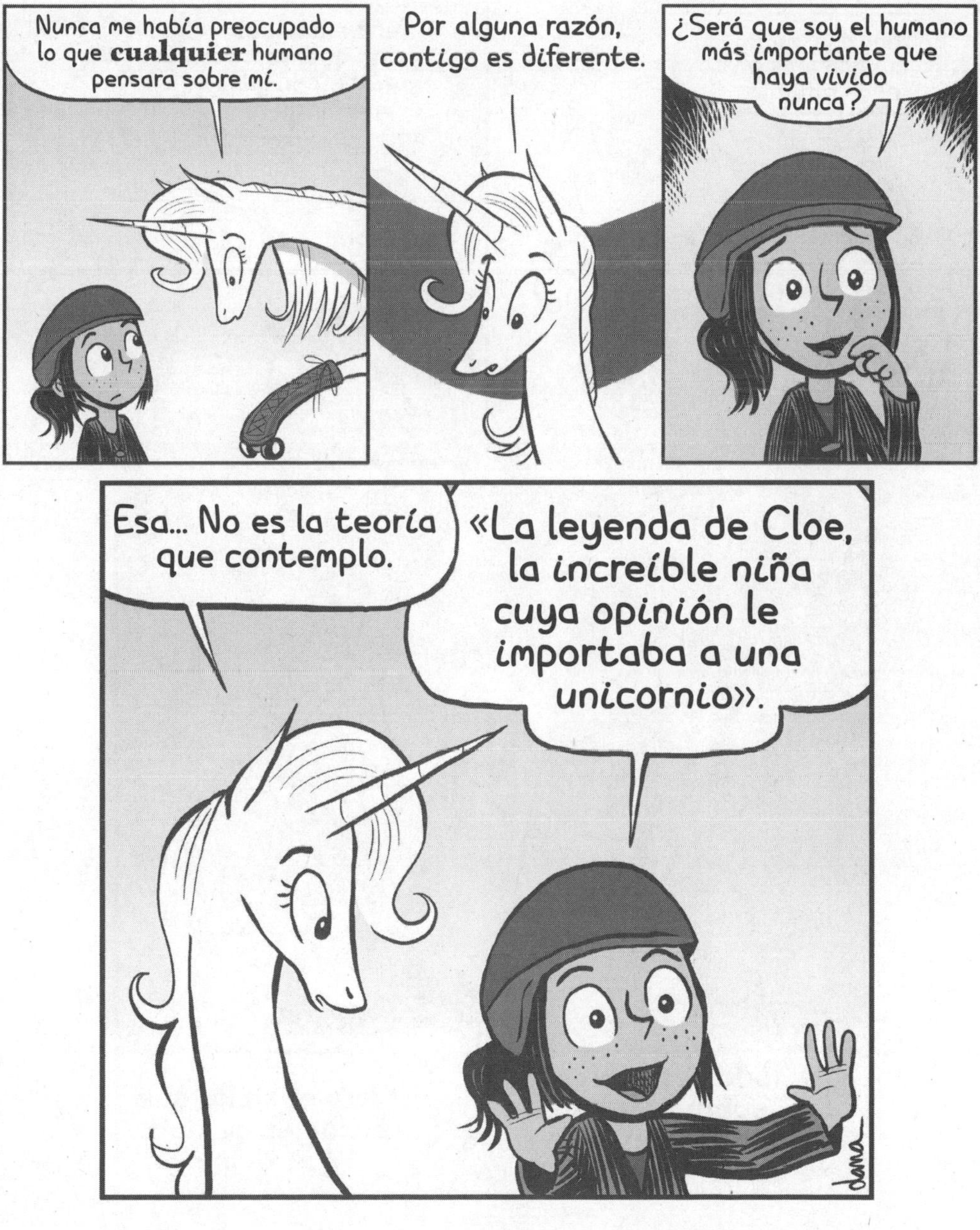

Nunca me había preocupado lo que **cualquier** humano pensara sobre mí.
Por alguna razón, contigo es diferente.
¿Será que soy el humano más importante que haya vivido nunca?
Esa... No es la teoría que contemplo.
«La leyenda de Cloe, la increíble niña cuya opinión le importaba a una unicornio».
dana

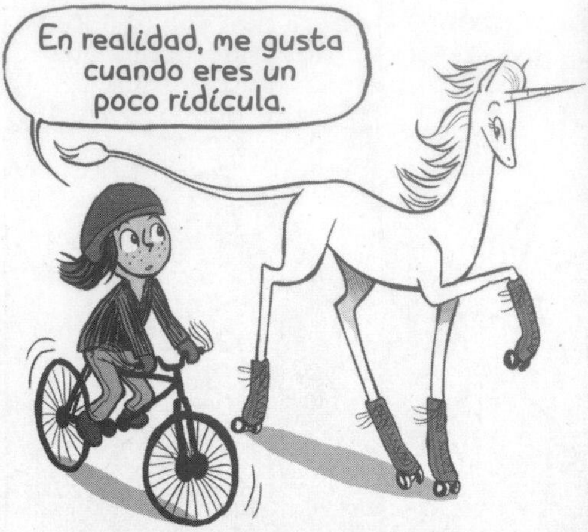
En realidad, me gusta cuando eres un poco ridícula.

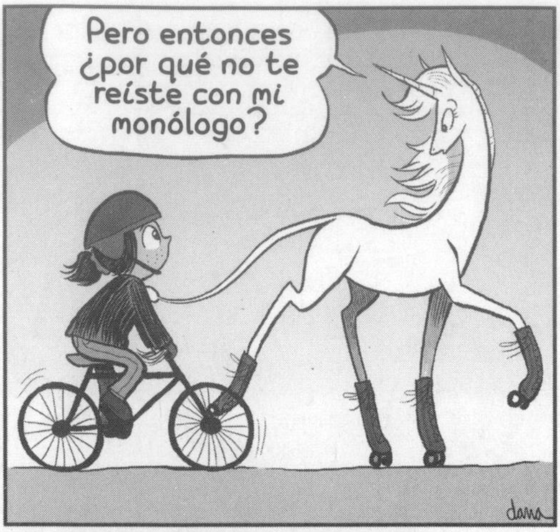
Pero entonces ¿por qué no te reíste con mi monólogo?
dana

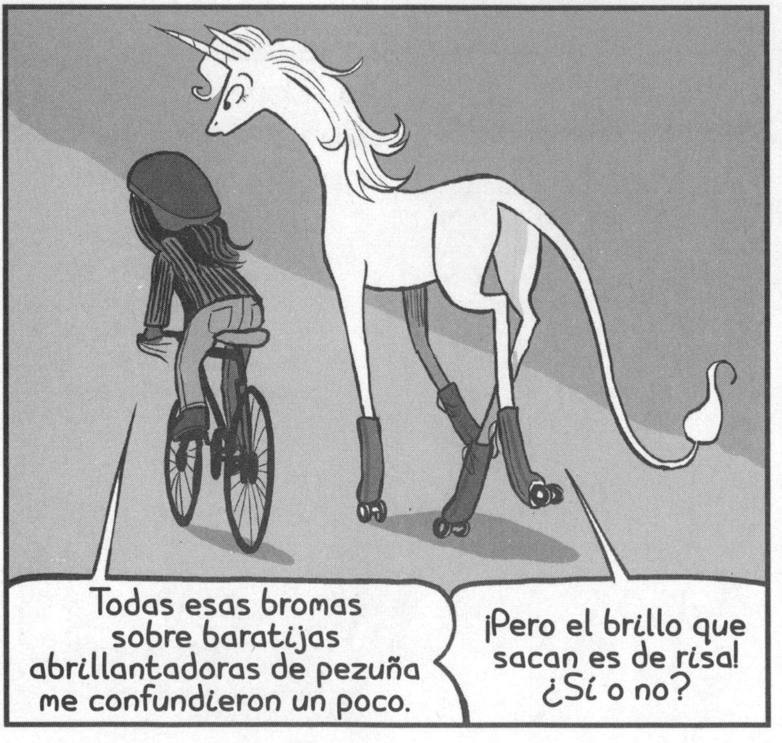
Todas esas bromas sobre baratijas abrillantadoras de pezuña me confundieron un poco.
¡Pero el brillo que sacan es de risa! ¿Sí o no?

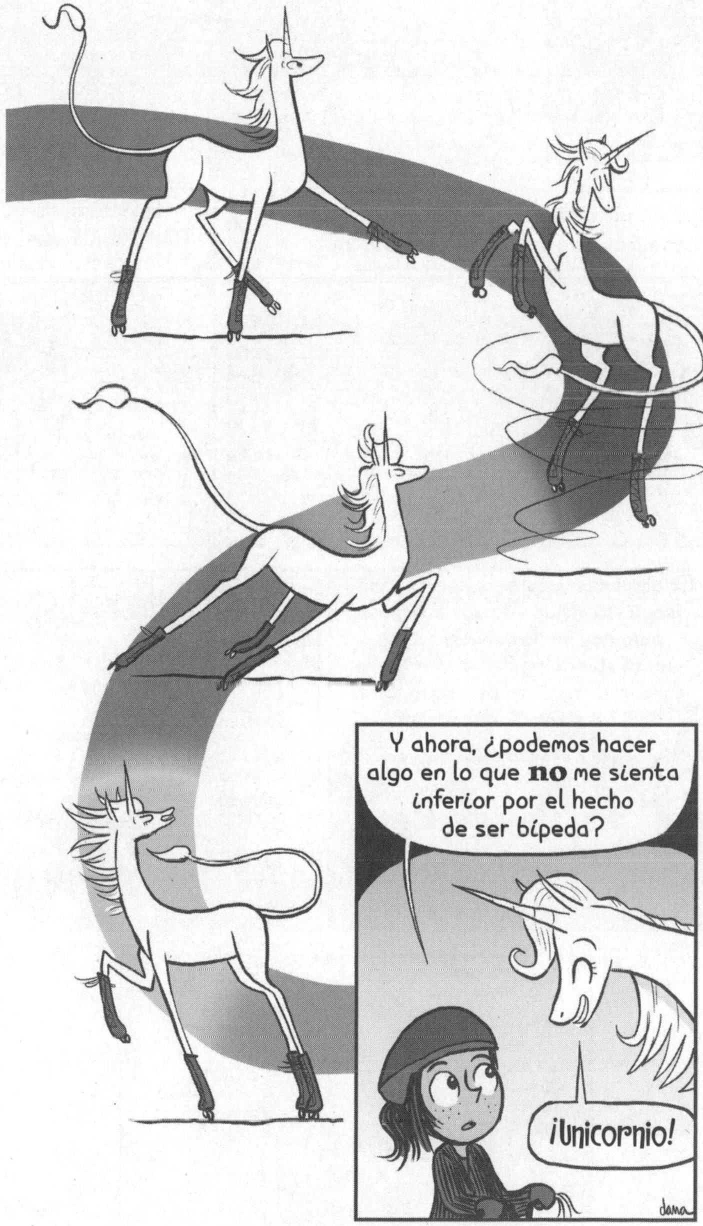
Y ahora, ¿podemos hacer algo en lo que **no** me sienta inferior por el hecho de ser bípeda?
¡Unicornio!
dana

¡Vamos, Remolino Morado, abre las puertas de la Ciudad Brillante!

¿Por qué das órdenes?

Porque soy la Princesa Rayo de Sol.

En un gobierno unicórnico **real**, lo de «princesa» no tiene más que un papel ceremonial.

El QUORUM DE LOS MÁS PUNTIAGUDOS es el que toma las decisiones reales.

En otros tiempos, se seleccionaban según lo afilado de sus cuernos, pero hoy se ha convertido en una combinación de votos más un concurso de danza de estilo libre.

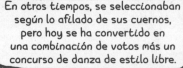

Bueno, pero las puertas están de tu lado.

Entonces tendré que abrirlas.

92

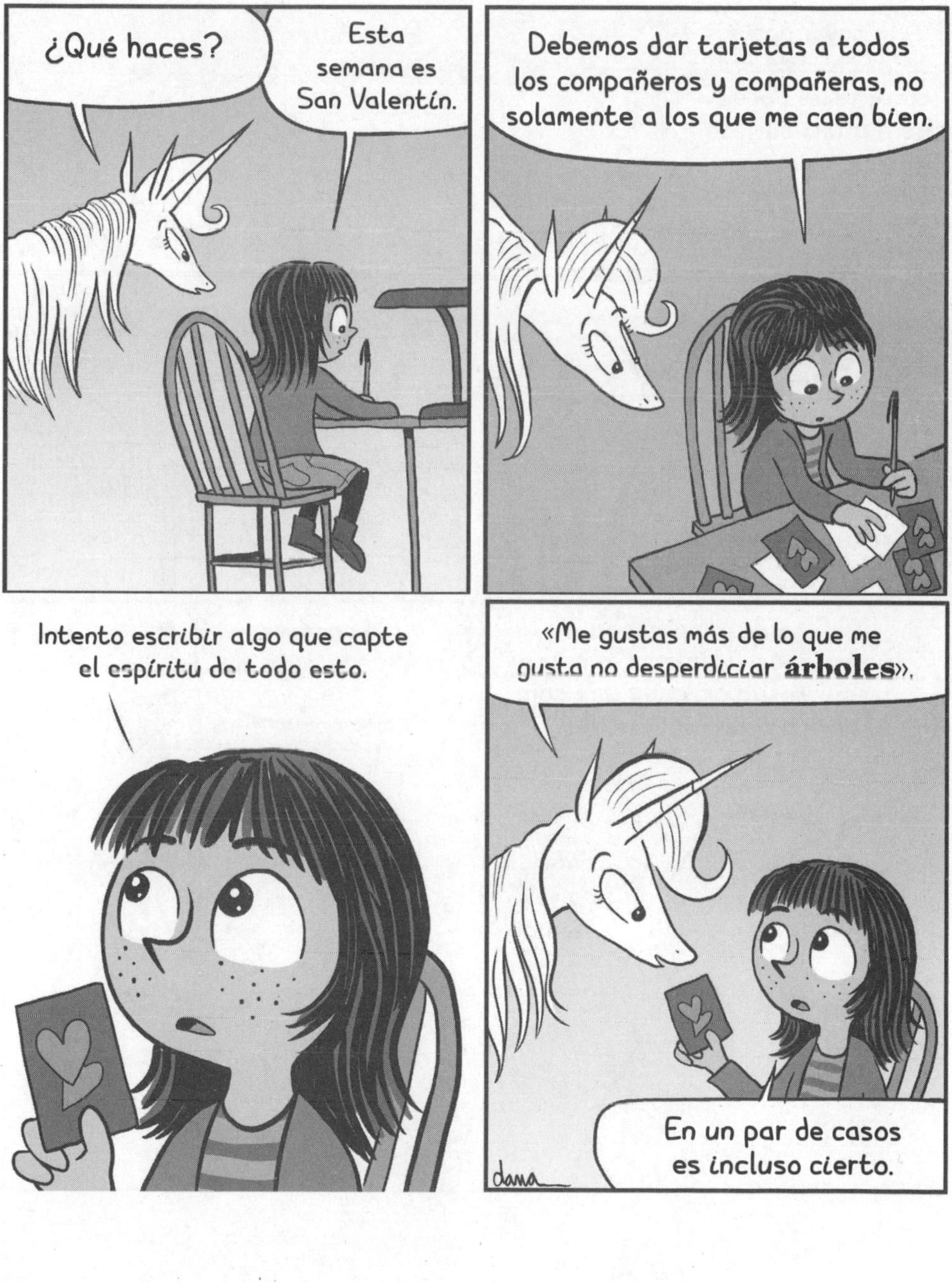
¿Qué haces?
Esta semana es San Valentín.
Debemos dar tarjetas a todos los compañeros y compañeras, no solamente a los que me caen bien.
Intento escribir algo que capte el espíritu de todo esto.
«Me gustas más de lo que me gusta no desperdiciar **árboles**».
En un par de casos es incluso cierto.
dana

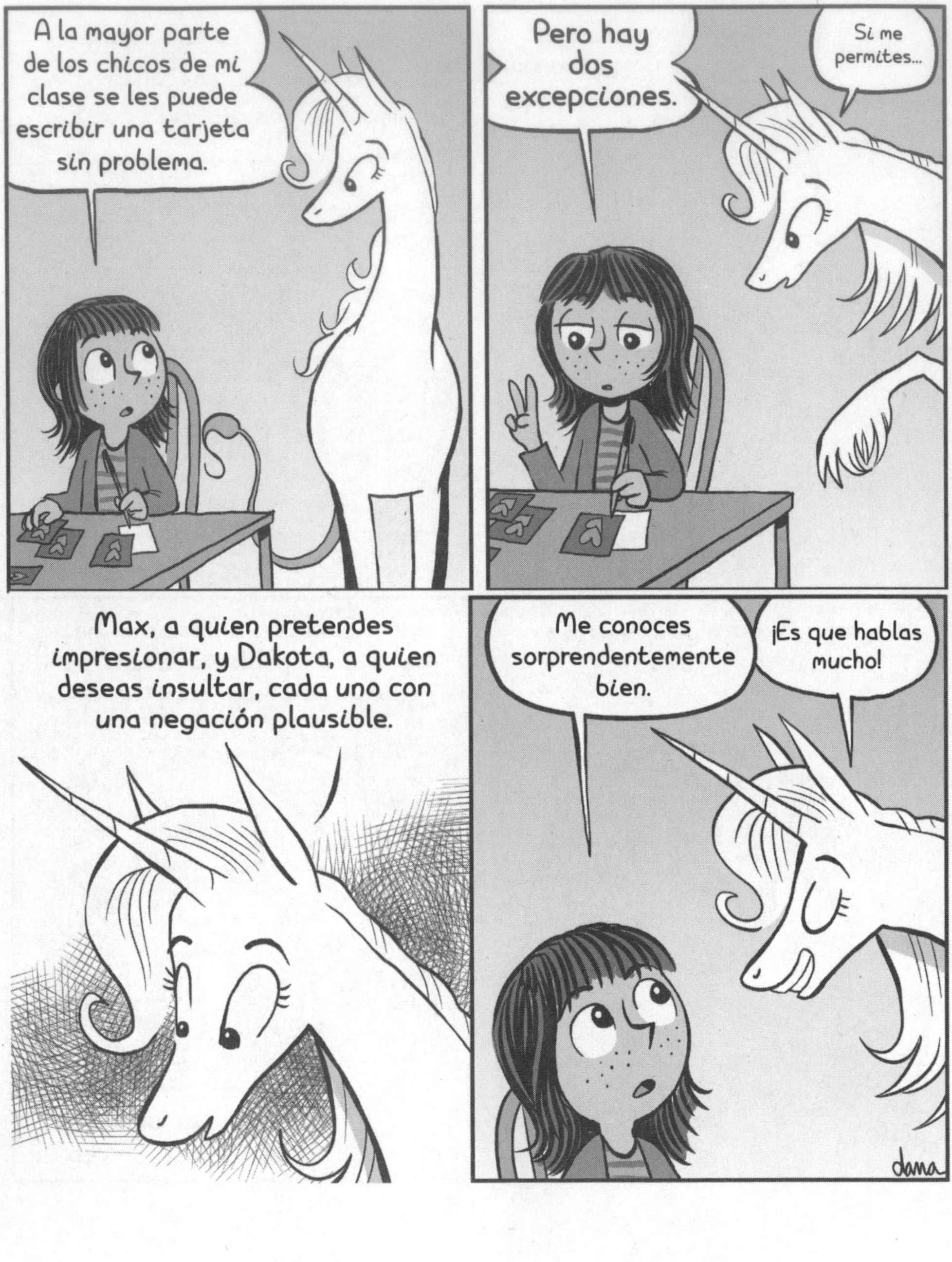
A la mayor parte de los chicos de mi clase se les puede escribir una tarjeta sin problema.
Pero hay dos excepciones.
Si me permites...
Max, a quien pretendes impresionar, y Dakota, a quien deseas insultar, cada uno con una negación plausible.
Me conoces sorprendentemente bien.
¡Es que hablas mucho!
dana

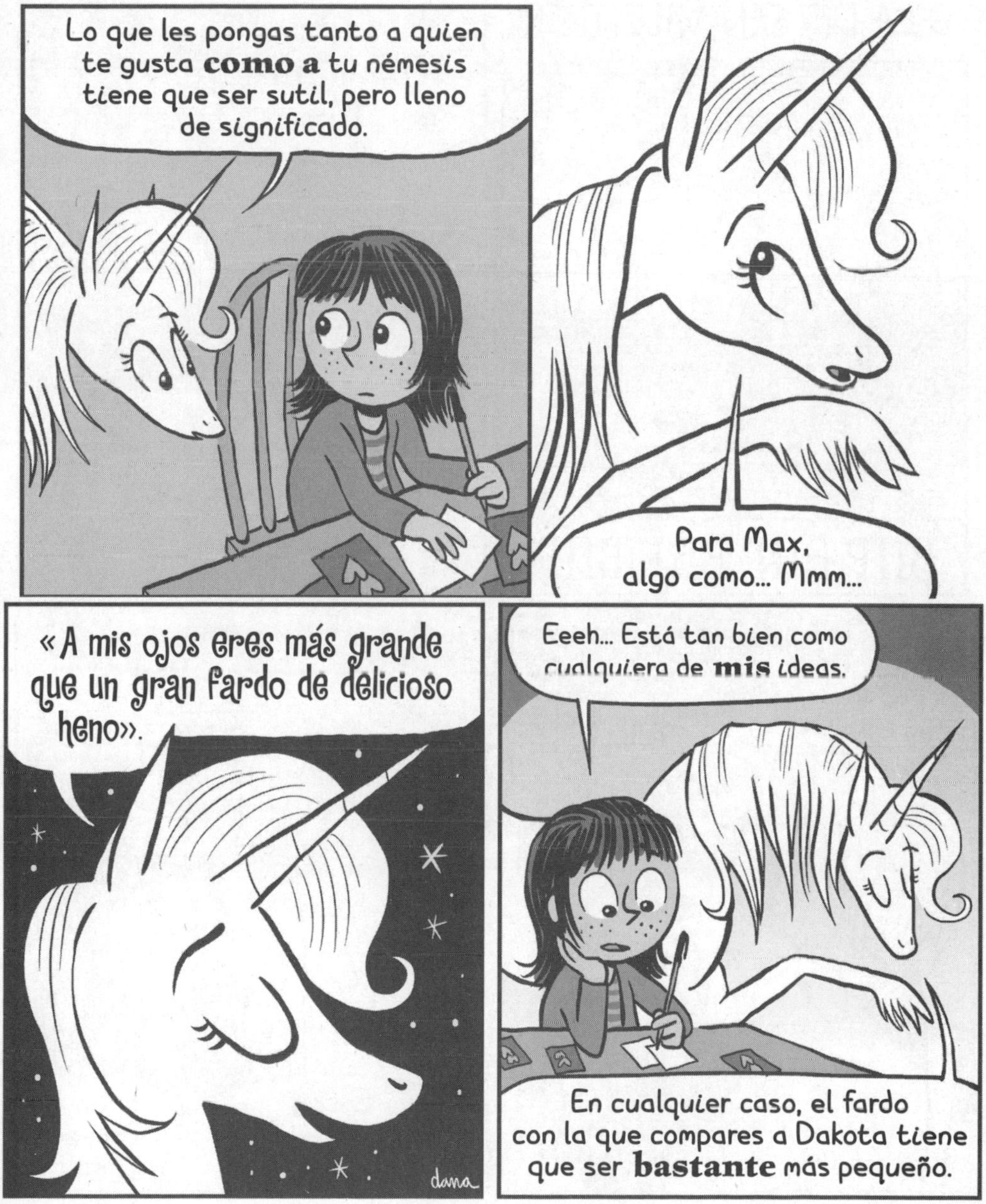

Lo que les pongas tanto a quien te gusta **como a** tu némesis tiene que ser sutil, pero lleno de significado.
Para Max, algo como… Mmm…
«A mis ojos eres más grande que un gran fardo de delicioso heno».
dana
Eeeh… Está tan bien como cualquiera de **mis** ideas.
En cualquier caso, el fardo con la que compares a Dakota tiene que ser **bastante** más pequeño.

DÍA DE SAN VALENTÍN

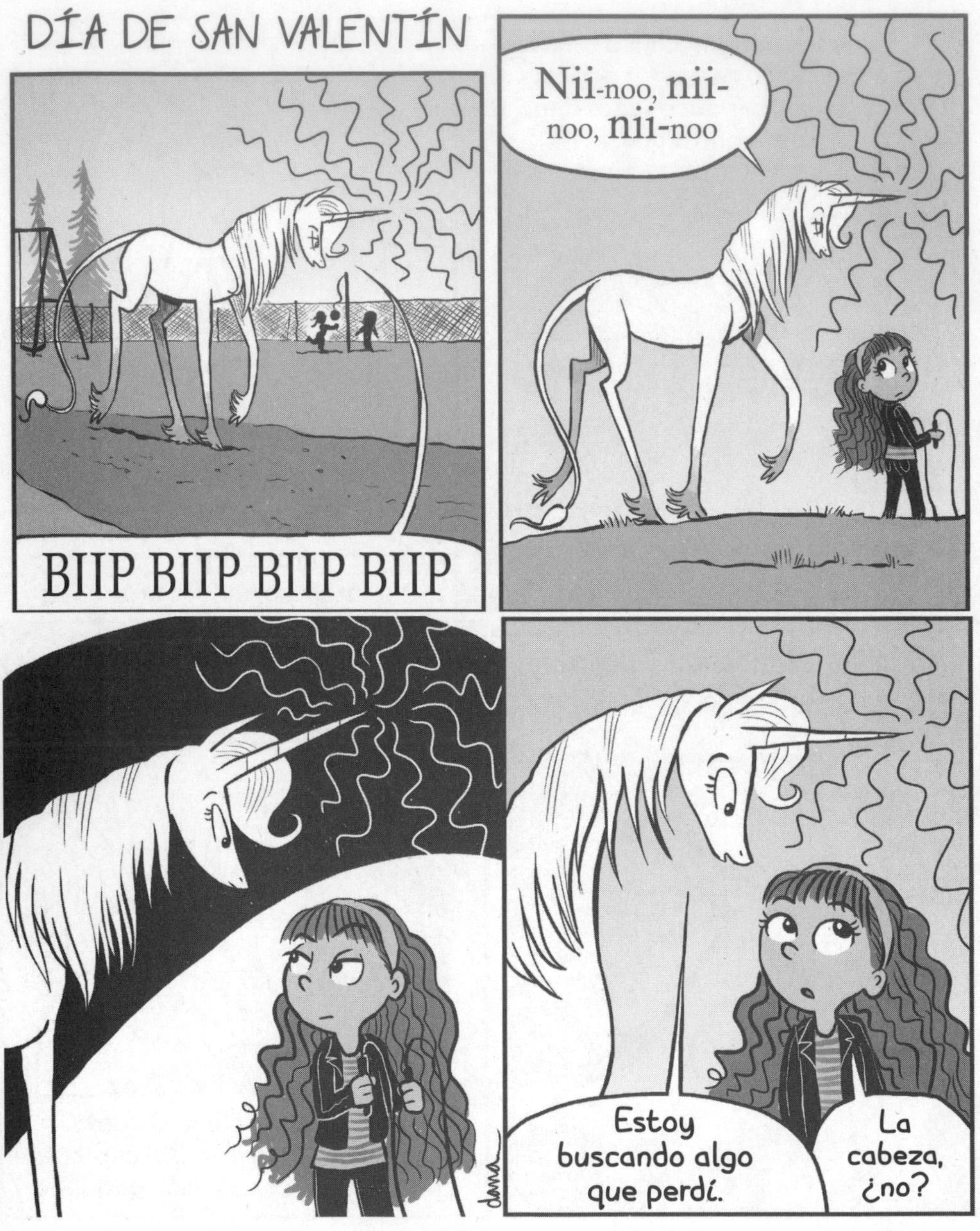
BIIP BIIP BIIP BIIP
Nii-noo, nii-noo, nii-noo
Estoy buscando algo que perdí.
La cabeza, ¿no?
dana

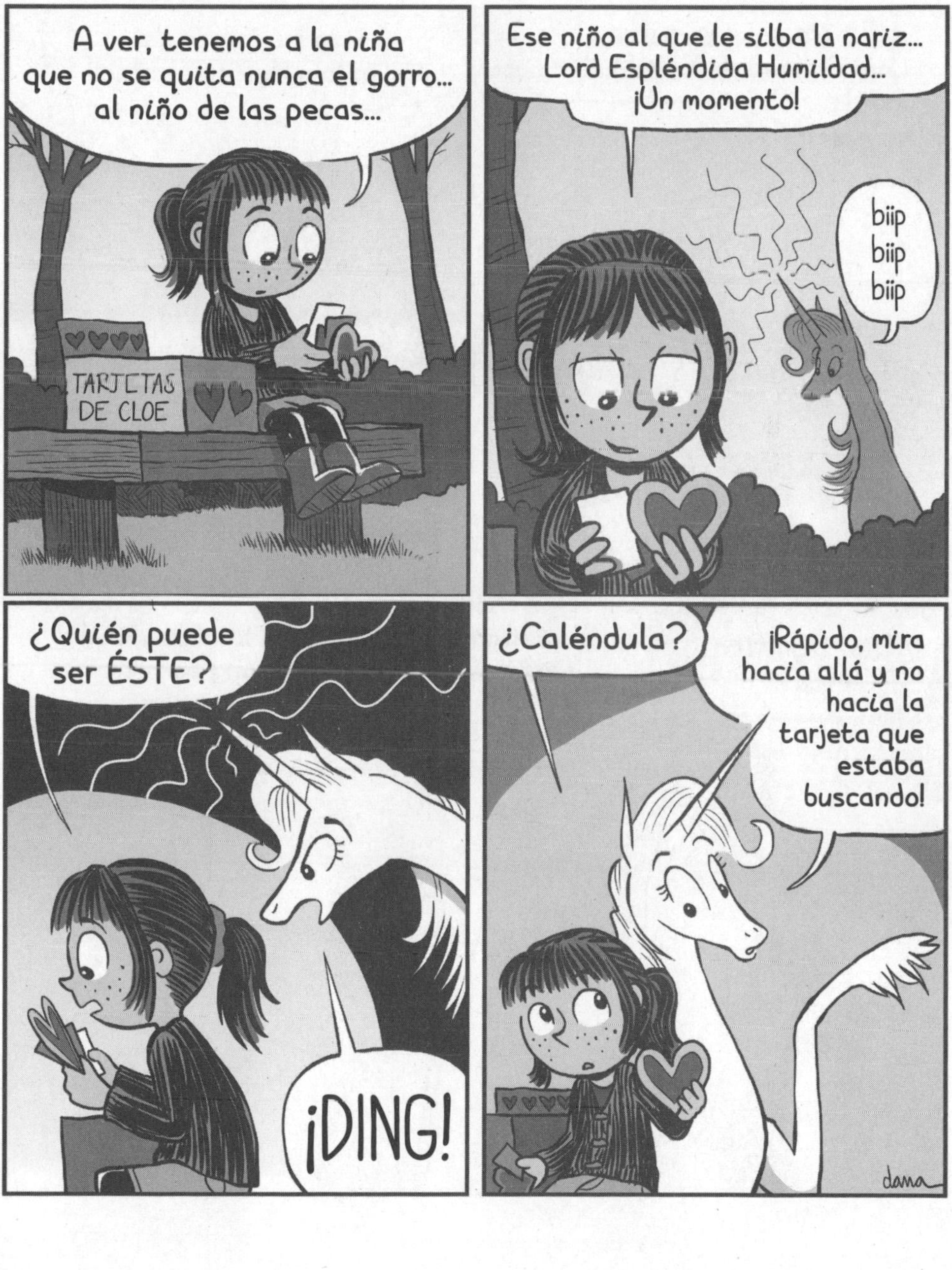
A ver, tenemos a la niña que no se quita nunca el gorro... al niño de las pecas...
TARJETAS DE CLOE
Ese niño al que le silba la nariz... Lord Espléndida Humildad... ¡Un momento!
biip biip biip
¿Quién puede ser ÉSTE?
¡DING!
¿Caléndula?
¡Rápido, mira hacia allá y no hacia la tarjeta que estaba buscando!
dana

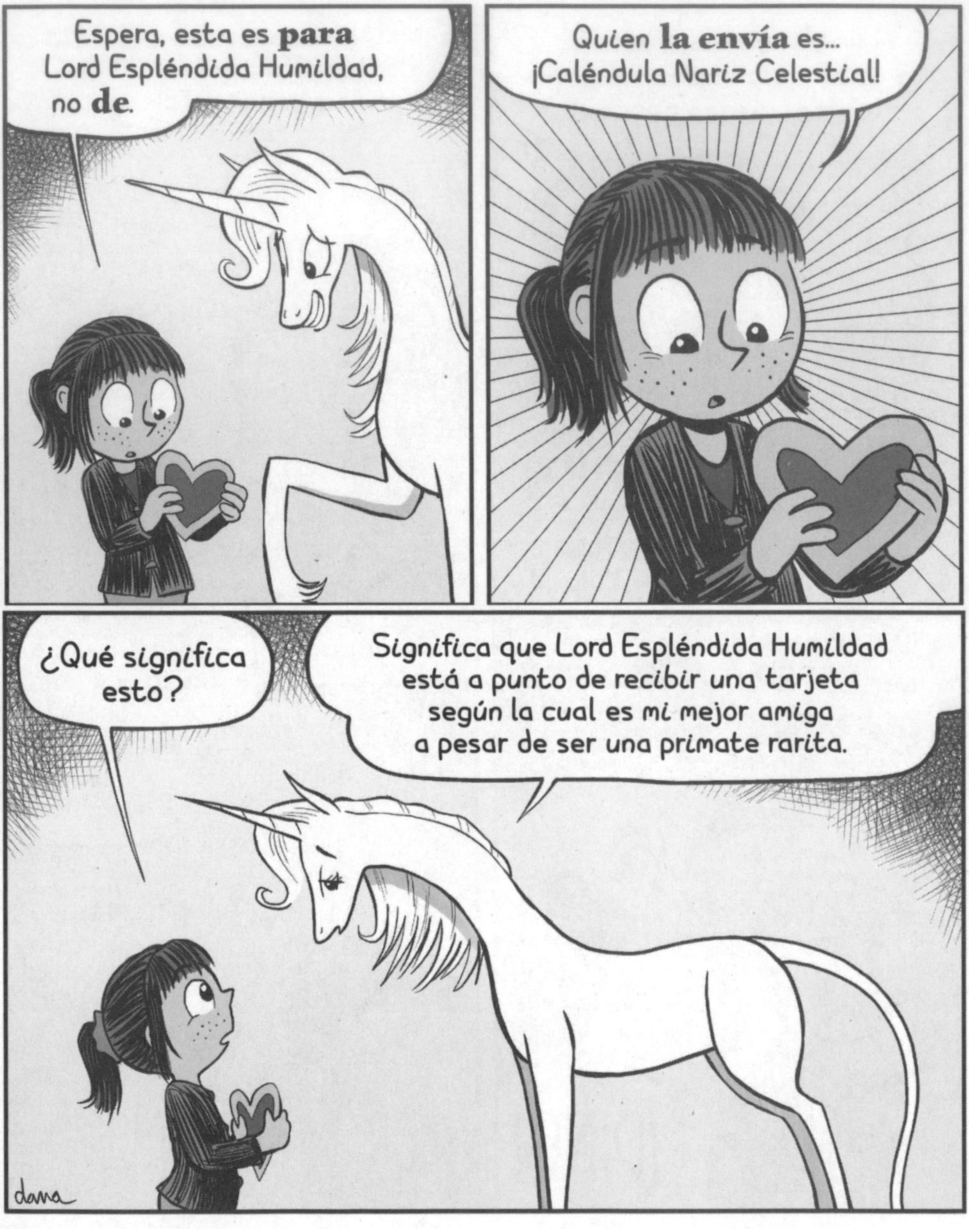
Espera, esta es **para** Lord Espléndida Humildad, no **de**.
Quien **la envía** es... ¡Caléndula Nariz Celestial!
¿Qué significa esto?
Significa que Lord Espléndida Humildad está a punto de recibir una tarjeta según la cual es *mi* mejor amiga a pesar de ser una primate rarita.
dana

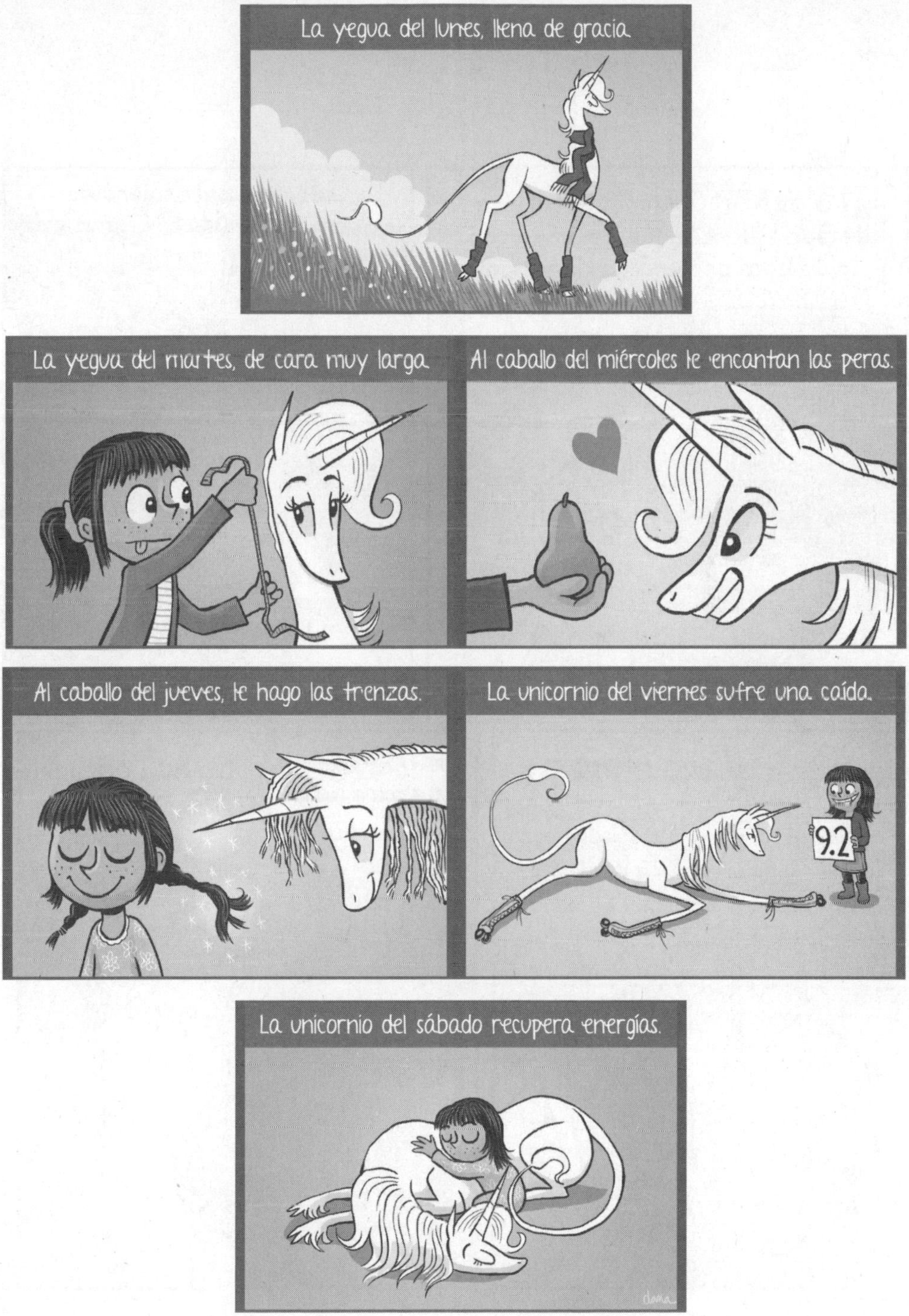
La yegua del lunes, llena de gracia.
La yegua del martes, de cara muy larga.
Al caballo del miércoles le encantan las peras.
Al caballo del jueves, le hago las trenzas.
La unicornio del viernes sufre una caída.
9.2
La unicornio del sábado recupera energías.

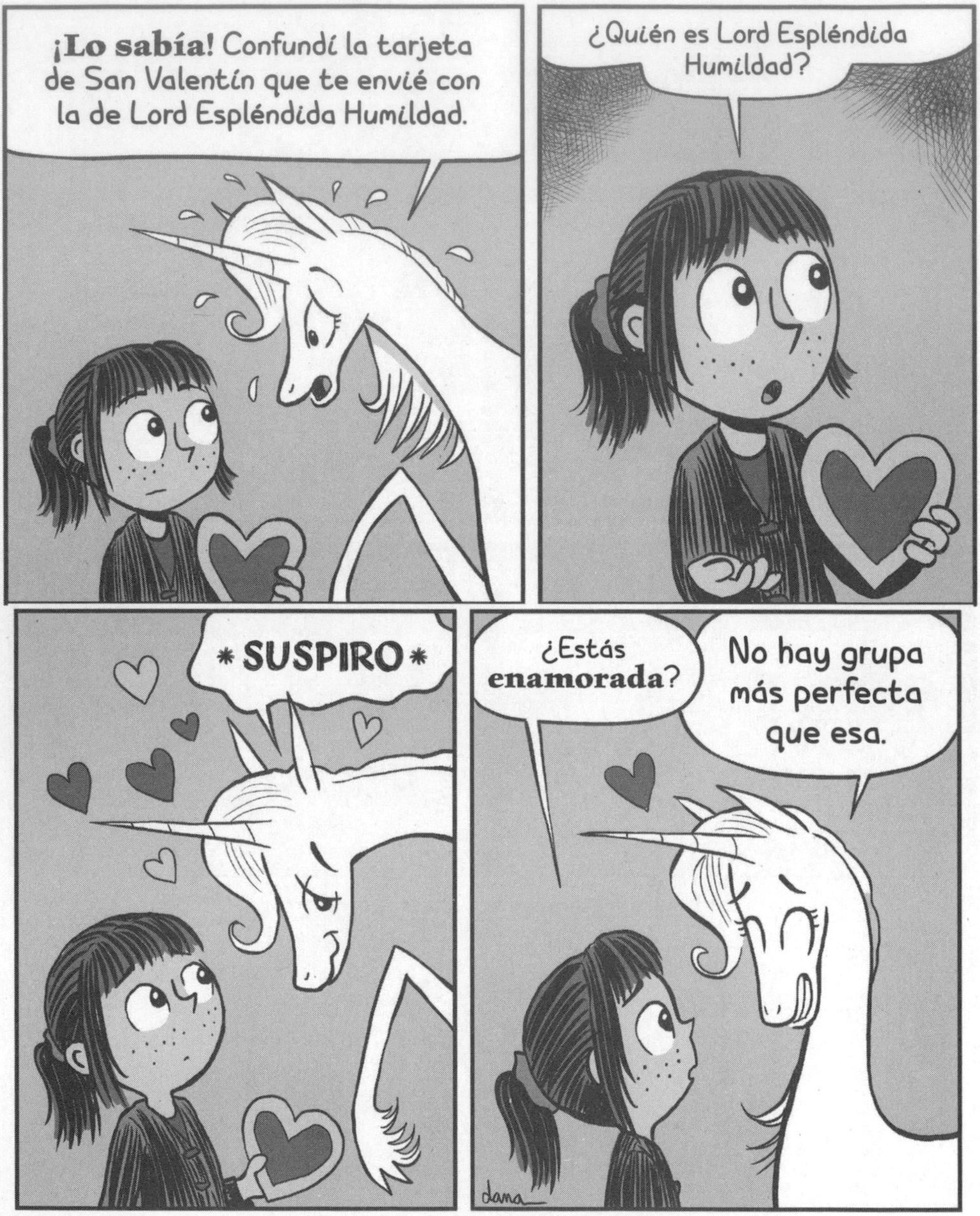
¡Lo sabía! Confundí la tarjeta de San Valentín que te envié con la de Lord Espléndida Humildad.
¿Quién es Lord Espléndida Humildad?
SUSPIRO
¿Estás enamorada?
No hay grupa más perfecta que esa.
dana

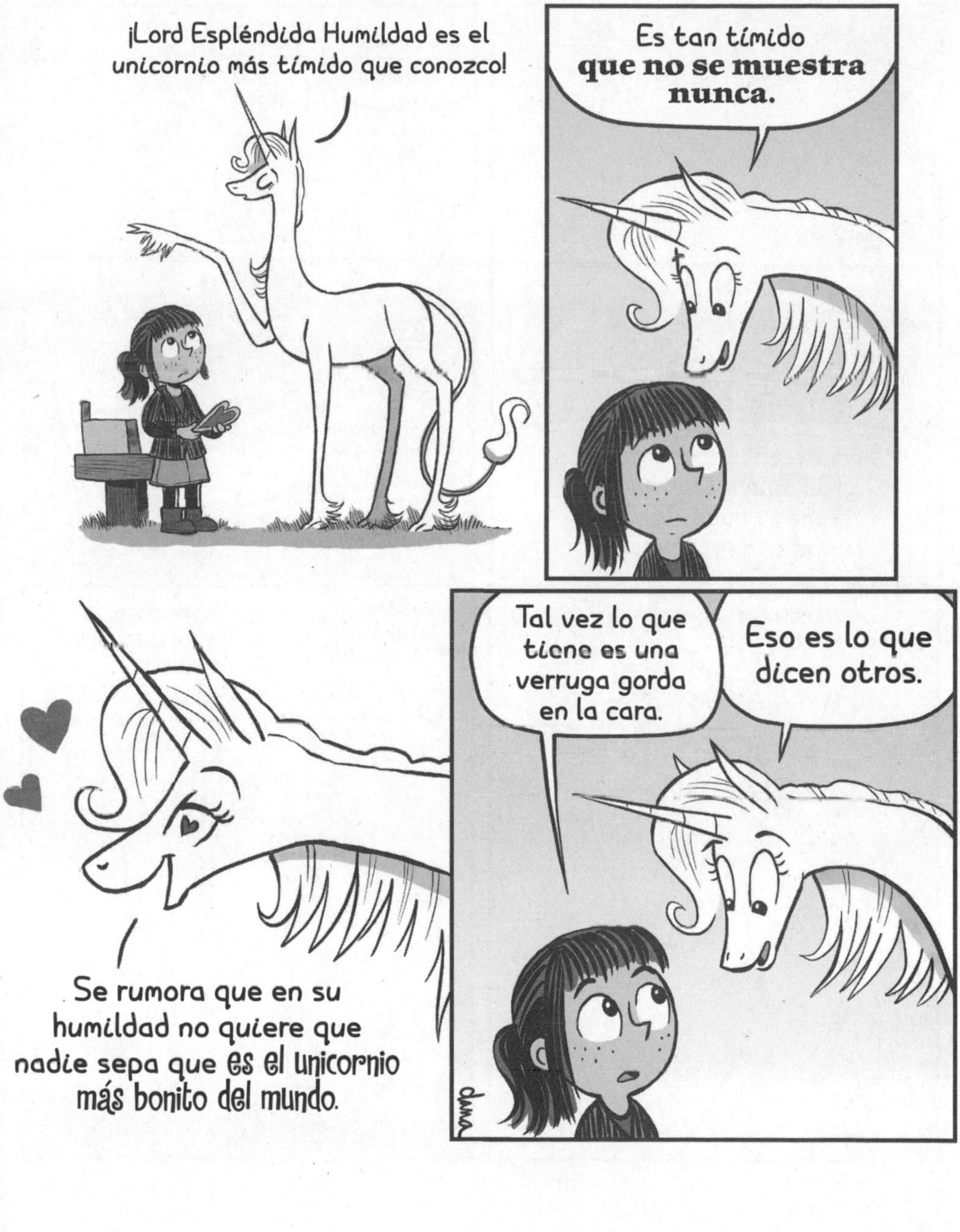
¡Lord Espléndida Humildad es el unicornio más tímido que conozco!
Es tan tímido **que no se muestra nunca.**
Se rumora que en su humildad no quiere que nadie sepa que es el unicornio más bonito del mundo.
Tal vez lo que tiene es una verruga gorda en la cara.
Eso es lo que dicen otros.
dana

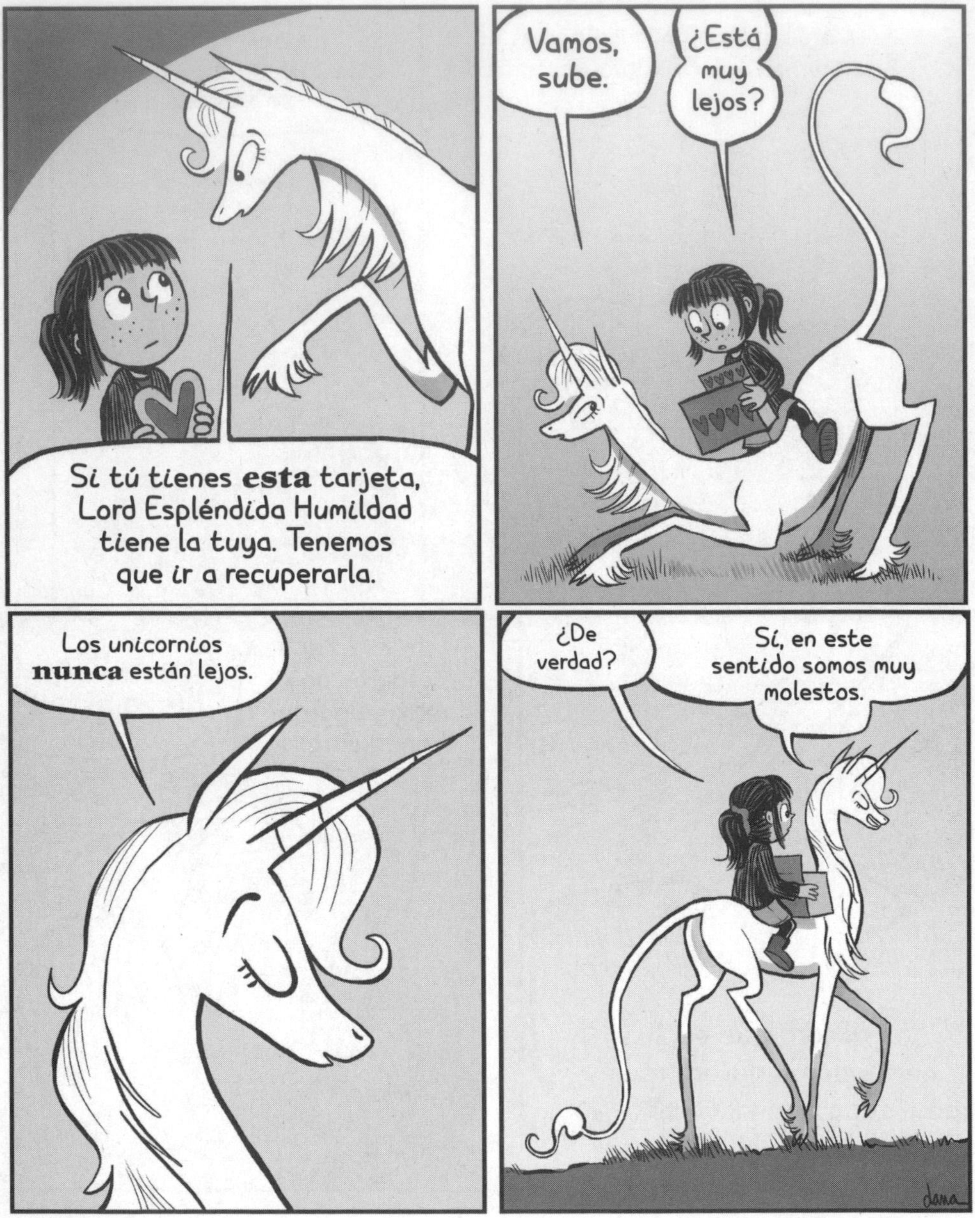
Si tú tienes **esta** tarjeta, Lord Espléndida Humildad tiene la tuya. Tenemos que ir a recuperarla.
Vamos, sube.
¿Está muy lejos?
Los unicornios **nunca** están lejos.
¿De verdad?
Sí, en este sentido somos muy molestos.
dana

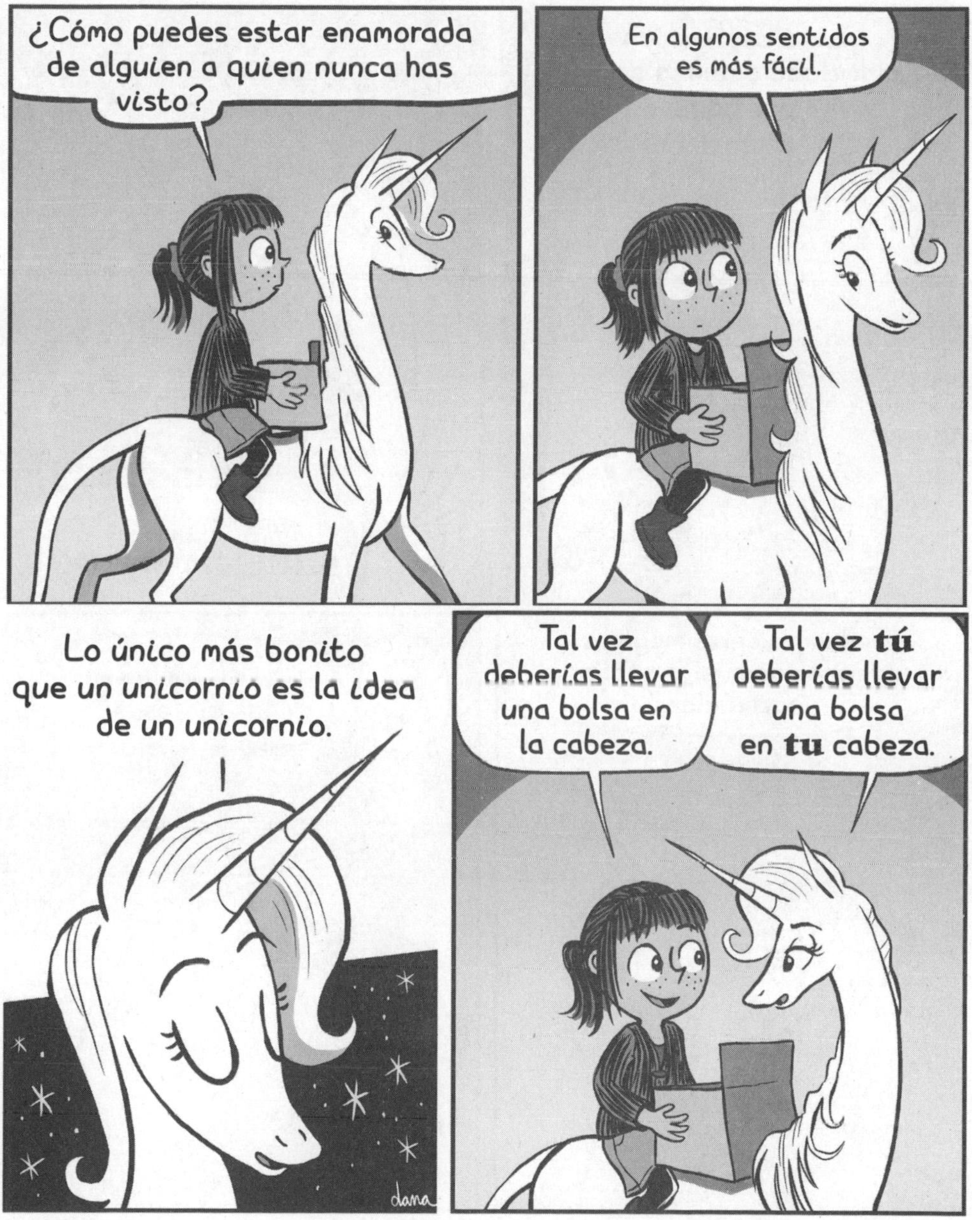
¿Cómo puedes estar enamorada de alguien a quien nunca has visto?
En algunos sentidos es más fácil.
Lo único más bonito que un unicornio es la idea de un unicornio.
Tal vez deberías llevar una bolsa en la cabeza.
Tal vez **tú** deberías llevar una bolsa en **tu** cabeza.
dana

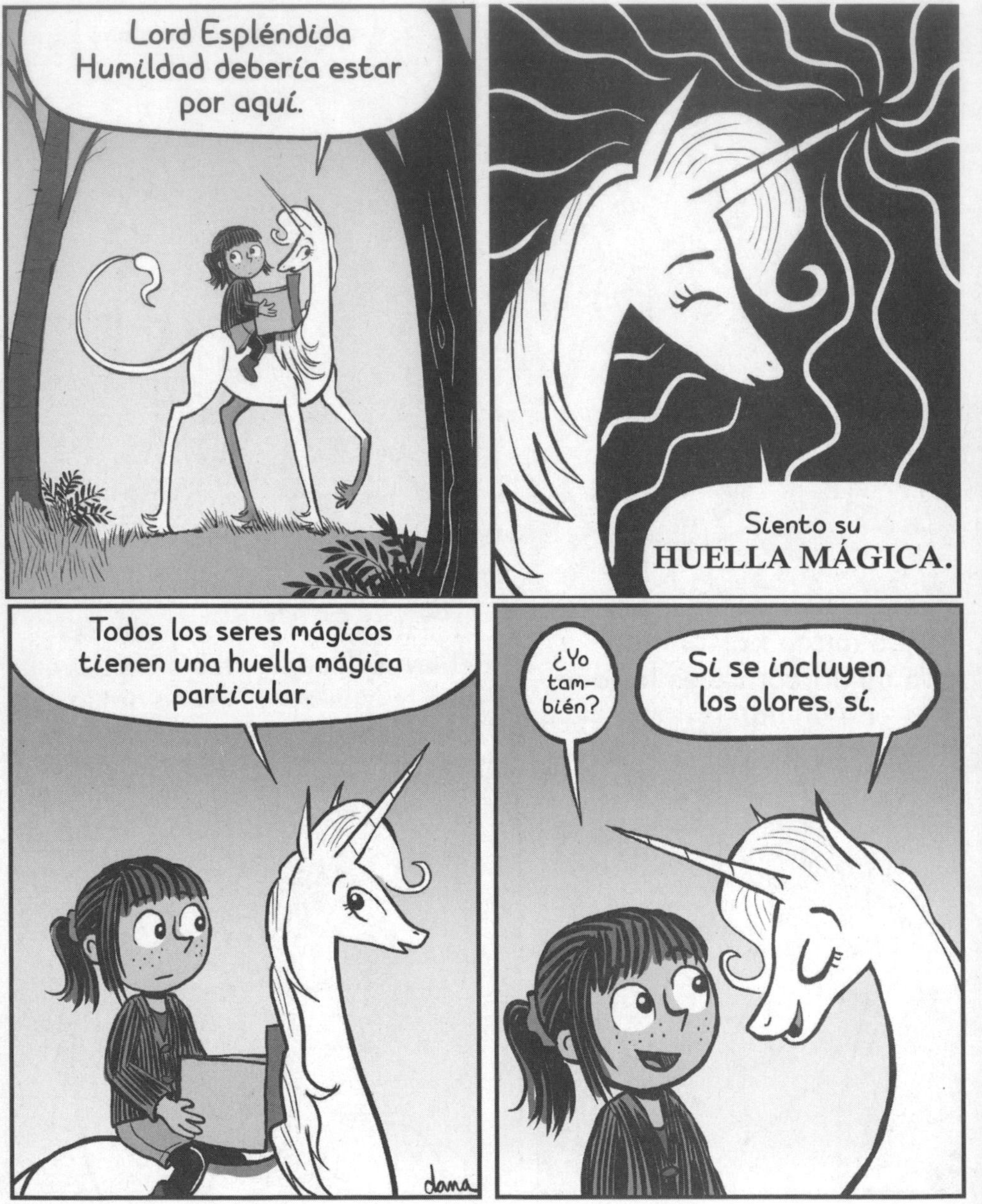
Lord Espléndida Humildad debería estar por aquí.
Siento su HUELLA MÁGICA.
Todos los seres mágicos tienen una huella mágica particular.
dana
¿Yo también?
Sí se incluyen los olores, sí.

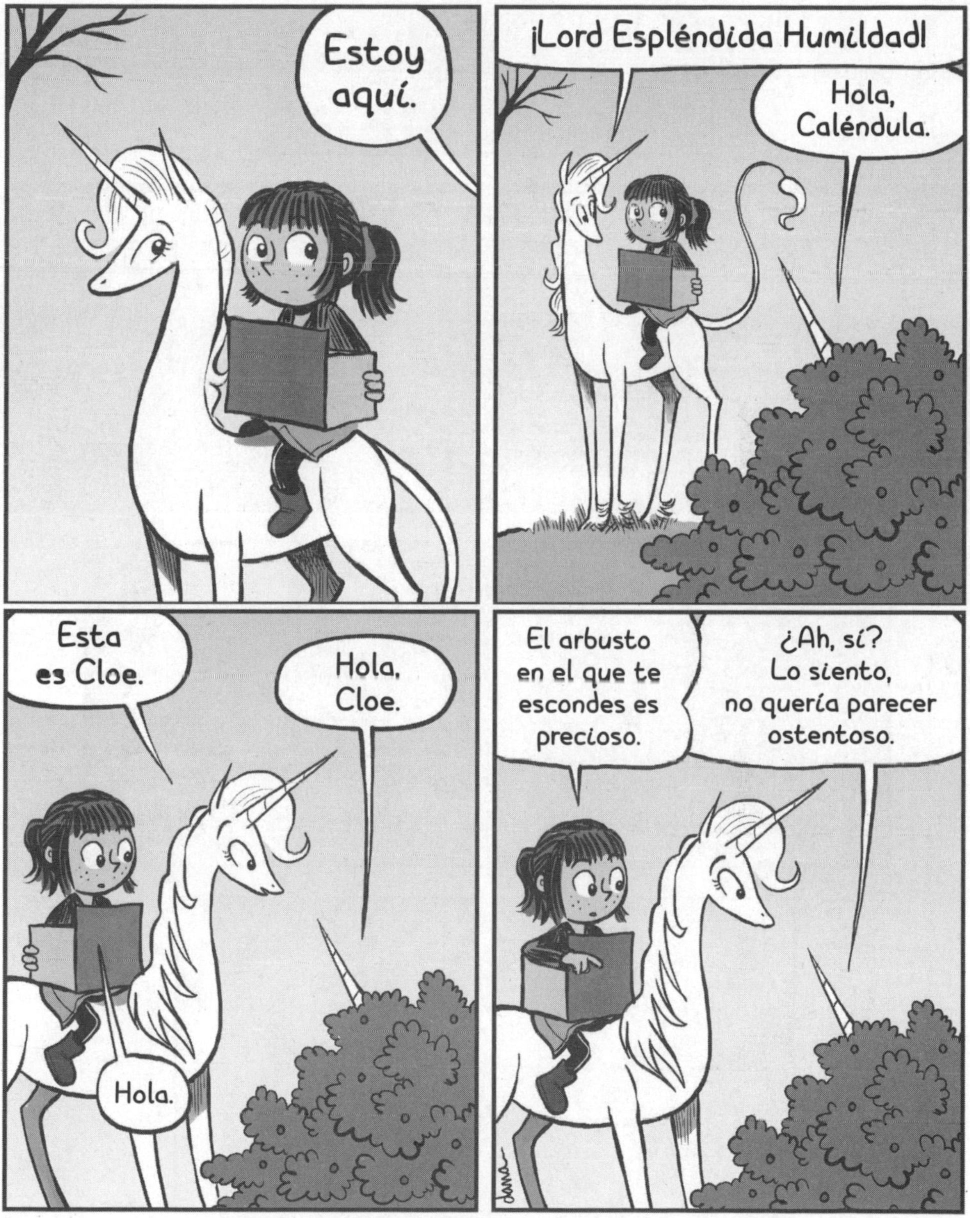

Estoy aquí.
¡Lord Espléndida Humildad!
Hola, Caléndula.
Esta es Cloe.
Hola, Cloe.
Hola.
El arbusto en el que te escondes es precioso.
¿Ah, sí? Lo siento, no quería parecer ostentoso.

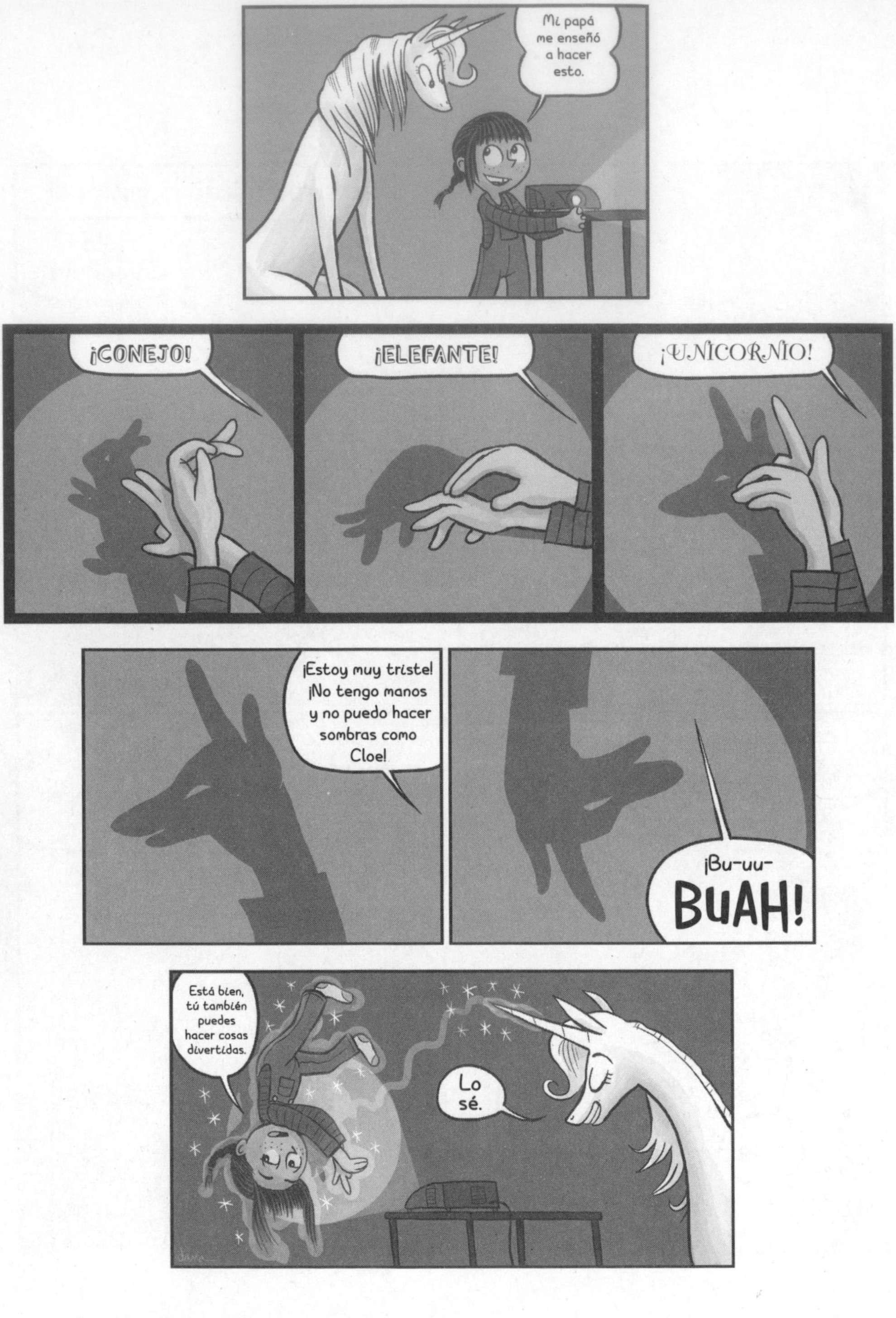
Mi papá me enseñó a hacer esto.
¡CONEJO!
¡ELEFANTE!
¡UNICORNIO!
¡Estoy muy triste! ¡No tengo manos y no puedo hacer sombras como Cloe!
¡Bu-uu-BUAH!
Está bien, tú también puedes hacer cosas divertidas.
Lo sé.

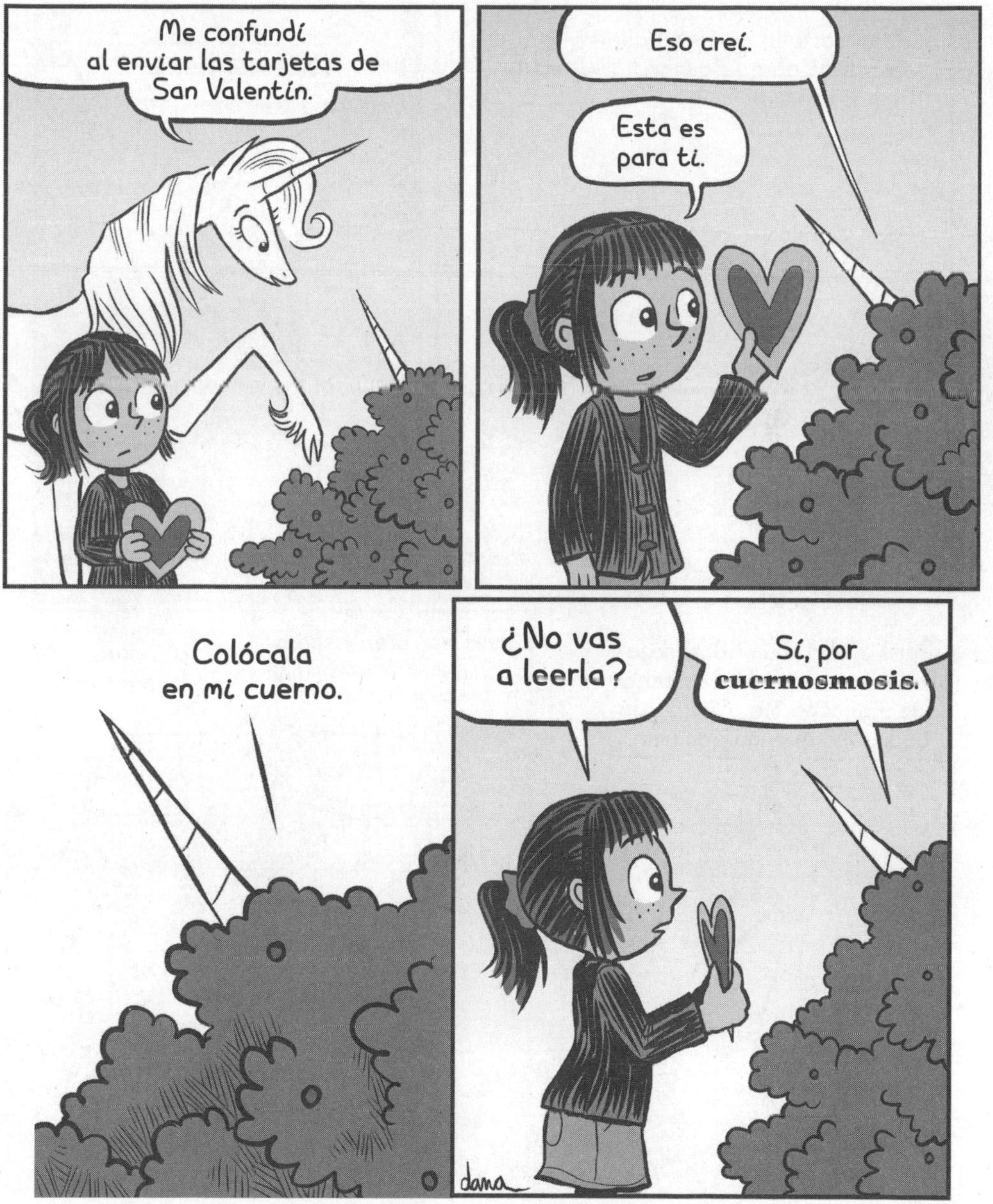
Me confundí al enviar las tarjetas de San Valentín.
Eso creí.
Esta es para ti.
Colócala en mi cuerno.
¿No vas a leerla?
Sí, por cuernosmosis.
dana

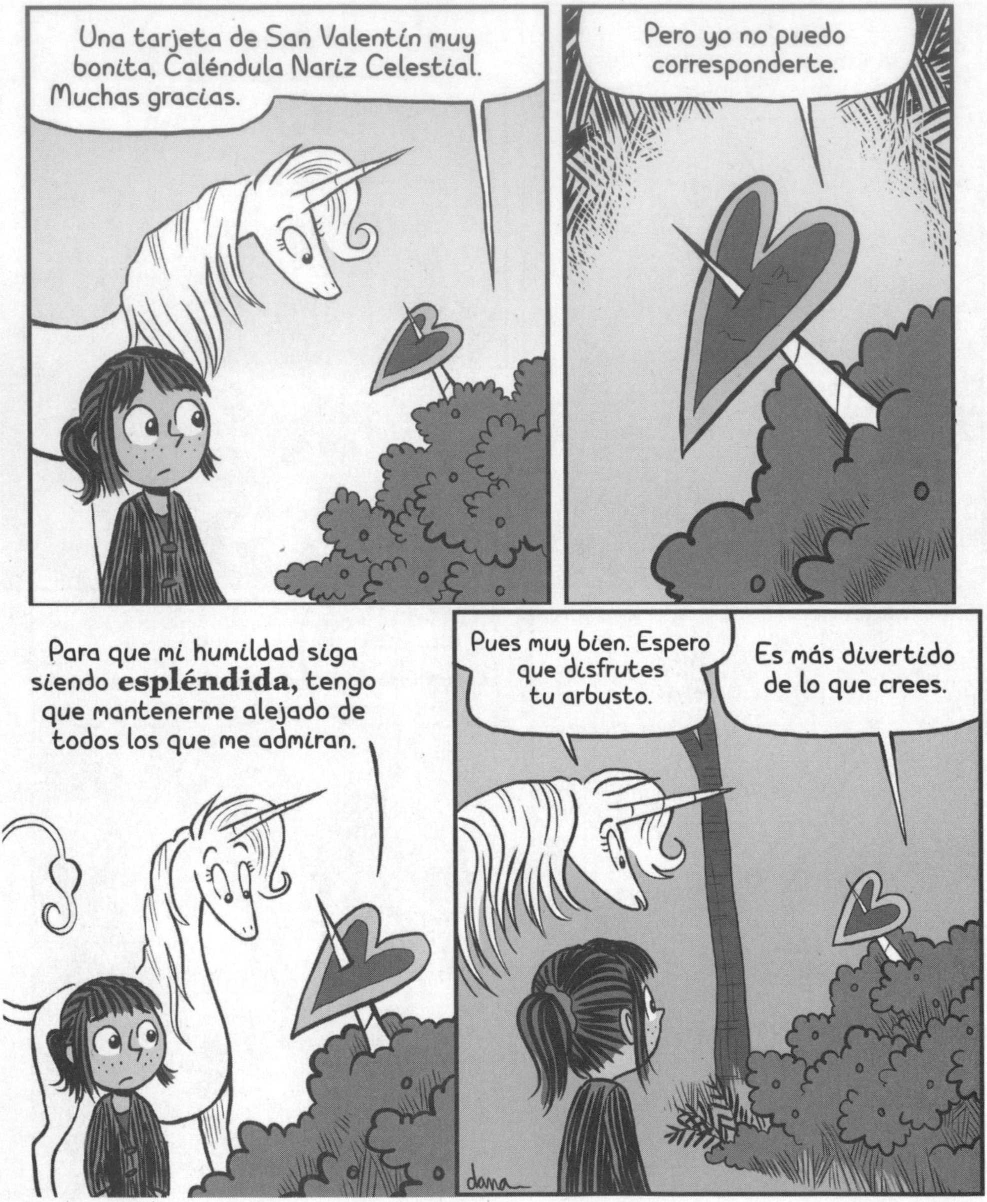
Una tarjeta de San Valentín muy bonita, Caléndula Nariz Celestial. Muchas gracias.
Pero yo no puedo corresponderte.
Para que mi humildad siga siendo **espléndida**, tengo que mantenerme alejado de todos los que me admiran.
Pues muy bien. Espero que disfrutes tu arbusto.
Es más divertido de lo que crees.
dana

Lamento que Lord Espléndida Humildad no te corresponda, Caléndula.

No pasa nada.

Dicen que el nombre de un unicornio es su destino.

No puede **elegir** más que la espléndida humildad.

Entonces... ¿tu destino es sólo tener una nariz bonita?

¿No te parece genial?

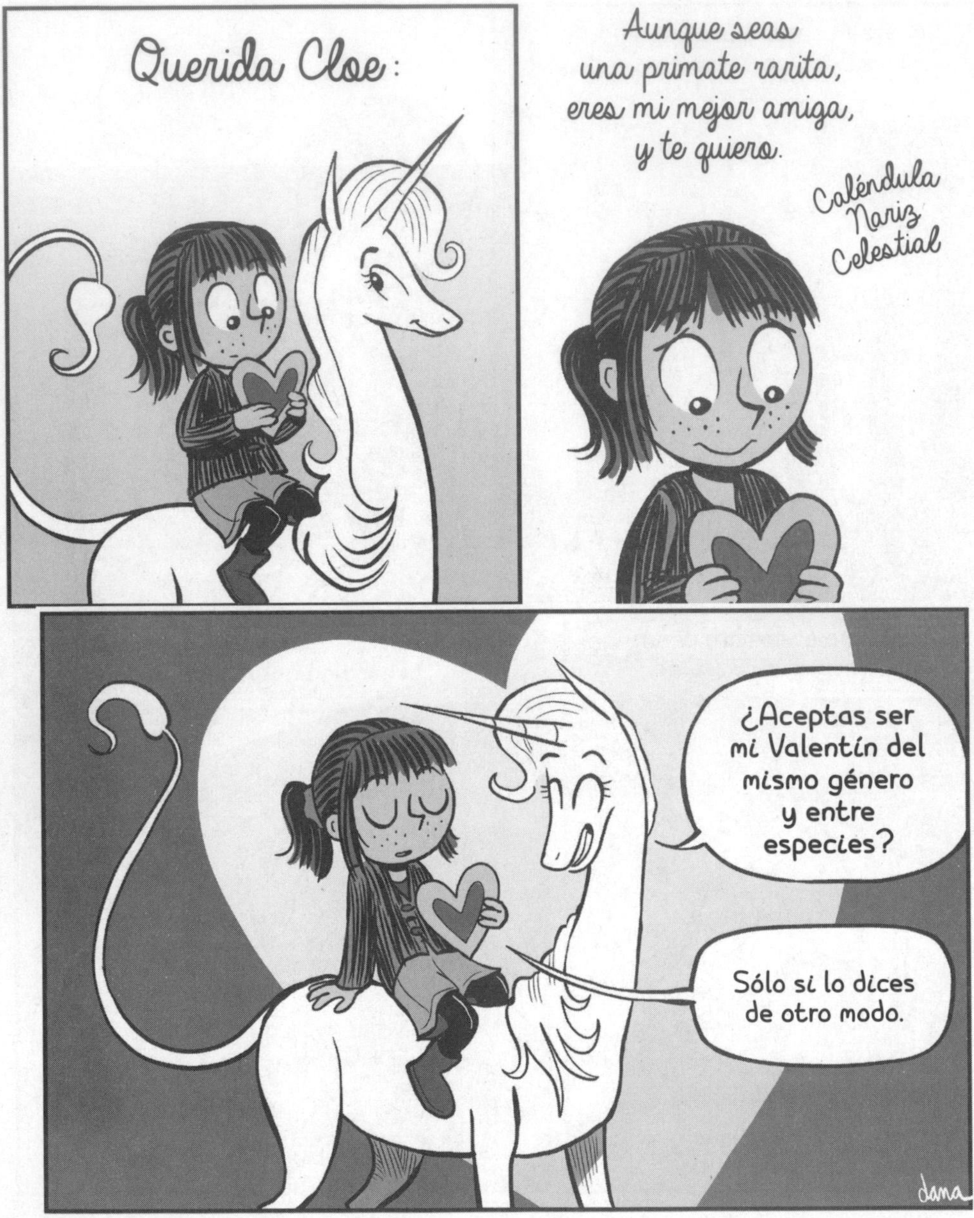
Querida Cloe:
Aunque seas una primate rarita, eres mi mejor amiga, y te quiero.
Caléndula Nariz Celestial
¿Aceptas ser mi Valentín del mismo género y entre especies?
Sólo si lo dices de otro modo.
dana

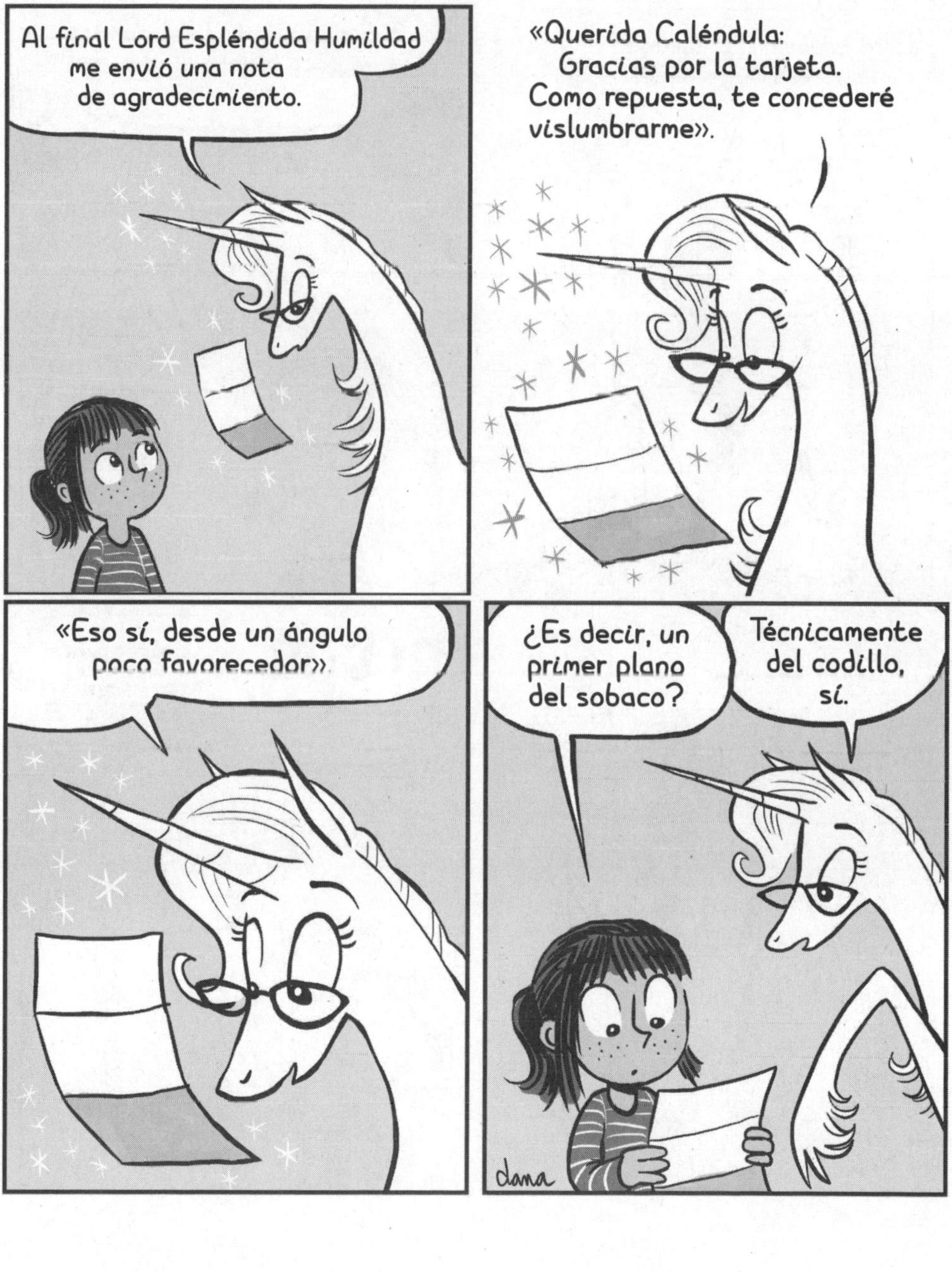
Al final Lord Espléndida Humildad me envió una nota de agradecimiento.
«Querida Caléndula: Gracias por la tarjeta. Como repuesta, te concederé vislumbrarme».
«Eso sí, desde un ángulo poco favorecedor».
¿Es decir, un primer plano del sobaco?
Técnicamente del codillo, sí.
dana

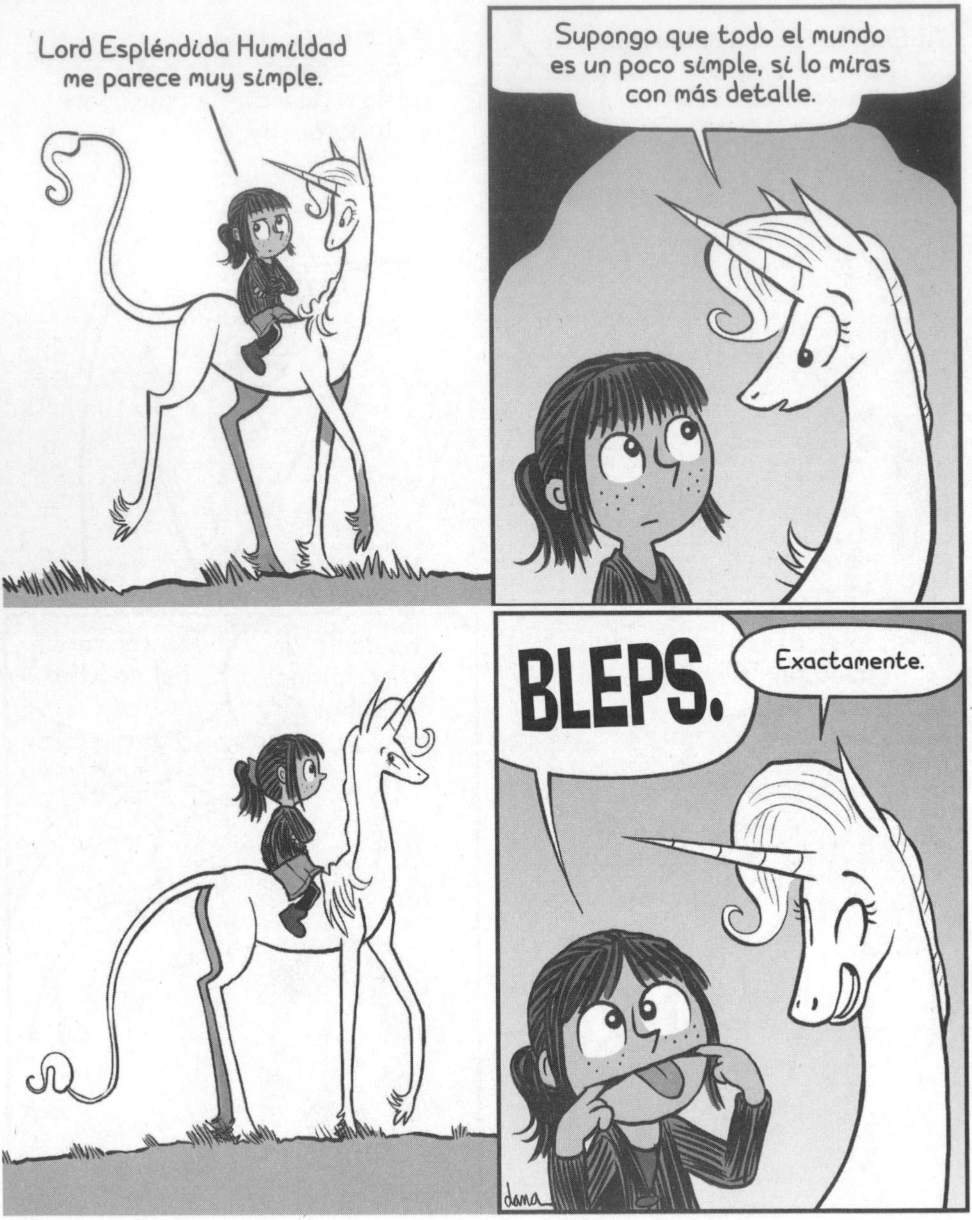

Lord Espléndida Humildad me parece muy simple.
Supongo que todo el mundo es un poco simple, si lo miras con más detalle.
BLEPS.
Exactamente.
dama

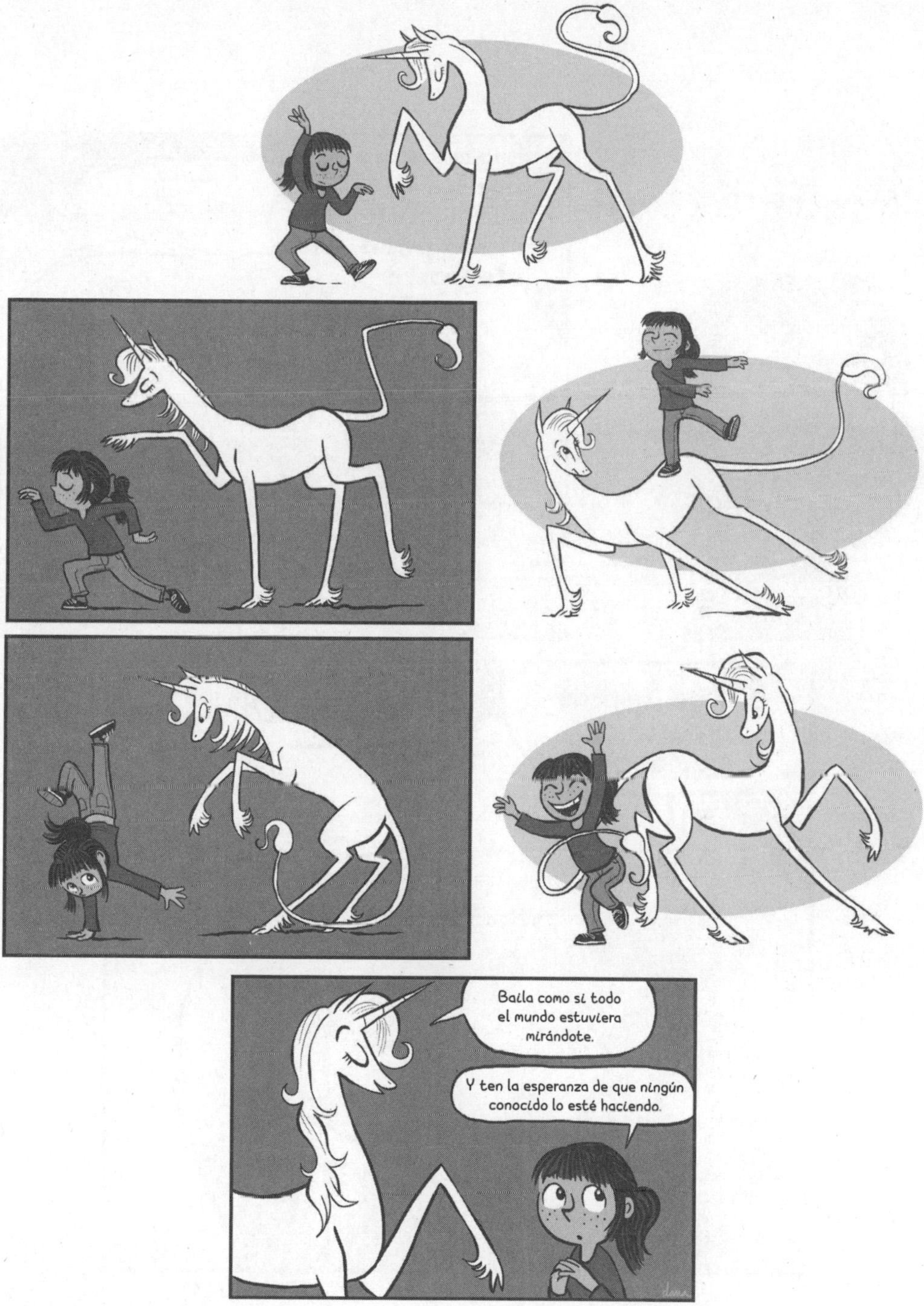
Baila como si todo el mundo estuviera mirándote.
Y ten la esperanza de que ningún conocido lo esté haciendo.

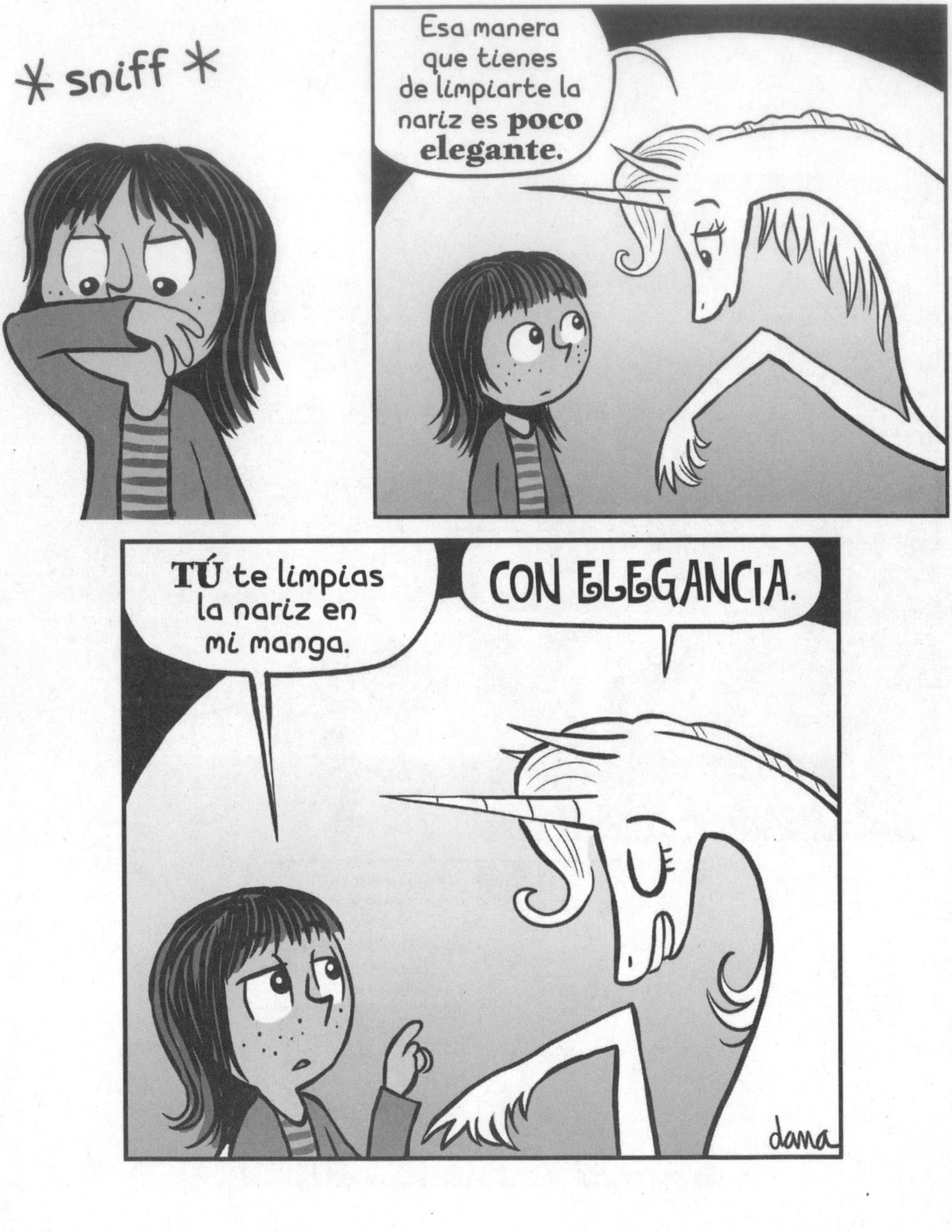
sniff
Esa manera que tienes de limpiarte la nariz es **poco elegante.**
TÚ te limpias la nariz en mi manga.
CON ELEGANCIA.
dana

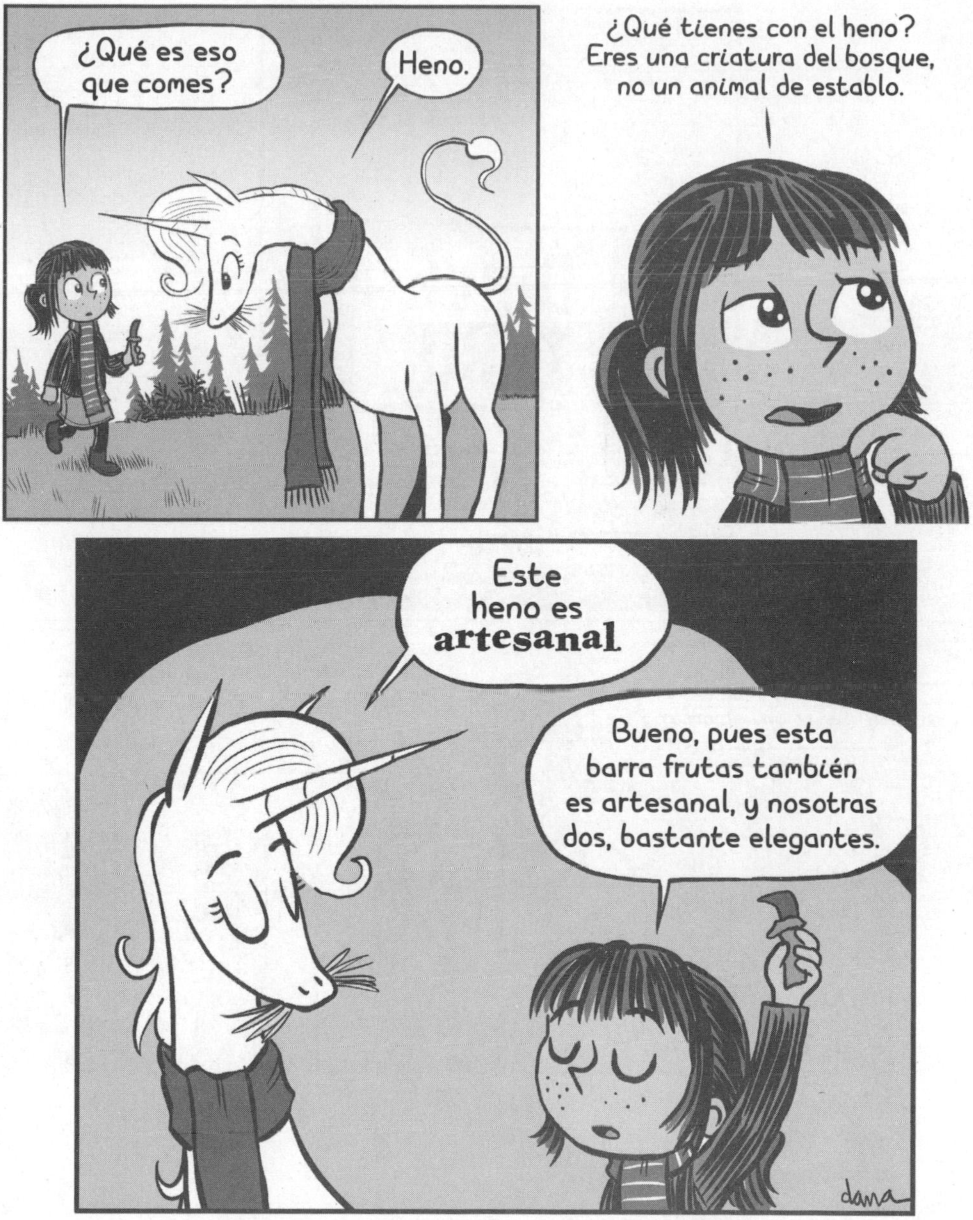
¿Qué es eso que comes?
Heno.
¿Qué tienes con el heno? Eres una criatura del bosque, no un animal de establo.
Este heno es **artesanal**
Bueno, pues esta barra frutas también es artesanal, y nosotras dos, bastante elegantes.
dana

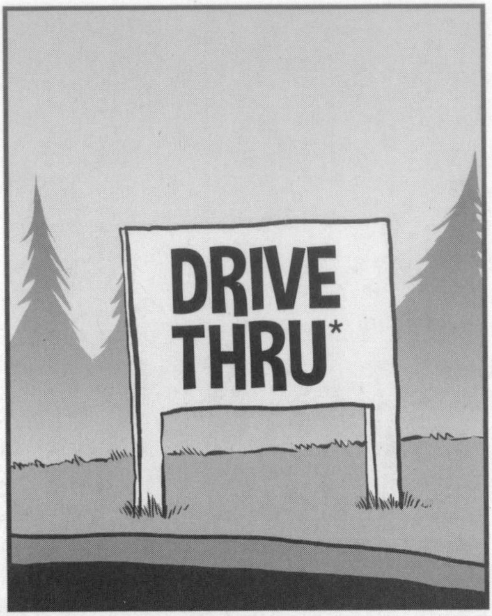
DRIVE THRU*

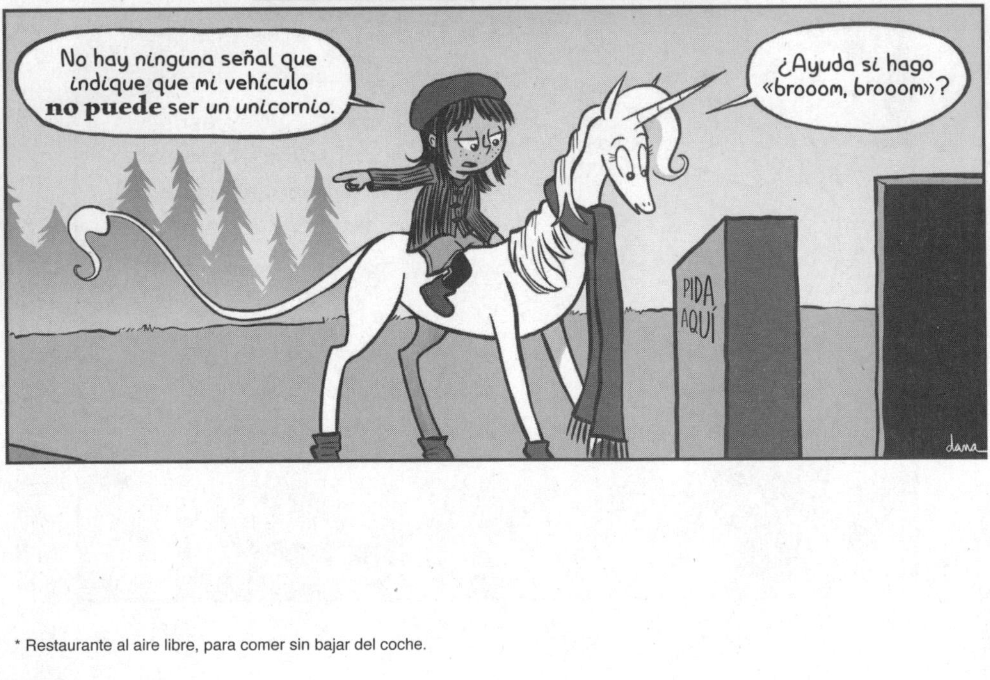
No hay ninguna señal que indique que mi vehículo **no puede** ser un unicornio.
¿Ayuda si hago «brooom, brooom»?
PIDA AQUÍ
dana

* Restaurante al aire libre, para comer sin bajar del coche.

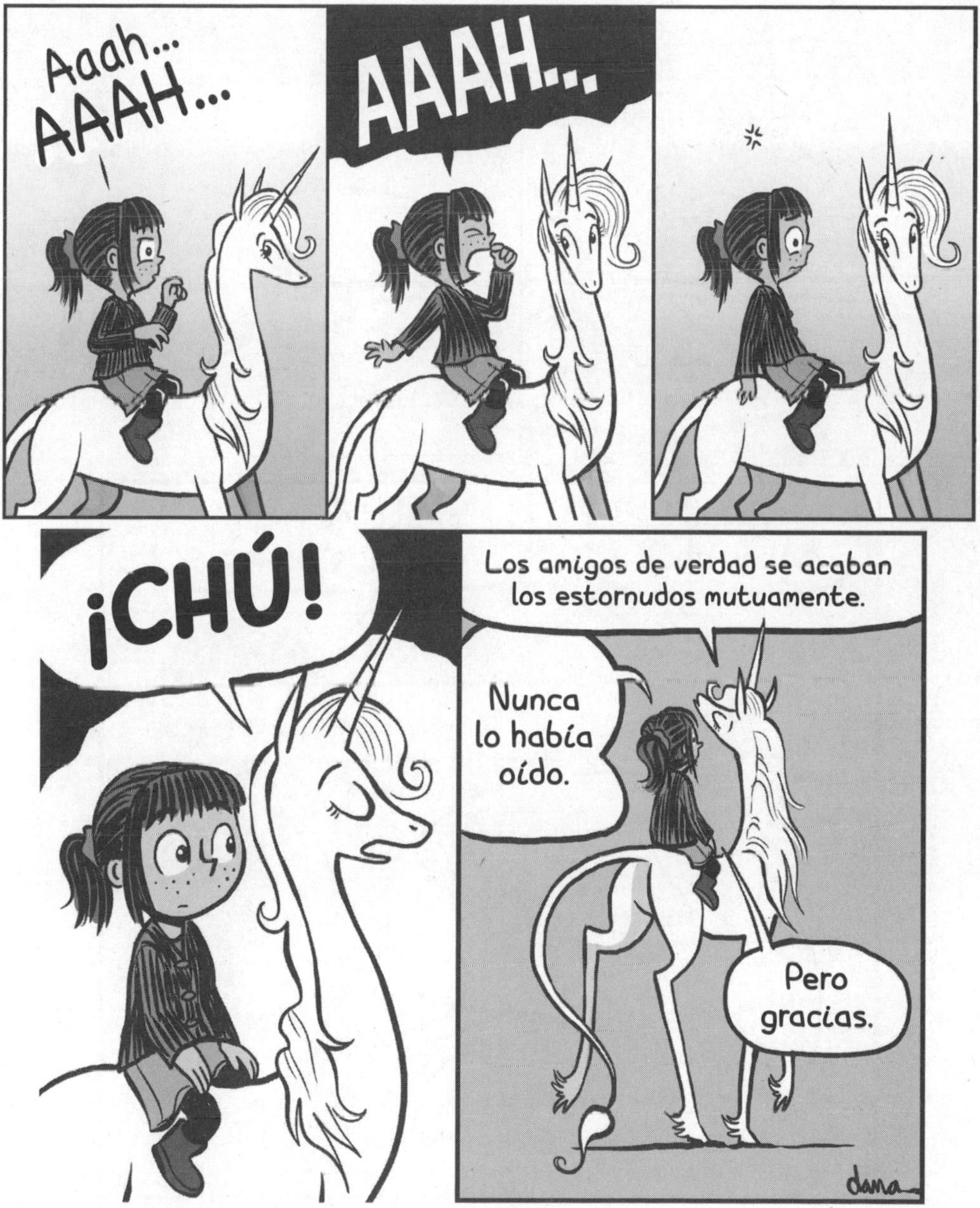
Aaah... AAAH...
AAAH...
¡CHÚ!
Los amigos de verdad se acaban los estornudos mutuamente.
Nunca lo había oído.
Pero gracias.
dana

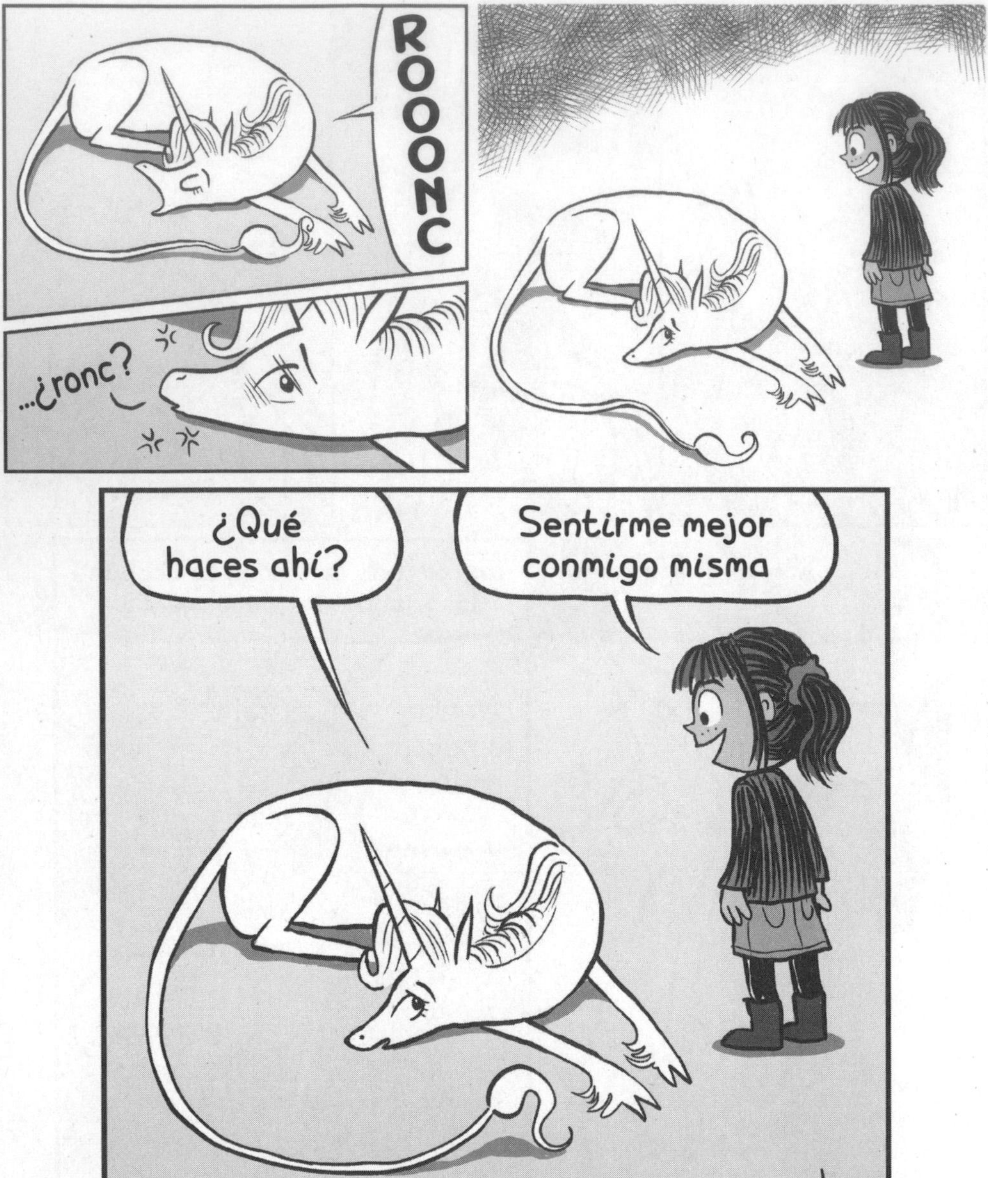
ROOONC
...¿ronc?
¿Qué haces ahí?
Sentirme mejor conmigo misma
dana

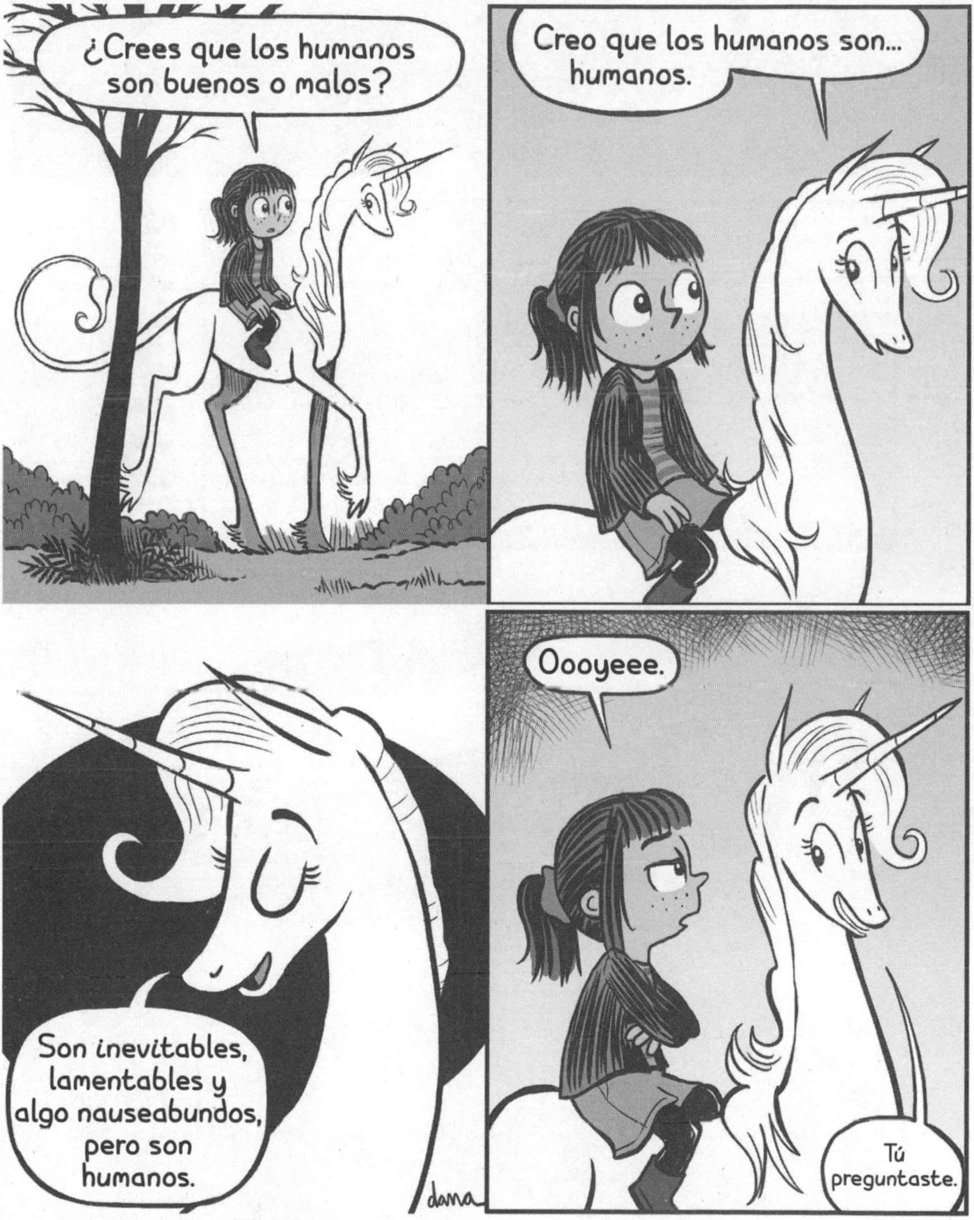

¿Crees que los humanos son buenos o malos?
Creo que los humanos son... humanos.
Son *inevitables*, lamentables y algo nauseabundos, pero son humanos.
Oooyeee.
Tú preguntaste.
dana

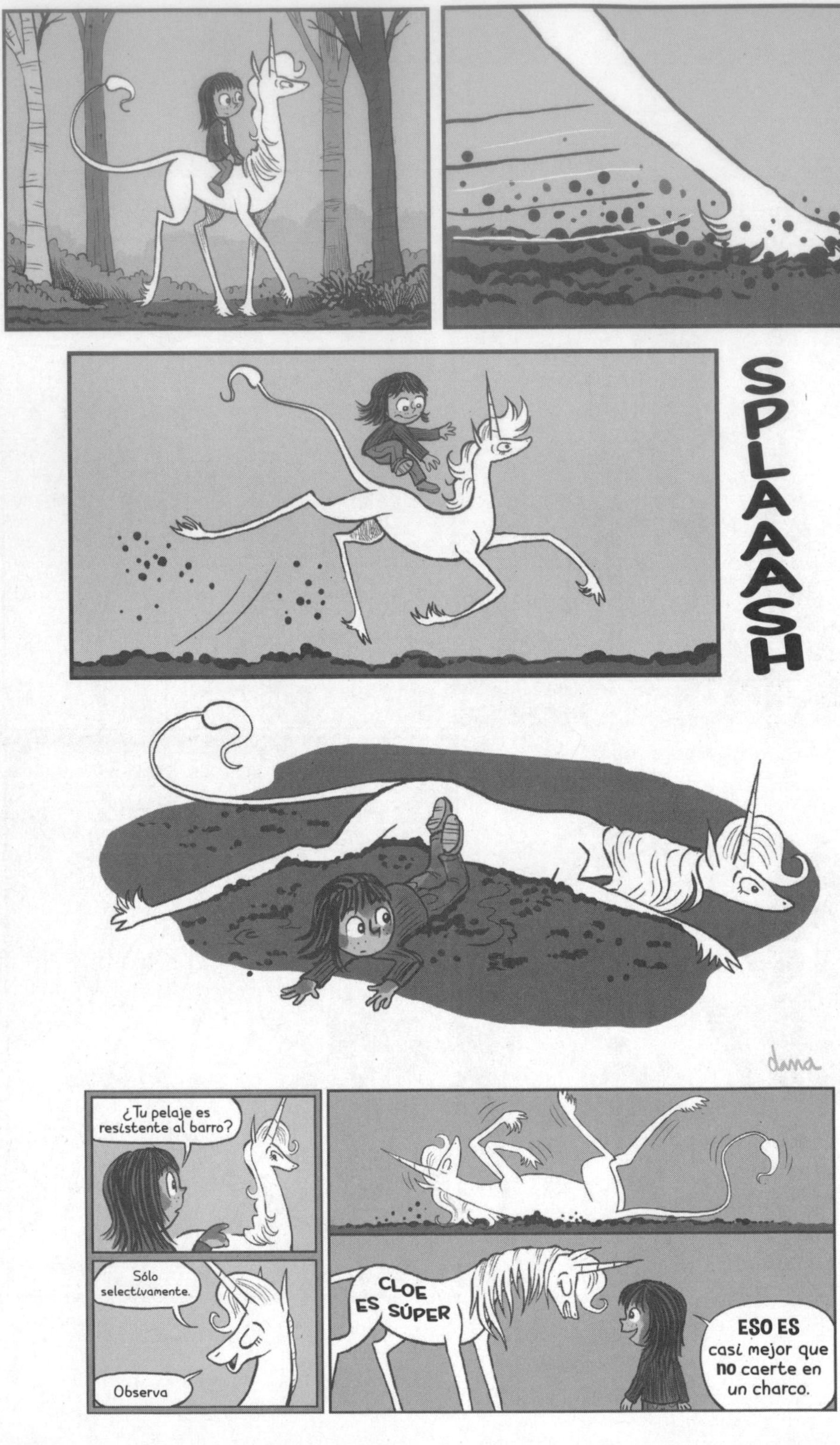
SPLAAASH
¿Tu pelaje es resistente al barro?
Sólo selectivamente.
Observa
CLOE ES SÚPER
ESO ES casi mejor que no caerte en un charco.

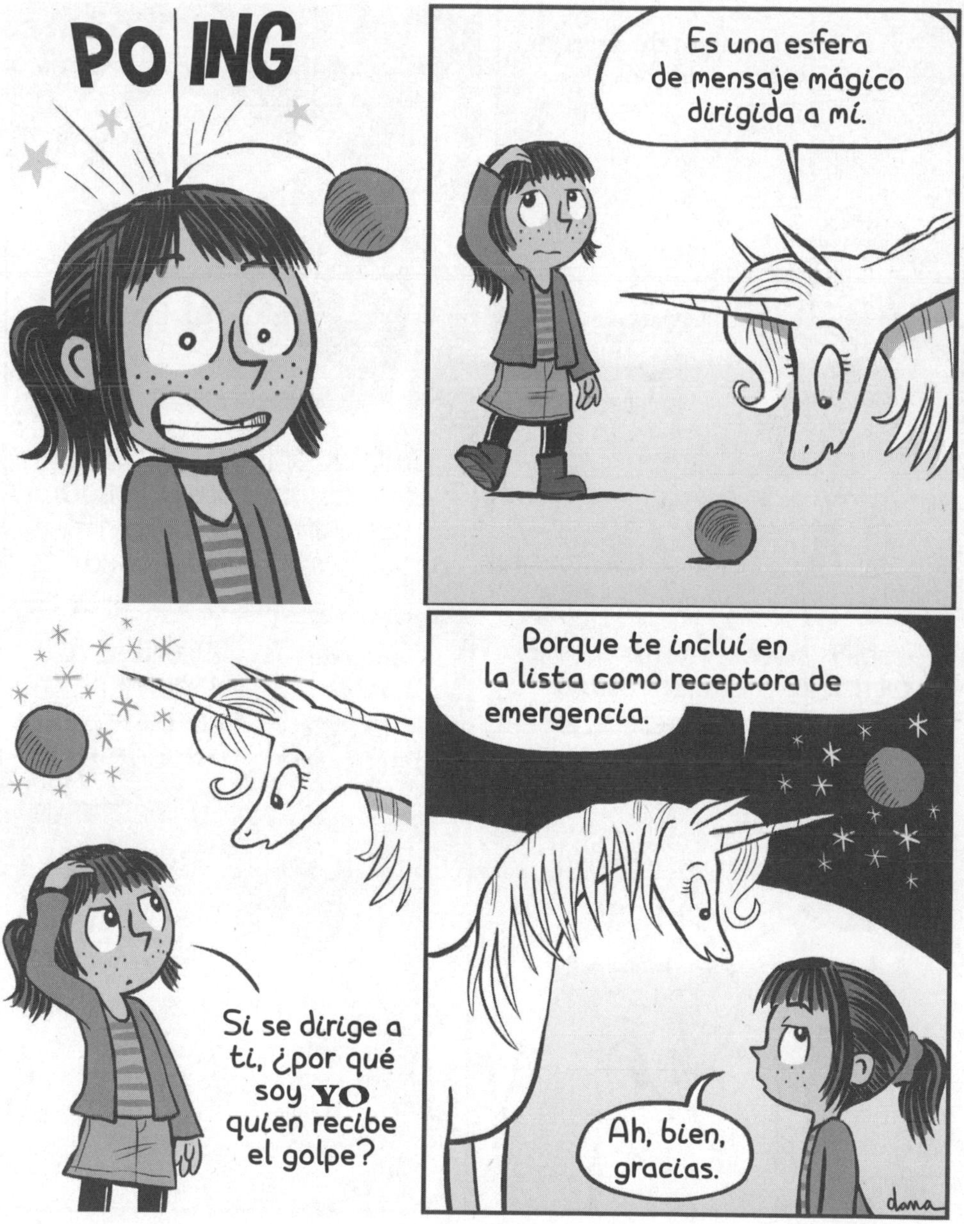
POING
Es una esfera de mensaje mágico dirigida a mí.
Si se dirige a ti, ¿por qué soy YO quien recibe el golpe?
Porque te incluí en la lista como receptora de emergencia.
Ah, bien, gracias.
dana

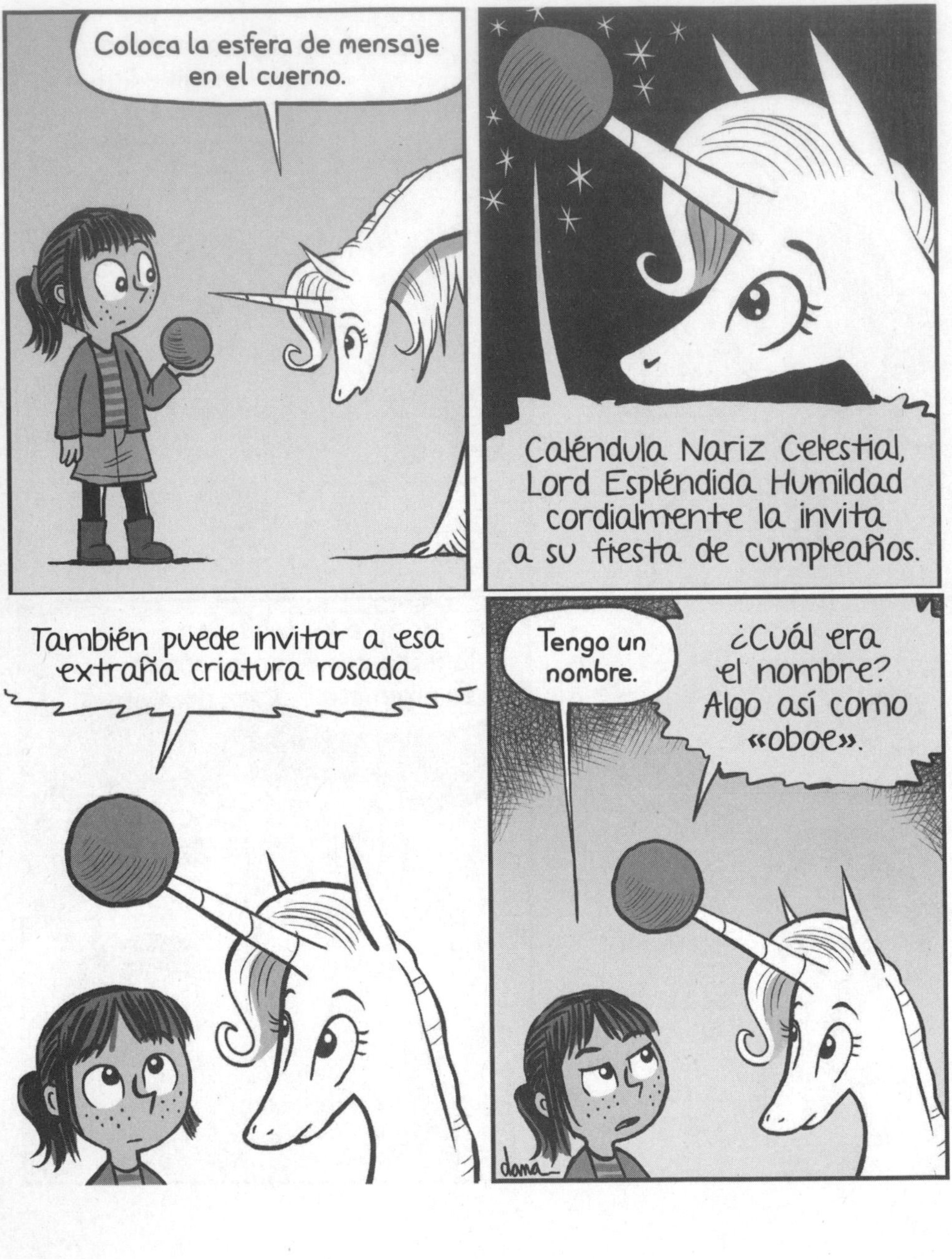
Coloca la esfera de mensaje en el cuerno.
Caléndula Nariz Celestial, Lord Espléndida Humildad cordialmente la invita a su fiesta de cumpleaños.
También puede invitar a esa extraña criatura rosada
Tengo un nombre.
¿Cuál era el nombre? Algo así como «oboe».
dana

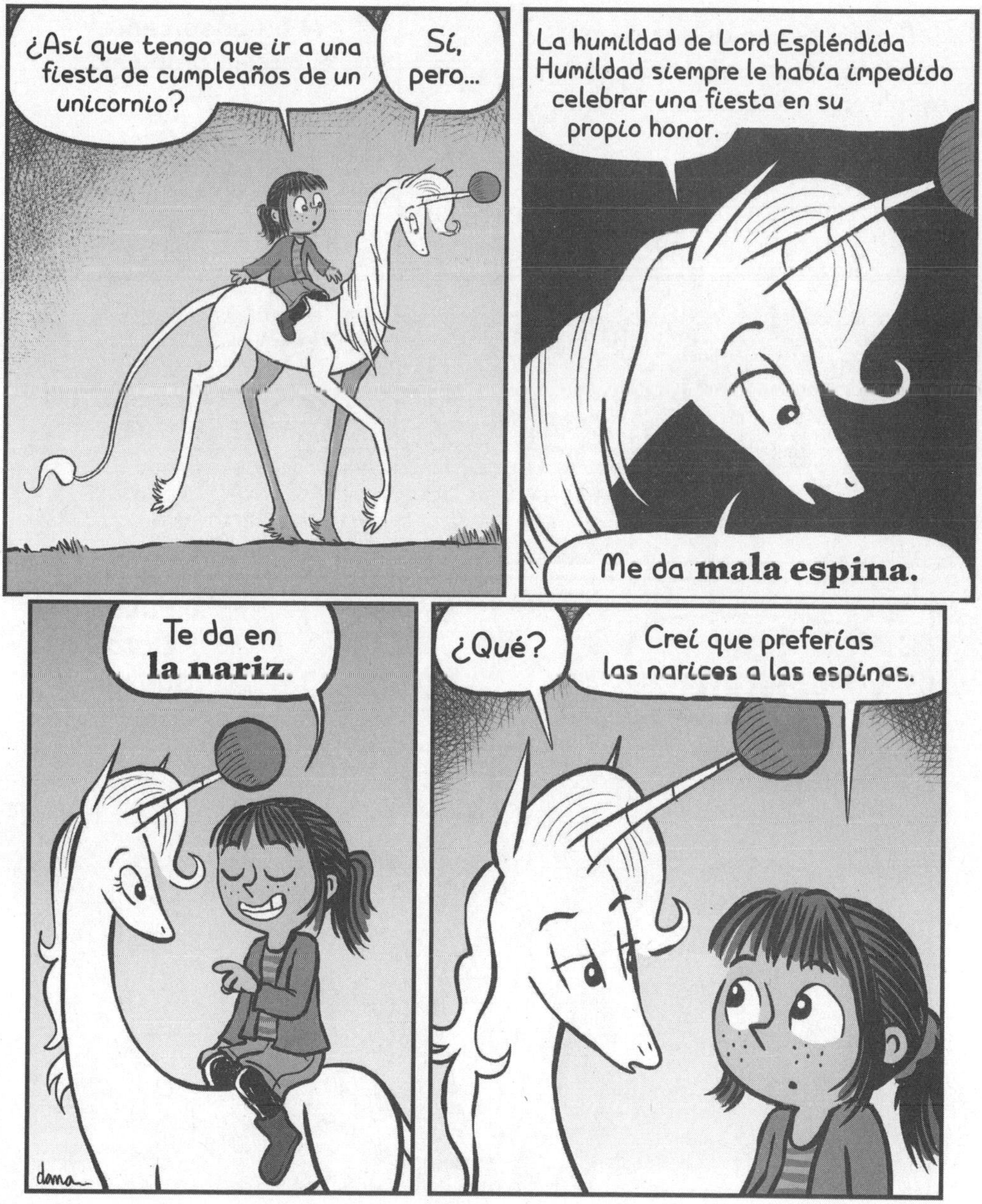
¿Así que tengo que ir a una fiesta de cumpleaños de un unicornio?
Sí, pero...
La humildad de Lord Espléndida Humildad siempre le había impedido celebrar una fiesta en su propio honor.
Me da **mala espina.**
Te da en **la nariz.**
¿Qué?
Creí que preferías las narices a las espinas.
dana

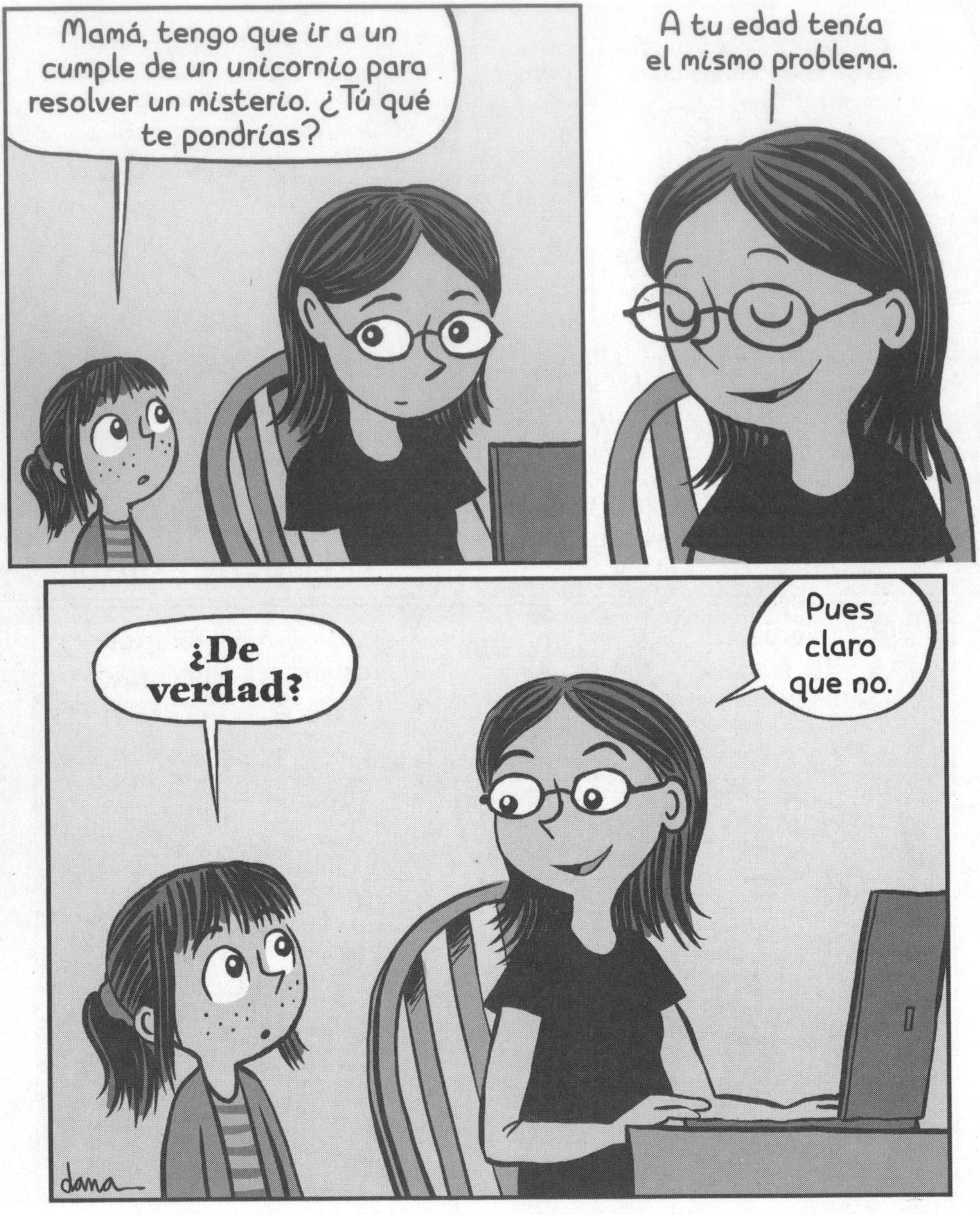
Mamá, tengo que ir a un cumple de un unicornio para resolver un misterio. ¿Tú qué te pondrías?
A tu edad tenía el mismo problema.
¿De verdad?
Pues claro que no.
dana

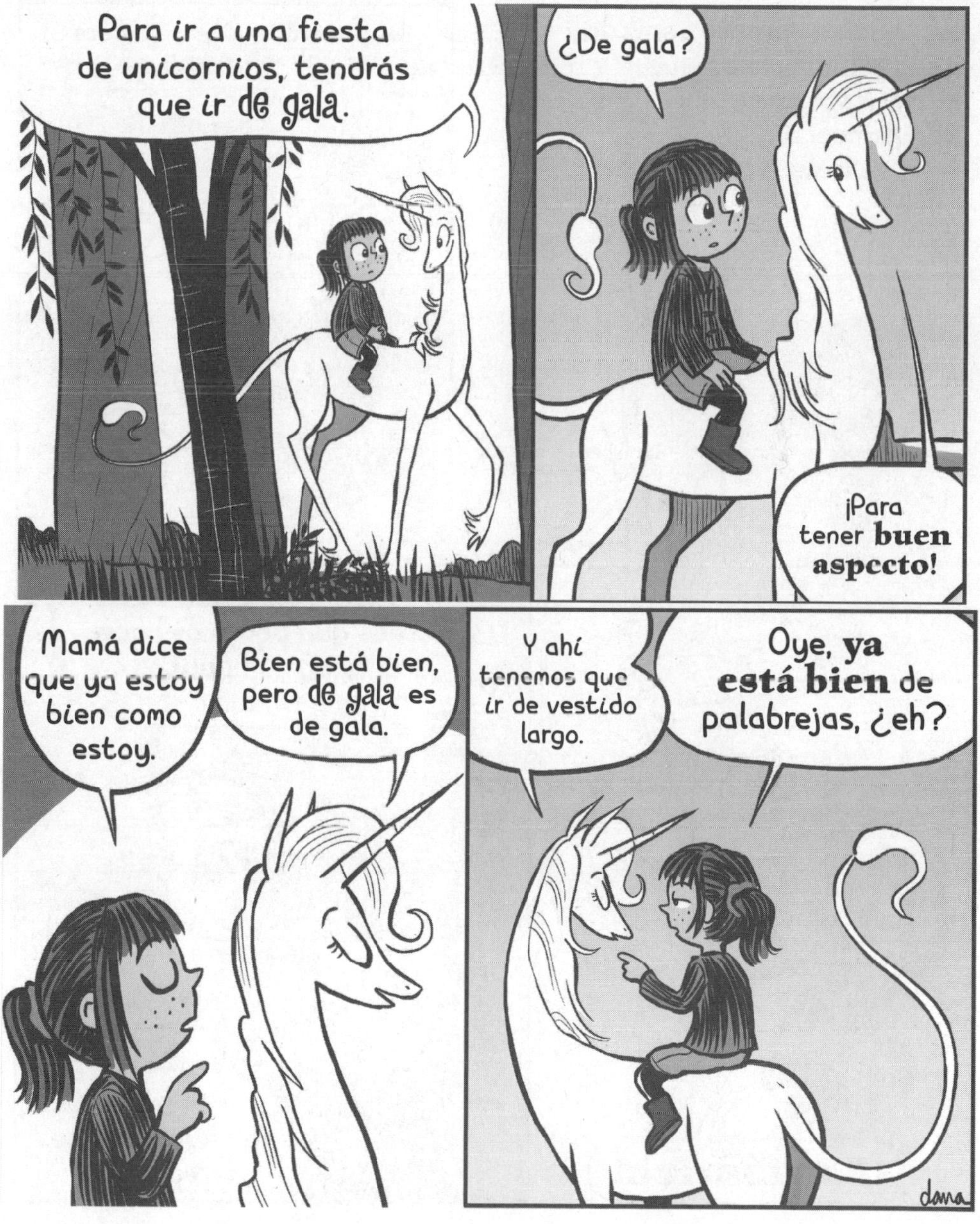
Para ir a una fiesta de unicornios, tendrás que ir de gala.
¿De gala?
¡Para tener buen aspccto!
Mamá dice que ya estoy bien como estoy.
Bien está bien, pero de gala es de gala.
Y ahí tenemos que ir de vestido largo.
Oye, ya está bien de palabrejas, ¿eh?
dana

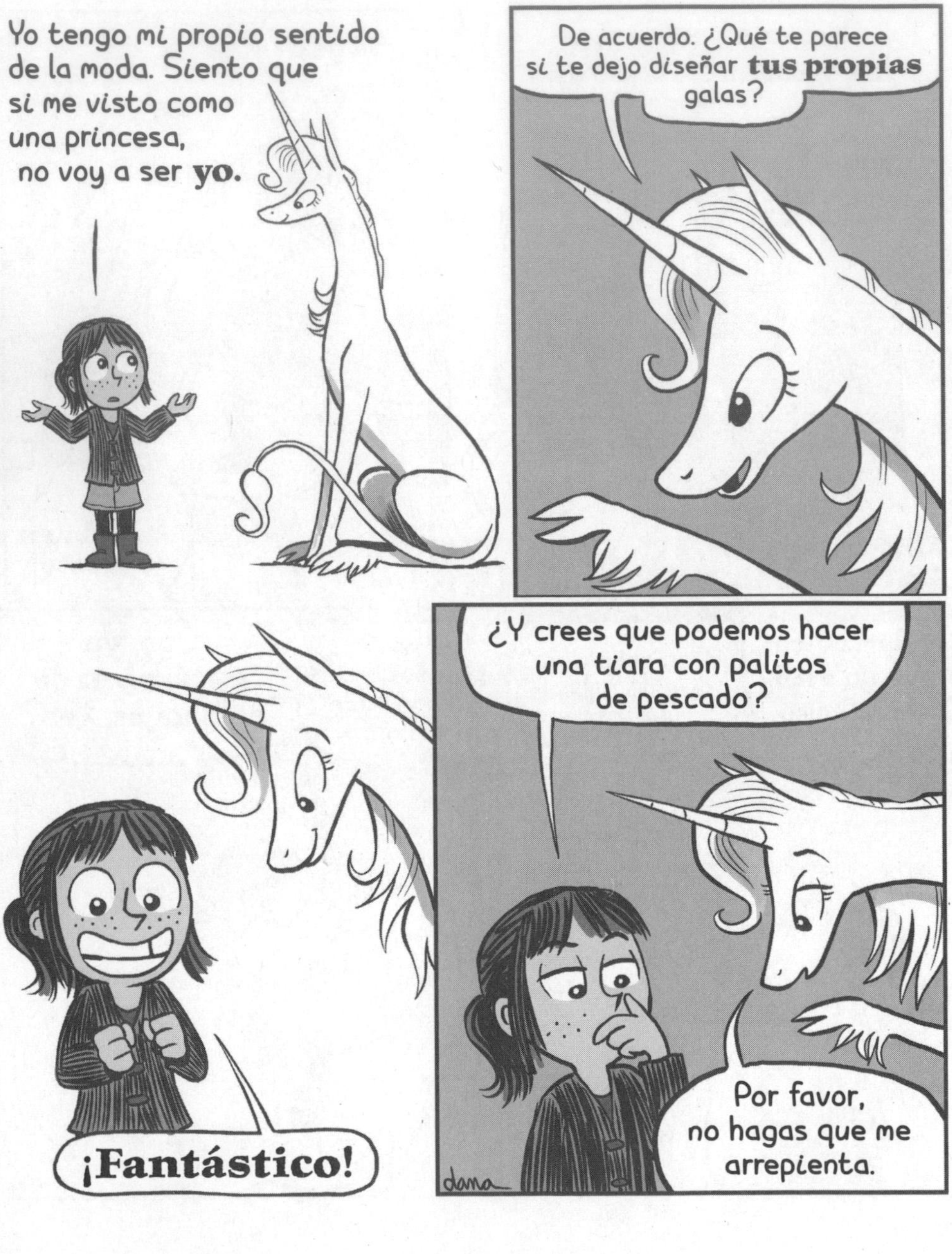
Yo tengo mi propio sentido de la moda. Siento que si me visto como una princesa, no voy a ser **yo.**
De acuerdo. ¿Qué te parece si te dejo diseñar **tus propias** galas?
¡Fantástico!
¿Y crees que podemos hacer una tiara con palitos de pescado?
Por favor, no hagas que me arrepienta.
dana

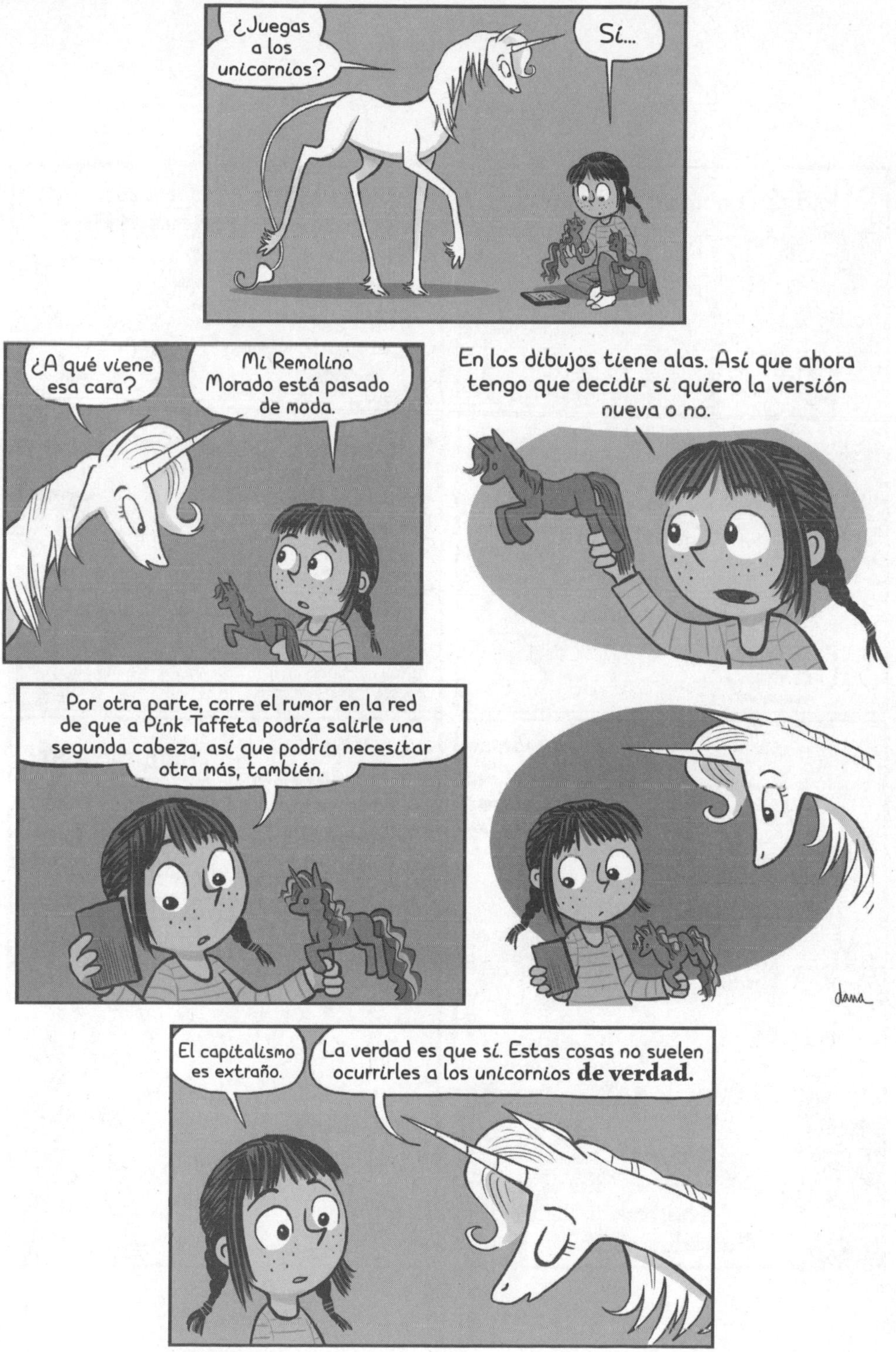
¿Juegas a los unicornios?
Sí...
¿A qué viene esa cara?
Mi Remolino Morado está pasado de moda.
En los dibujos tiene alas. Así que ahora tengo que decidir si quiero la versión nueva o no.
Por otra parte, corre el rumor en la red de que a Pink Taffeta podría salirle una segunda cabeza, así que podría necesitar otra más, también.
dana
El capitalismo es extraño.
La verdad es que sí. Estas cosas no suelen ocurrirles a los unicornios **de verdad.**

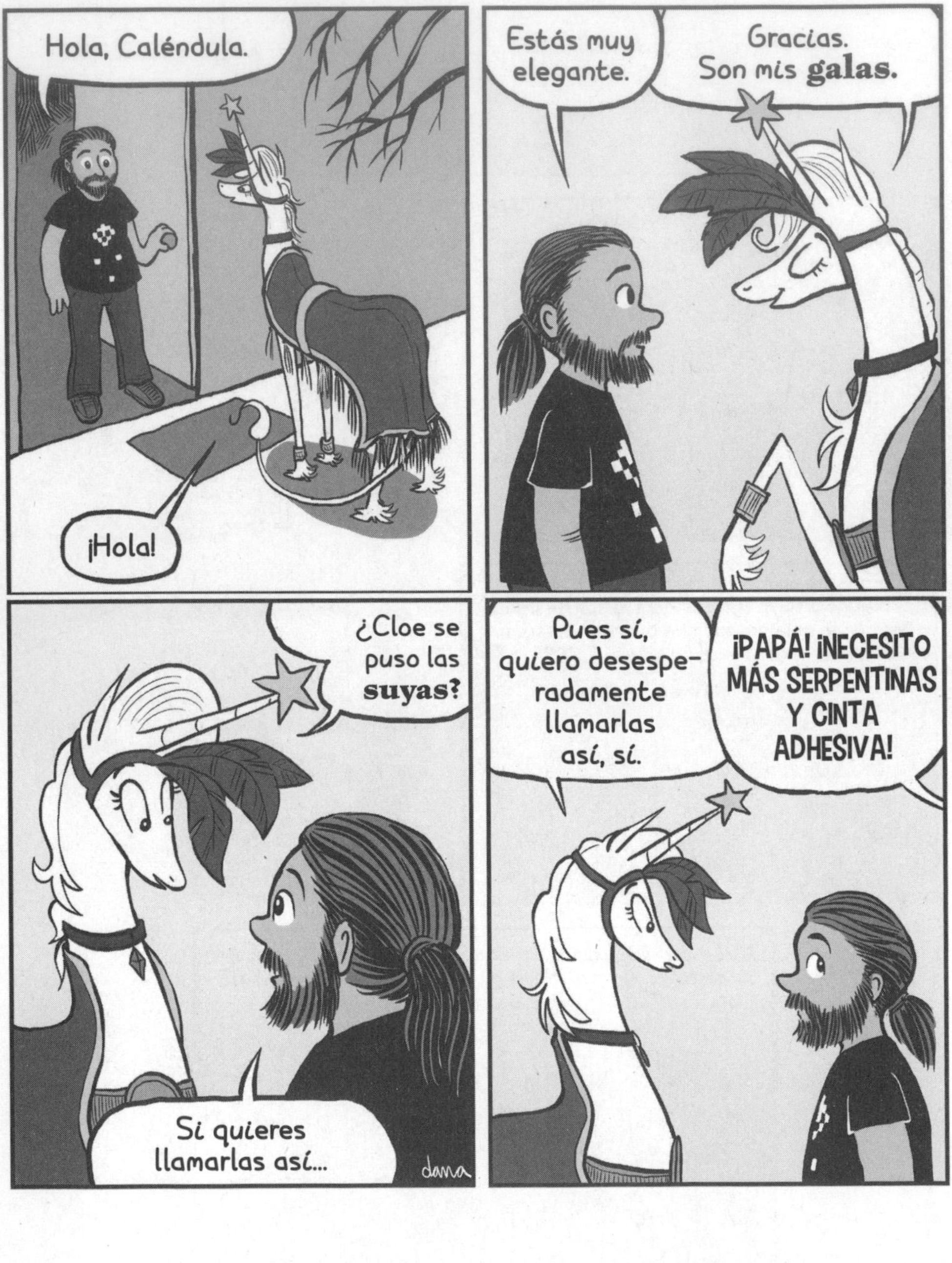
Hola, Caléndula.
¡Hola!
Estás muy elegante.
Gracias. Son mis **galas.**
¿Cloe se puso las **suyas?**
Si quieres llamarlas así...
Pues sí, quiero desesperadamente llamarlas así, sí.
¡PAPÁ! ¡NECESITO MÁS SERPENTINAS Y CINTA ADHESIVA!
dana

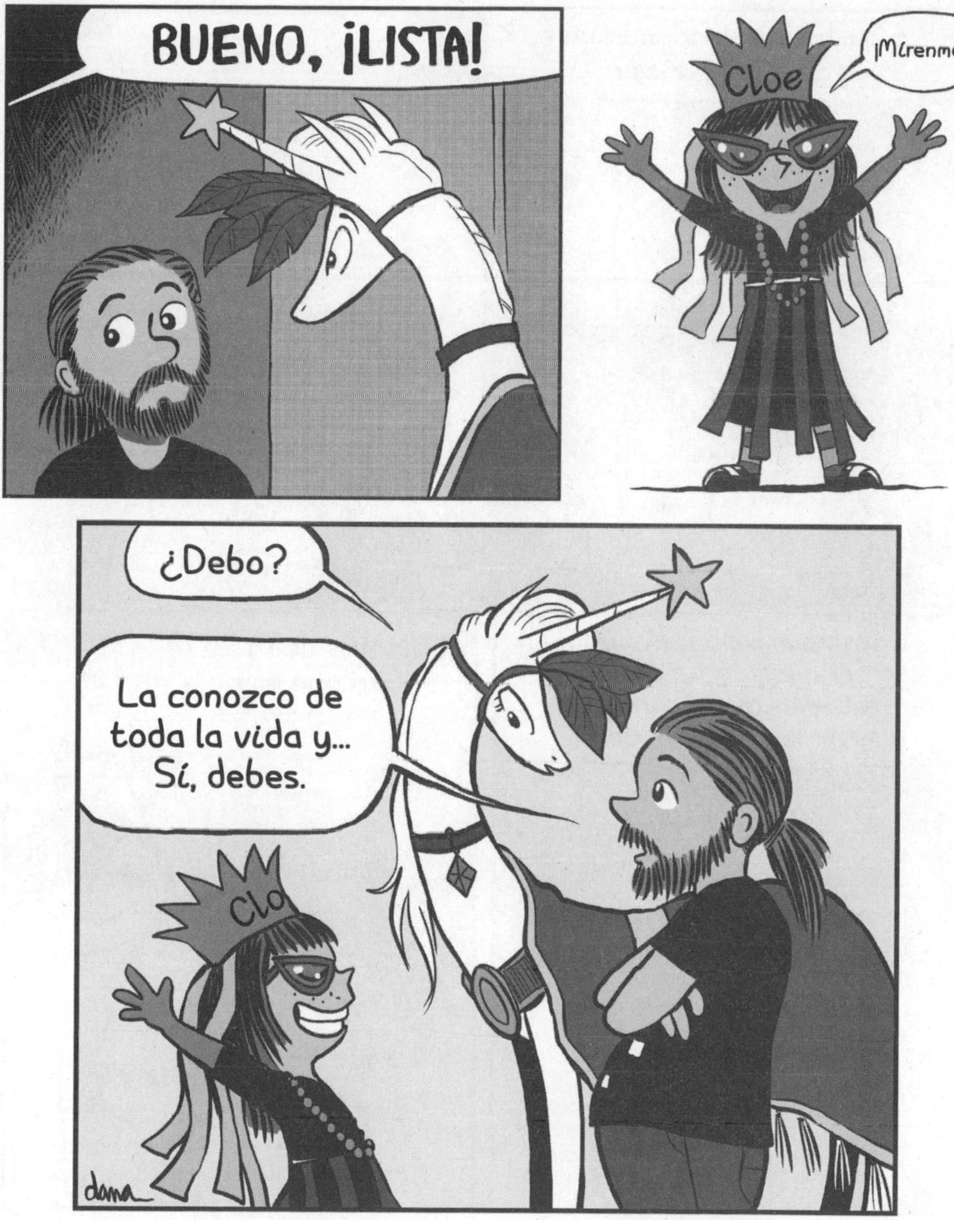
BUENO, ¡LISTA!
Cloe
¡Mírenme!
¿Debo?
La conozco de toda la vida y... Sí, debes.
Clo
dana

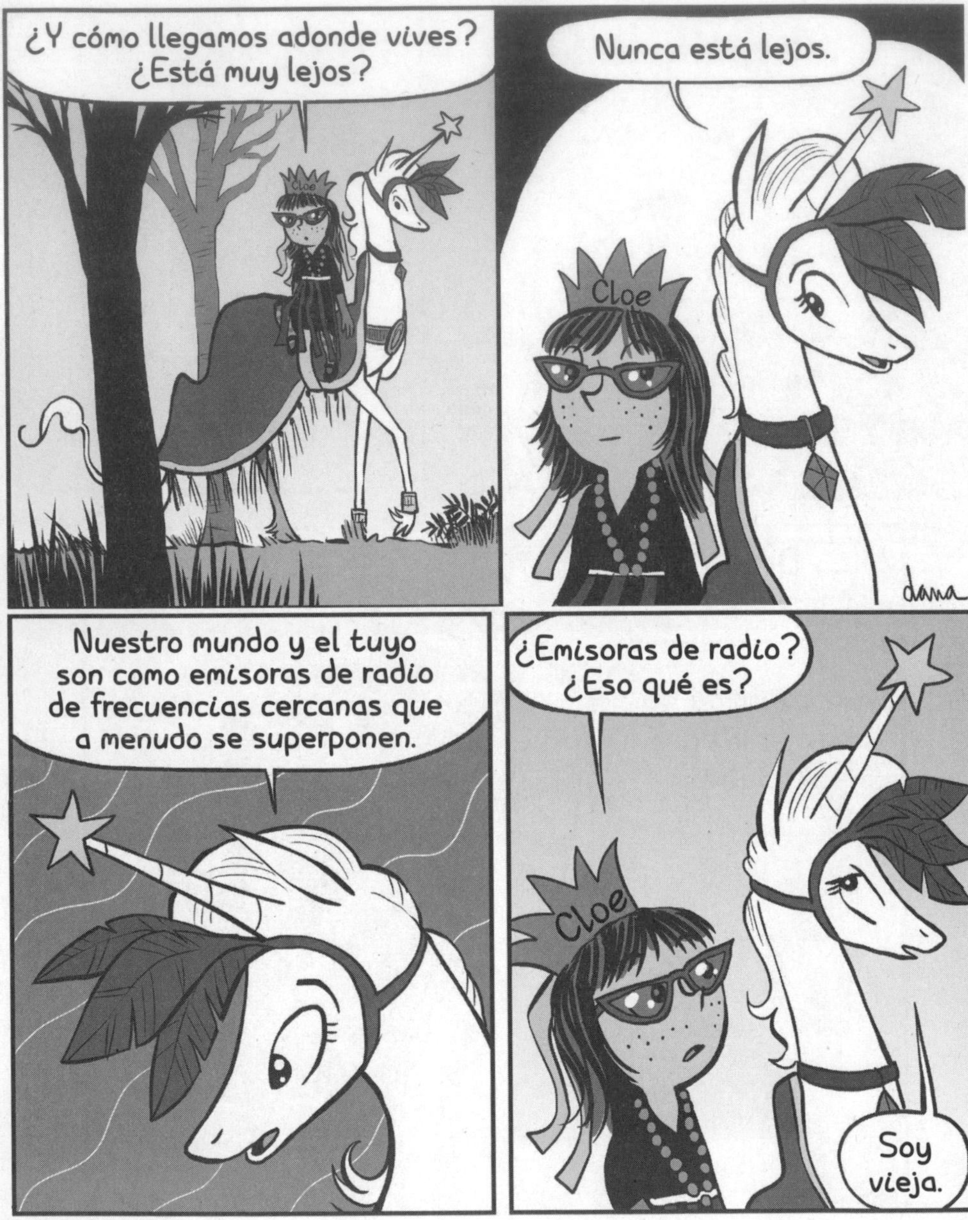
¿Y cómo llegamos adonde vives? ¿Está muy lejos?
Cloe
Nunca está lejos.
Cloe
dana
Nuestro mundo y el tuyo son como emisoras de radio de frecuencias cercanas que a menudo se superponen.
¿Emisoras de radio? ¿Eso qué es?
Cloe
Soy vieja.

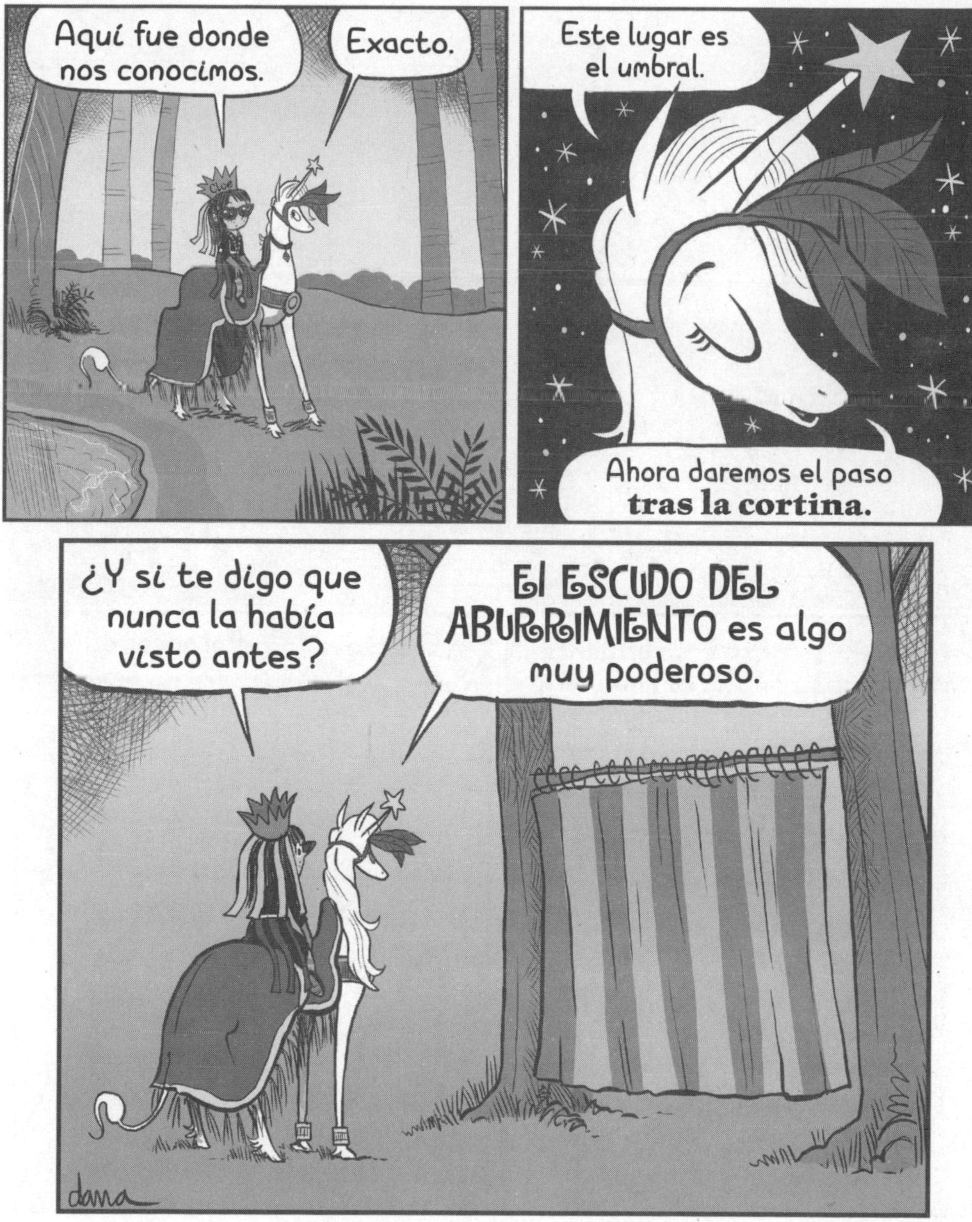
Aquí fue donde nos conocimos.
Exacto.
Este lugar es el umbral.
Ahora daremos el paso **tras la cortina.**
¿Y si te digo que nunca la había visto antes?
EL ESCUDO DEL ABURRIMIENTO es algo muy poderoso.
dana

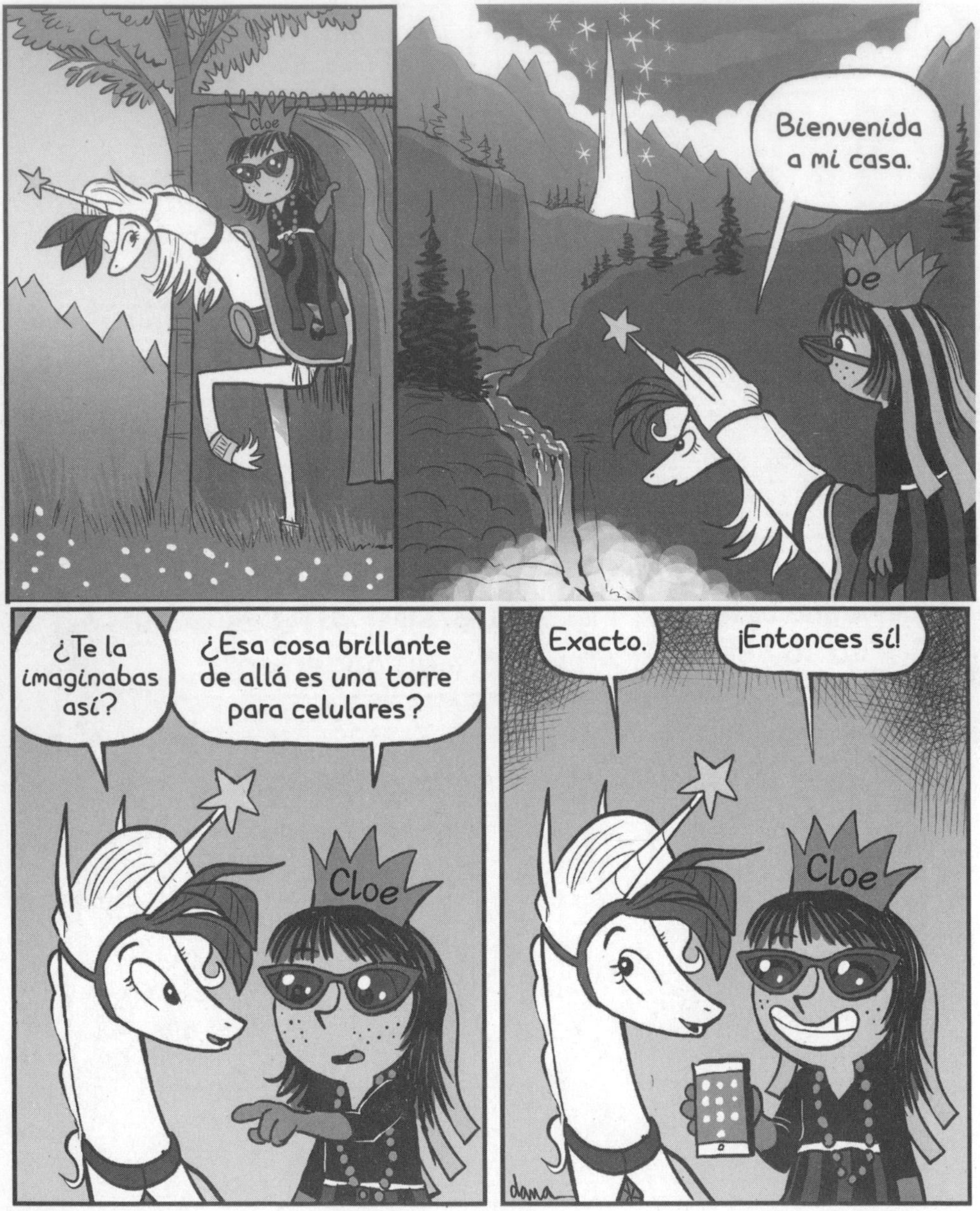
Cloe
Bienvenida a mi casa.
¿Te la imaginabas así?
¿Esa cosa brillante de allá es una torre para celulares?
Cloe
Exacto.
¡Entonces sí!
Cloe
dana

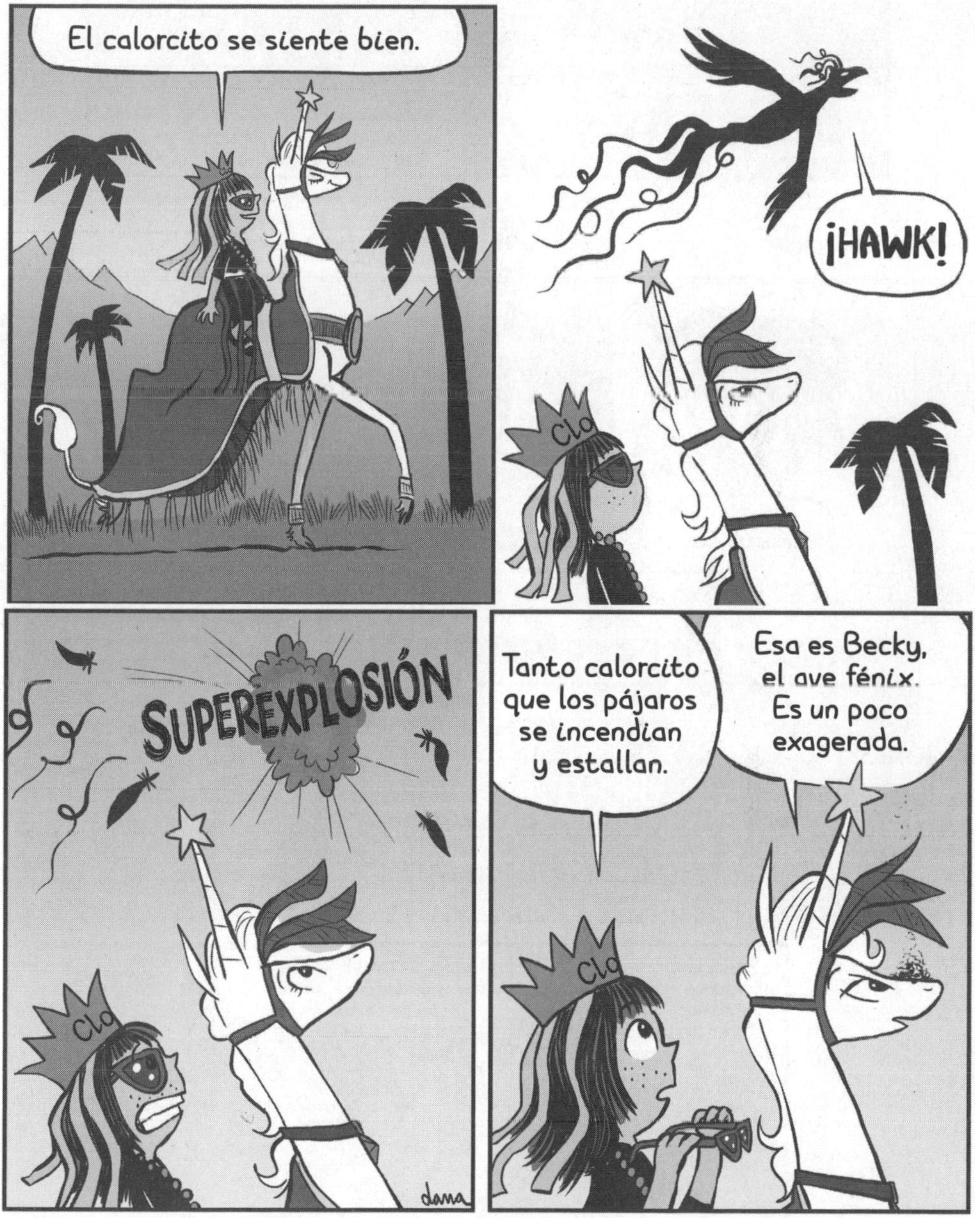
El calorcito se siente bien.
¡HAWK!
SUPEREXPLOSIÓN
Tanto calorcito que los pájaros se incendian y estallan.
Esa es Becky, el ave fénix. Es un poco exagerada.
dana

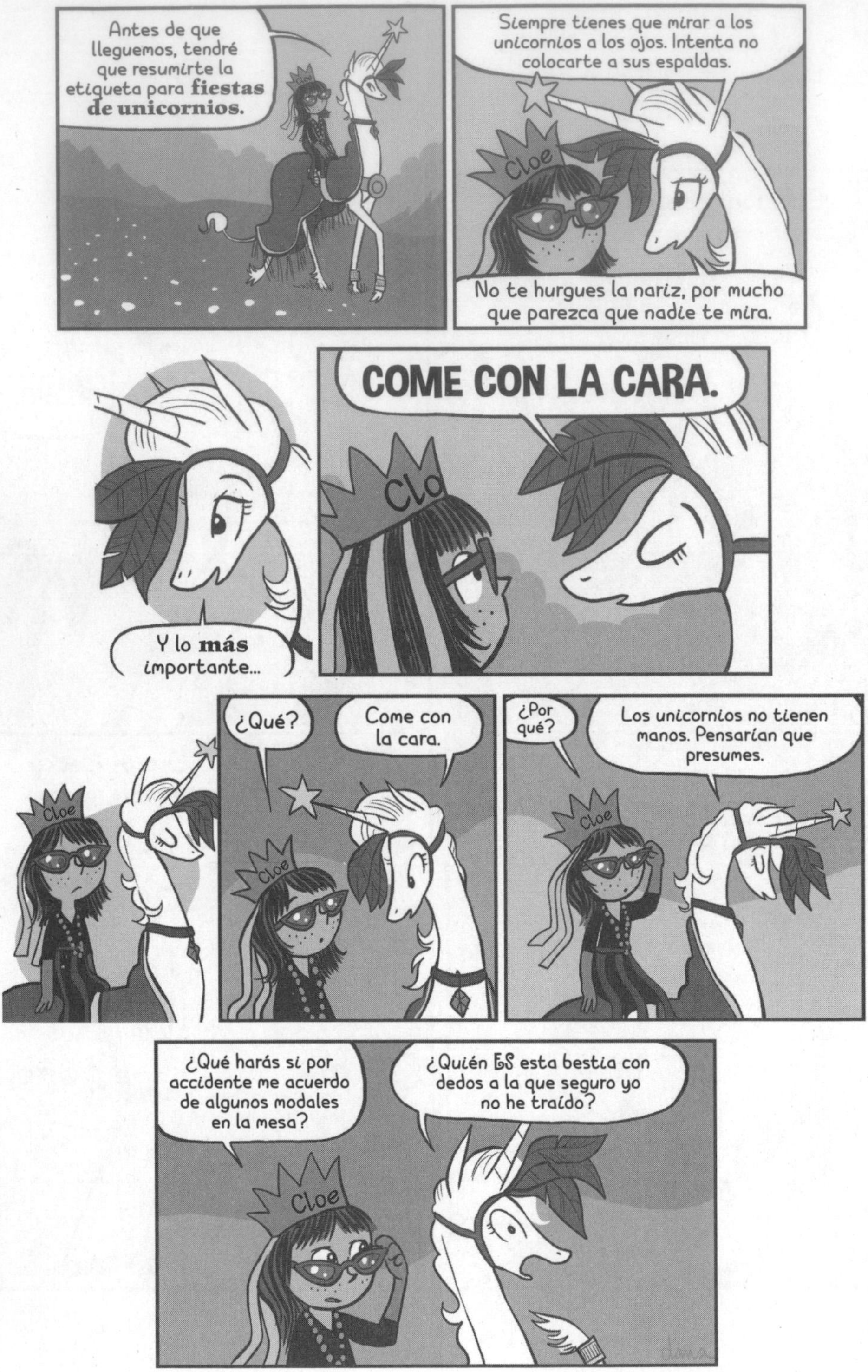
Antes de que lleguemos, tendré que resumirte la etiqueta para **fiestas de unicornios.**
Siempre tienes que mirar a los unicornios a los ojos. Intenta no colocarte a sus espaldas.
No te hurgues la nariz, por mucho que parezca que nadie te mira.
Y lo **más** importante...
COME CON LA CARA.
¿Qué?
Come con la cara.
¿Por qué?
Los unicornios no tienen manos. Pensarían que presumes.
¿Qué harás si por accidente me acuerdo de algunos modales en la mesa?
¿Quién ES esta bestia con dedos a la que seguro yo no he traído?

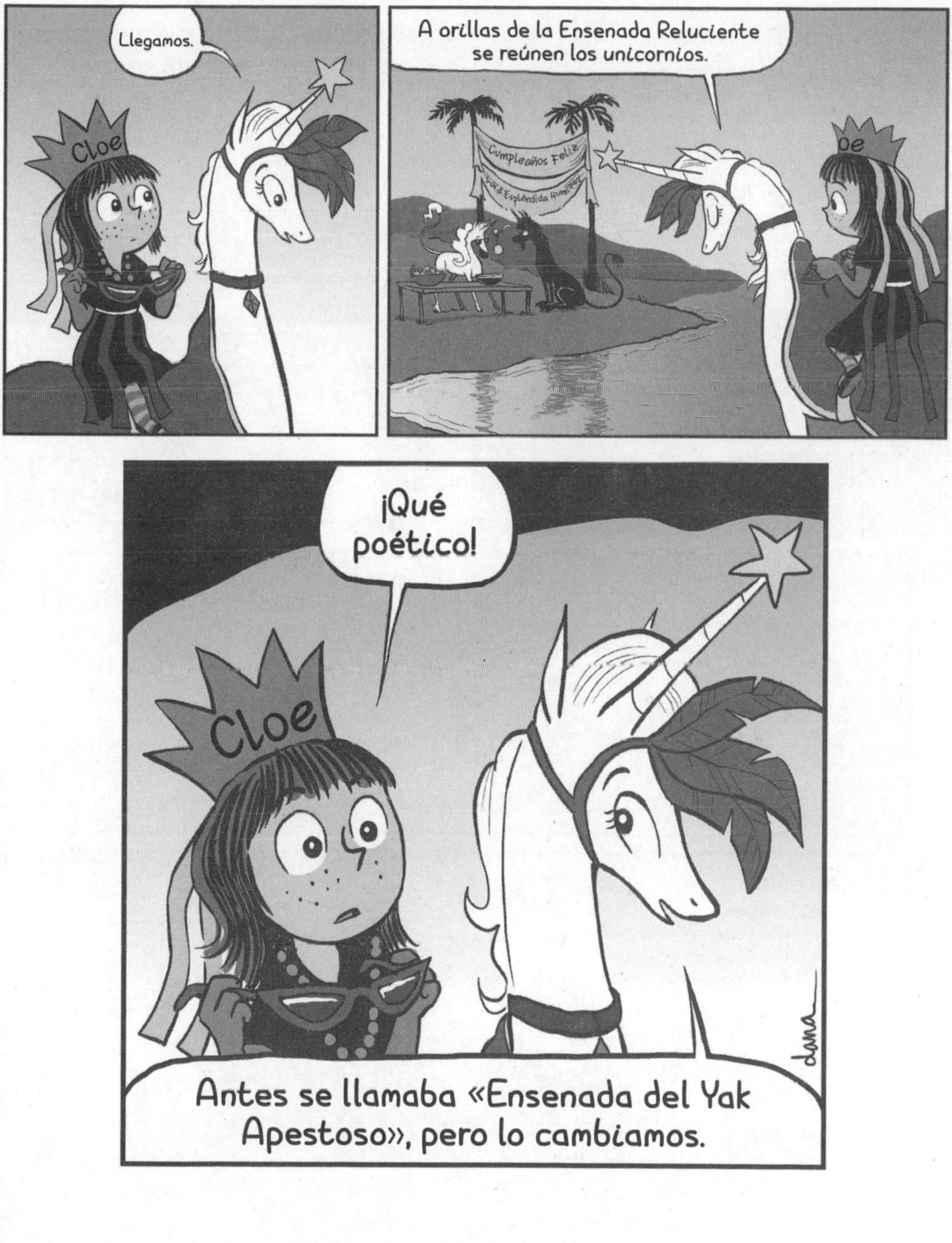

Llegamos.
Cloe
A orillas de la Ensenada Reluciente se reúnen los unicornios.
Cumpleaños Feliz
¡Qué poético!
Cloe
Antes se llamaba «Ensenada del Yak Apestoso», pero lo cambiamos.

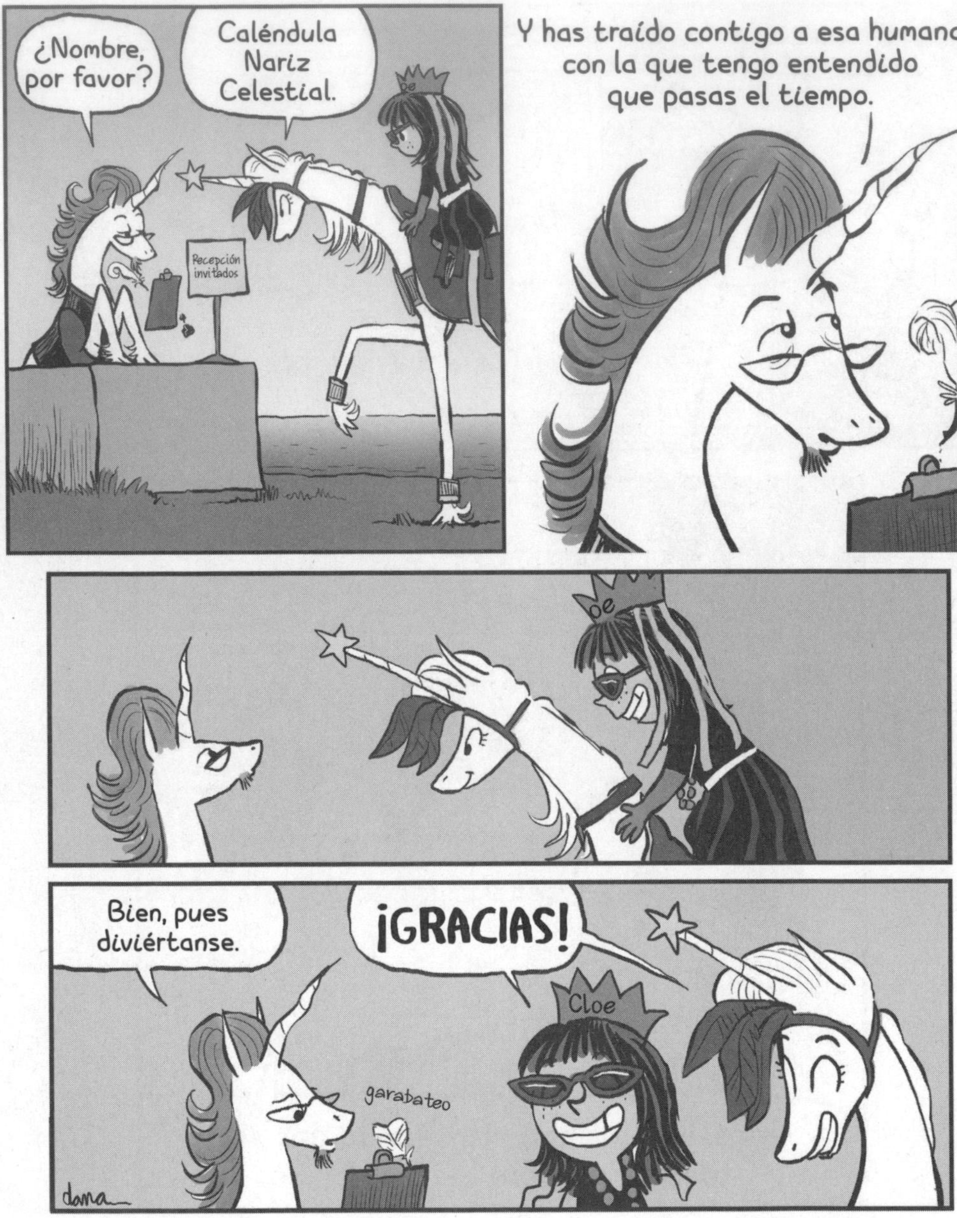
¿Nombre, por favor?
Caléndula Nariz Celestial.
Recepción invitados
Y has traído contigo a esa humana con la que tengo entendido que pasas el tiempo.
Bien, pues diviértanse.
¡GRACIAS!
Cloe
garabateo
dana

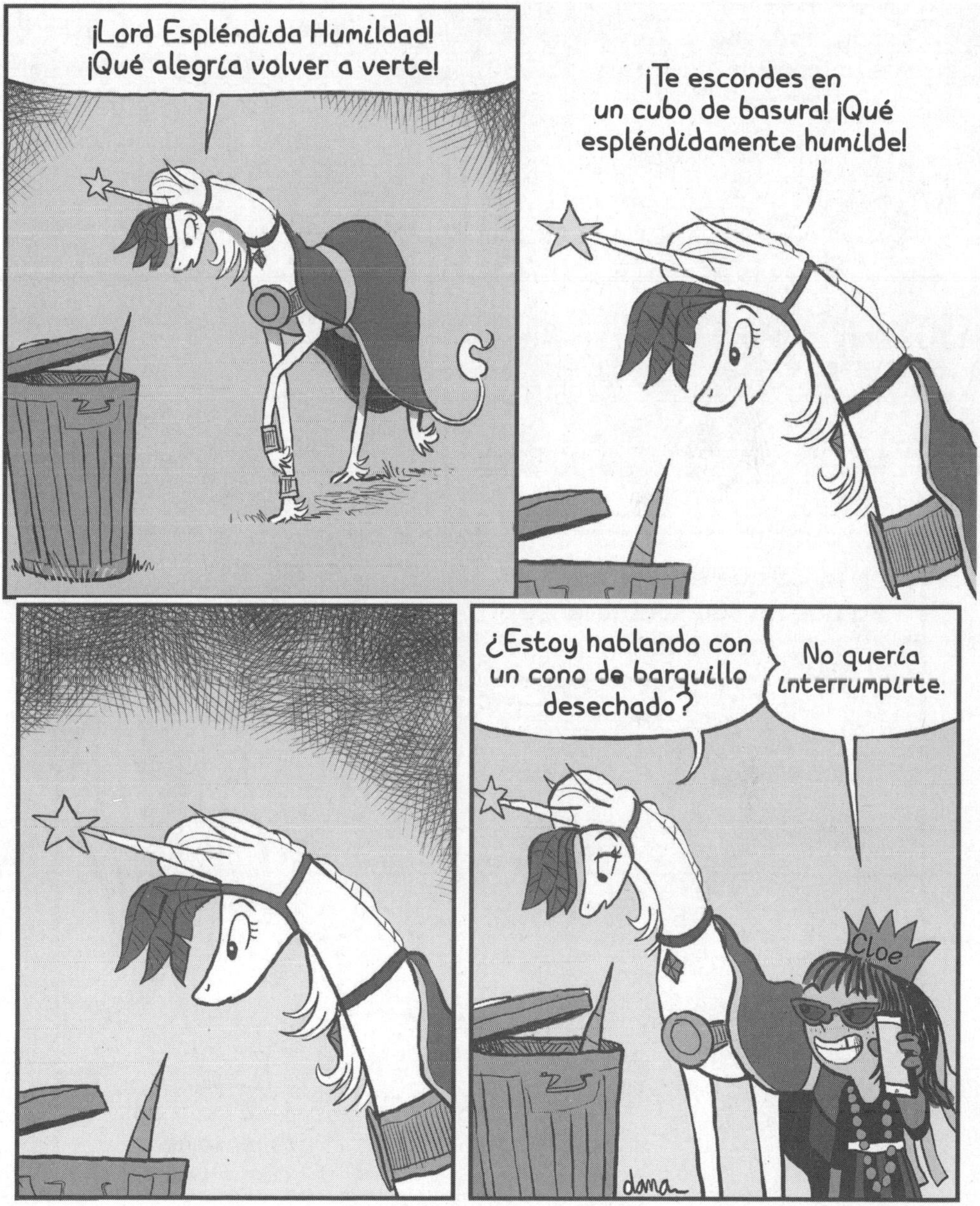
¡Lord Espléndida Humildad! ¡Qué alegría volver a verte!
¡Te escondes en un cubo de basura! ¡Qué espléndidamente humilde!
¿Estoy hablando con un cono de barquillo desechado?
No quería interrumpirte.
Cloe
dana

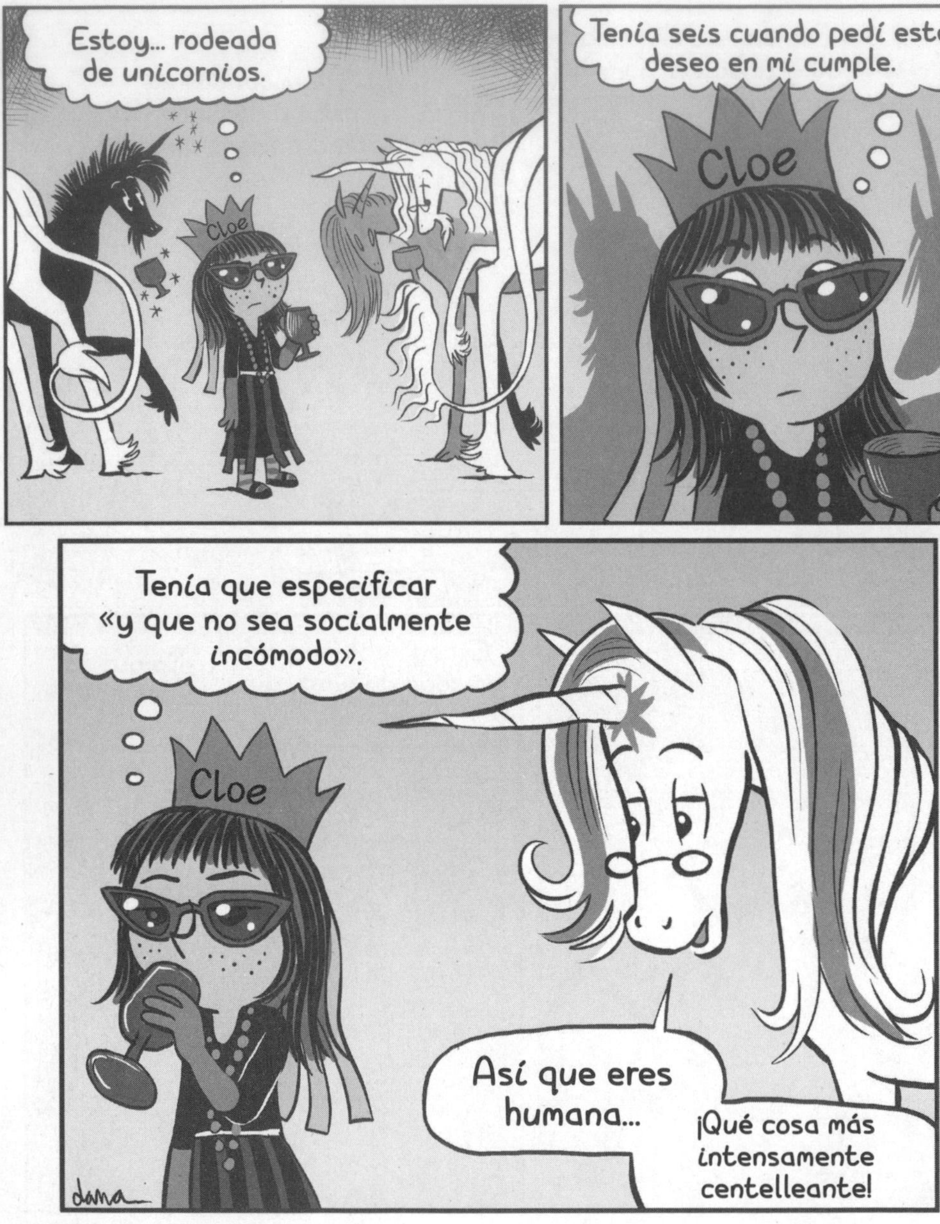
Estoy... rodeada de unicornios.
Cloe
Tenía seis cuando pedí este deseo en mi cumple.
Cloe
Tenía que especificar «y que no sea socialmente incómodo».
Cloe
Así que eres humana...
¡Qué cosa más intensamente centelleante!
dana

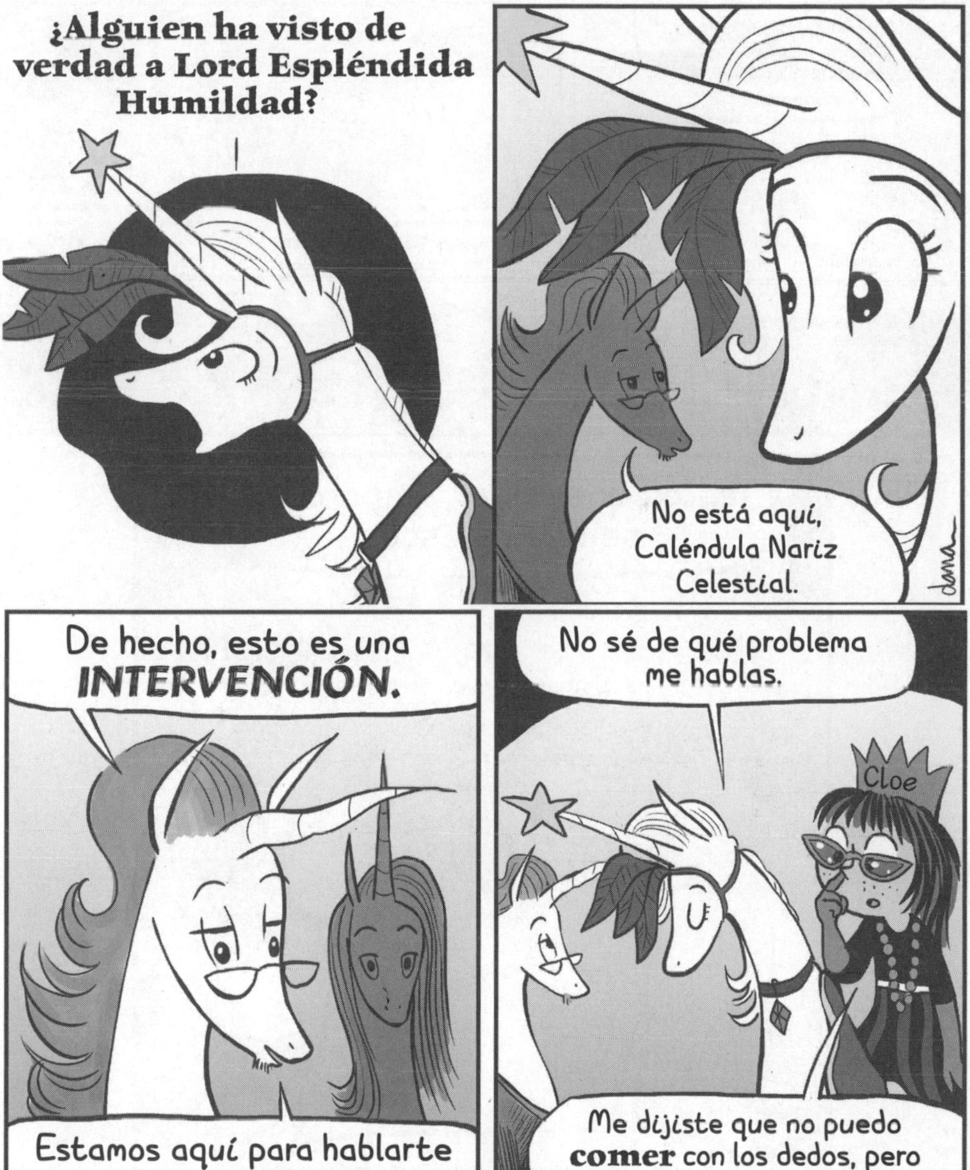
¿Alguien ha visto de verdad a Lord Espléndida Humildad?
No está aquí, Caléndula Nariz Celestial.
dana
De hecho, esto es una INTERVENCIÓN.
Estamos aquí para hablarte de tu problema.
No sé de qué problema me hablas.
Cloe
Me dijiste que no puedo comer con los dedos, pero ¿puedo hacer esto?

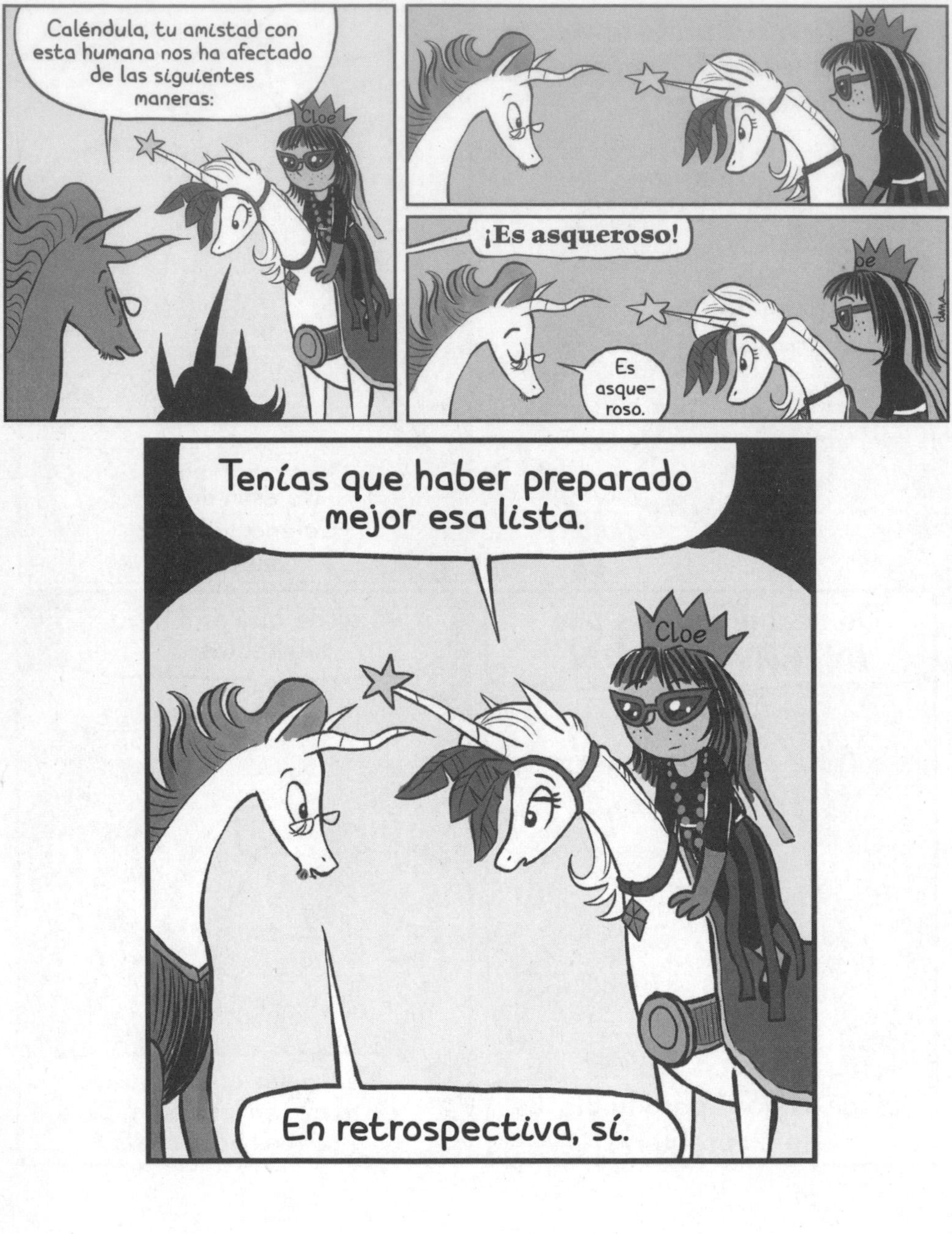
Caléndula, tu amistad con esta humana nos ha afectado de las siguientes maneras:
Cloe
¡Es asqueroso!
Es asque-roso.
Tenías que haber preparado mejor esa lista.
Cloe
En retrospectiva, sí.

Hace casi un año que tengo este teléfono.

Al principio tenía un teléfono **impresionante**, y Dakota tenía uno más viejo que **no** era impresionante.

Ahora **mi** teléfono es viejo, y Dakota tiene uno **nuevo**.

Mamá y papá no me comprarán un teléfono nuevo, porque **éste** funciona tan bien como siempre.

Así que si hubiera esperado hasta hoy para **pedir** un teléfono, tendría uno mejor, pero entonces habría tenido que estar un año **sin** teléfono.

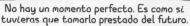

No hay un momento perfecto. Es como si tuvieras que tomarlo prestado del futuro.

Me alegra que los unicornios no necesiten actualizaciones.

¡Siempre tenemos la última versión posible!

141

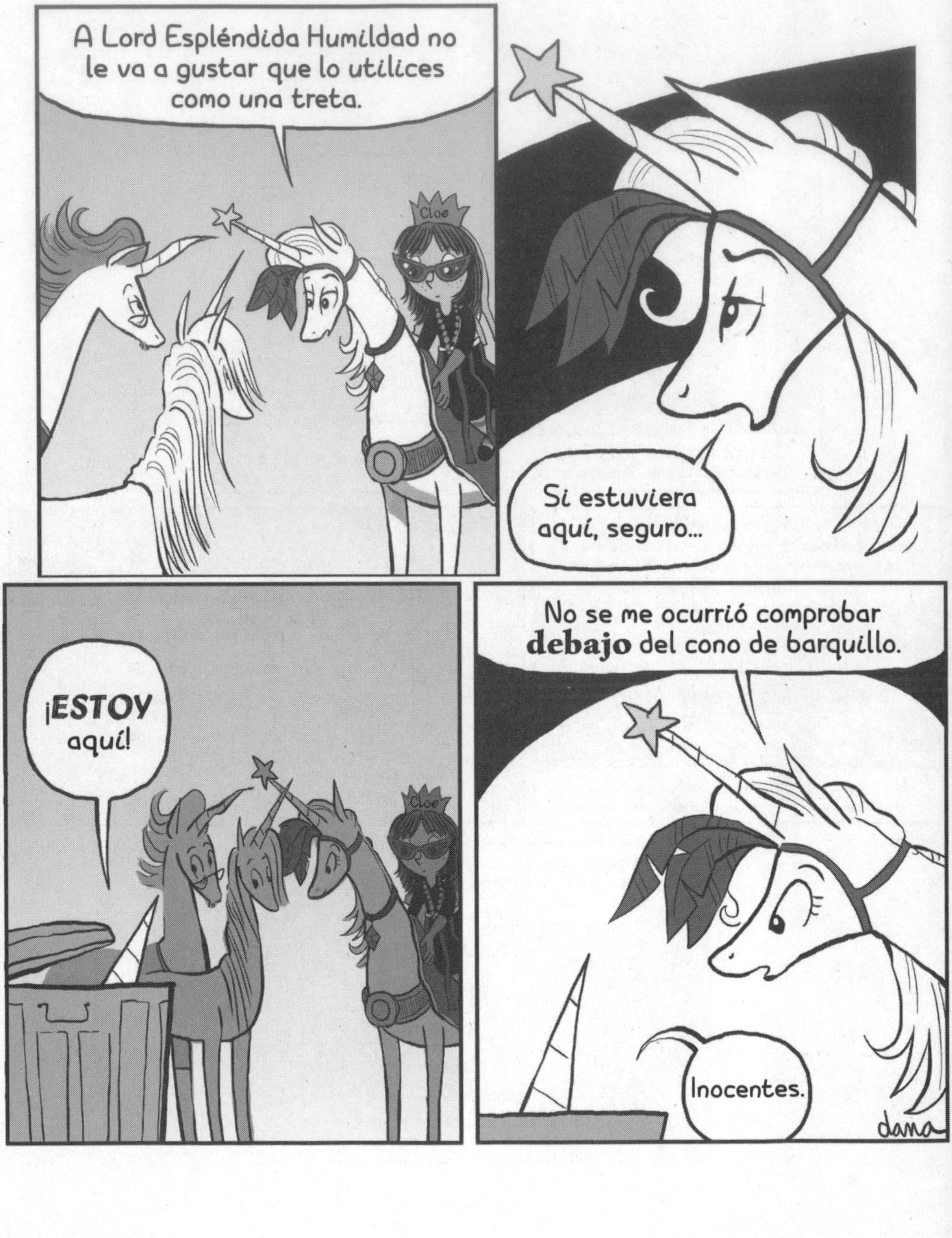
A Lord Espléndida Humildad no le va a gustar que lo utilices como una treta.
Cloe
Si estuviera aquí, seguro...
¡ESTOY aquí!
Cloe
No se me ocurrió comprobar **debajo** del cono de barquillo.
Inocentes.
dana

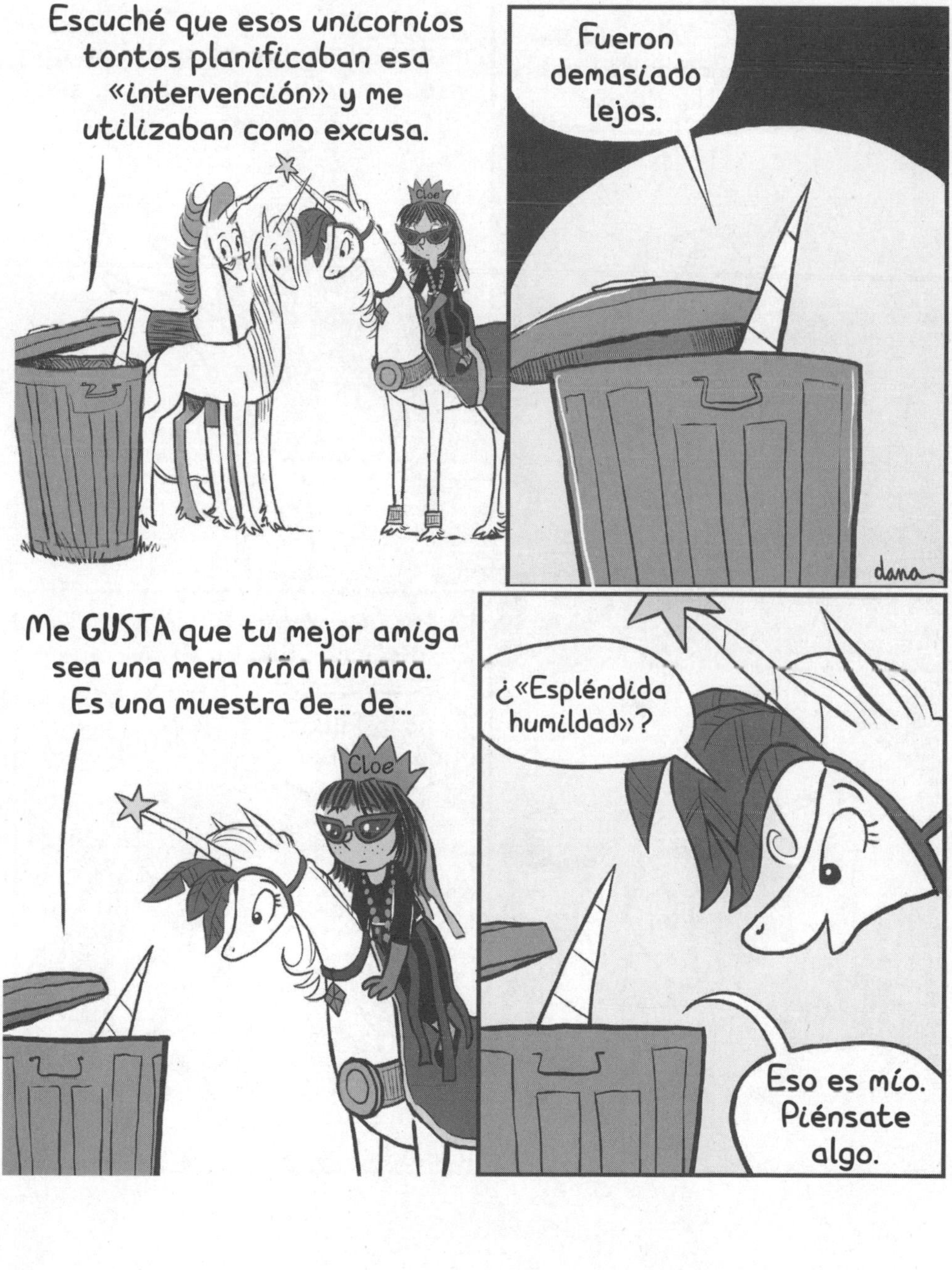
Escuché que esos unicornios tontos planificaban esa «intervención» y me utilizaban como excusa.
Cloe
Fueron demasiado lejos.
dana
Me GUSTA que tu mejor amiga sea una mera niña humana. Es una muestra de... de...
Cloe
¿«Espléndida humildad»?
Eso es mío. Piénsate algo.

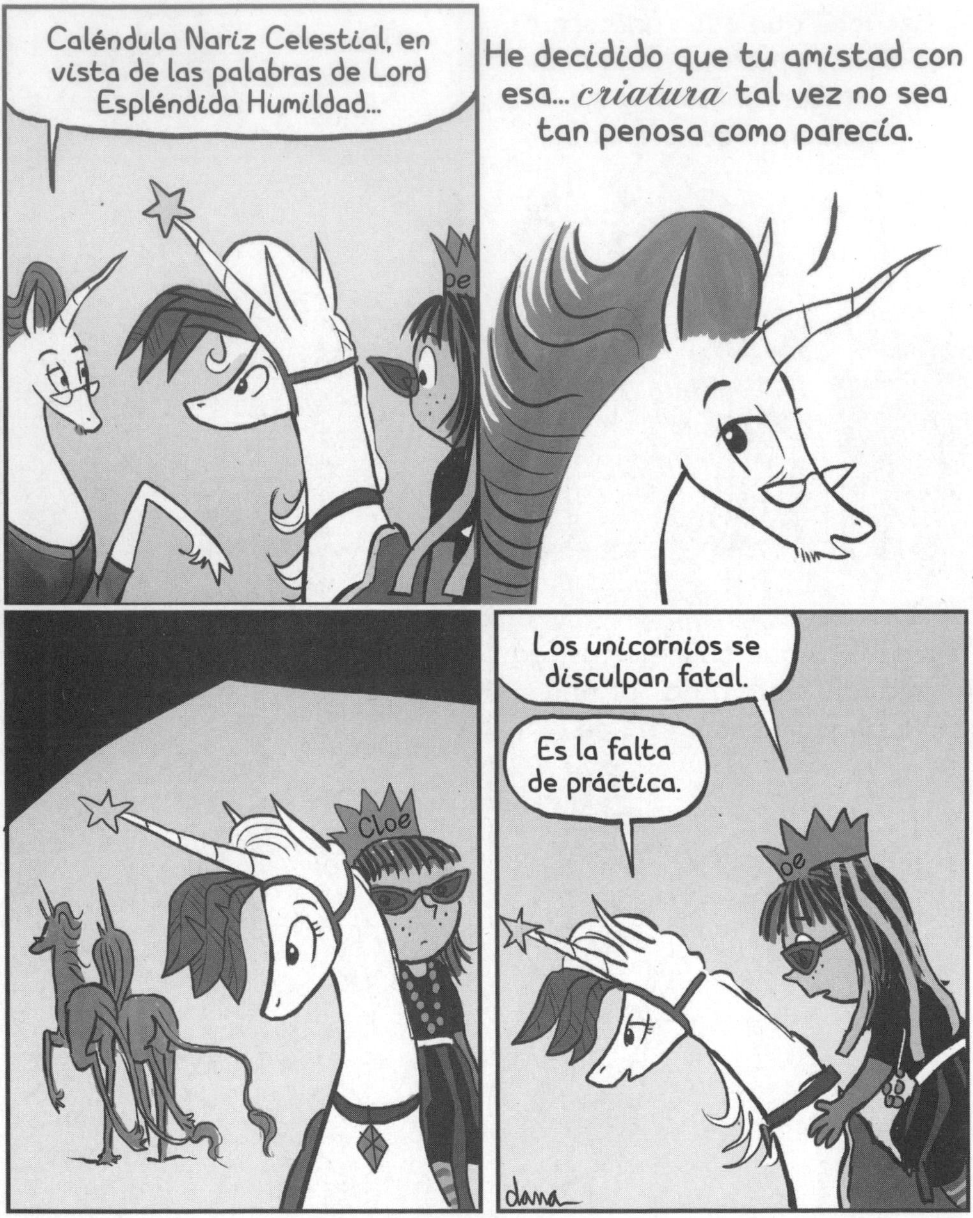

Caléndula Nariz Celestial, en vista de las palabras de Lord Espléndida Humildad...
He decidido que tu amistad con esa... *criatura* tal vez no sea tan penosa como parecía.
Cloe
Los unicornios se disculpan fatal.
Es la falta de práctica.
dana

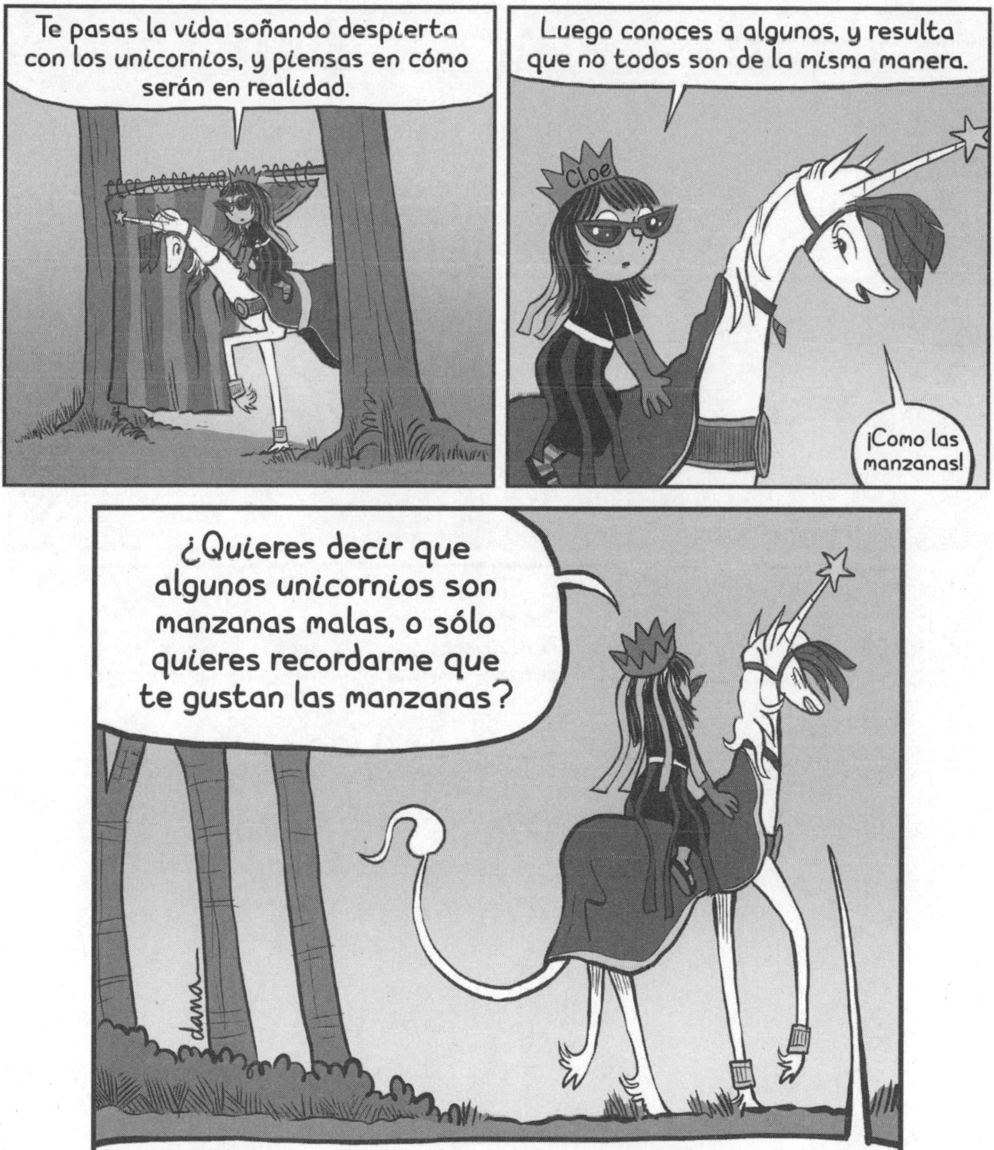
Te pasas la vida soñando despierta con los unicornios, y piensas en cómo serán en realidad.
Luego conoces a algunos, y resulta que no todos son de la misma manera.
Cloe
¡Como las manzanas!
¿Quieres decir que algunos unicornios son manzanas malas, o sólo quieres recordarme que te gustan las manzanas?
dana
Soy tan lista que puedo hacer ambas cosas a la vez.

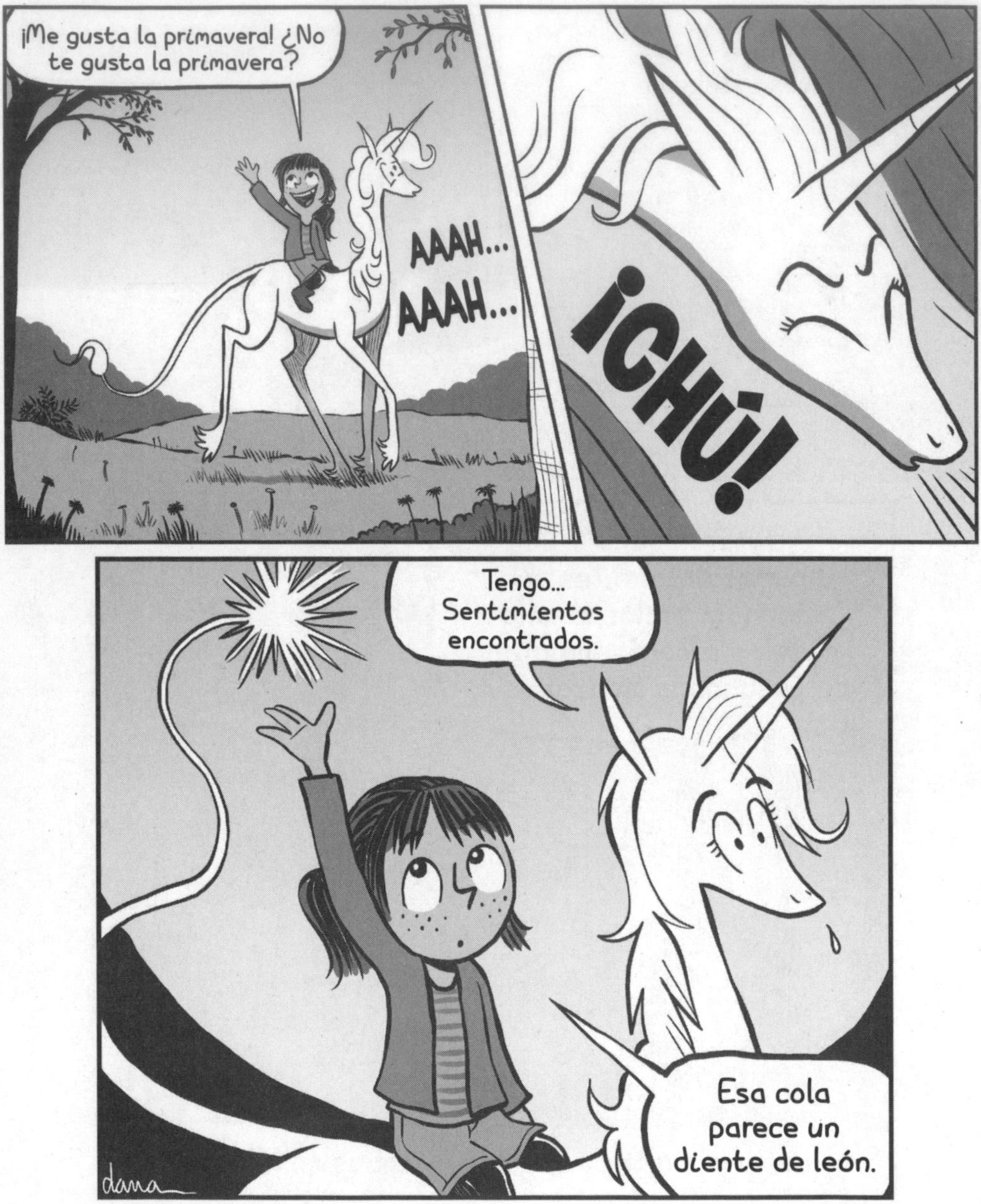
¡Me gusta la primavera! ¿No te gusta la primavera?
AAAH... AAAH...
¡CHÚ!
Tengo... Sentimientos encontrados.
Esa cola parece un diente de león.
dana

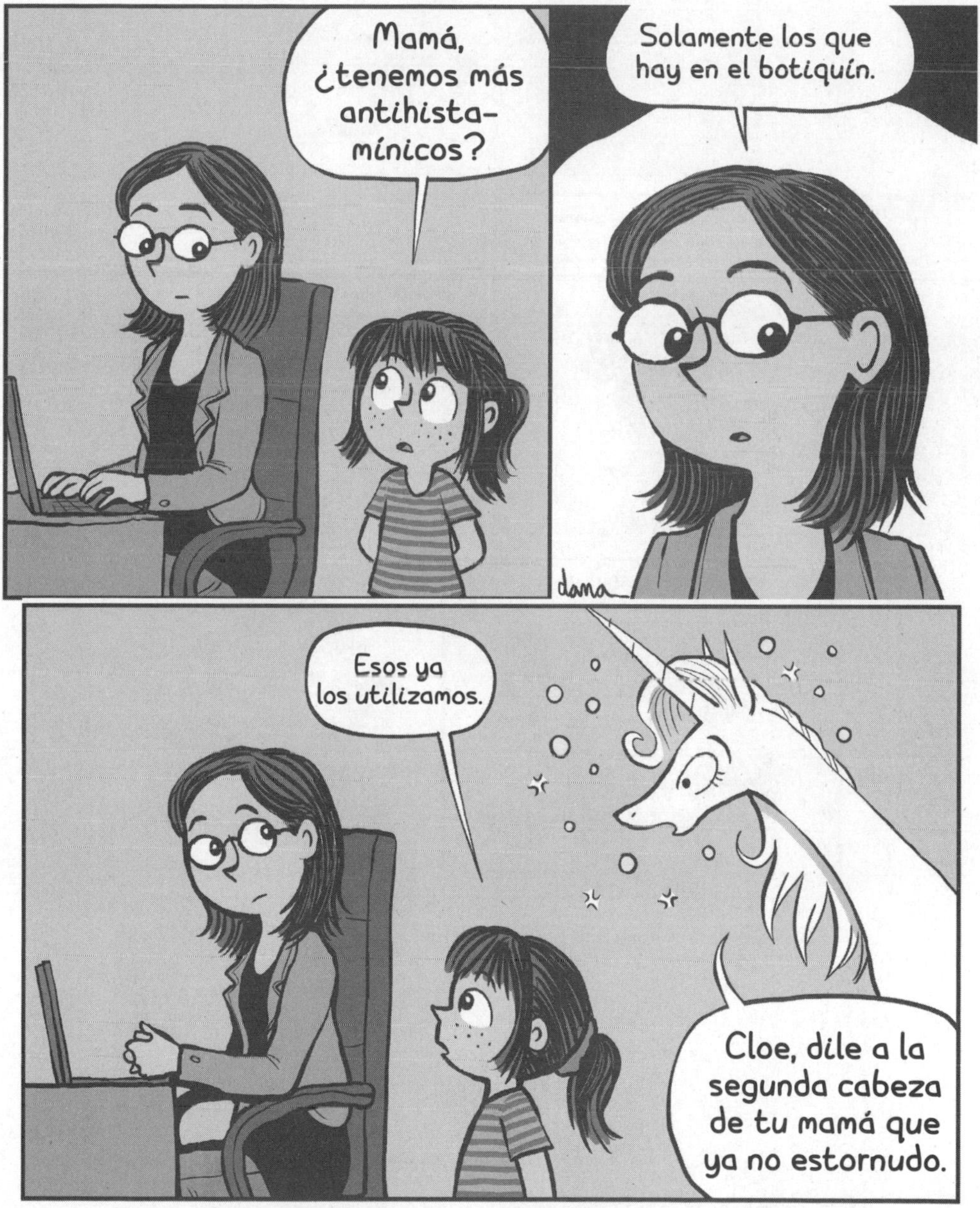
Mamá, ¿tenemos más antihista-mínicos?
Solamente los que hay en el botiquín.
dana
Esos ya los utilizamos.
Cloe, dile a la segunda cabeza de tu mamá que ya no estornudo.

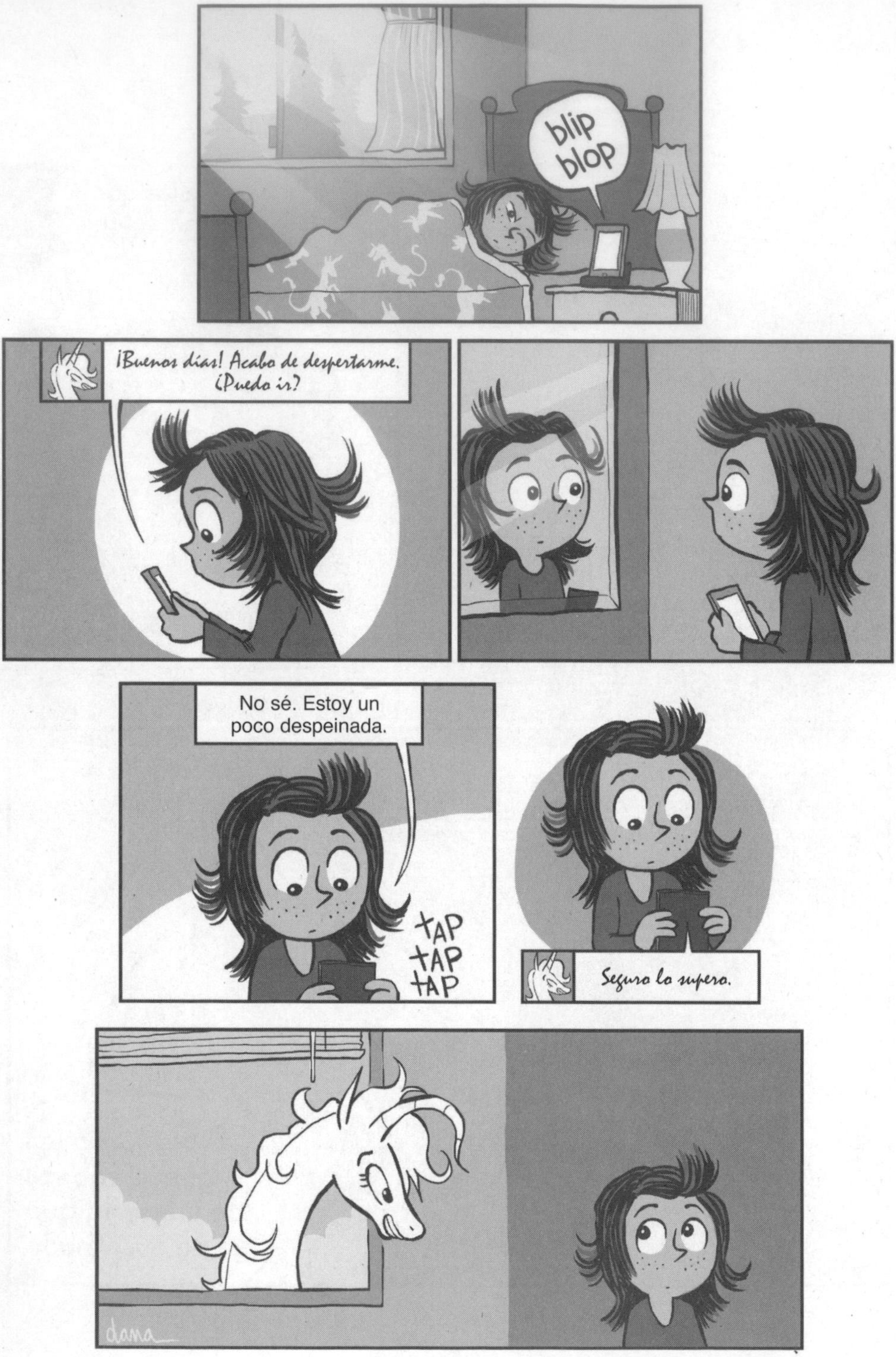
blip
blop
¡Buenos días! Acabo de despertarme. ¿Puedo ir?
No sé. Estoy un poco despeinada.
TAP
TAP
TAP
Seguro lo supero.
dana

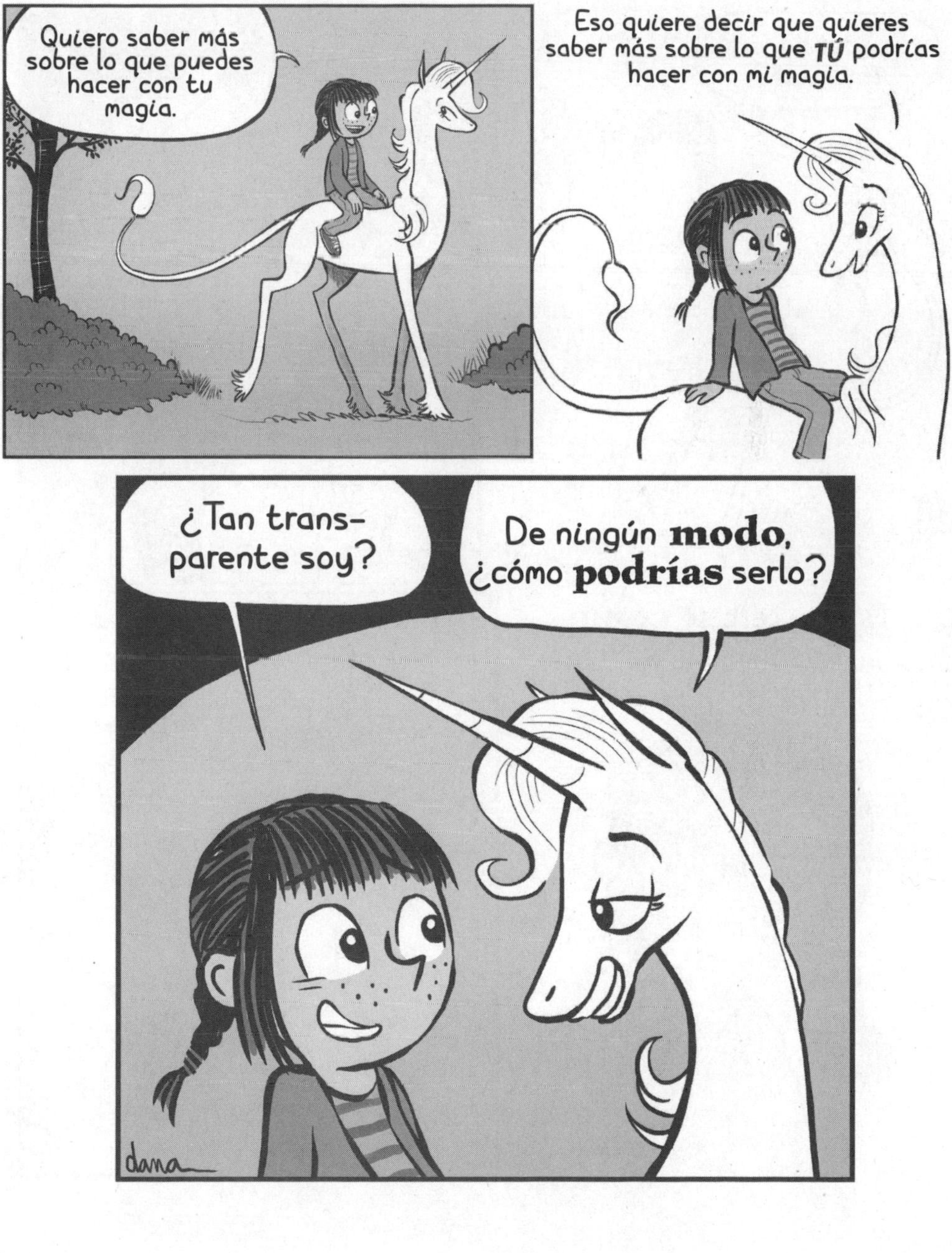
Quiero saber más sobre lo que puedes hacer con tu magia.
Eso quiere decir que quieres saber más sobre lo que TÚ podrías hacer con mi magia.
¿Tan transparente soy?
De ningún **modo**, ¿cómo **podrías** serlo?
dana

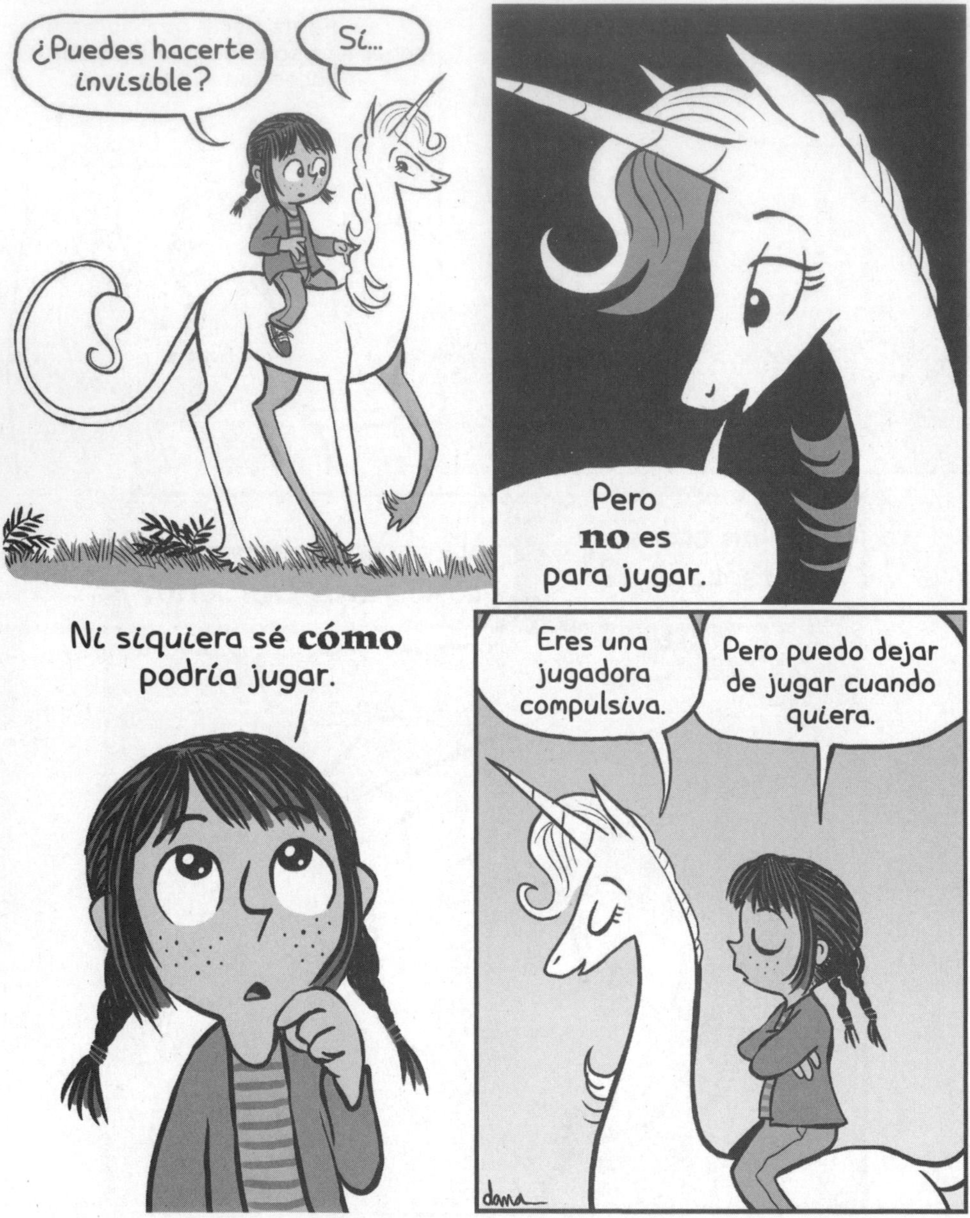
¿Puedes hacerte invisible?
Sí...
Pero **no** es para jugar.
Ni siquiera sé **cómo** podría jugar.
Eres una jugadora compulsiva.
Pero puedo dejar de jugar cuando quiera.
dana

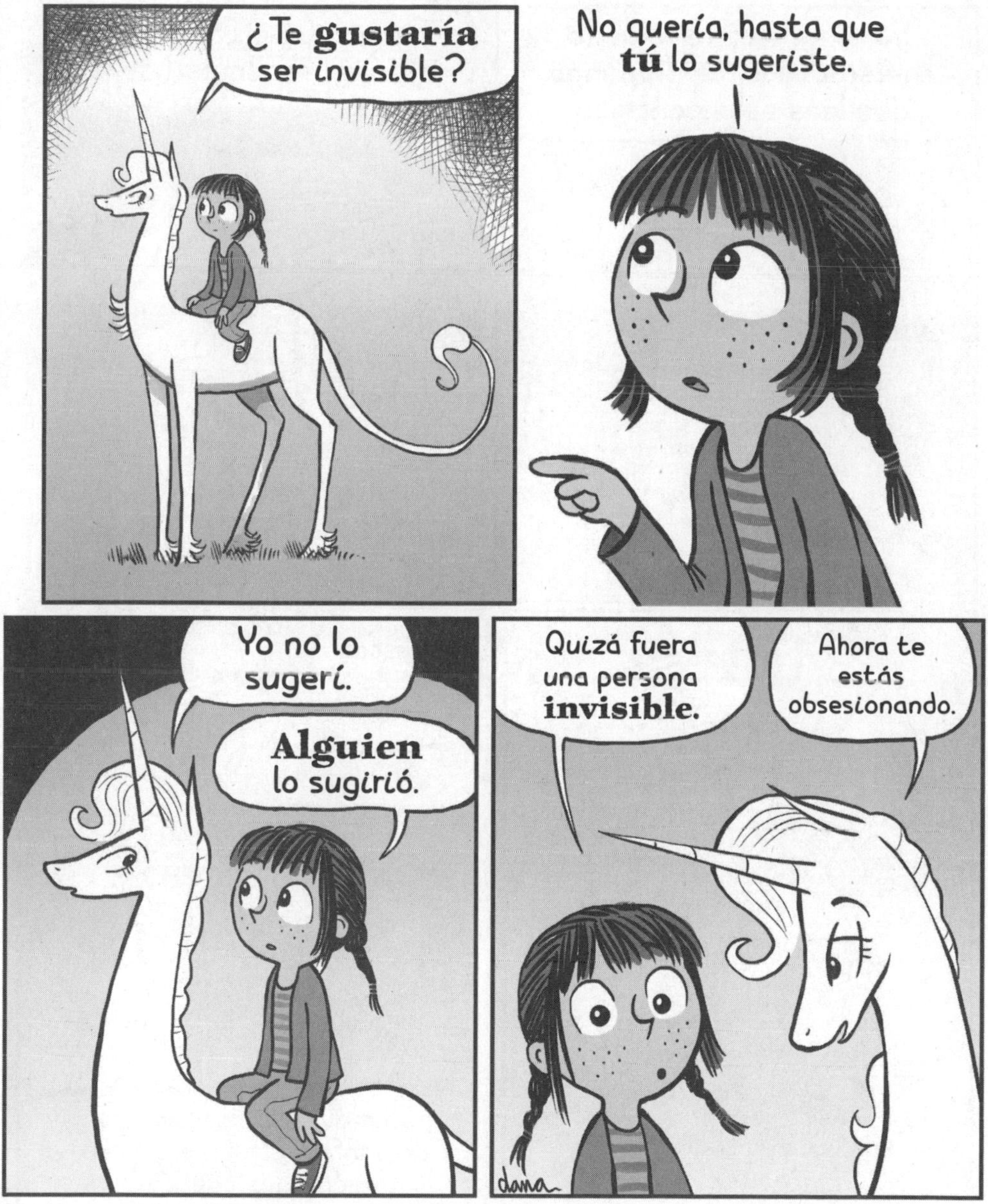
¿Te **gustaría** ser *invisible*?
No quería, hasta que **tú** lo sugeriste.
Yo no lo sugerí.
Alguien lo sugirió.
Quizá fuera una persona **invisible.**
Ahora te estás obsesionando.

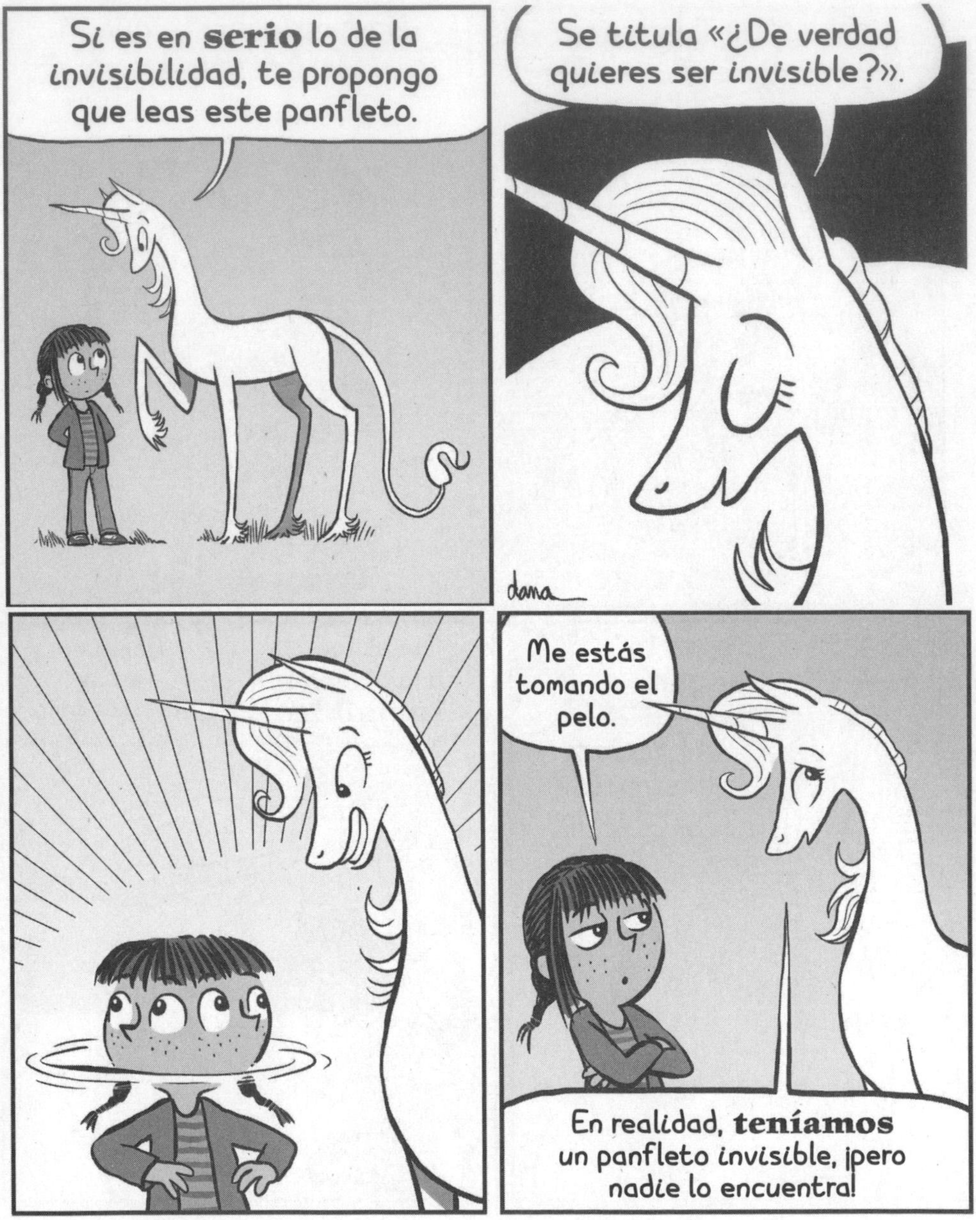
Si es en **serio** lo de la invisibilidad, te propongo que leas este panfleto.
Se titula «¿De verdad quieres ser invisible?».
dana
Me estás tomando el pelo.
En realidad, **teníamos** un panfleto invisible, ¡pero nadie lo encuentra!

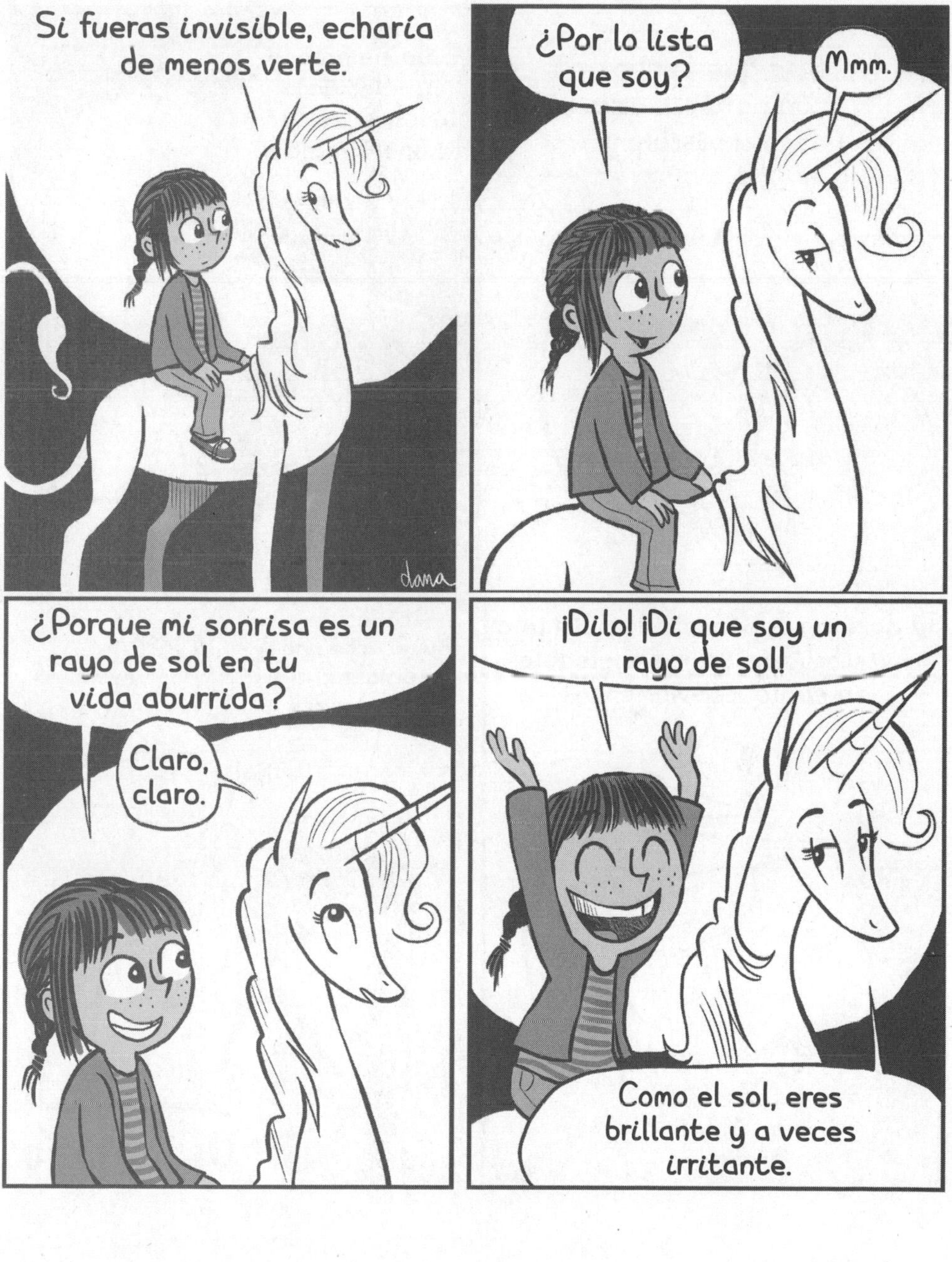
Si fueras invisible, echaría de menos verte.
¿Por lo lista que soy?
Mmm.
¿Porque mi sonrisa es un rayo de sol en tu vida aburrida?
Claro, claro.
¡Dilo! ¡Di que soy un rayo de sol!
Como el sol, eres brillante y a veces irritante.

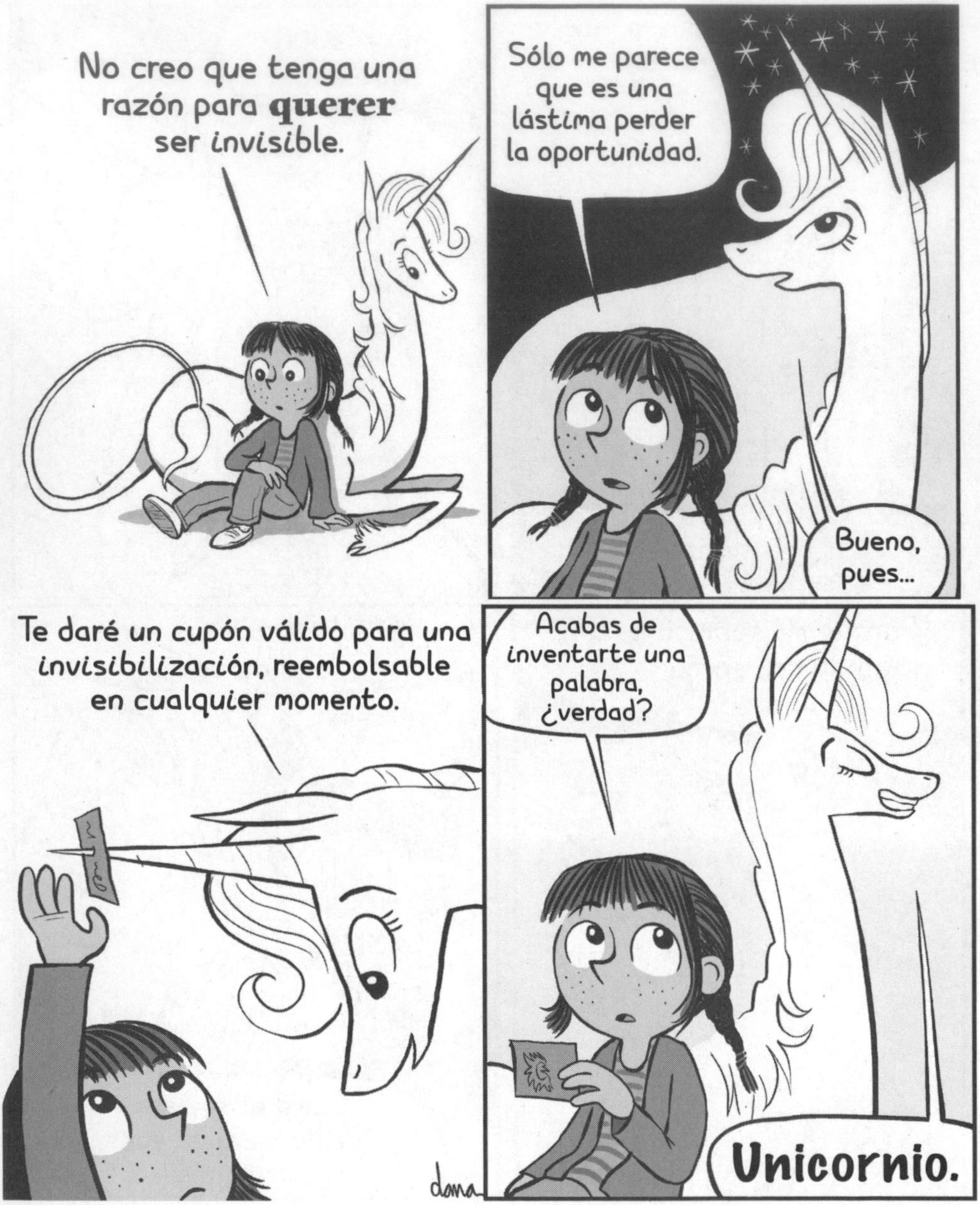
No creo que tenga una razón para **querer** ser *invisible*.
Sólo me parece que es una *lástima* perder la oportunidad.
Bueno, pues...
Te daré un cupón válido para una *invisibilización*, reembolsable en cualquier momento.
Acabas de *inventarte* una palabra, ¿verdad?
Unicornio.
dana

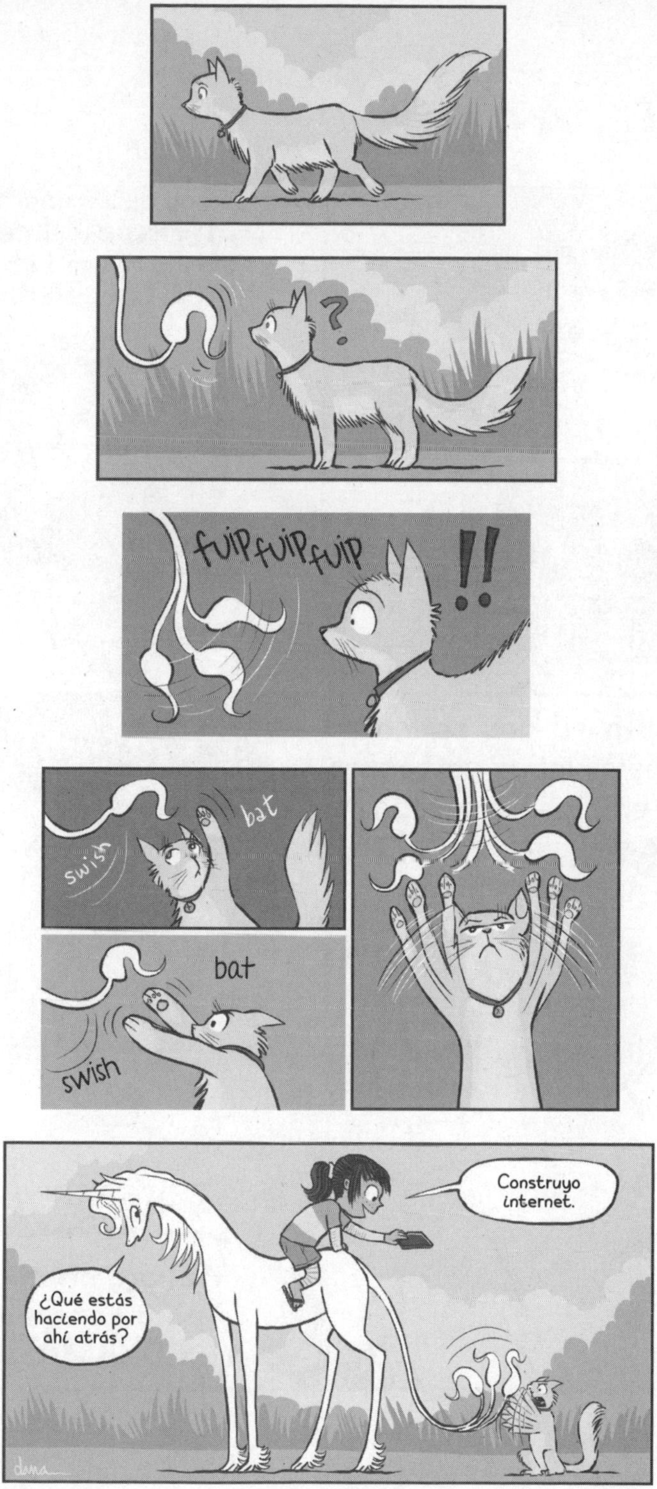
?
fuip fuip fuip
!!
swish
bat
bat
swish
Construyo internet.
¿Qué estás haciendo por ahí atrás?
dana

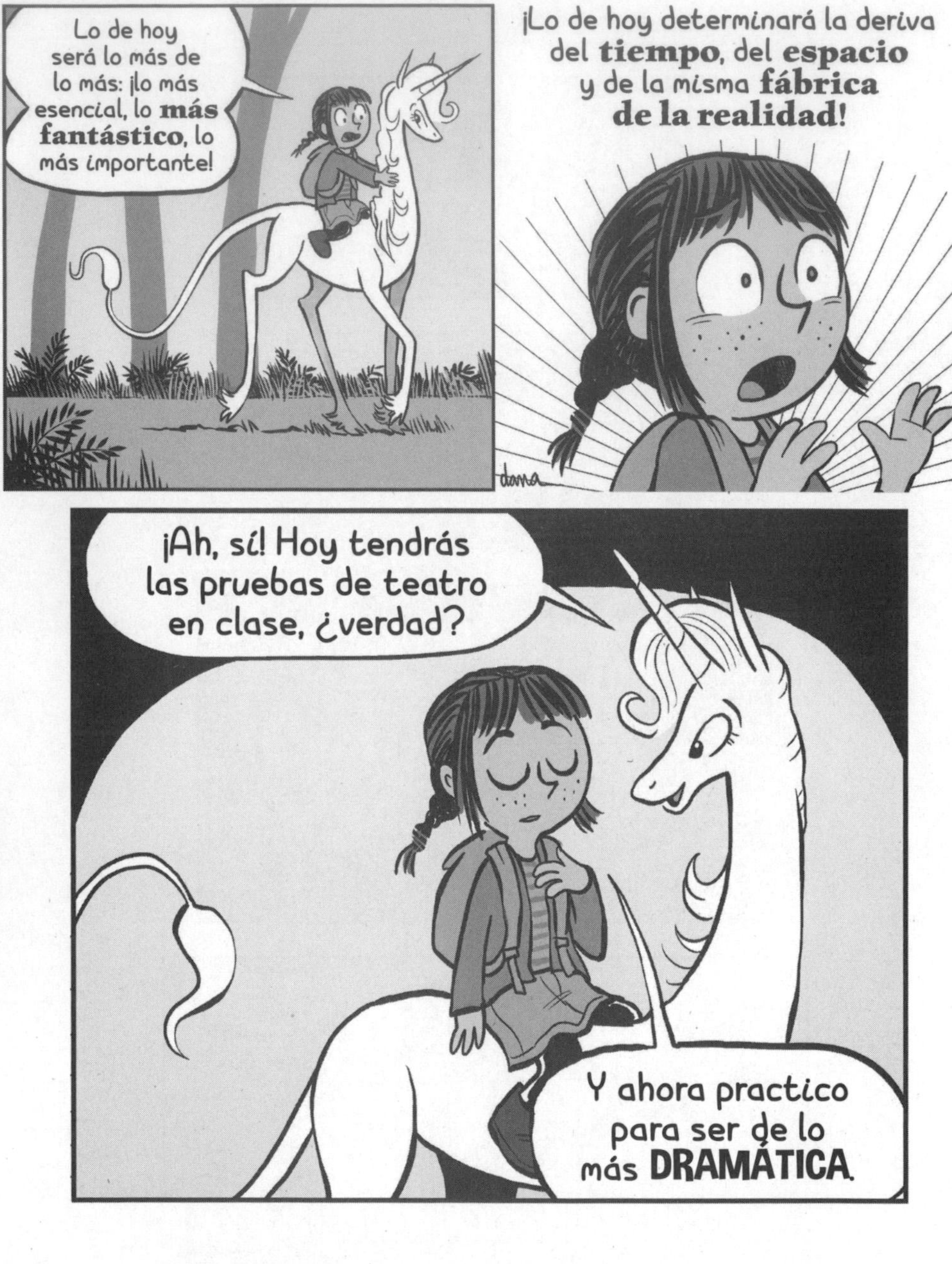

Lo de hoy será lo más de lo más: ¡lo más esencial, lo **más fantástico**, lo más importante!
¡Lo de hoy determinará la deriva del **tiempo**, del **espacio** y de la misma **fábrica de la realidad!**
¡Ah, sí! Hoy tendrás las pruebas de teatro en clase, ¿verdad?
Y ahora practico para ser de lo más **DRAMÁTICA**.

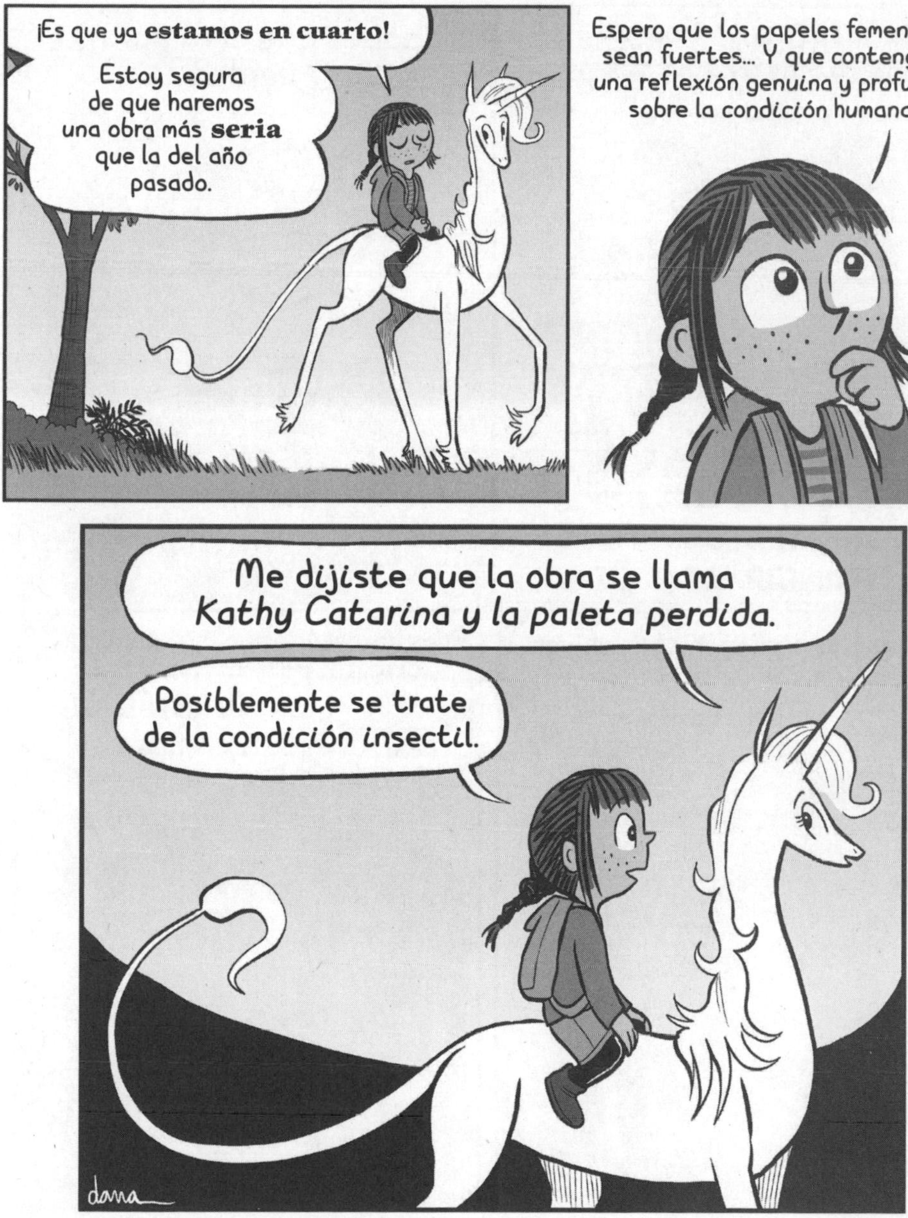
¡Es que ya **estamos en cuarto**!
Estoy segura de que haremos una obra más **seria** que la del año pasado.
Espero que los papeles femeninos sean fuertes... Y que contengan una reflexión genuina y profunda sobre la condición humana.
Me dijiste que la obra se llama *Kathy Catarina y la paleta perdida*.
Posiblemente se trate de la condición insectil.
dana

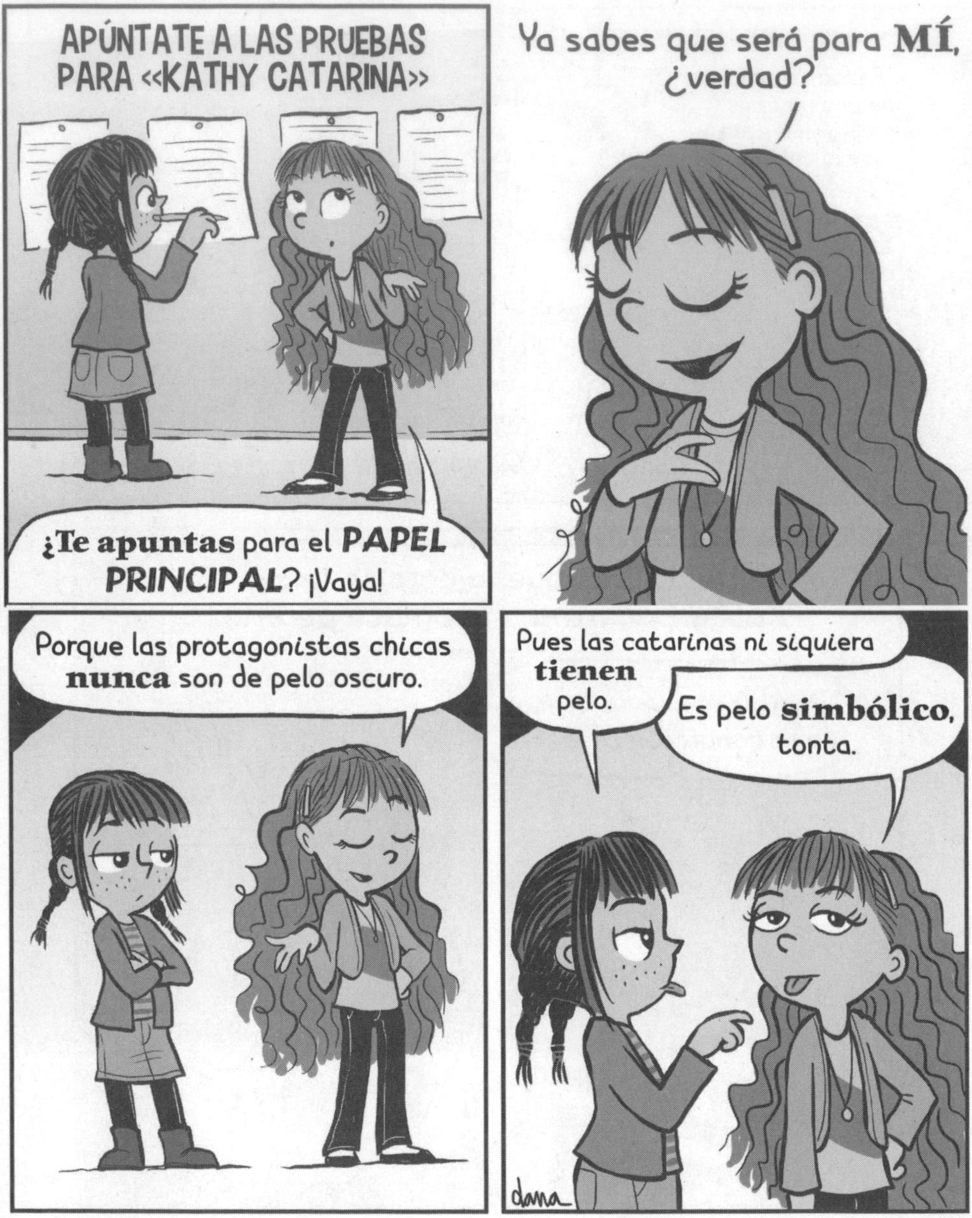
APÚNTATE A LAS PRUEBAS PARA «KATHY CATARINA»
¿Te apuntas para el PAPEL PRINCIPAL? ¡Vaya!
Ya sabes que será para MÍ, ¿verdad?
Porque las protagonistas chicas nunca son de pelo oscuro.
Pues las catarinas ni siquiera tienen pelo.
Es pelo simbólico, tonta.
dana

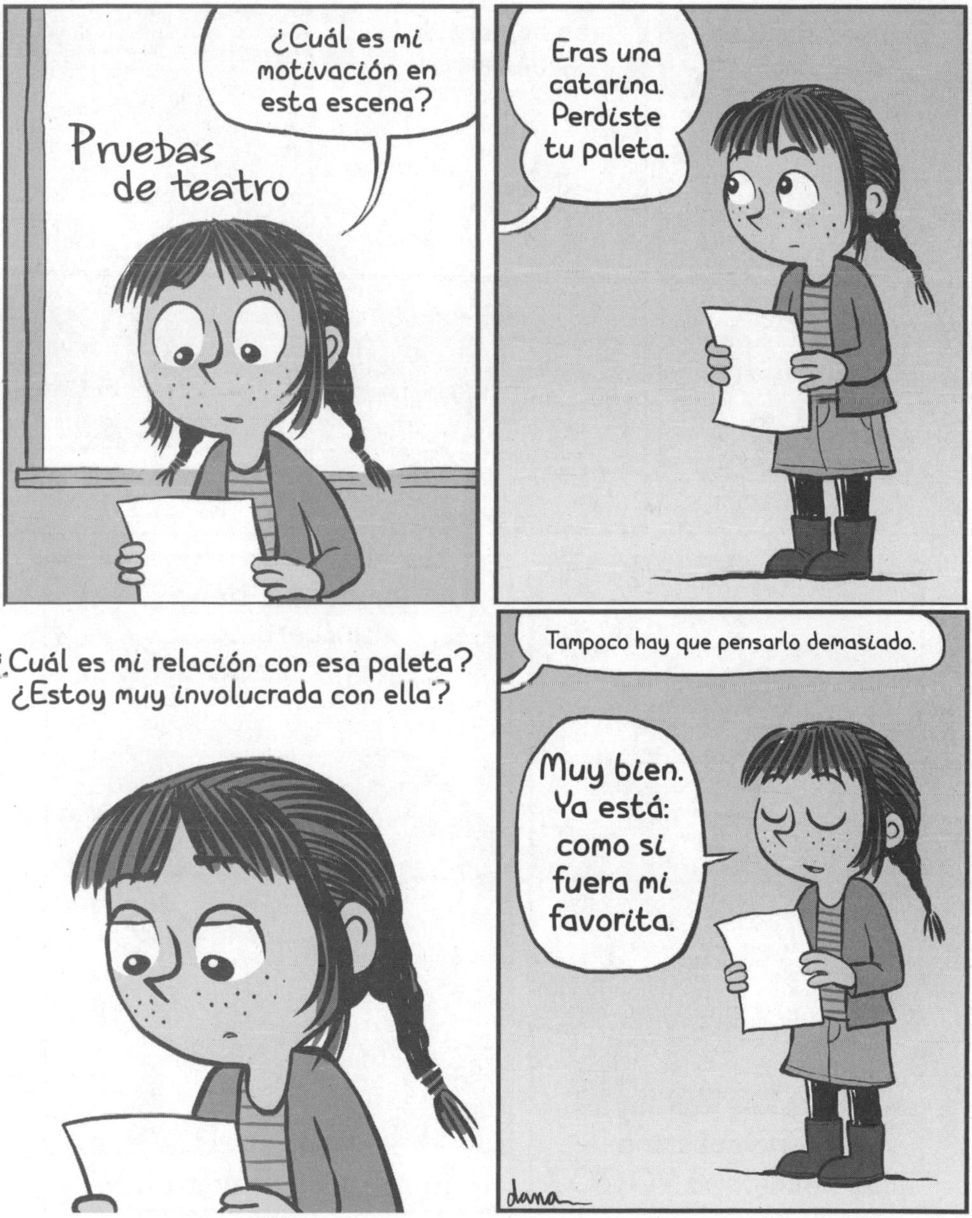

Pruebas de teatro
¿Cuál es mi motivación en esta escena?
Eras una catarina. Perdiste tu paleta.
¿Cuál es mi relación con esa paleta? ¿Estoy muy involucrada con ella?
Tampoco hay que pensarlo demasiado.
Muy bien. Ya está: como si fuera mi favorita.
dana

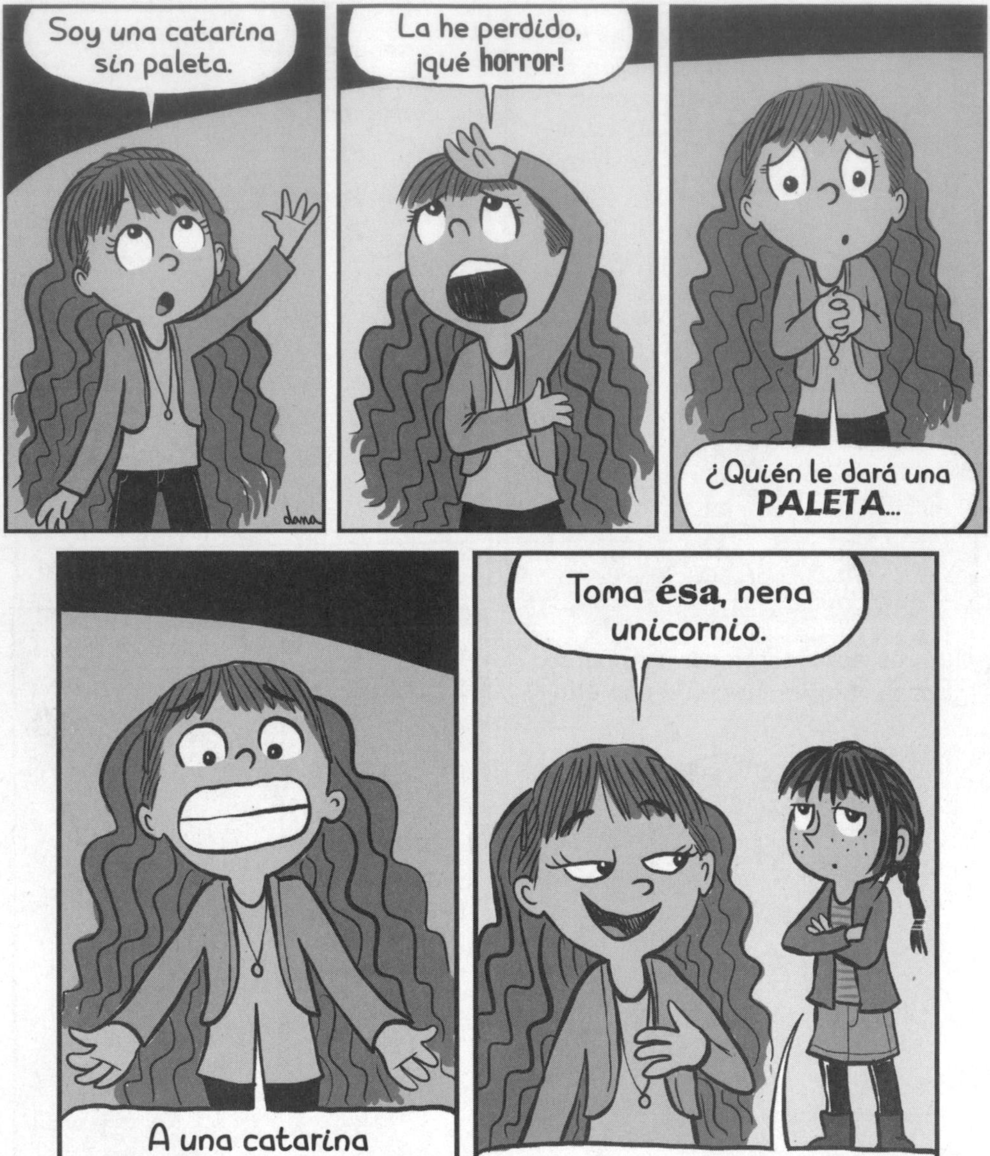
Soy una catarina sin paleta.
dana
La he perdido, ¡qué horror!
¿Quién le dará una PALETA...
A una catarina pizpireta como YOOO?
Toma ésa, nena unicornio.
¿Te refieres al decorado?

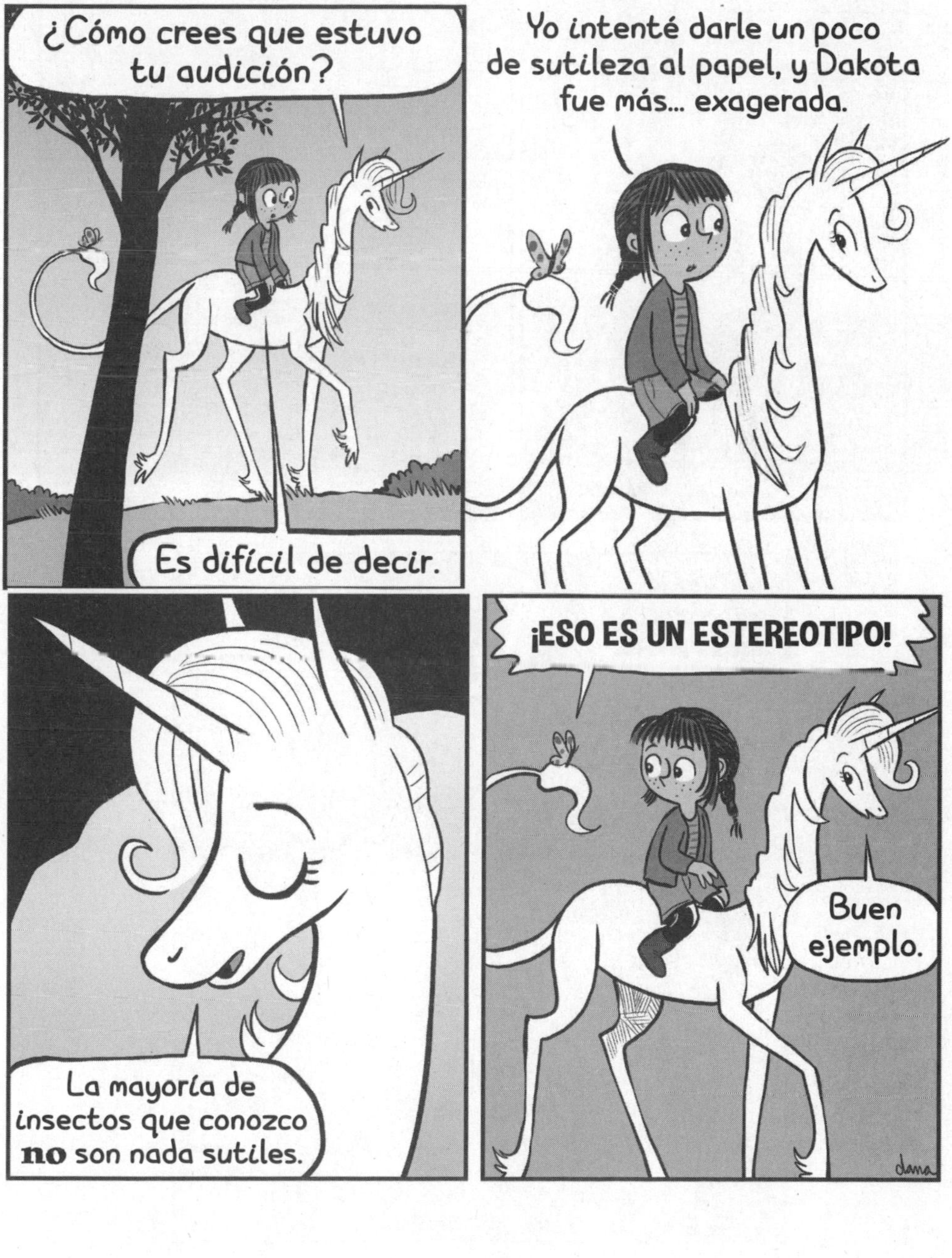
¿Cómo crees que estuvo tu audición?
Es difícil de decir.
Yo intenté darle un poco de sutileza al papel, y Dakota fue más... exagerada.
La mayoría de insectos que conozco **no** son nada sutiles.
¡ESO ES UN ESTEREOTIPO!
Buen ejemplo.
dana

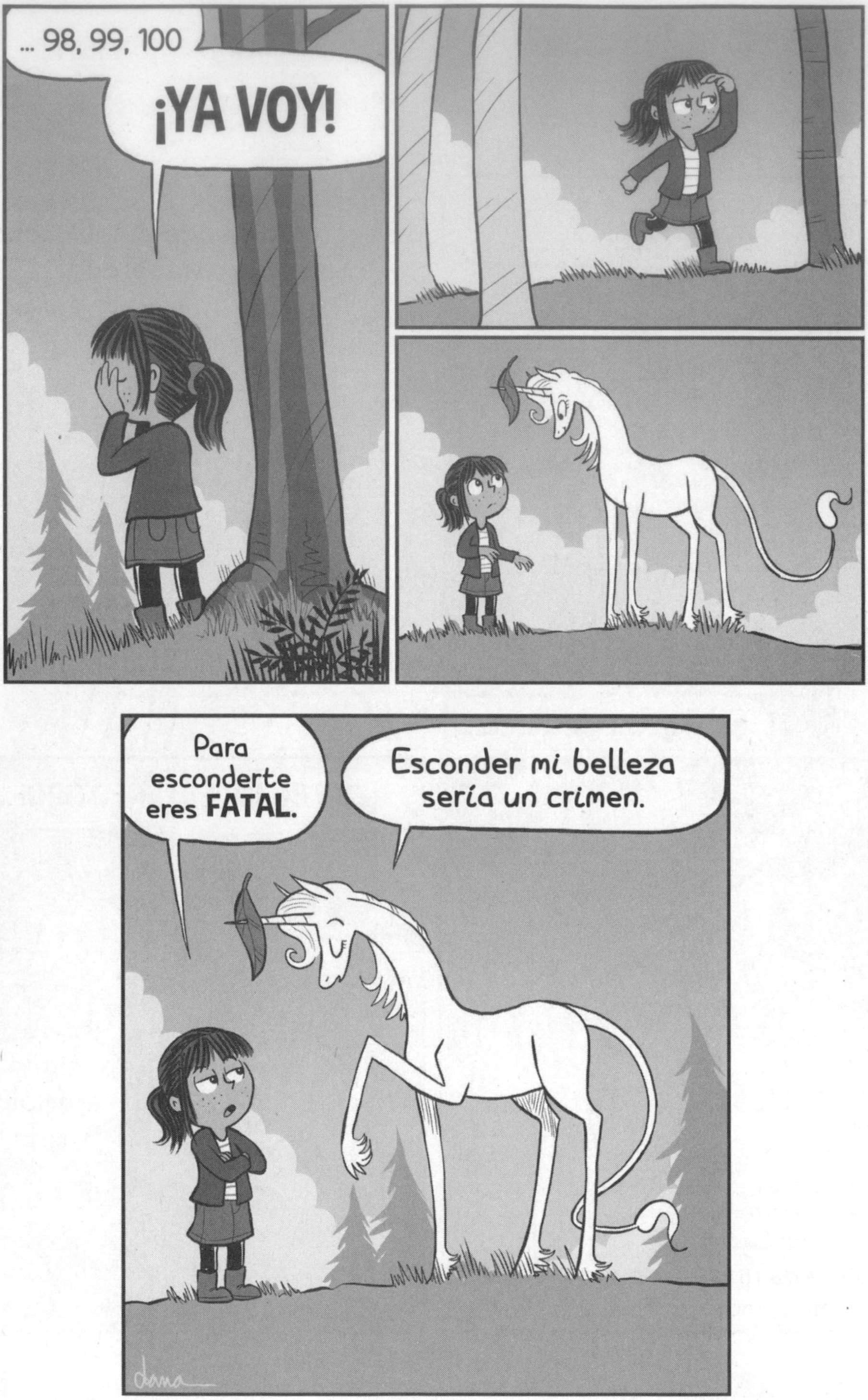
... 98, 99, 100
¡YA VOY!
Para esconderte eres FATAL.
Esconder mi belleza sería un crimen.
dana

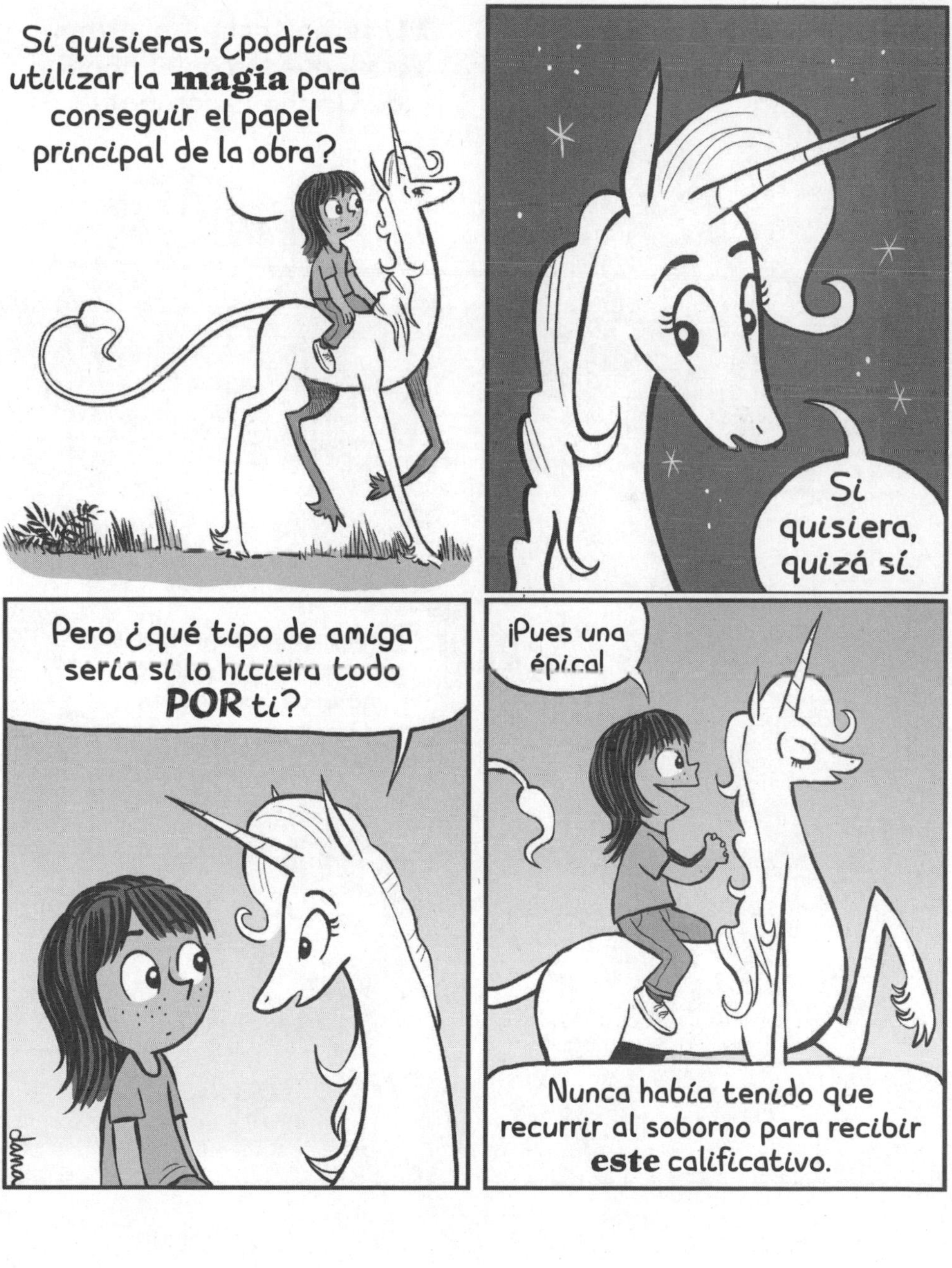
Si quisieras, ¿podrías utilizar la **magia** para conseguir el papel principal de la obra?
Si quisiera, quizá sí.
Pero ¿qué tipo de amiga sería si lo hiciera todo **POR** ti?
¡Pues una épica!
Nunca había tenido que recurrir al soborno para recibir **este** calificativo.

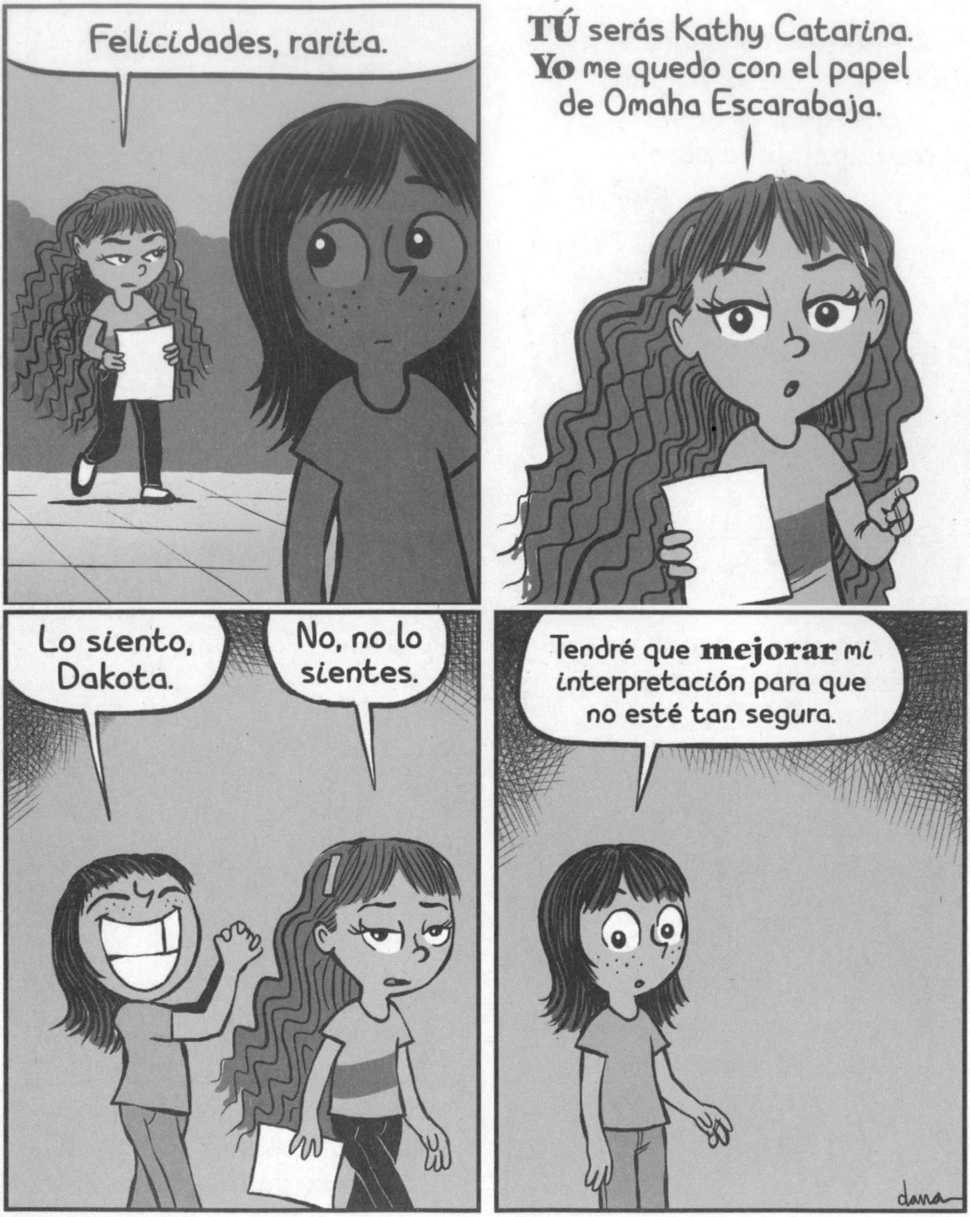
Felicidades, rarita.
TÚ serás Kathy Catarina. Yo me quedo con el papel de Omaha Escarabaja.
Lo siento, Dakota.
No, no lo sientes.
Tendré que mejorar mi interpretación para que no esté tan segura.
dana

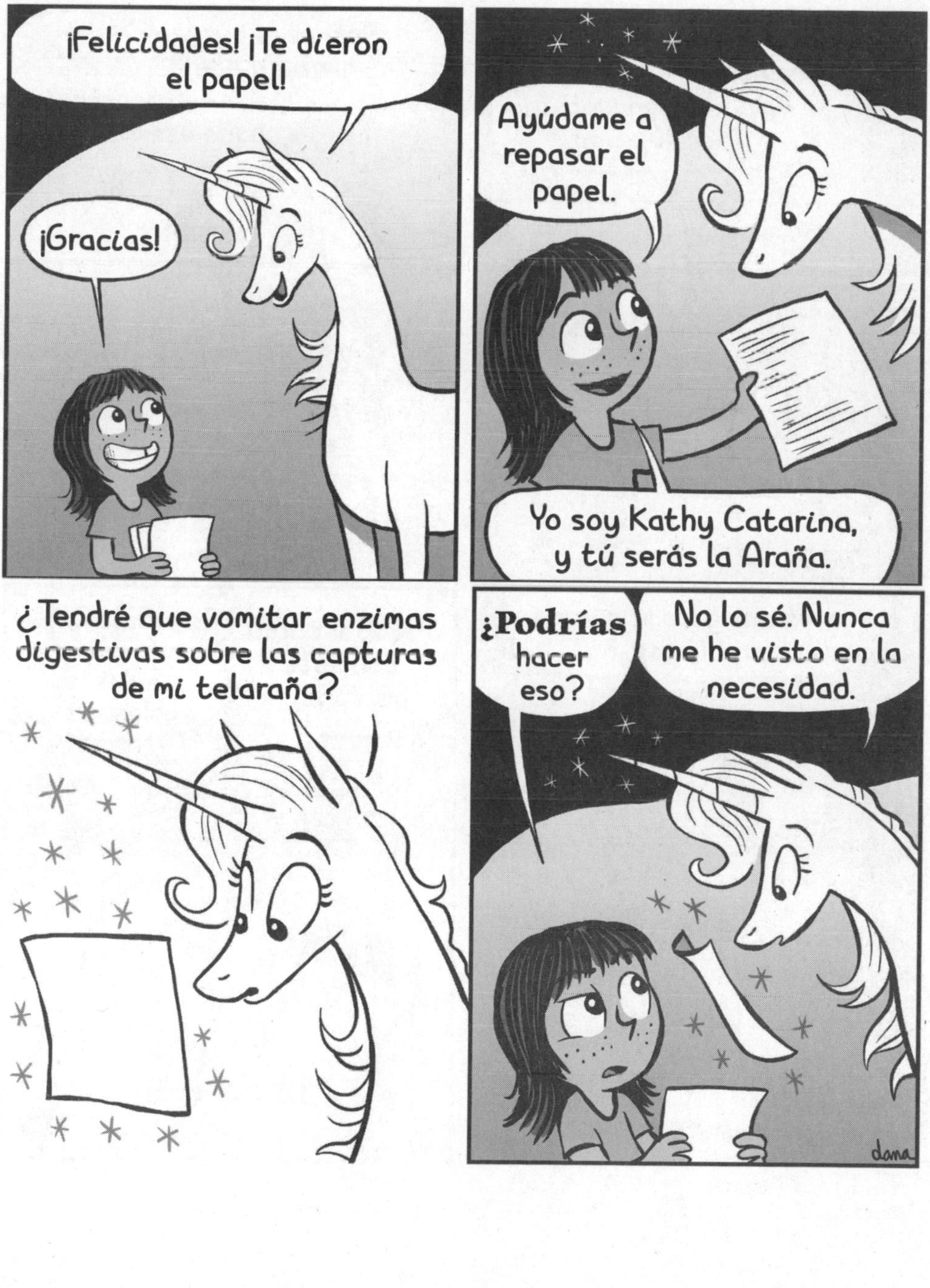
¡Felicidades! ¡Te dieron el papel!
¡Gracias!
Ayúdame a repasar el papel.
Yo soy Kathy Catarina, y tú serás la Araña.
¿Tendré que vomitar enzimas digestivas sobre las capturas de mi telaraña?
¿Podrías hacer eso?
No lo sé. Nunca me he visto en la necesidad.
dana

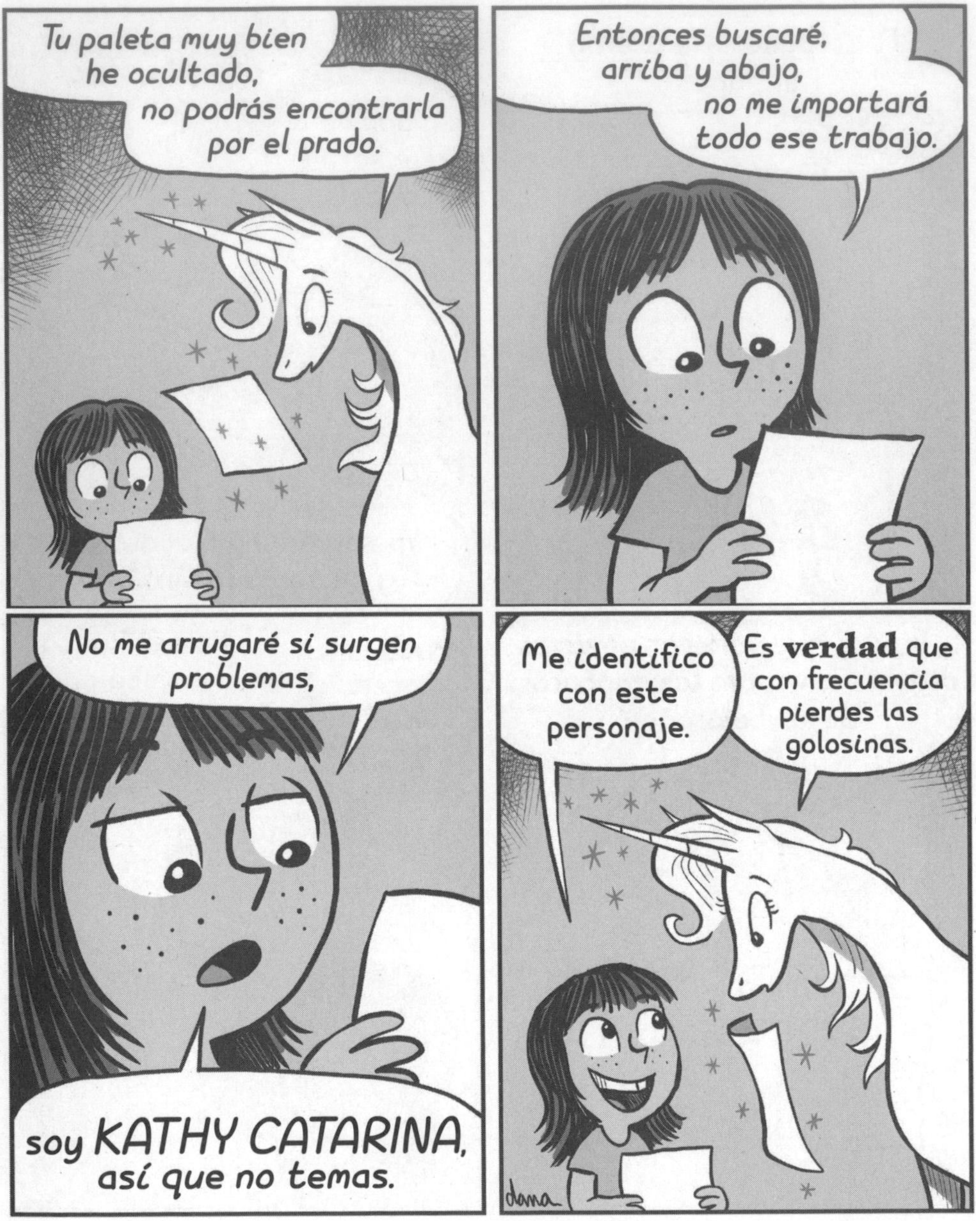
Tu paleta muy bien he ocultado, no podrás encontrarla por el prado.
Entonces buscaré, arriba y abajo, no me importará todo ese trabajo.
No me arrugaré si surgen problemas,
soy KATHY CATARINA, así que no temas.
Me identifico con este personaje.
Es **verdad** que con frecuencia pierdes las golosinas.
dana

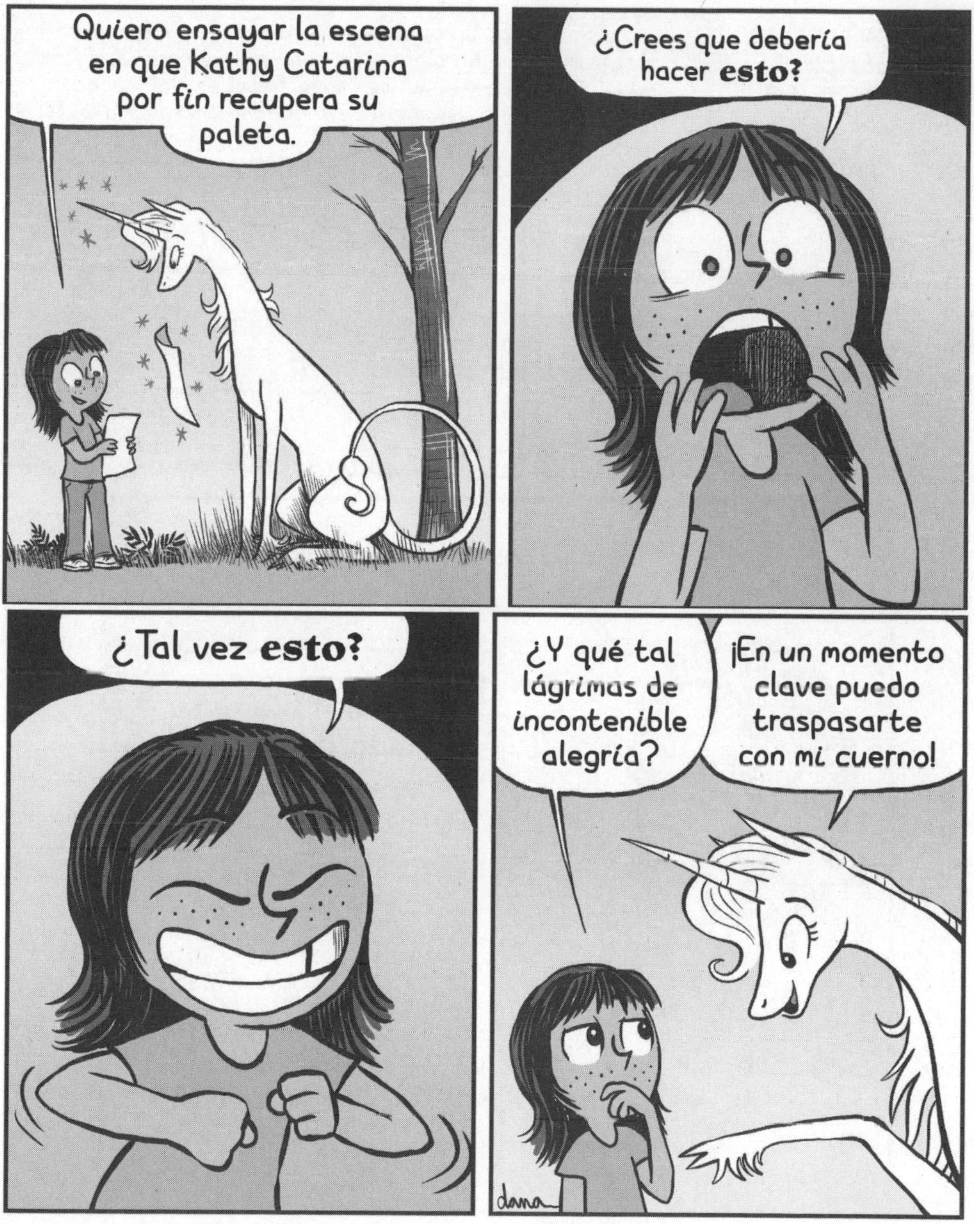
Quiero ensayar la escena en que Kathy Catarina por fin recupera su paleta.
¿Crees que debería hacer **esto**?
¿Tal vez **esto**?
¿Y qué tal lágrimas de incontenible alegría?
¡En un momento clave puedo traspasarte con mi cuerno!
dana

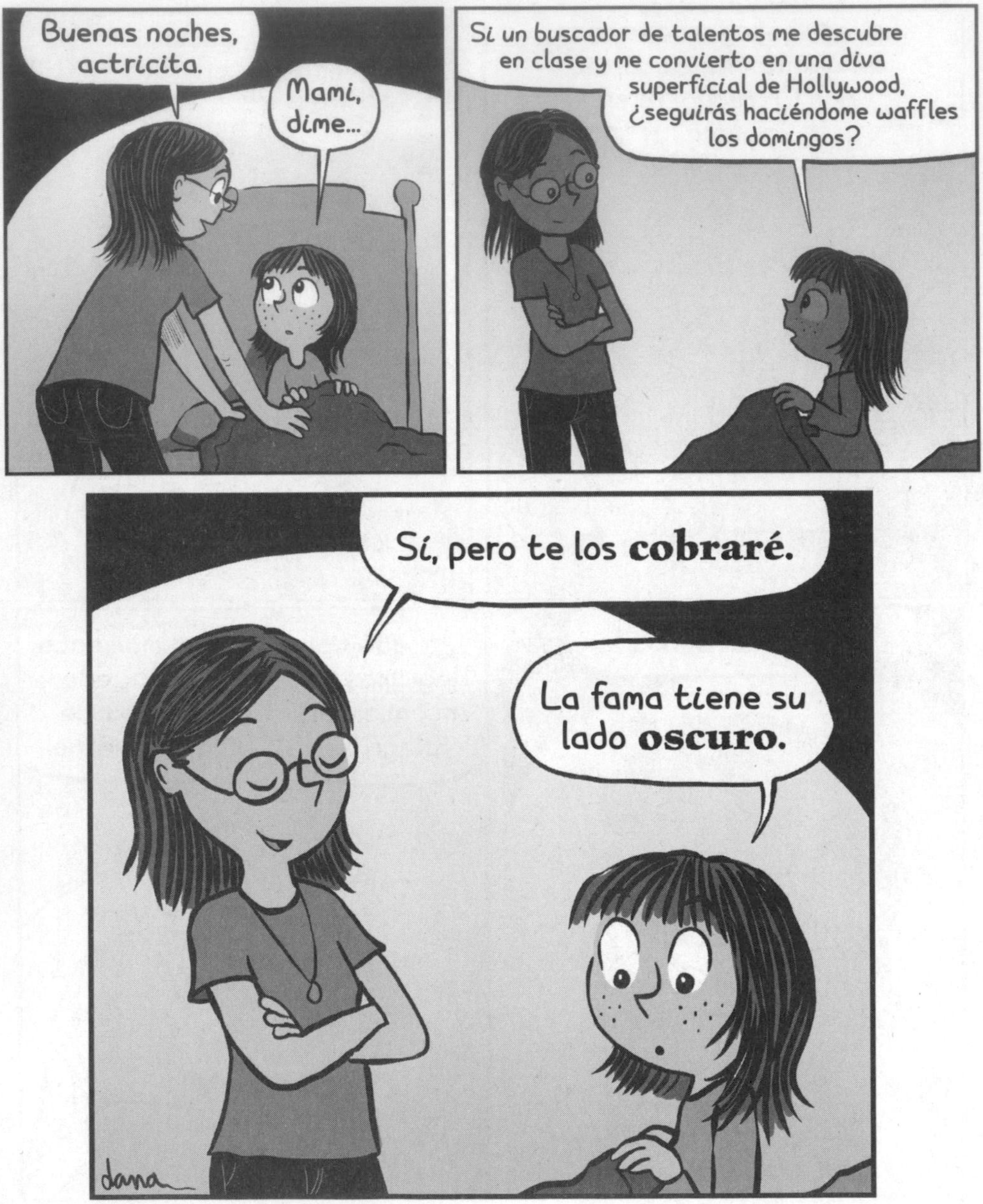
Buenas noches, actricita.
Mami, dime...
Si un buscador de talentos me descubre en clase y me convierto en una diva superficial de Hollywood, ¿seguirás haciéndome waffles los domingos?
Sí, pero te los **cobraré.**
La fama tiene su lado **oscuro.**
dana

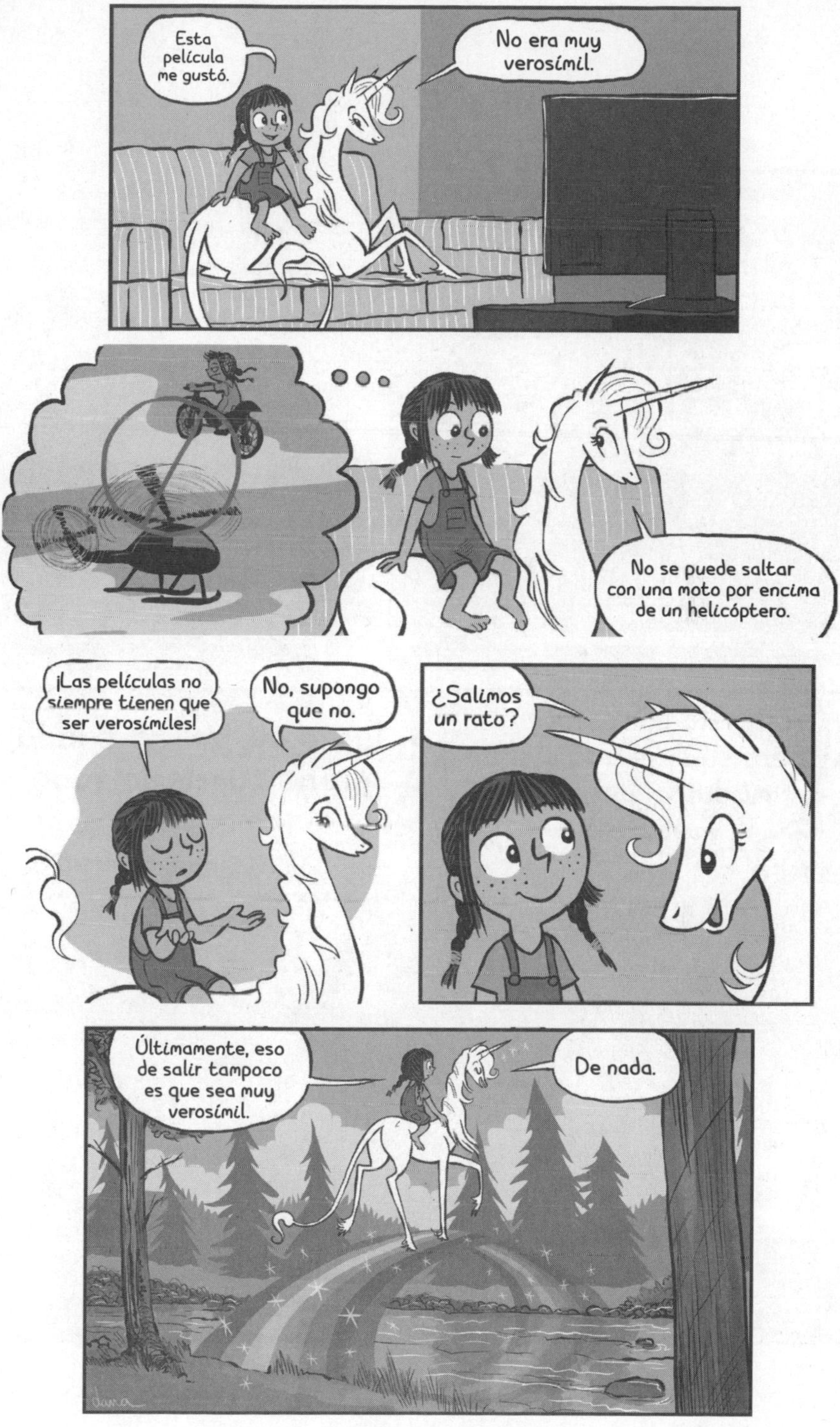
Esta película me gustó.
No era muy verosímil.
No se puede saltar con una moto por encima de un helicóptero.
¡Las películas no siempre tienen que ser verosímiles!
No, supongo que no.
¿Salimos un rato?
Últimamente, eso de salir tampoco es que sea muy verosímil.
De nada.

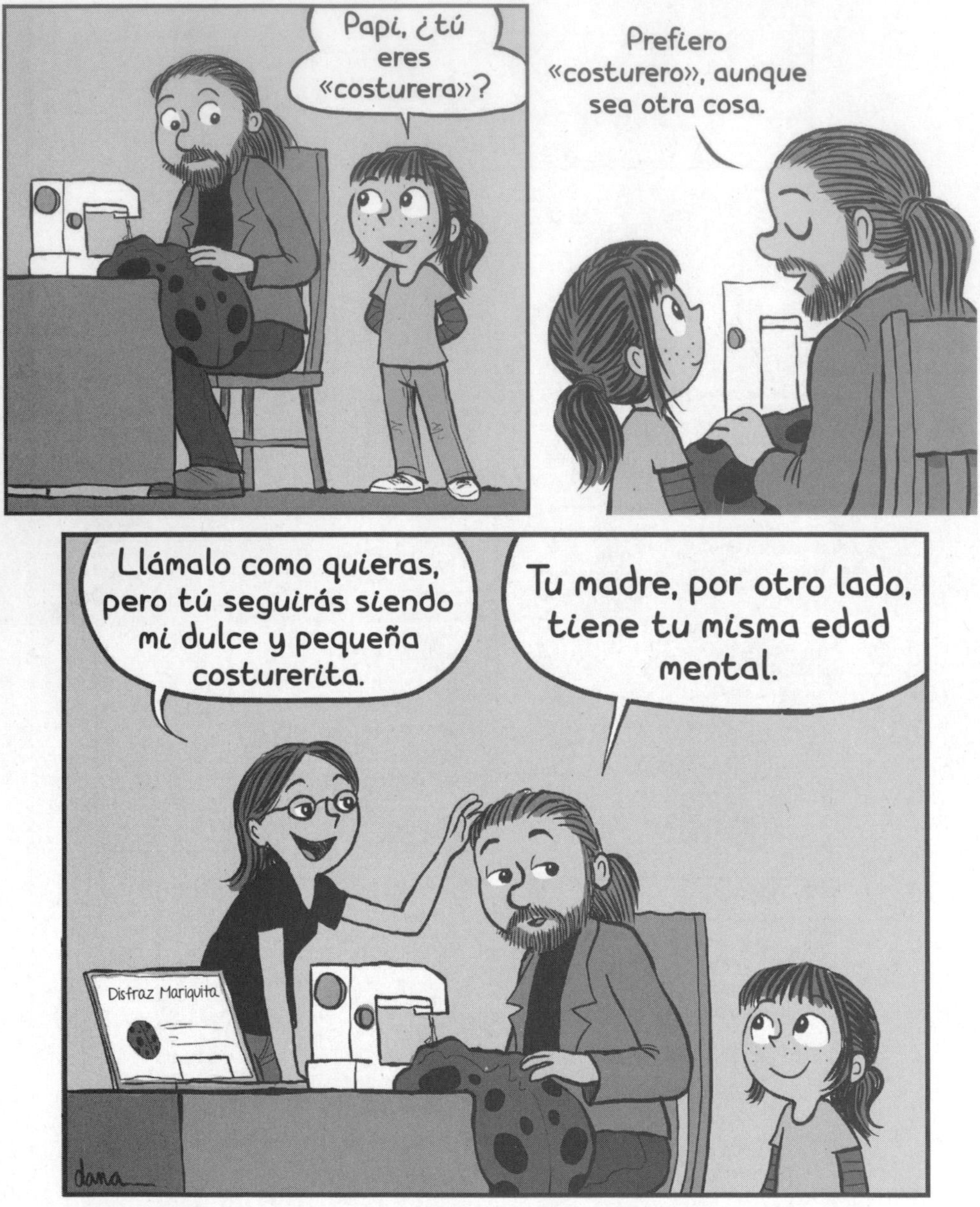
Papi, ¿tú eres «costurera»?
Prefiero «costurero», aunque sea otra cosa.
Llámalo como quieras, pero tú seguirás siendo mi dulce y pequeña costurerita.
Tu madre, por otro lado, tiene tu misma edad mental.
Disfraz Mariquita
dana

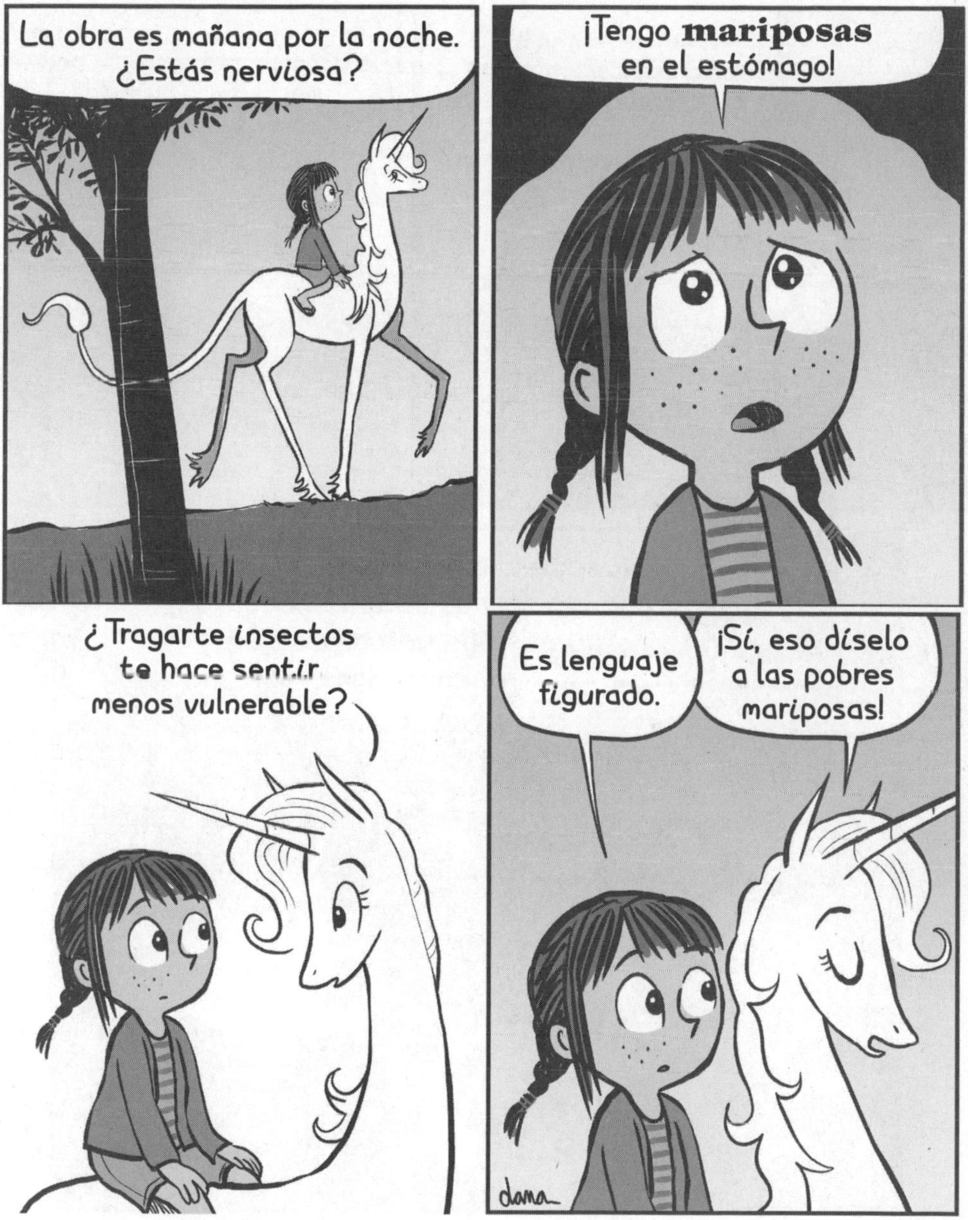
La obra es mañana por la noche. ¿Estás nerviosa?
¡Tengo **mariposas** en el estómago!
¿Tragarte insectos te hace sentir menos vulnerable?
Es lenguaje figurado.
¡Sí, eso díselo a las pobres mariposas!
dana

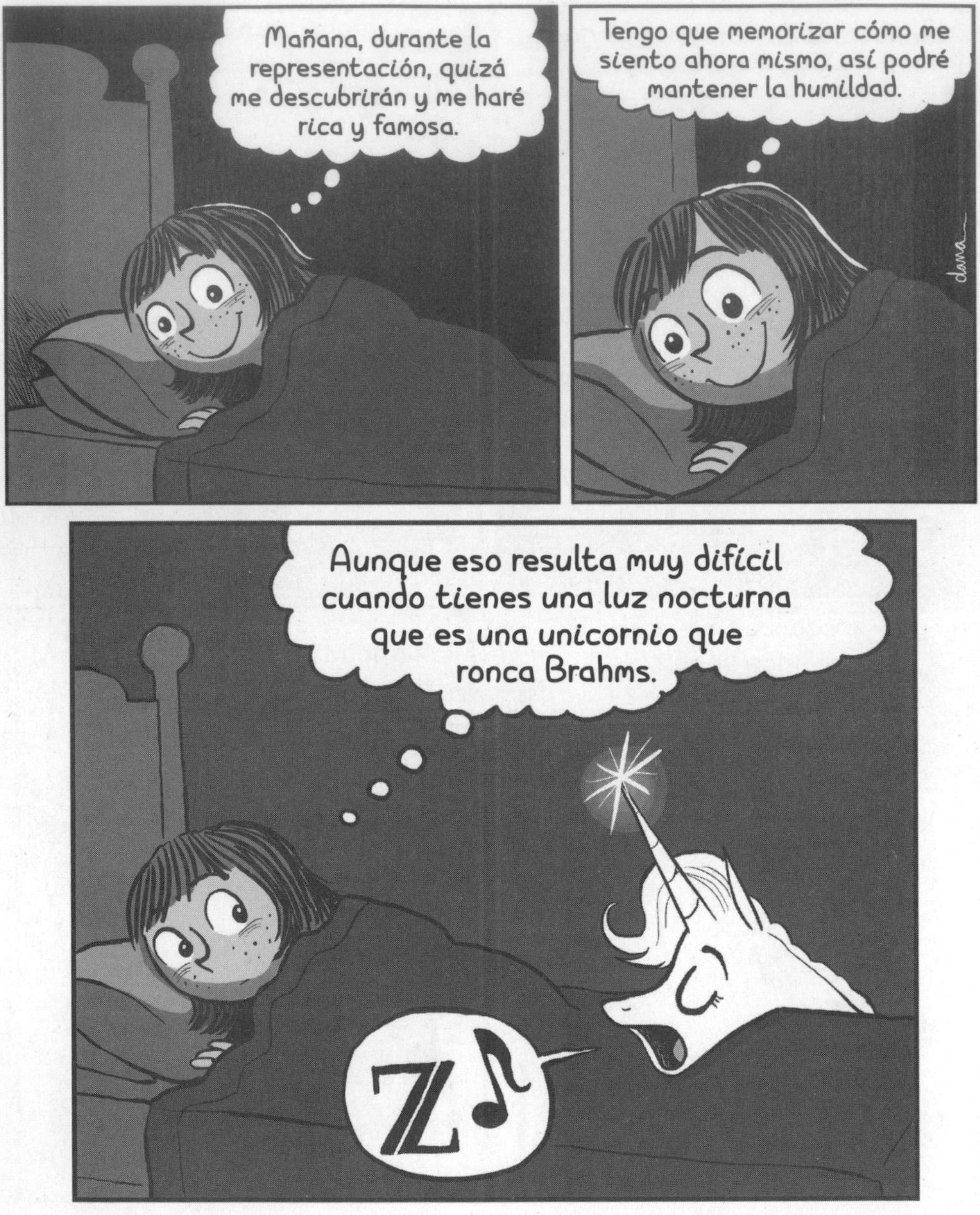
Mañana, durante la representación, quizá me descubrirán y me haré rica y famosa.
Tengo que memorizar cómo me siento ahora mismo, así podré mantener la humildad.
dana
Aunque eso resulta muy difícil cuando tienes una luz nocturna que es una unicornio que ronca Brahms.
Z♪

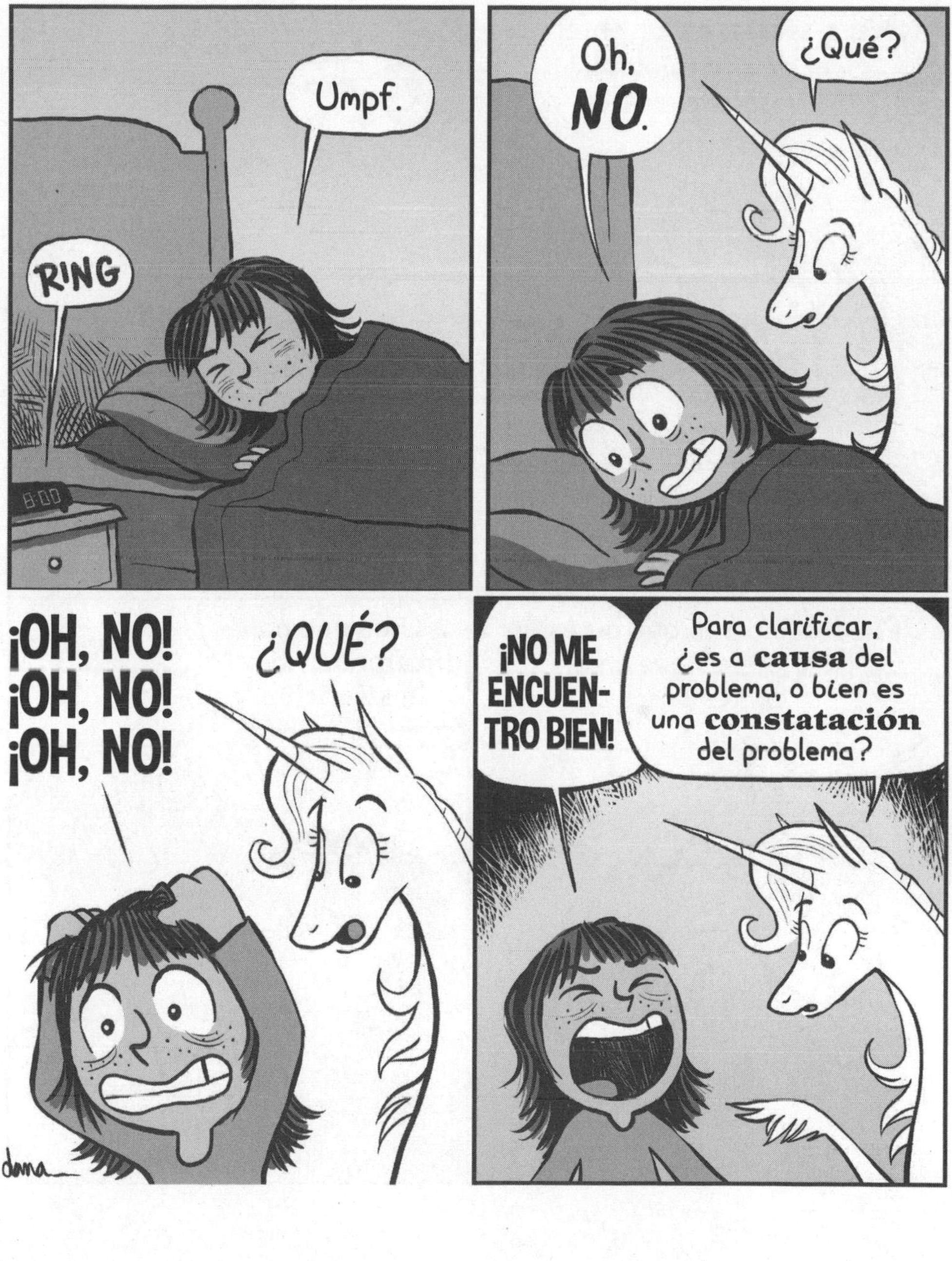
RING
Umpf.
Oh, NO.
¿Qué?
¡OH, NO! ¡OH, NO! ¡OH, NO!
¿QUÉ?
¡NO ME ENCUEN-TRO BIEN!
Para clarificar, ¿es a causa del problema, o bien es una constatación del problema?
dana

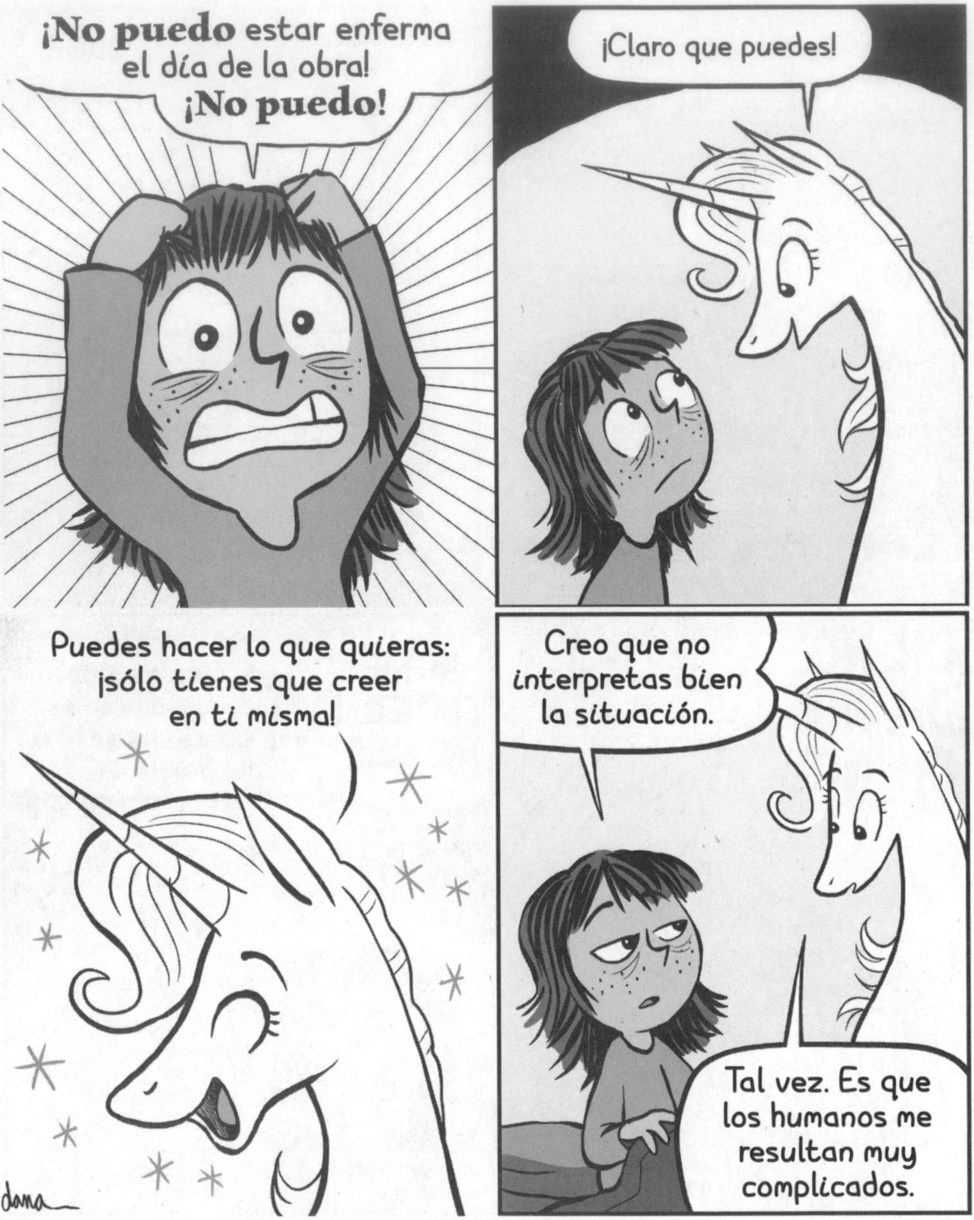
¡**No puedo** estar enferma el día de la obra! ¡**No puedo**!
¡Claro que puedes!
Puedes hacer lo que quieras: ¡sólo tienes que creer en ti misma!
Creo que no interpretas bien la situación.
Tal vez. Es que los humanos me resultan muy complicados.
dana

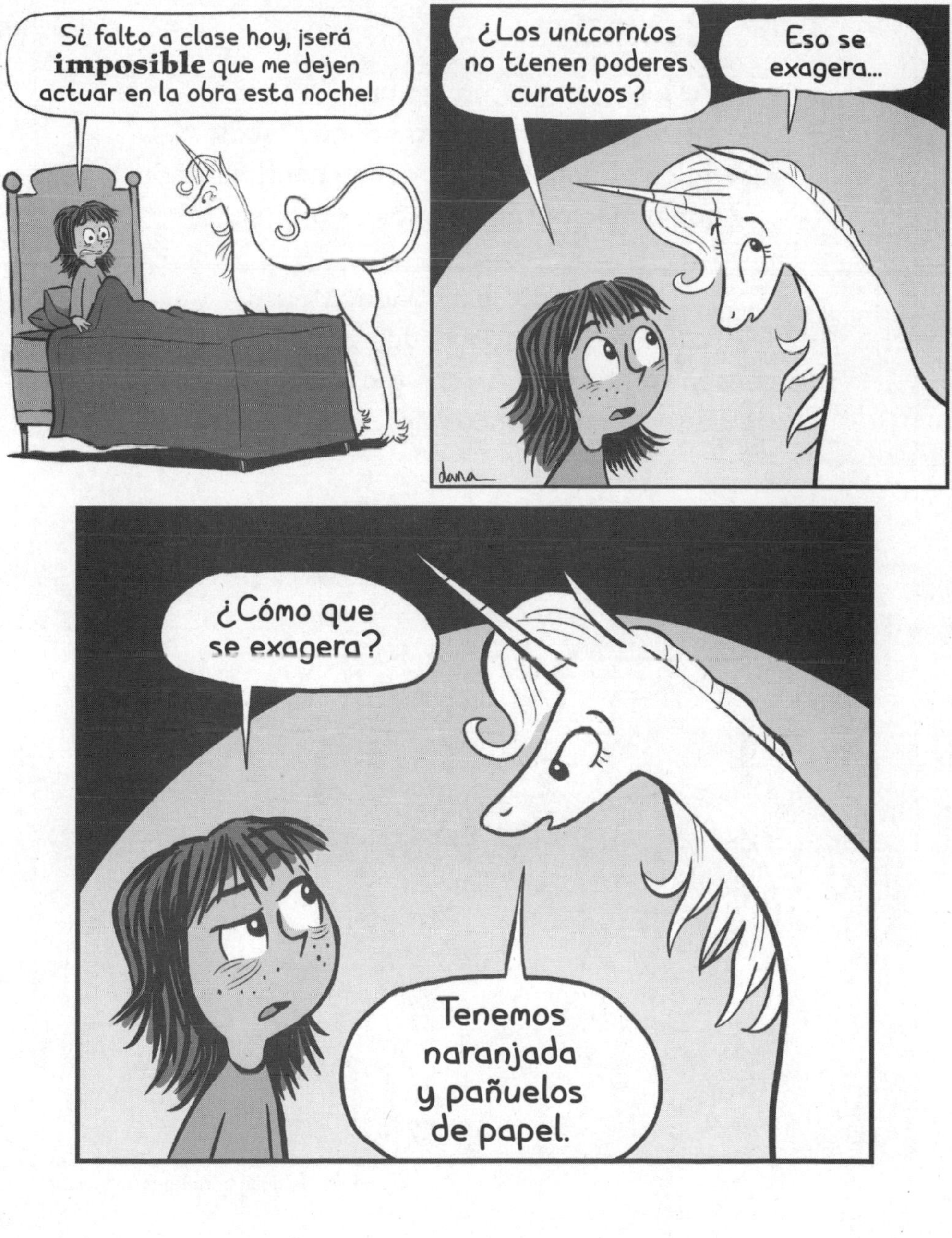
Si falto a clase hoy, ¡será **imposible** que me dejen actuar en la obra esta noche!
¿Los unicornios no tienen poderes curativos?
Eso se exagera...
¿Cómo que se exagera?
Tenemos naranjada y pañuelos de papel.

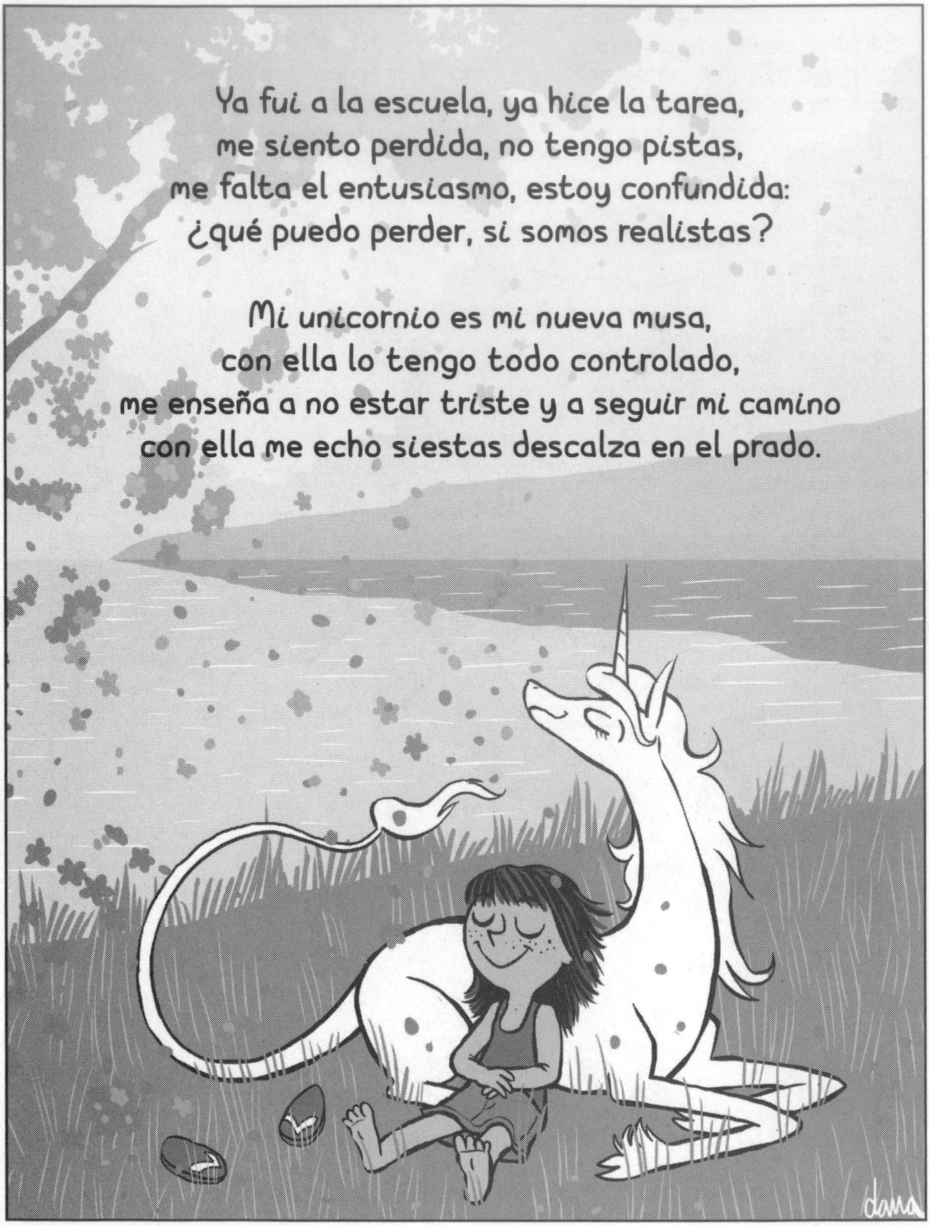
Ya fui a la escuela, ya hice la tarea,
me siento perdida, no tengo pistas,
me falta el entusiasmo, estoy confundida:
¿qué puedo perder, si somos realistas?

Mi unicornio es mi nueva musa,
con ella lo tengo todo controlado,
me enseña a no estar triste y a seguir mi camino
con ella me echo siestas descalza en el prado.
dana
Con un agradecimiento para Ronnie Simonds

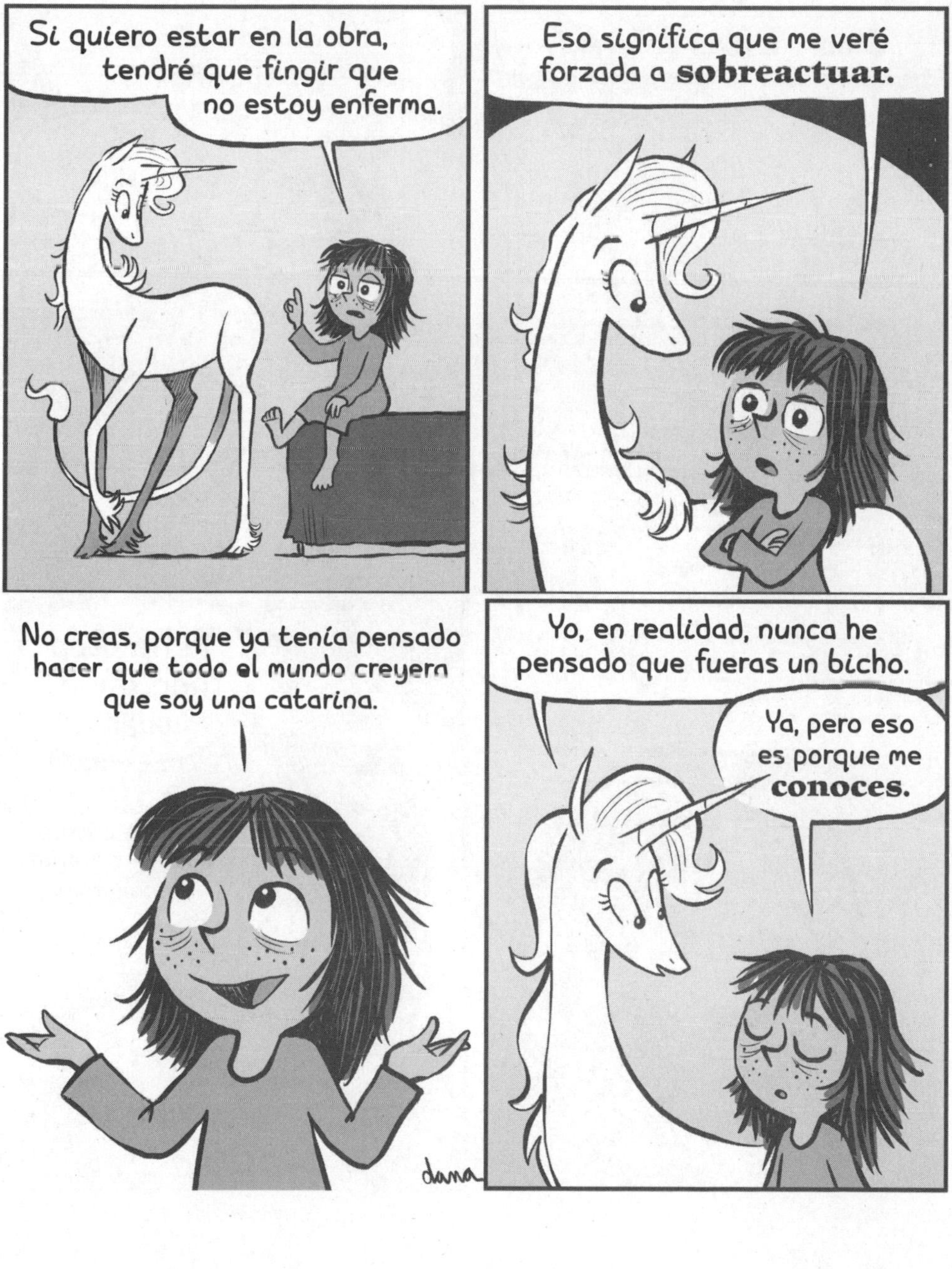
Si quiero estar en la obra, tendré que fingir que no estoy enferma.
Eso significa que me veré forzada a **sobreactuar.**
No creas, porque ya tenía pensado hacer que todo el mundo creyera que soy una catarina.
Yo, en realidad, nunca he pensado que fueras un bicho.
Ya, pero eso es porque me **conoces.**
dana

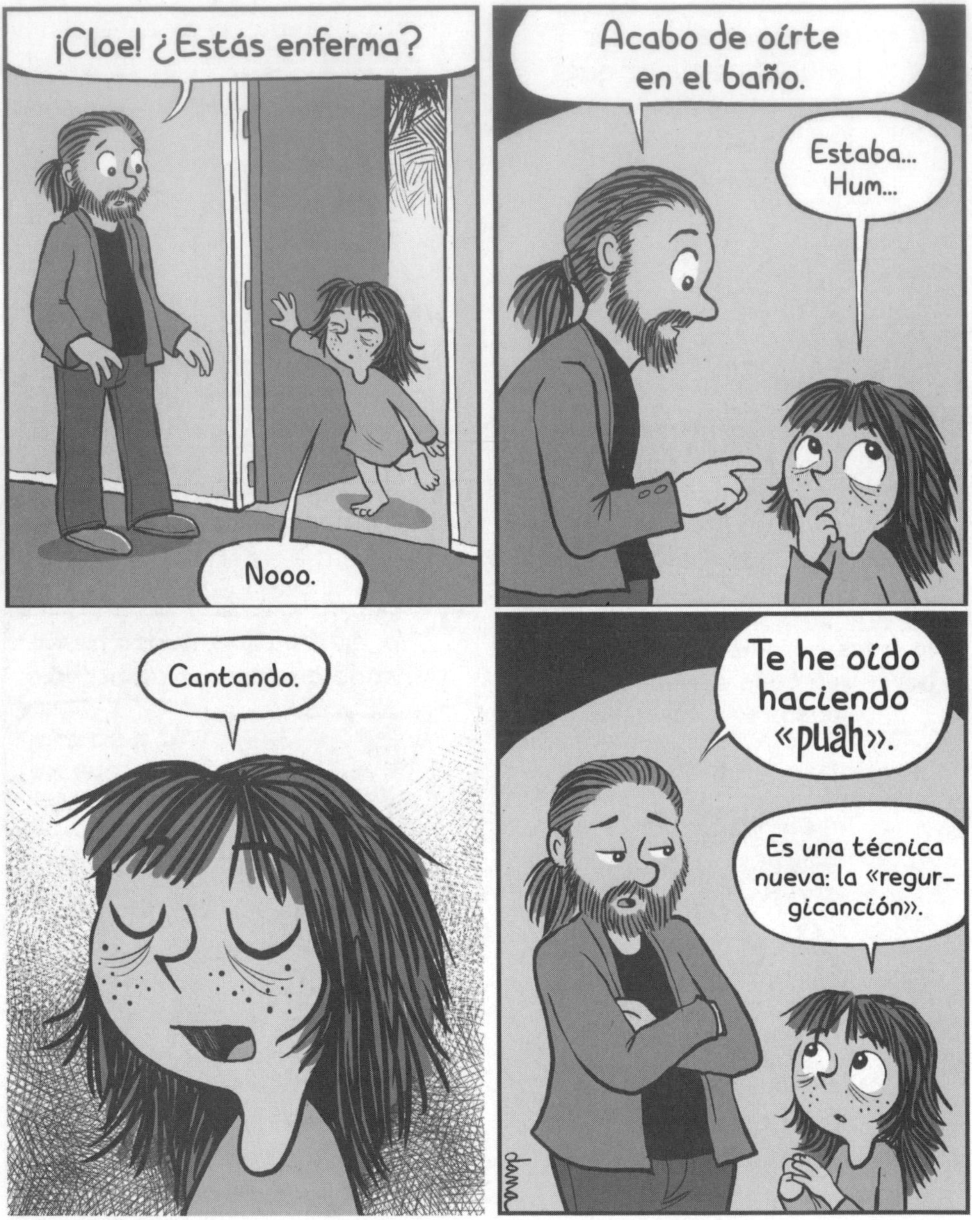
¡Cloe! ¿Estás enferma?
Nooo.
Acabo de oírte en el baño.
Estaba... Hum...
Cantando.
Te he oído haciendo «puah».
Es una técnica nueva: la «regurgicanción».
dana

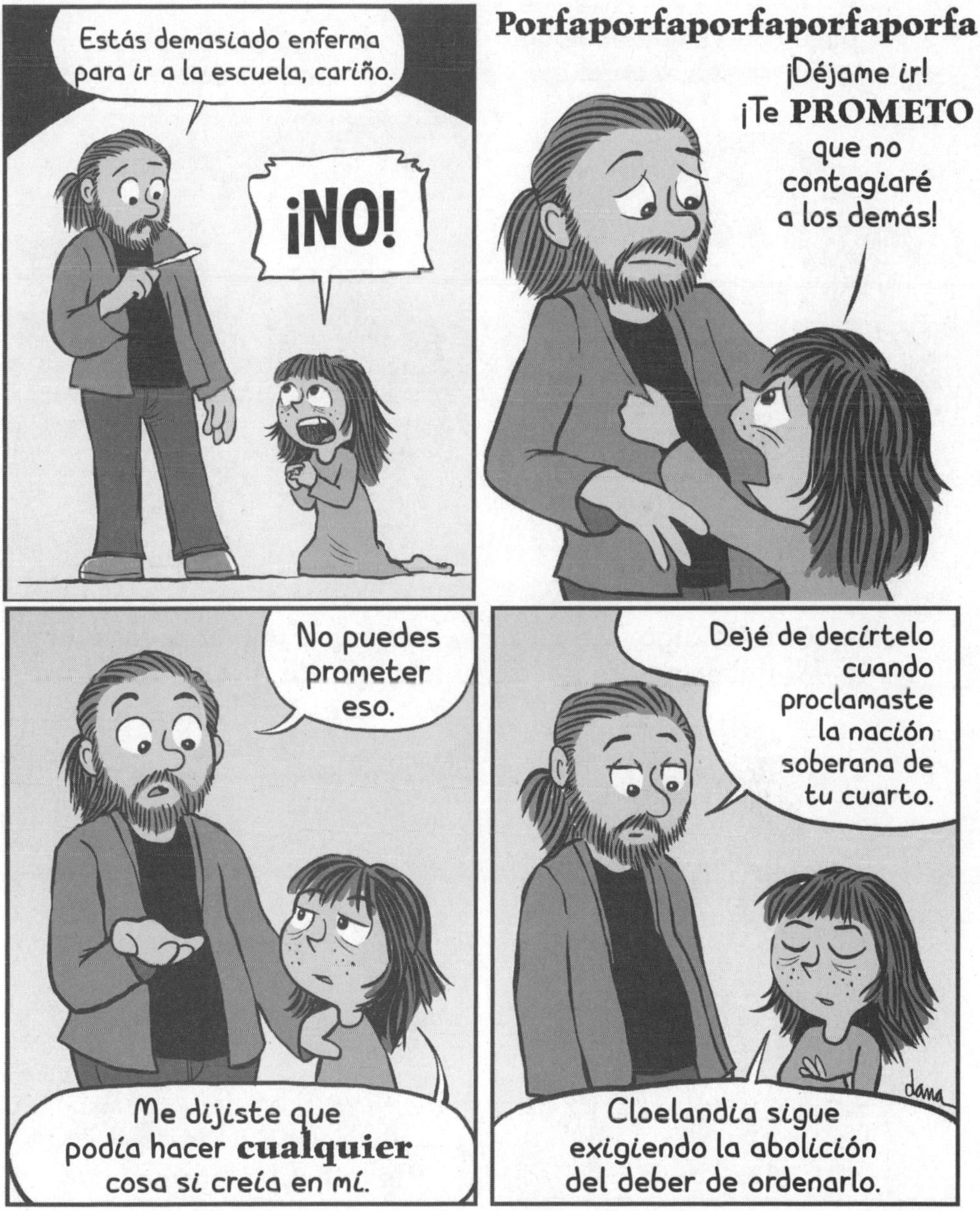
Estás demasiado enferma para ir a la escuela, cariño.
¡NO!
Porfaporfaporfaporfaporfa
¡Déjame ir! ¡Te PROMETO que no contagiaré a los demás!
No puedes prometer eso.
Me dijiste que podía hacer **cualquier** cosa si creía en mí.
Dejé de decírtelo cuando proclamaste la nación soberana de tu cuarto.
Cloelandia sigue exigiendo la abolición del deber de ordenarlo.
dana

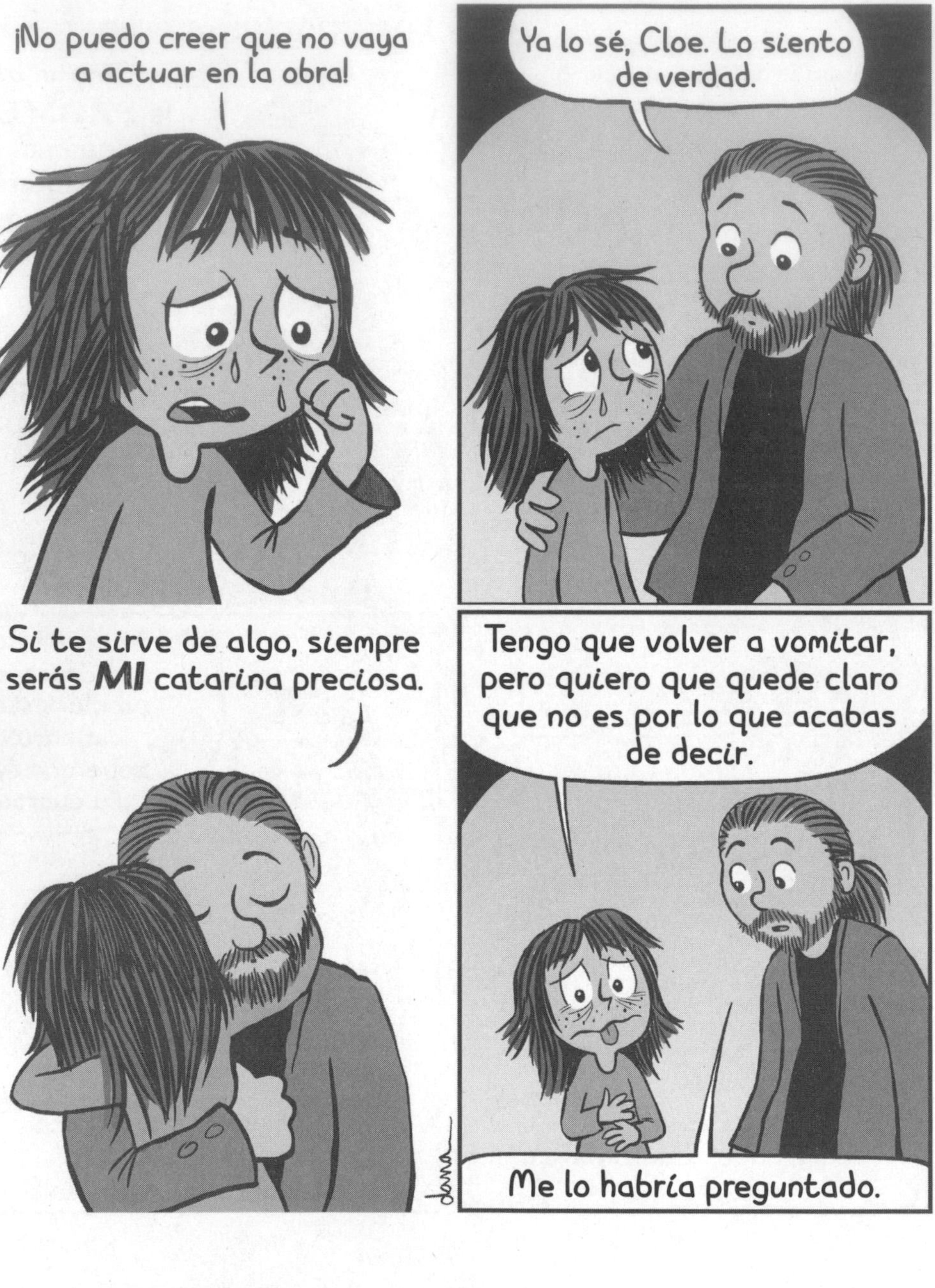
¡No puedo creer que no vaya a actuar en la obra!
Ya lo sé, Cloe. Lo siento de verdad.
Si te sirve de algo, siempre serás **MI** catarina preciosa.
Tengo que volver a vomitar, pero quiero que quede claro que no es por lo que acabas de decir.
Me lo habría preguntado.

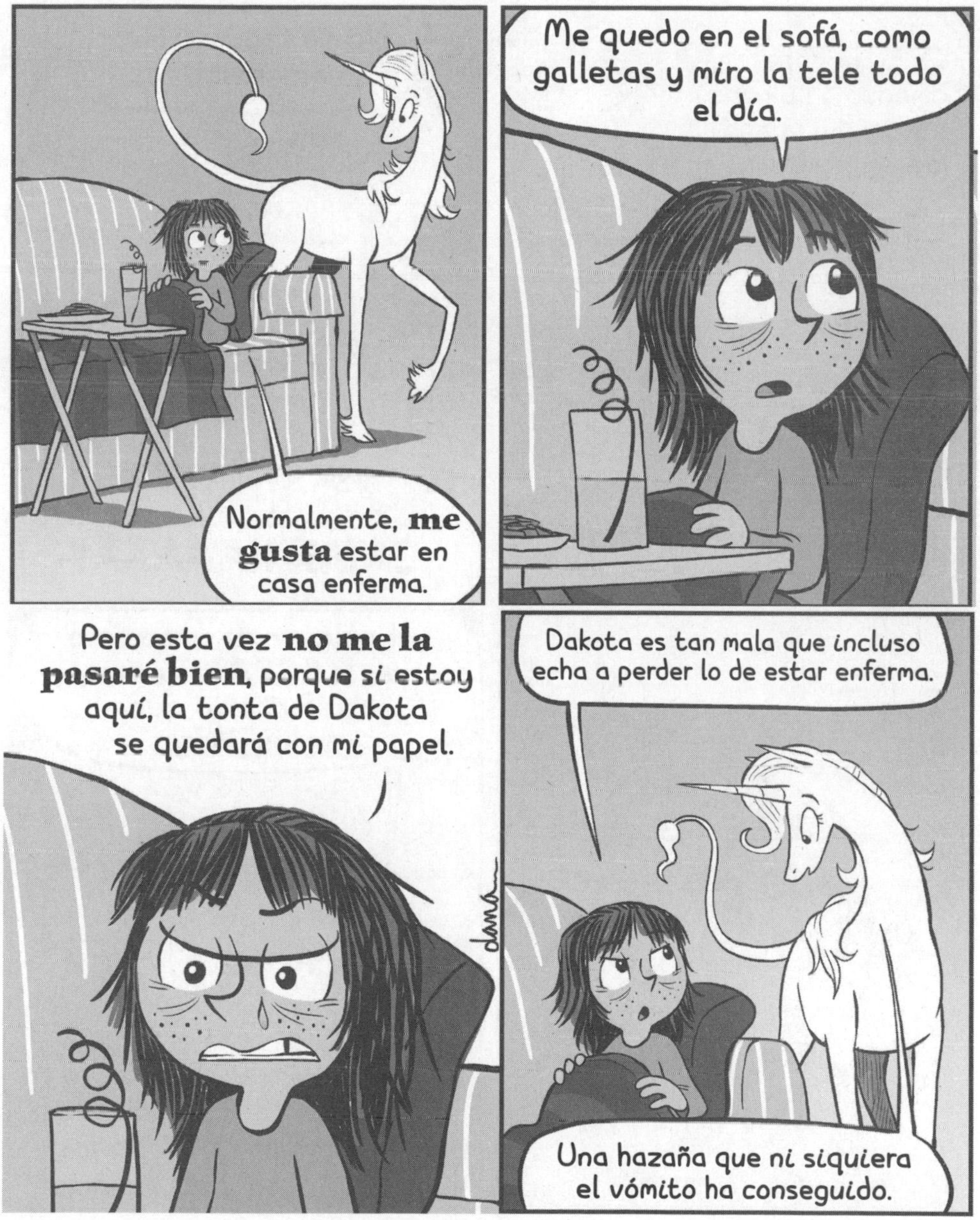
Normalmente, **me gusta** estar en casa enferma.
Me quedo en el sofá, como galletas y miro la tele todo el día.
Pero esta vez **no me la pasaré bien**, porque si estoy aquí, la tonta de Dakota se quedará con mi papel.
Dakota es tan mala que incluso echa a perder lo de estar enferma.
Una hazaña que ni siquiera el vómito ha conseguido.

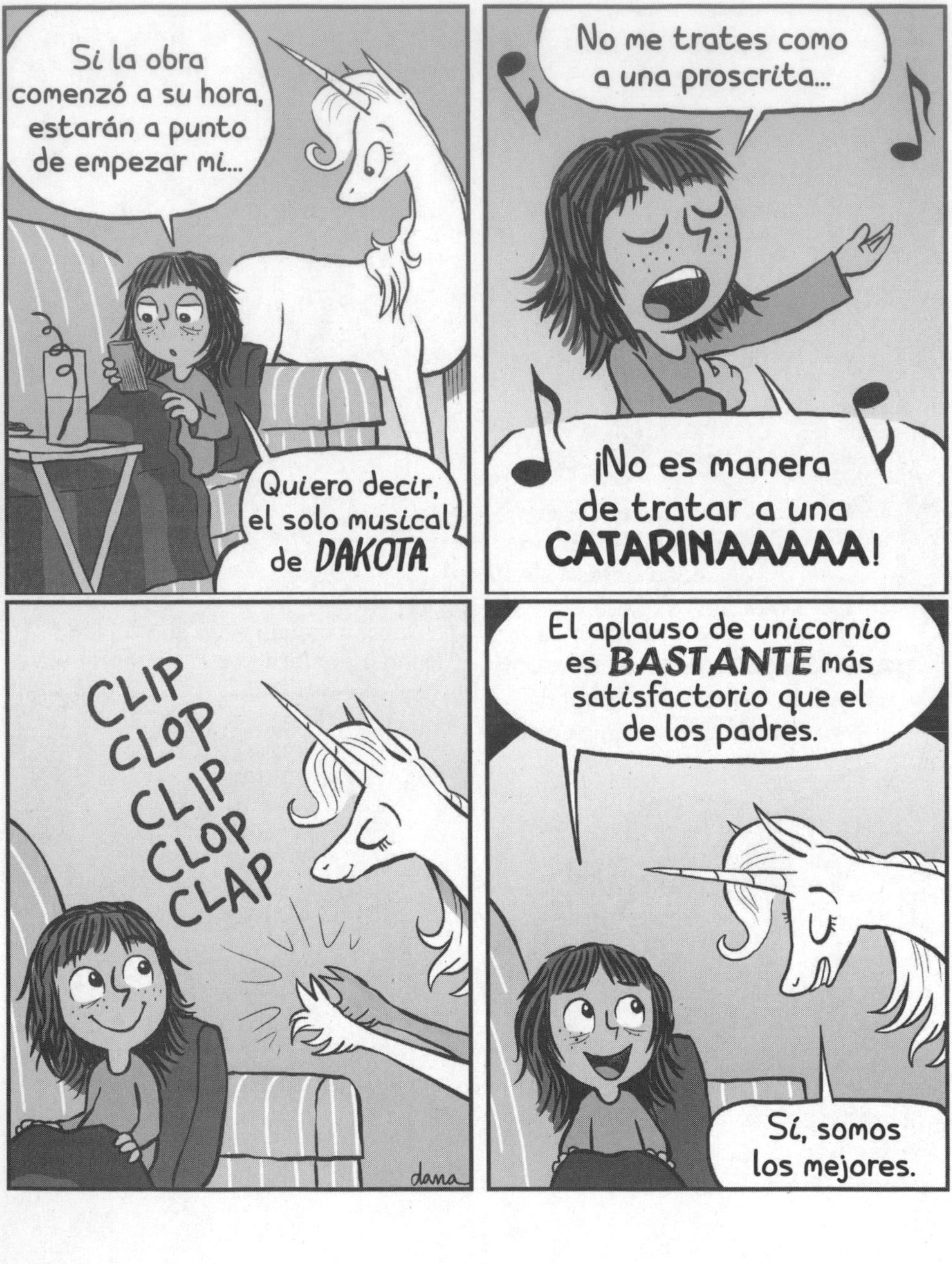
Si la obra comenzó a su hora, estarán a punto de empezar mi...
Quiero decir, el solo musical de DAKOTA
No me trates como a una proscrita...
¡No es manera de tratar a una CATARINAAAAAA!
CLIP CLOP CLIP CLOP CLAP
dana
El aplauso de unicornio es BASTANTE más satisfactorio que el de los padres.
Sí, somos los mejores.

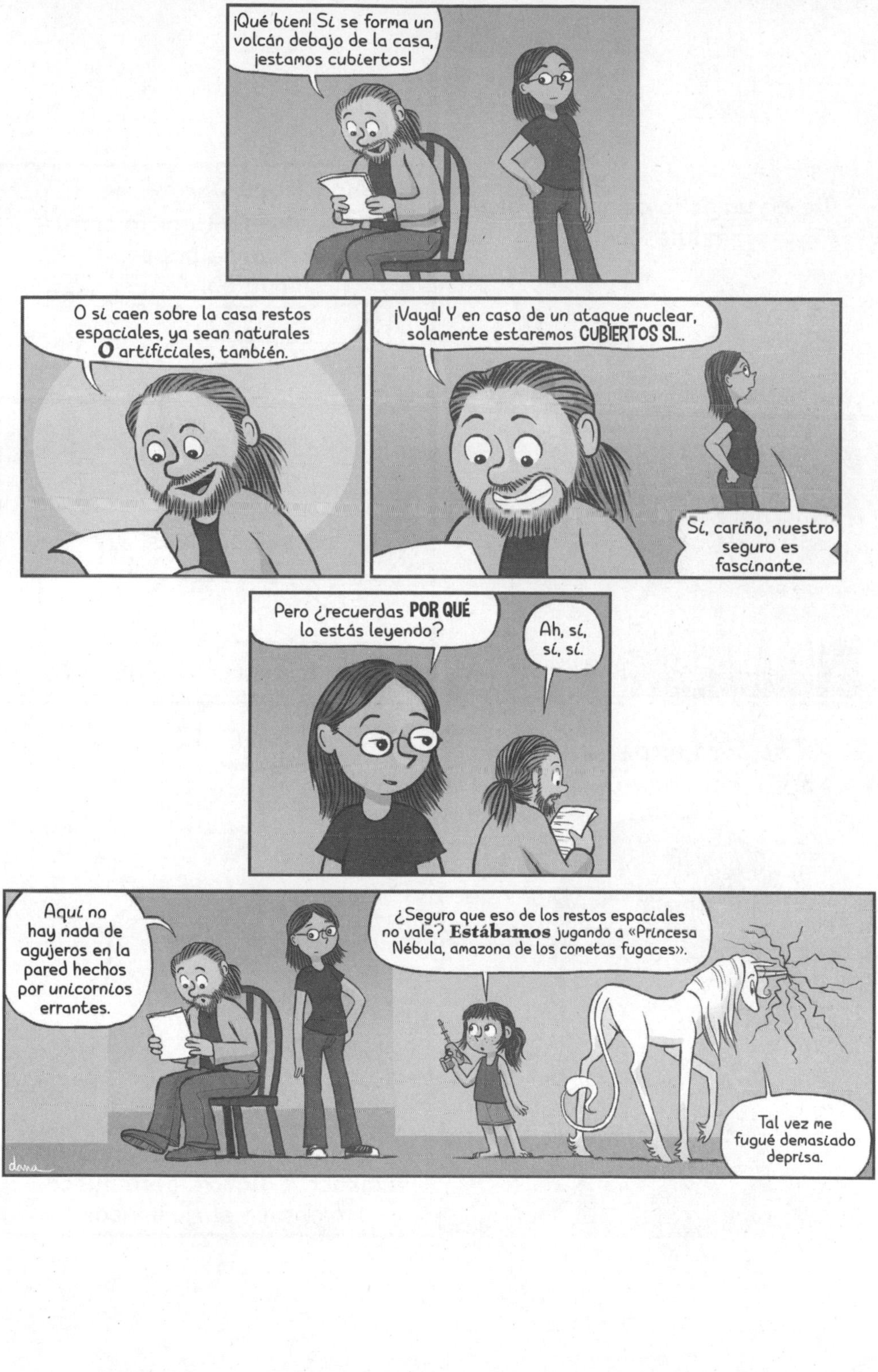
¡Qué bien! Si se forma un volcán debajo de la casa, ¡estamos cubiertos!
O si caen sobre la casa restos espaciales, ya sean naturales O artificiales, también.
¡Vaya! Y en caso de un ataque nuclear, solamente estaremos CUBIERTOS SI...
Sí, cariño, nuestro seguro es fascinante.
Pero ¿recuerdas POR QUÉ lo estás leyendo?
Ah, sí, sí, sí.
Aquí no hay nada de agujeros en la pared hechos por unicornios errantes.
¿Seguro que eso de los restos espaciales no vale? Estábamos jugando a «Princesa Nébula, amazona de los cometas fugaces».
Tal vez me fugué demasiado deprisa.
dana

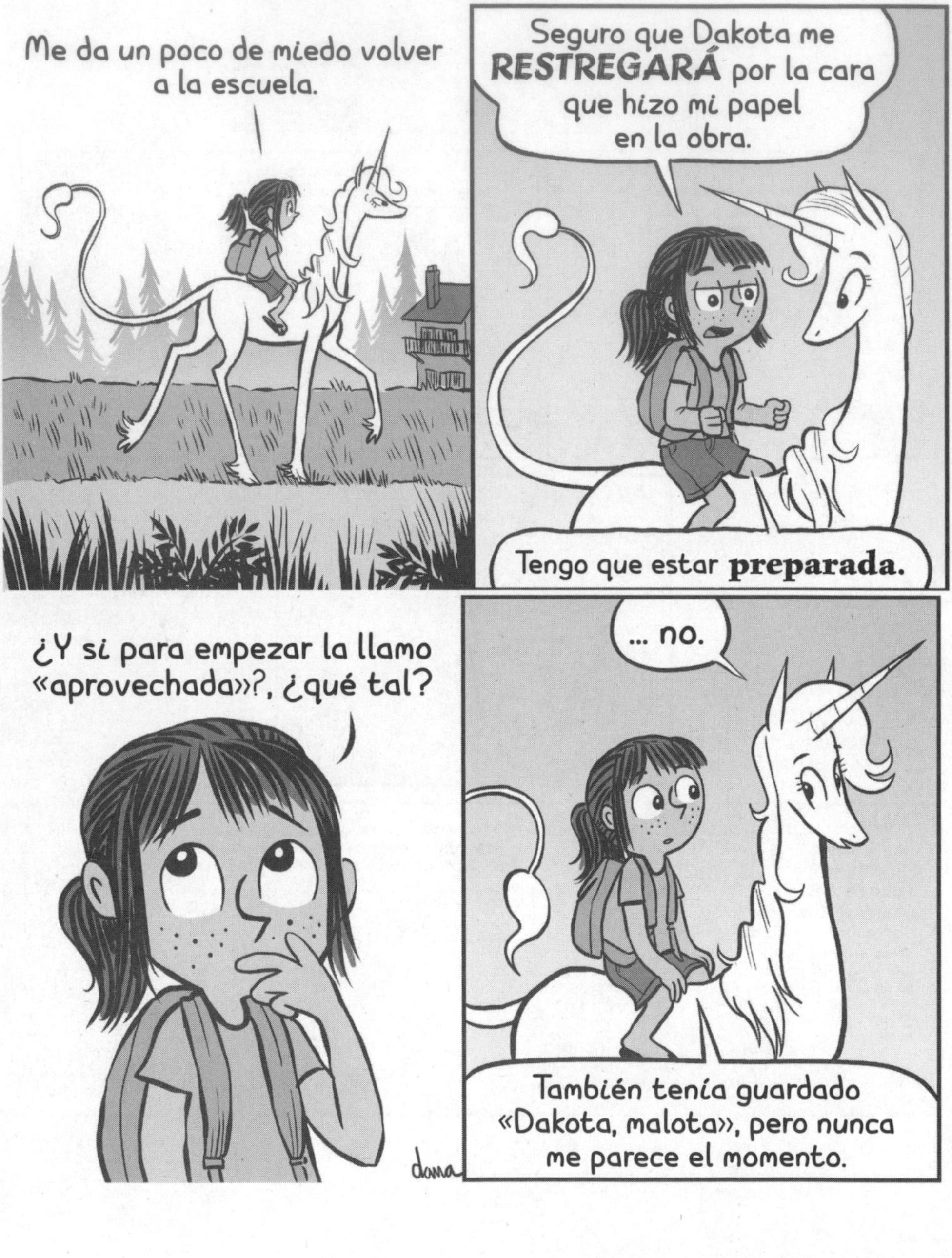
Me da un poco de miedo volver a la escuela.
Seguro que Dakota me RESTREGARÁ por la cara que hizo mi papel en la obra.
Tengo que estar preparada.
¿Y si para empezar la llamo «aprovechada»?, ¿qué tal?
... no.
También tenía guardado «Dakota, malota», pero nunca me parece el momento.
dana

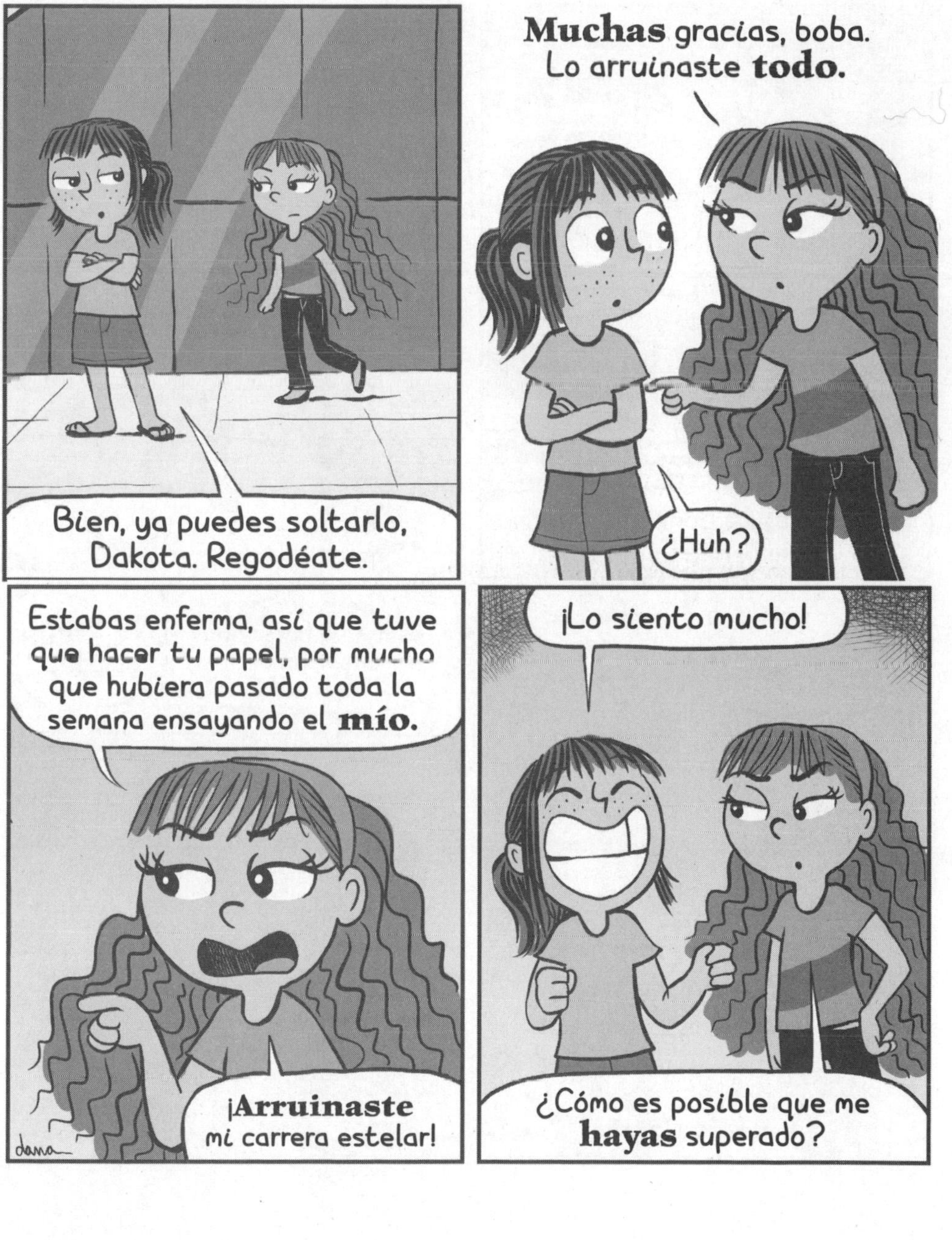
Bien, ya puedes soltarlo, Dakota. Regodéate.
Muchas gracias, boba. Lo arruinaste **todo.**
¿Huh?
Estabas enferma, así que tuve que hacer tu papel, por mucho que hubiera pasado toda la semana ensayando el **mío.**
¡**Arruinaste** mi carrera estelar!
dana
¡Lo siento mucho!
¿Cómo es posible que me **hayas** superado?

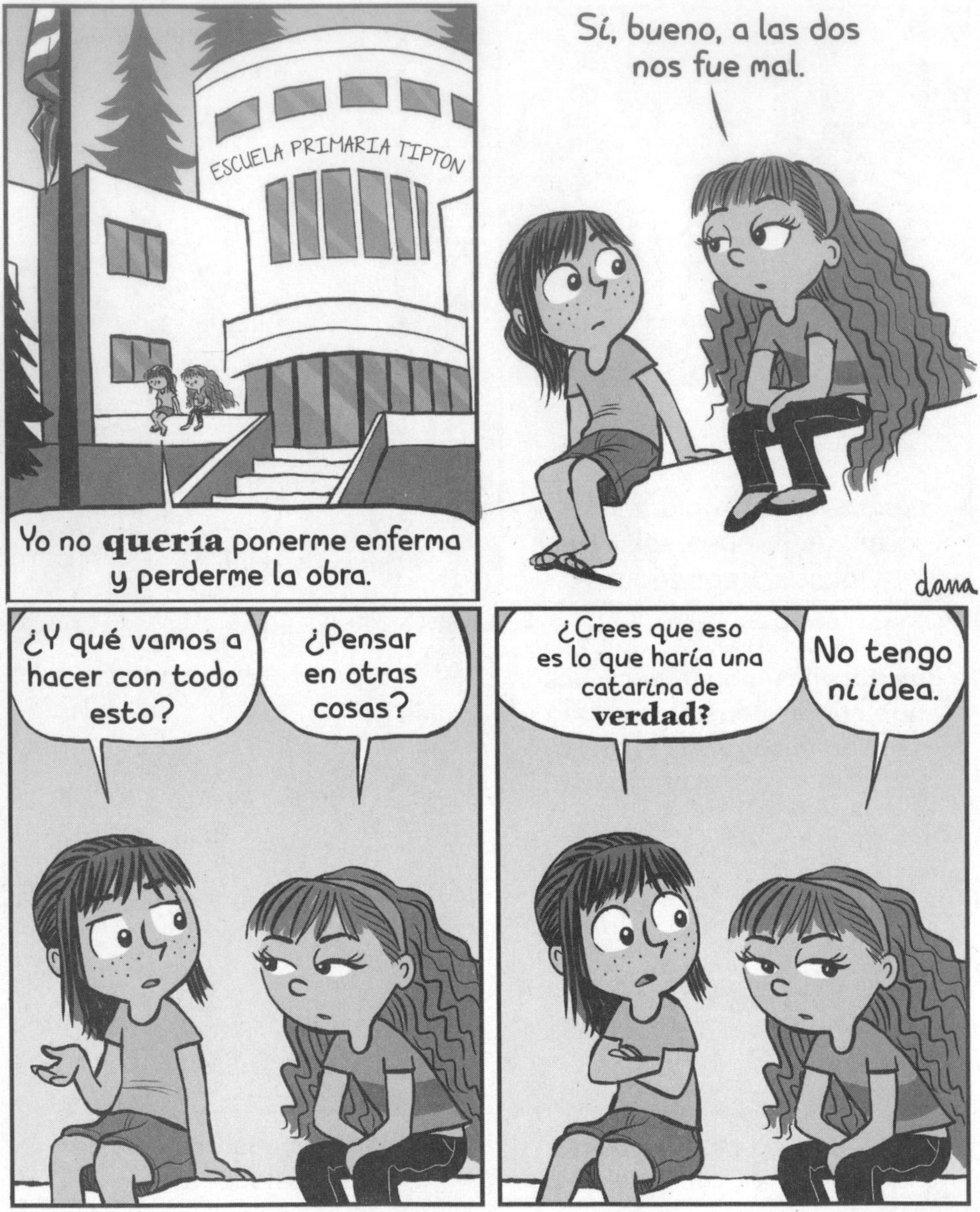

ESCUELA PRIMARIA TIPTON
Yo no **quería** ponerme enferma y perderme la obra.
Sí, bueno, a las dos nos fue mal.
dana
¿Y qué vamos a hacer con todo esto?
¿Pensar en otras cosas?
¿Crees que eso es lo que haría una catarina de **verdad?**
No tengo *ni idea.*

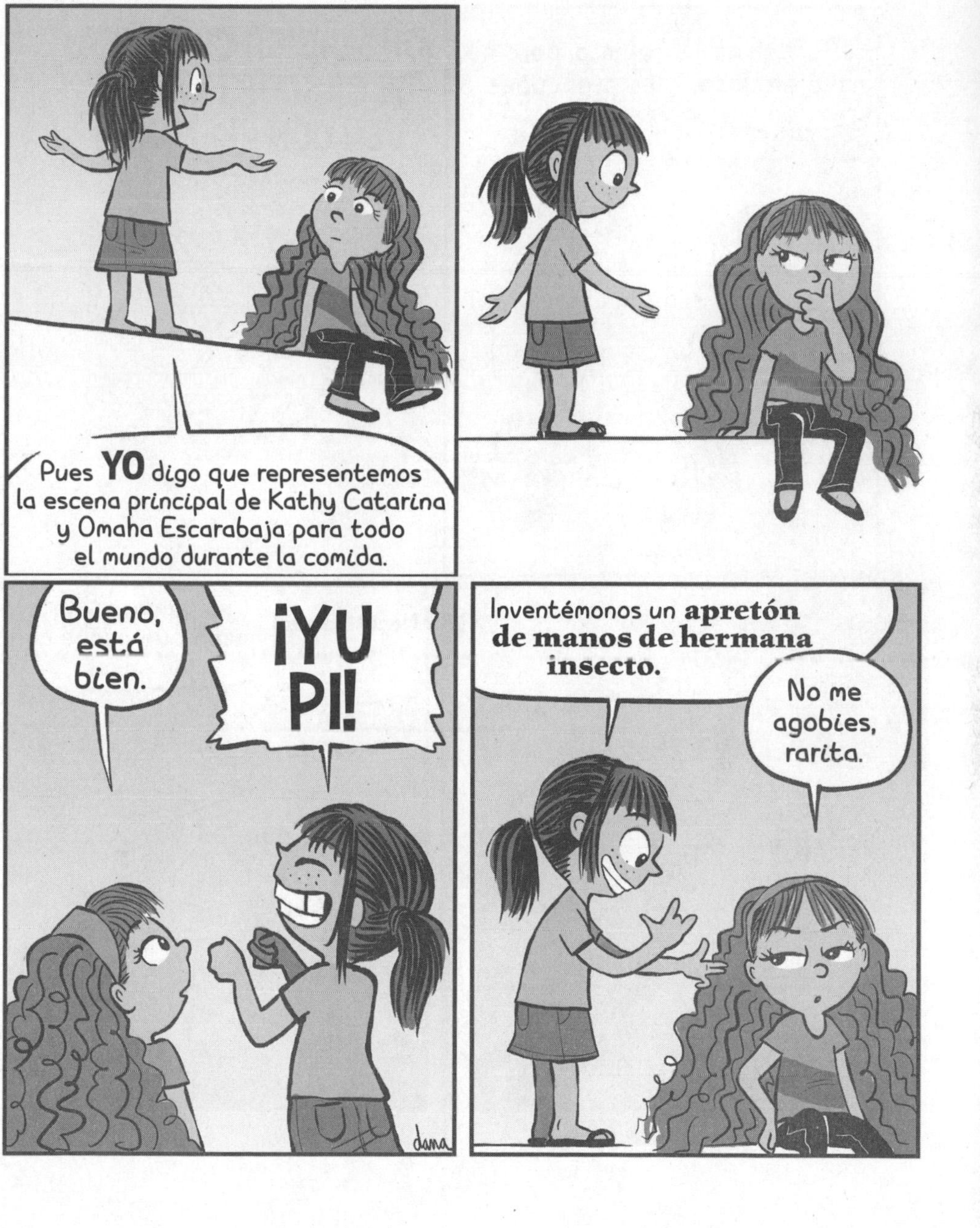
Pues **YO** digo que representemos la escena principal de Kathy Catarina y Omaha Escarabaja para todo el mundo durante la comida.
Bueno, está bien.
¡YU PI!
dana
Inventémonos un **apretón de manos de hermana insecto.**
No me agobies, rarita.

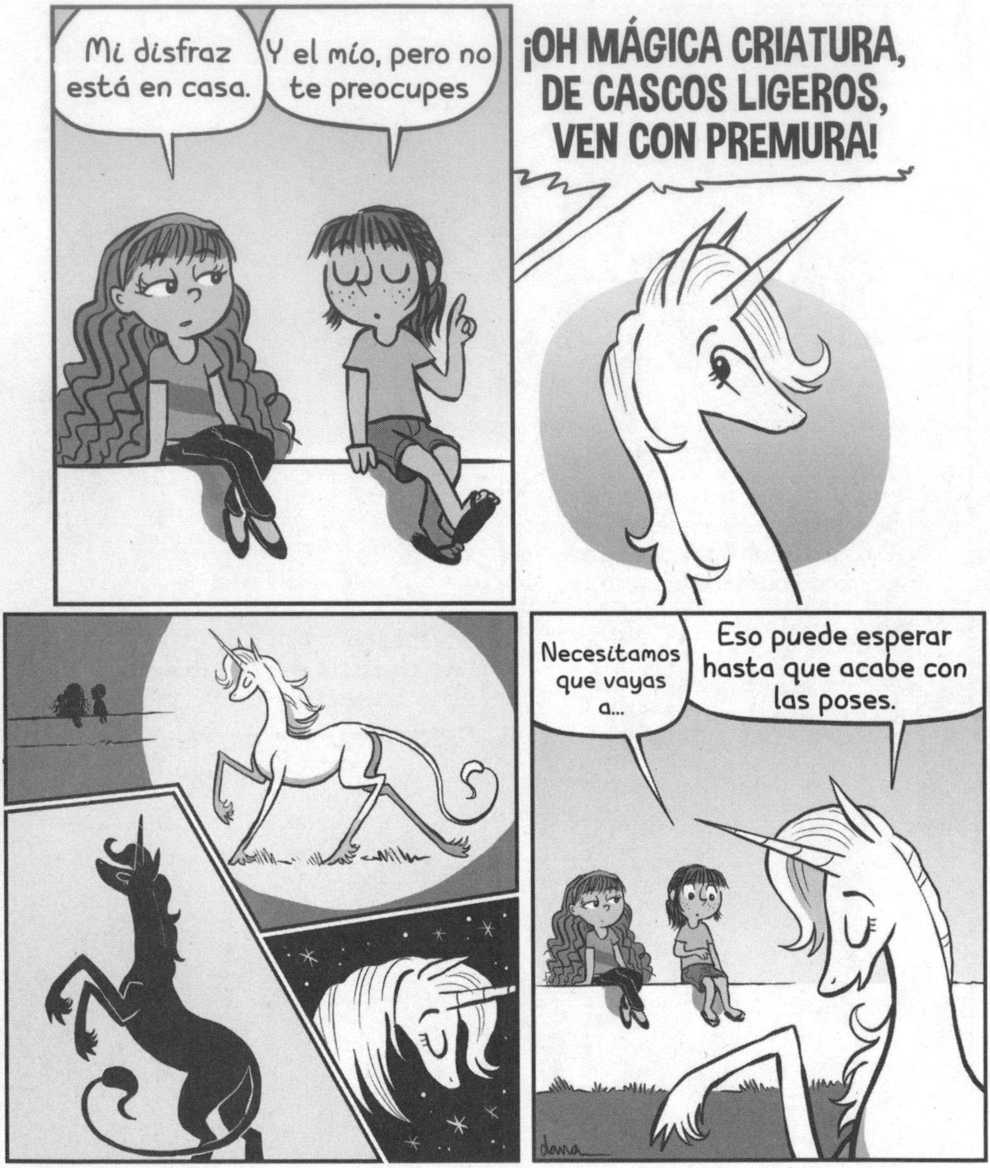

Mi disfraz está en casa.
Y el mío, pero no te preocupes
¡OH MÁGICA CRIATURA, DE CASCOS LIGEROS, VEN CON PREMURA!
Necesitamos que vayas a...
Eso puede esperar hasta que acabe con las poses.

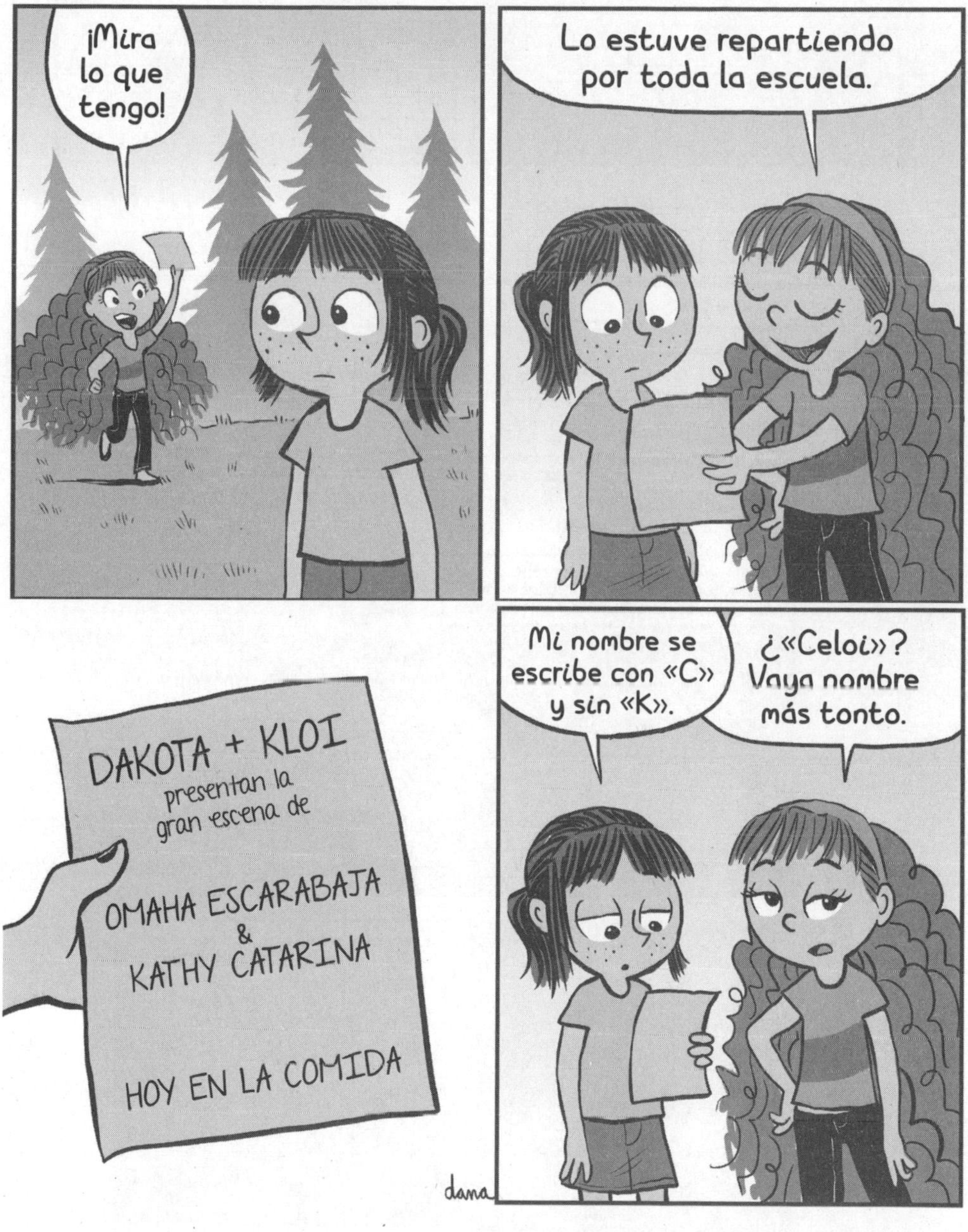
¡Mira lo que tengo!
Lo estuve repartiendo por toda la escuela.
DAKOTA + KLOI
presentan la gran escena de
OMAHA ESCARABAJA
&
KATHY CATARINA
HOY EN LA COMIDA
Mi nombre se escribe con «C» y sin «K».
¿«Celoi»? Vaya nombre más tonto.
dana

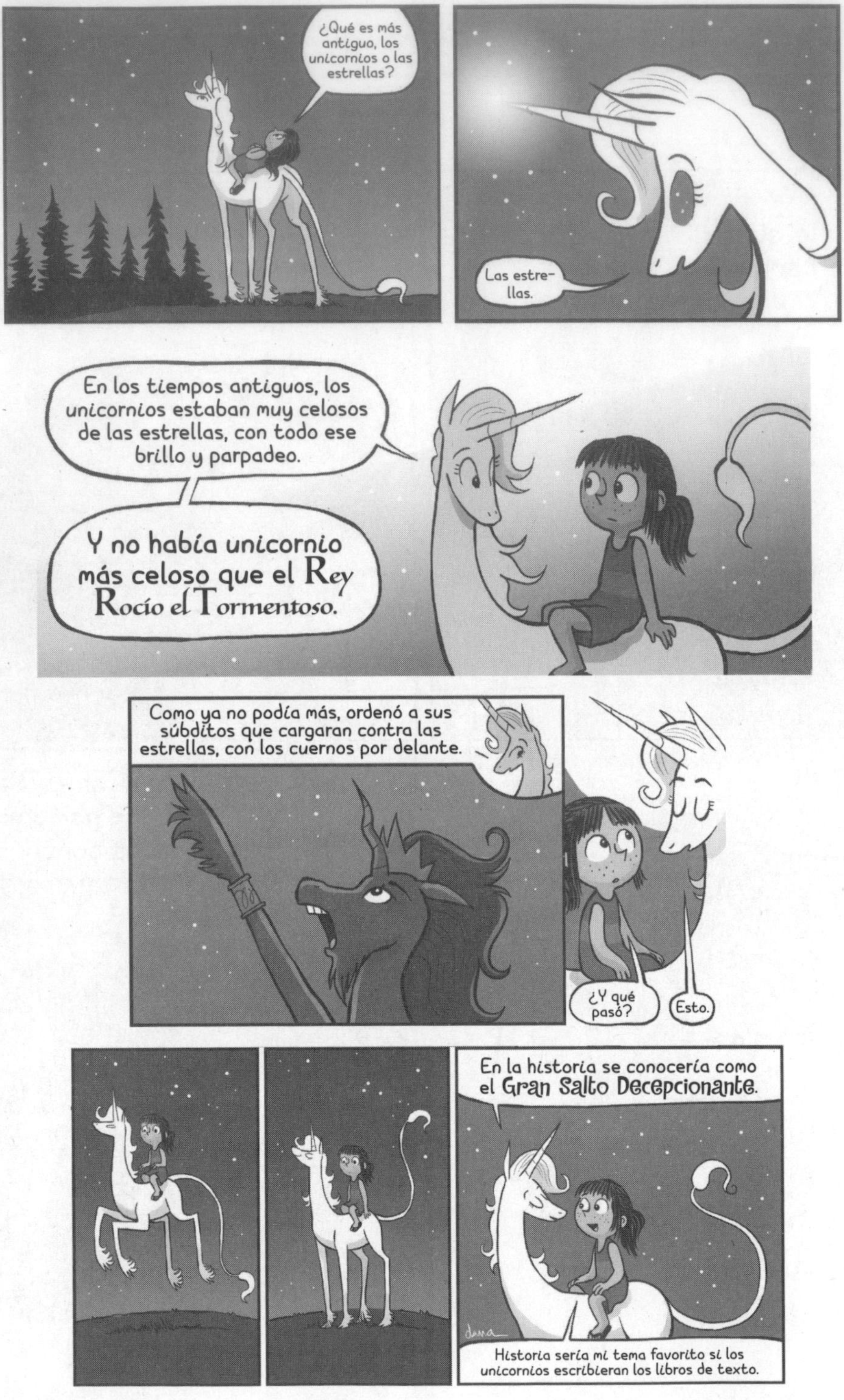
¿Qué es más antiguo, los unicornios o las estrellas?
Las estrellas.
En los tiempos antiguos, los unicornios estaban muy celosos de las estrellas, con todo ese brillo y parpadeo.
Y no había unicornio más celoso que el Rey Rocío el Tormentoso.
Como ya no podía más, ordenó a sus súbditos que cargaran contra las estrellas, con los cuernos por delante.
¿Y qué pasó?
Esto.
En la historia se conocería como el Gran Salto Decepcionante.
Historia sería mi tema favorito si los unicornios escribieran los libros de texto.

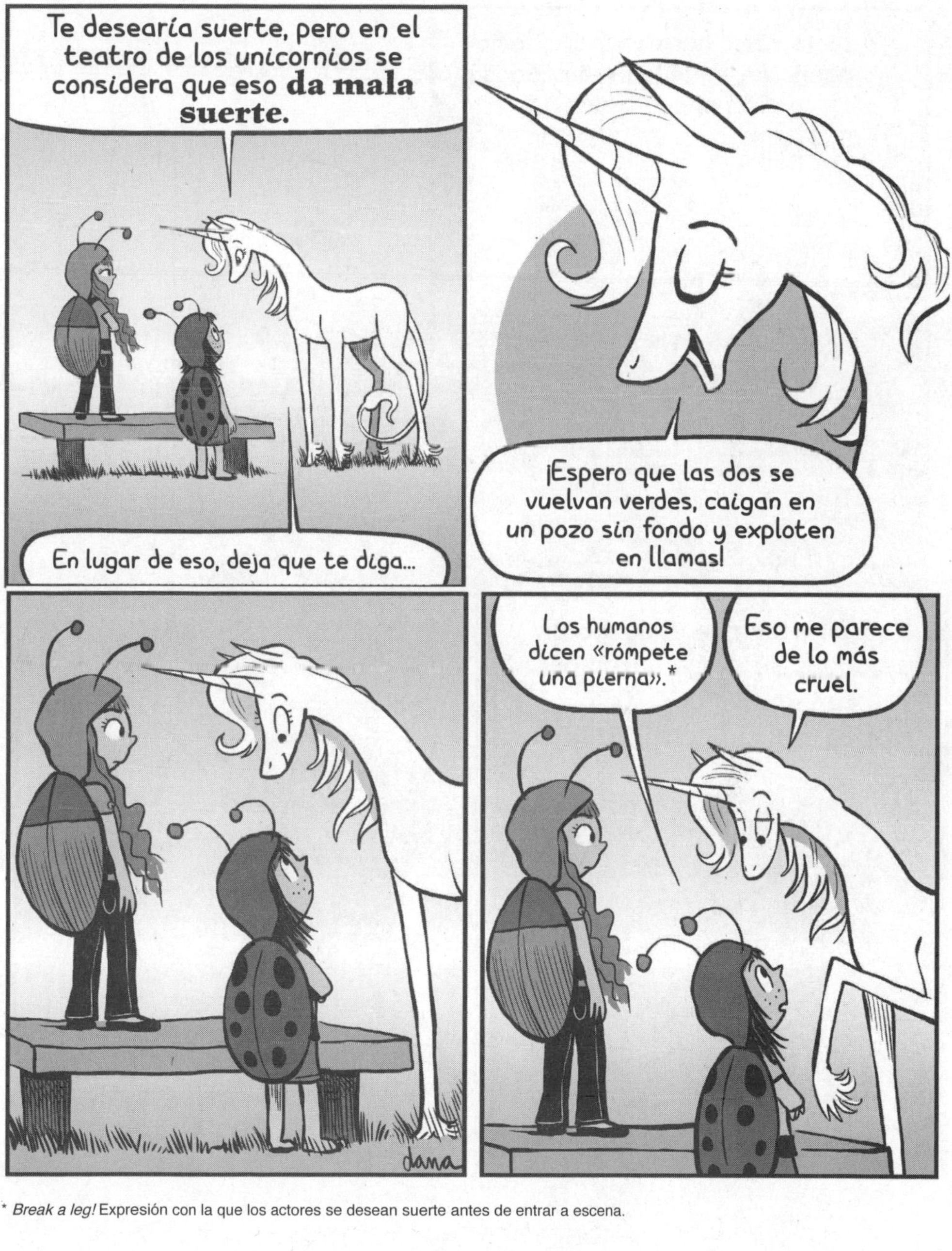

Te desearía suerte, pero en el teatro de los unicornios se considera que eso **da mala suerte.**
En lugar de eso, deja que te diga...
¡Espero que las dos se vuelvan verdes, caigan en un pozo sin fondo y exploten en llamas!
Los humanos dicen «rómpete una pierna».*
Eso me parece de lo más cruel.
dana

* *Break a leg!* Expresión con la que los actores se desean suerte antes de entrar a escena.

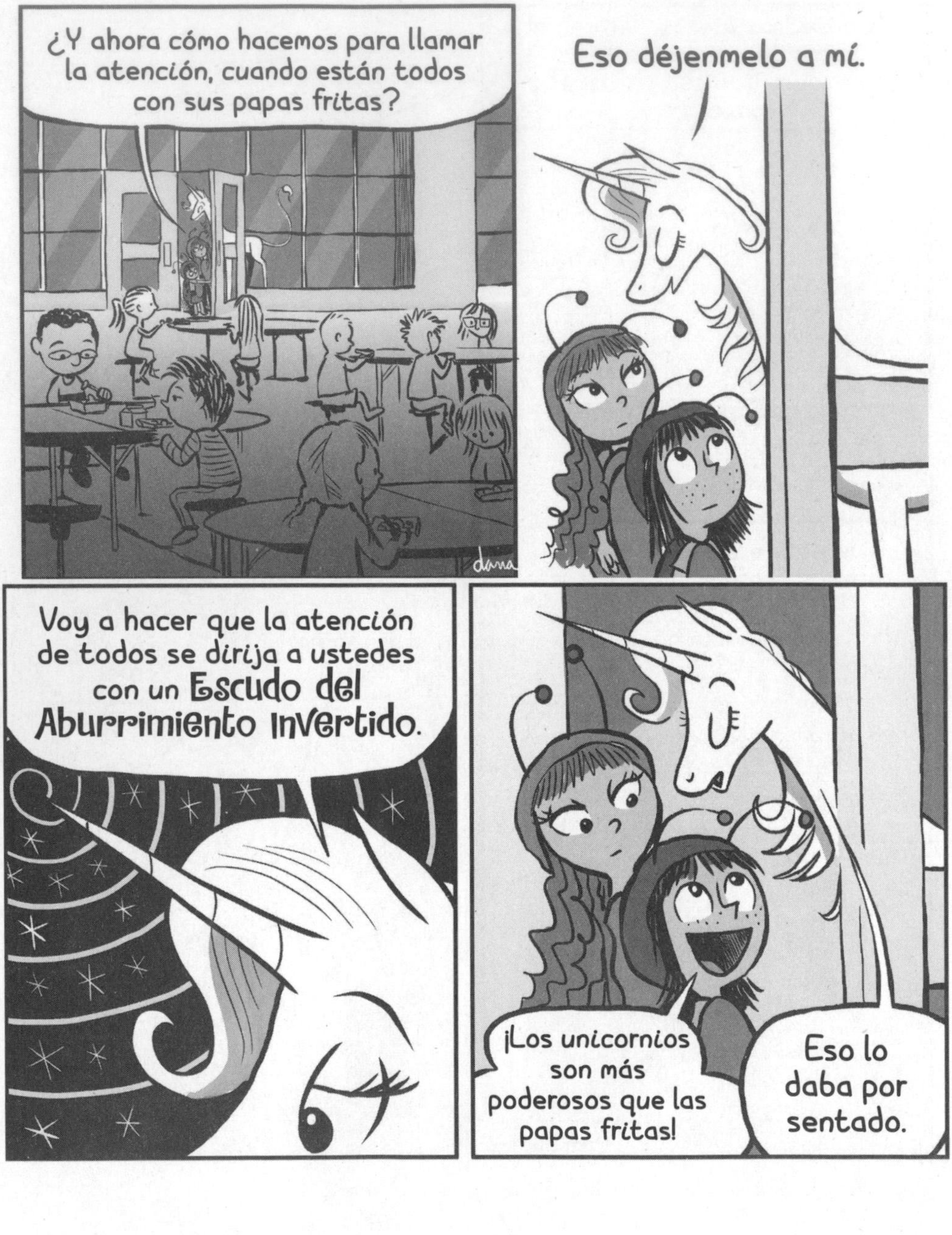
¿Y ahora cómo hacemos para llamar la atención, cuando están todos con sus papas fritas?
Eso déjenmelo a mí.
Voy a hacer que la atención de todos se dirija a ustedes con un Escudo del Aburrimiento Invertido.
¡Los unicornios son más poderosos que las papas fritas!
Eso lo daba por sentado.

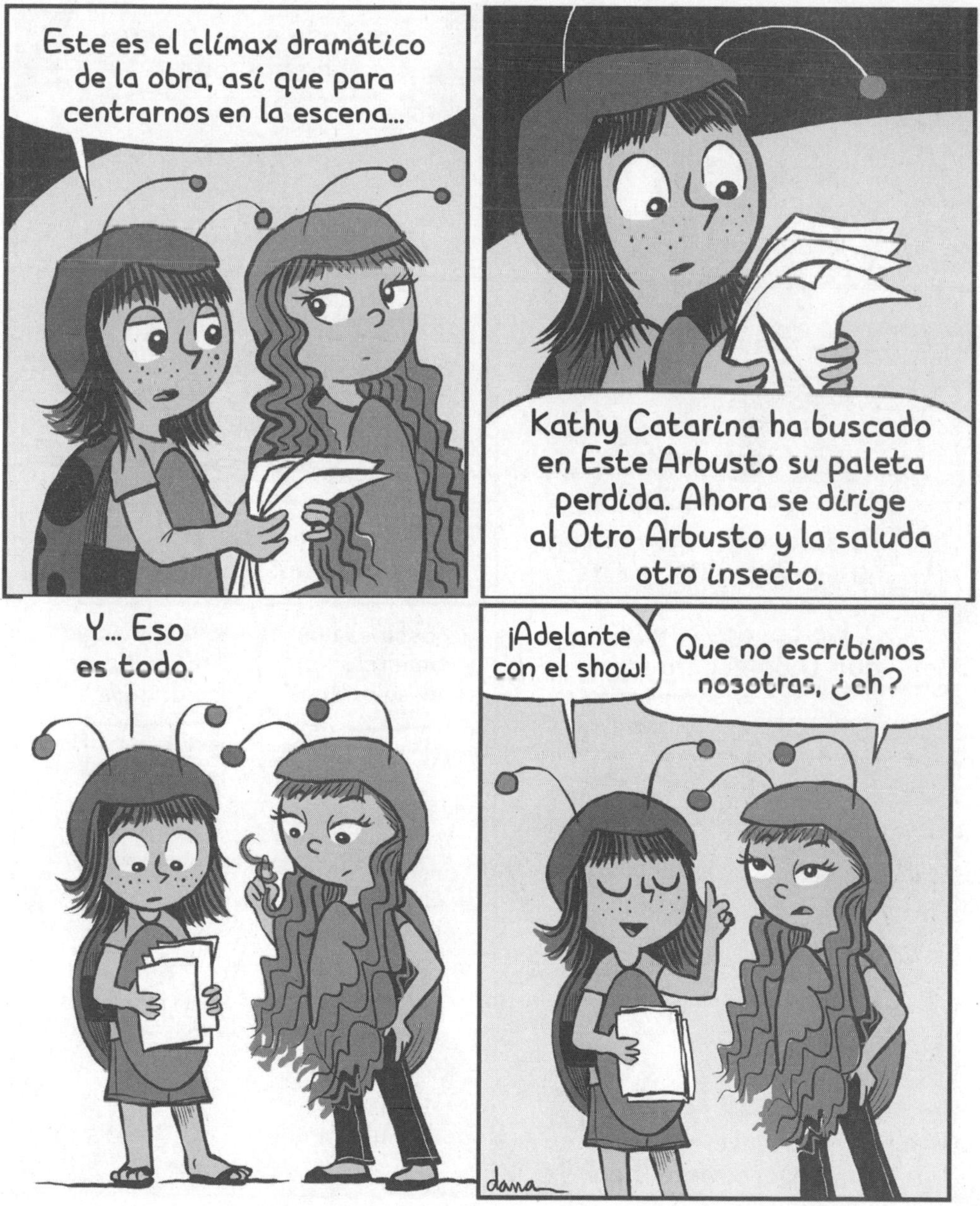
Este es el clímax dramático de la obra, así que para centrarnos en la escena...
Kathy Catarina ha buscado en Este Arbusto su paleta perdida. Ahora se dirige al Otro Arbusto y la saluda otro insecto.
Y... Eso es todo.
¡Adelante con el show!
Que no escribimos nosotras, ¿eh?
dana

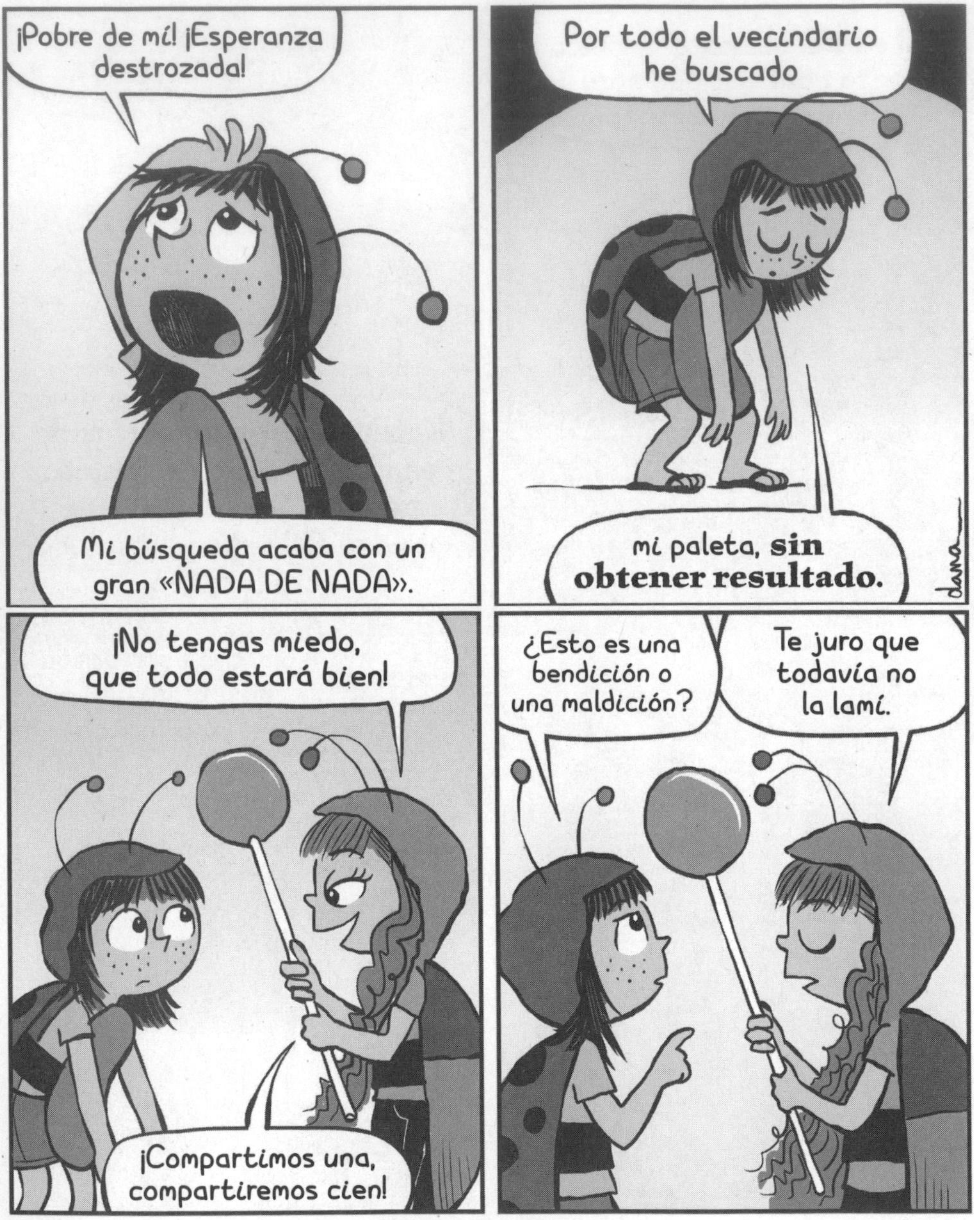
¡Pobre de mí! ¡Esperanza destrozada!
Mi búsqueda acaba con un gran «NADA DE NADA».
Por todo el vecindario he buscado
mi paleta, **sin obtener resultado.**
dana
¡No tengas miedo, que todo estará bien!
¡Compartimos una, compartiremos cien!
¿Esto es una bendición o una maldición?
Te juro que todavía no la lamí.

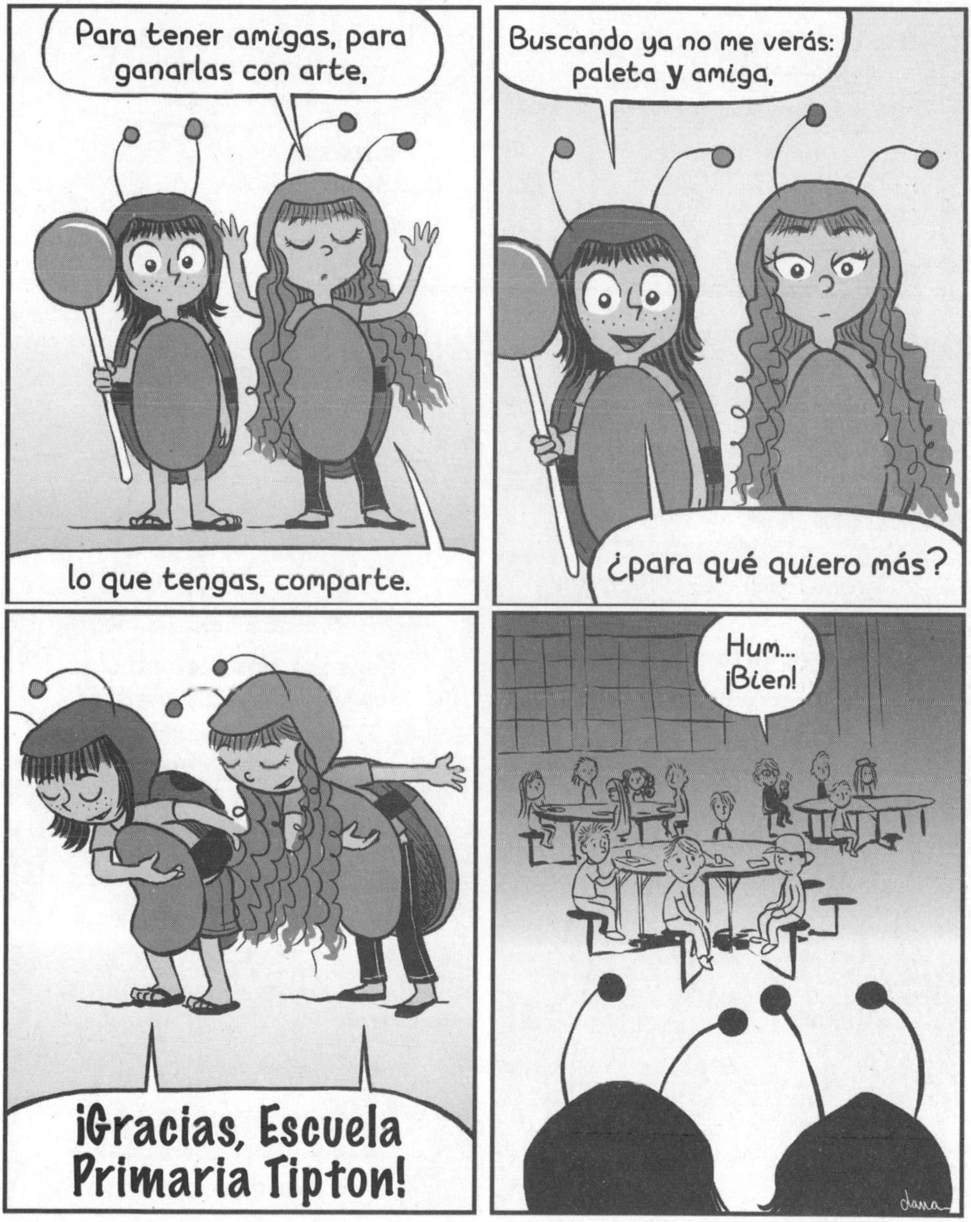
Para tener amigas, para ganarlas con arte,
lo que tengas, comparte.
Buscando ya no me verás: paleta y amiga,
¿para qué quiero más?
¡Gracias, Escuela Primaria Tipton!
Hum... ¡Bien!

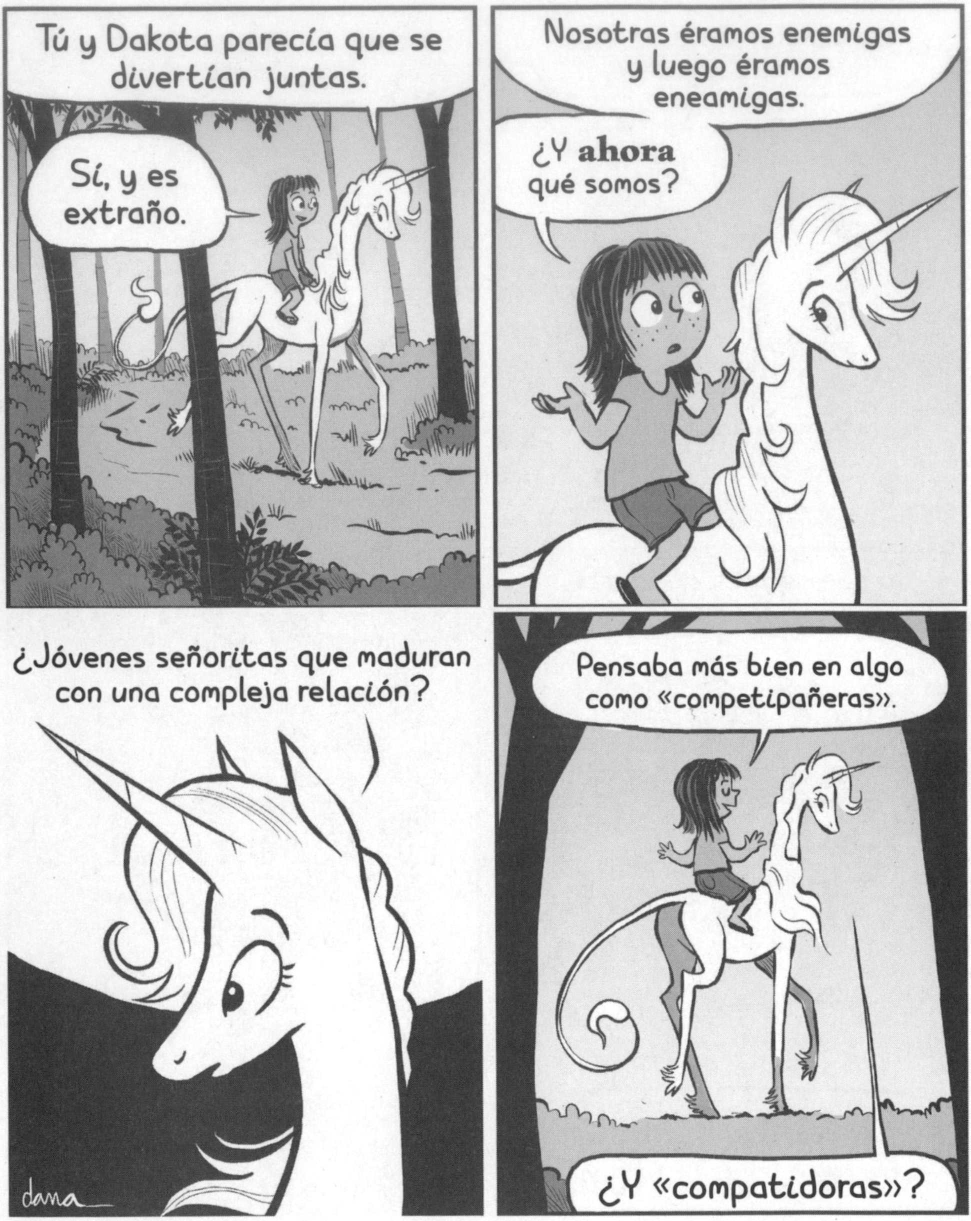
Tú y Dakota parecía que se divertían juntas.
Sí, y es extraño.
Nosotras éramos enemigas y luego éramos eneamigas.
¿Y **ahora** qué somos?
¿Jóvenes señoritas que maduran con una compleja relación?
dana
Pensaba más bien en algo como «competipañeras».
¿Y «compatidoras»?

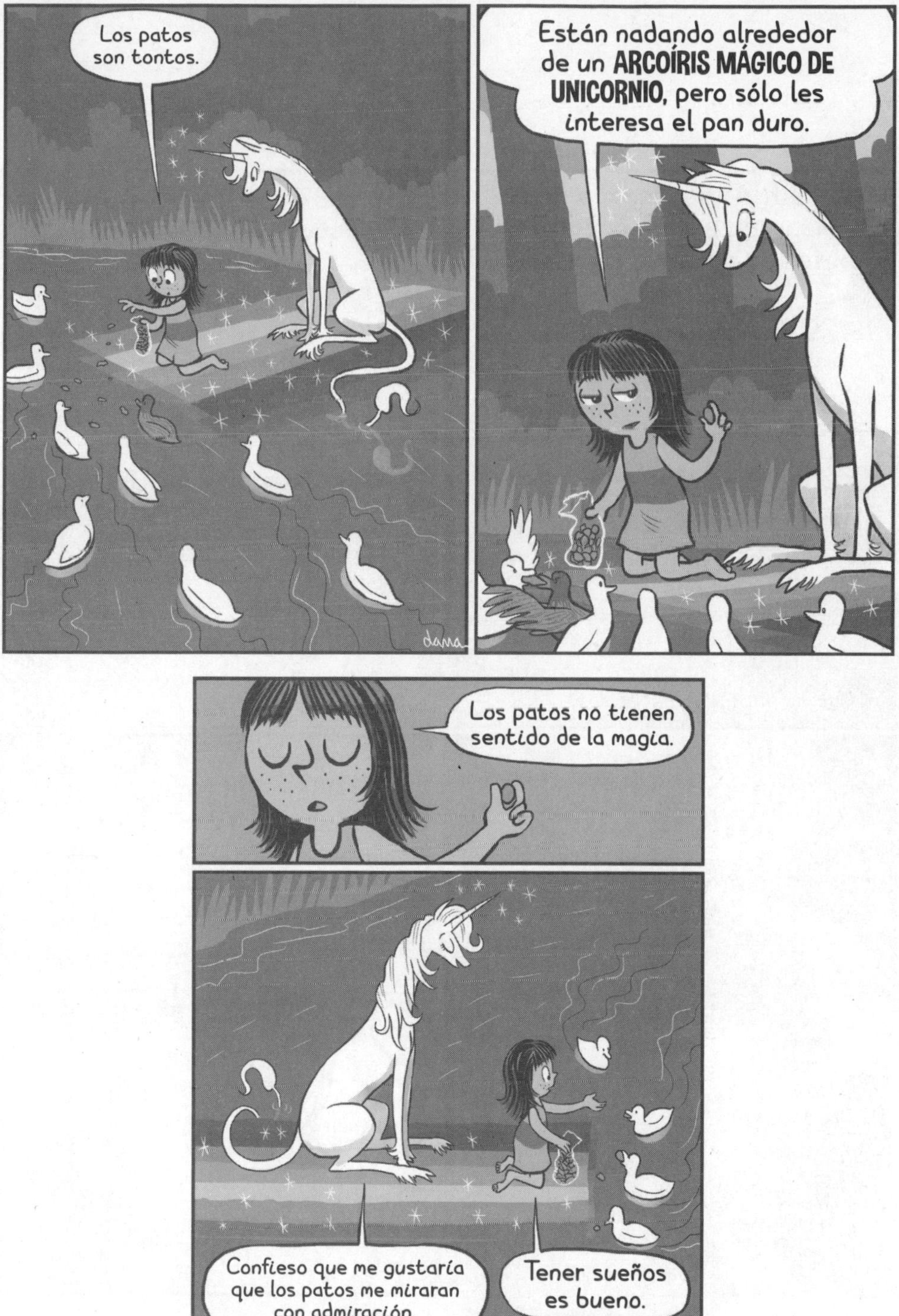
Los patos son tontos.
Están nadando alrededor de un **ARCOÍRIS MÁGICO DE UNICORNIO**, pero sólo les *interesa* el pan duro.
dana
Los patos no *tienen* sentido de la *magia*.
Confieso que me gustaría que los patos me *miraran* con admiración.
Tener sueños es bueno.

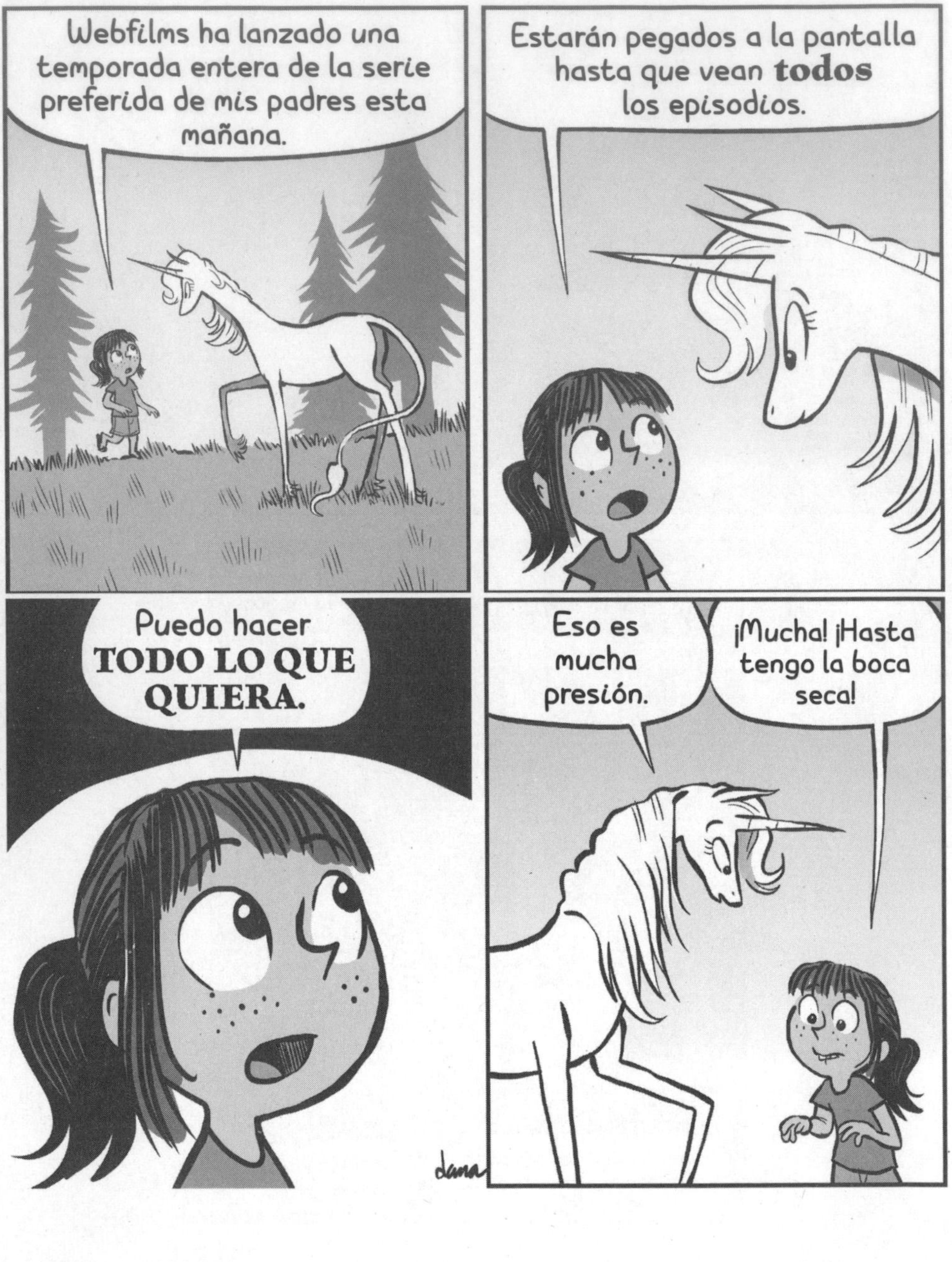
Webfilms ha lanzado una temporada entera de la serie preferida de mis padres esta mañana.
Estarán pegados a la pantalla hasta que vean **todos** los episodios.
Puedo hacer **TODO LO QUE QUIERA.**
Eso es mucha presión.
¡Mucha! ¡Hasta tengo la boca seca!
dana

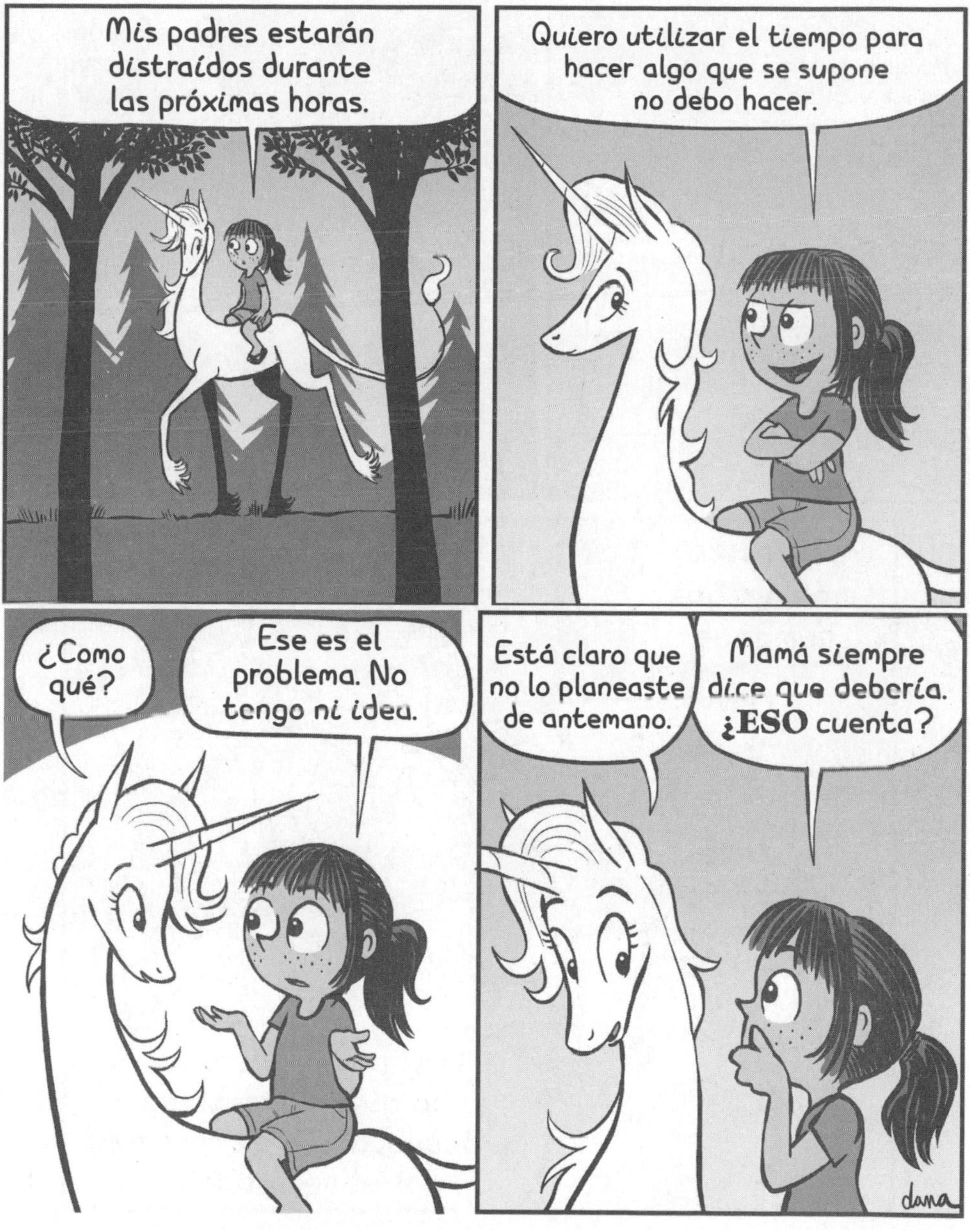
Mis padres estarán distraídos durante las próximas horas.
Quiero utilizar el tiempo para hacer algo que se supone no debo hacer.
¿Como qué?
Ese es el problema. No tengo ni idea.
Está claro que no lo planeaste de antemano.
Mamá siempre dice que debería. ¿ESO cuenta?
dana

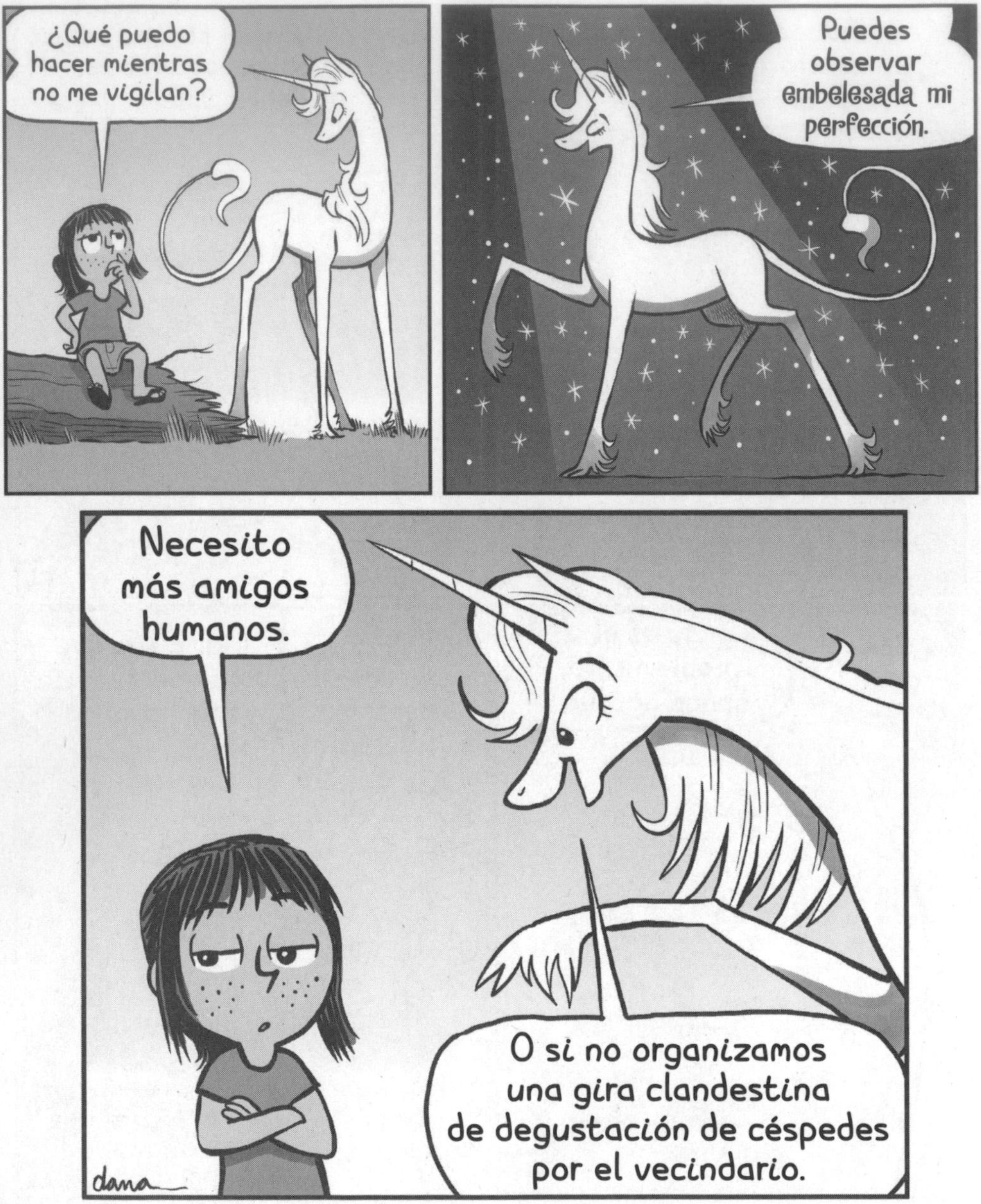
¿Qué puedo hacer mientras no me vigilan?
Puedes observar embelesada mi perfección.
Necesito más amigos humanos.
O si no organizamos una gira clandestina de degustación de céspedes por el vecindario.
dana

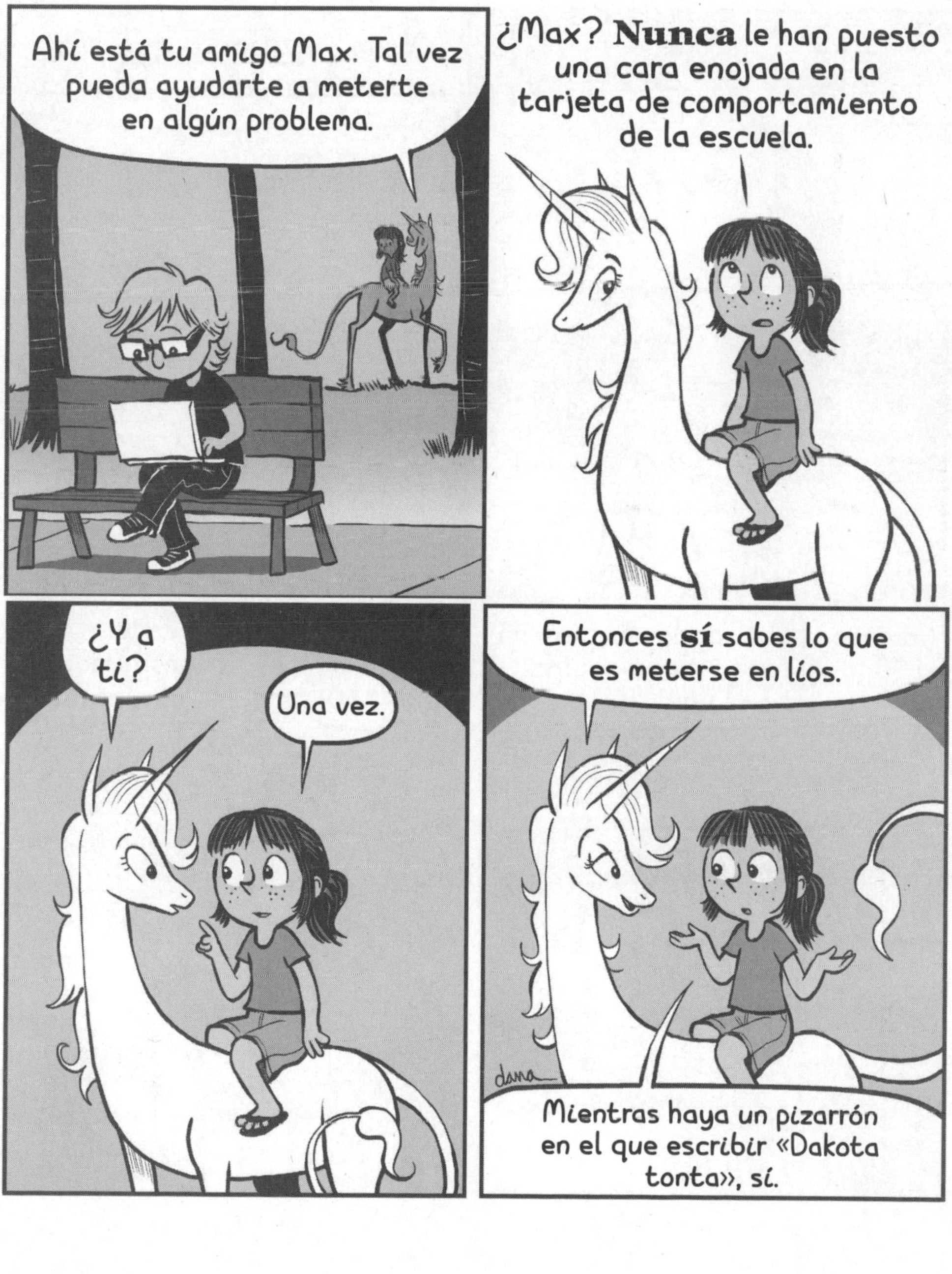
Ahí está tu amigo Max. Tal vez pueda ayudarte a meterte en algún problema.
¿Max? **Nunca** le han puesto una cara enojada en la tarjeta de comportamiento de la escuela.
¿Y a ti?
Una vez.
Entonces **sí** sabes lo que es meterse en líos.
Mientras haya un pizarrón en el que escribir «Dakota tonta», sí.
dana

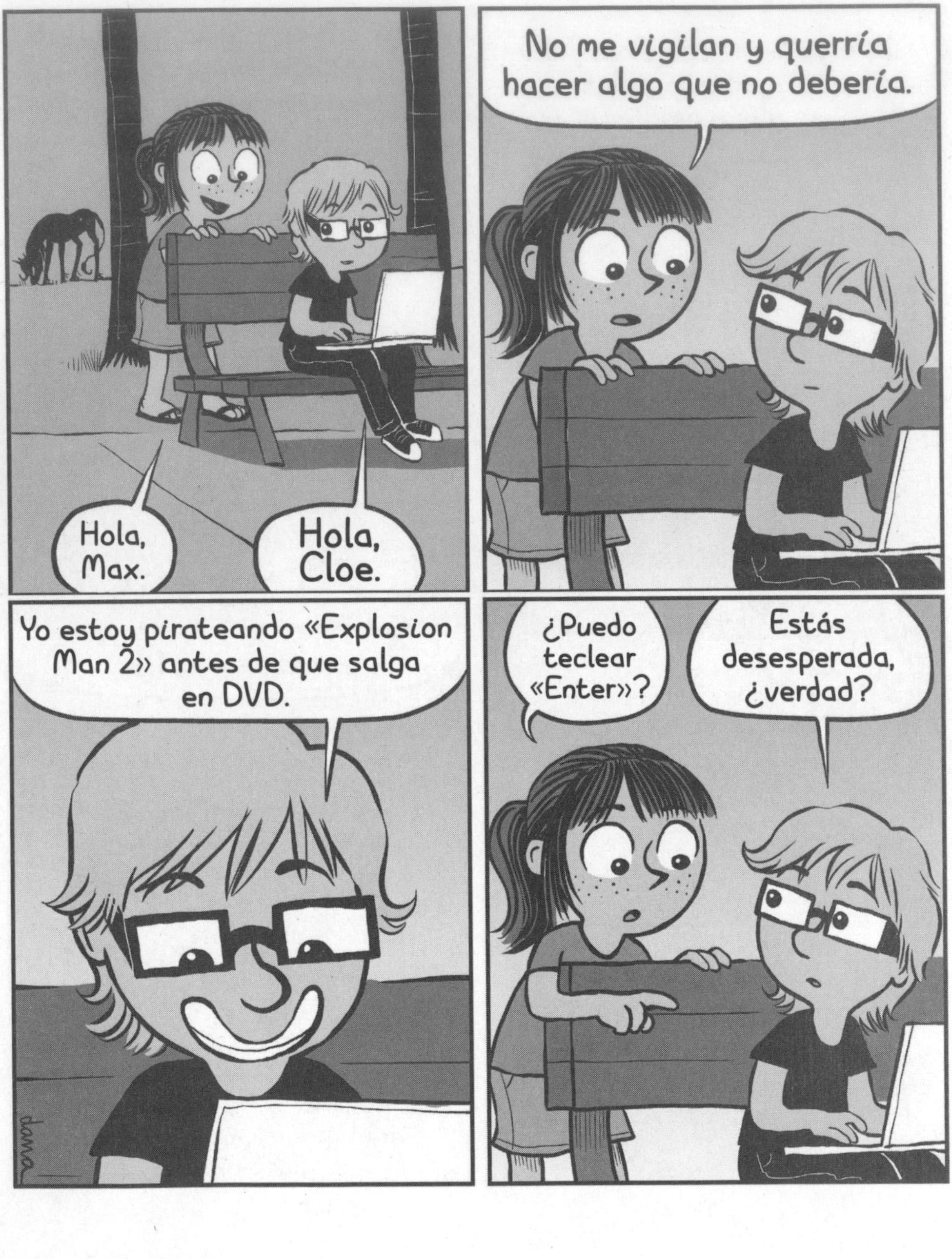
Hola, Max.
Hola, Cloe.
No me vigilan y querría hacer algo que no debería.
Yo estoy pirateando «Explosion Man 2» antes de que salga en DVD.
¿Puedo teclear «Enter»?
Estás desesperada, ¿verdad?
dama

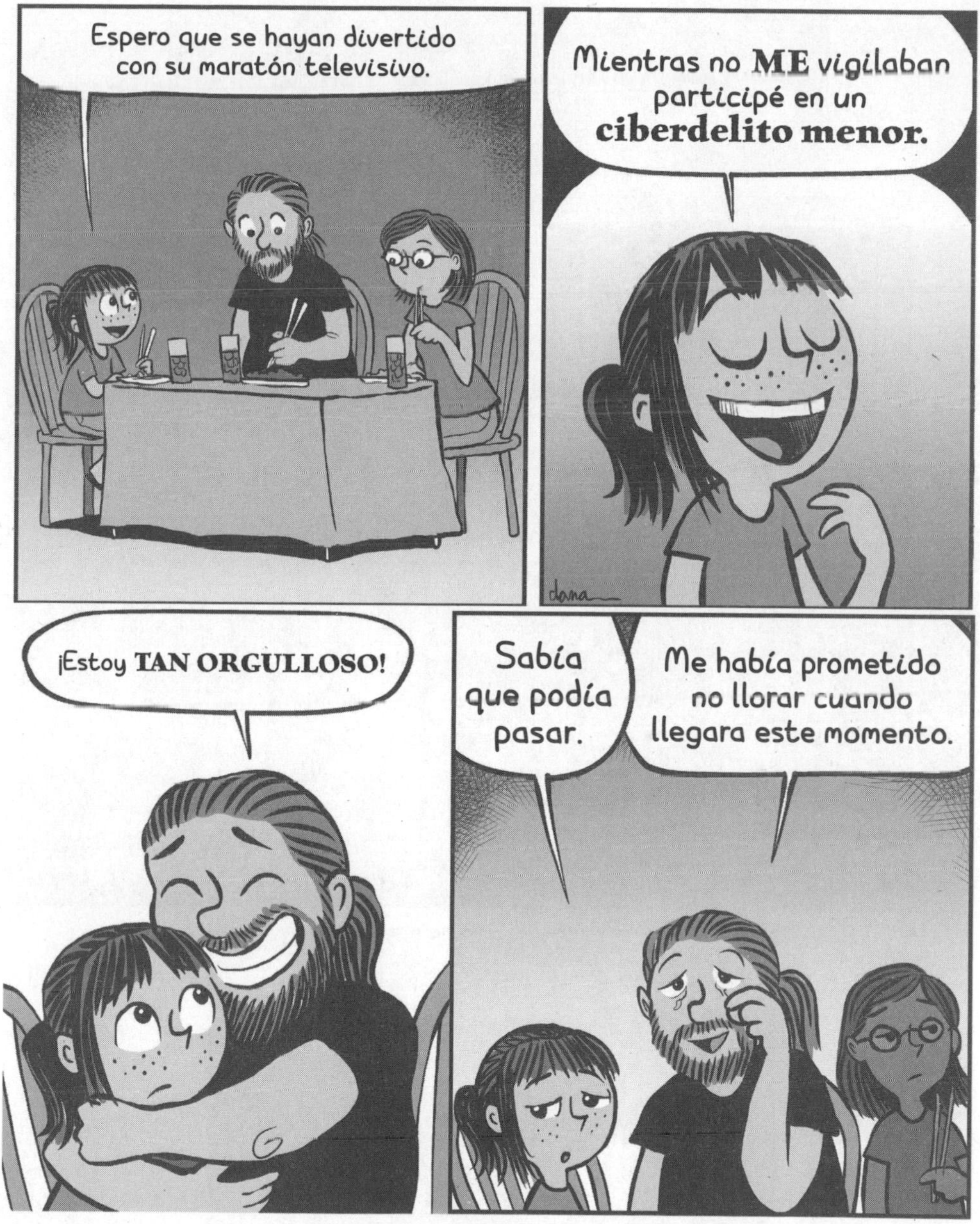
Espero que se hayan divertido con su maratón televisivo.
Mientras no **ME** vigilaban participé en un **ciberdelito menor.**
¡Estoy **TAN ORGULLOSO!**
Sabía que podía pasar.
Me había prometido no llorar cuando llegara este momento.

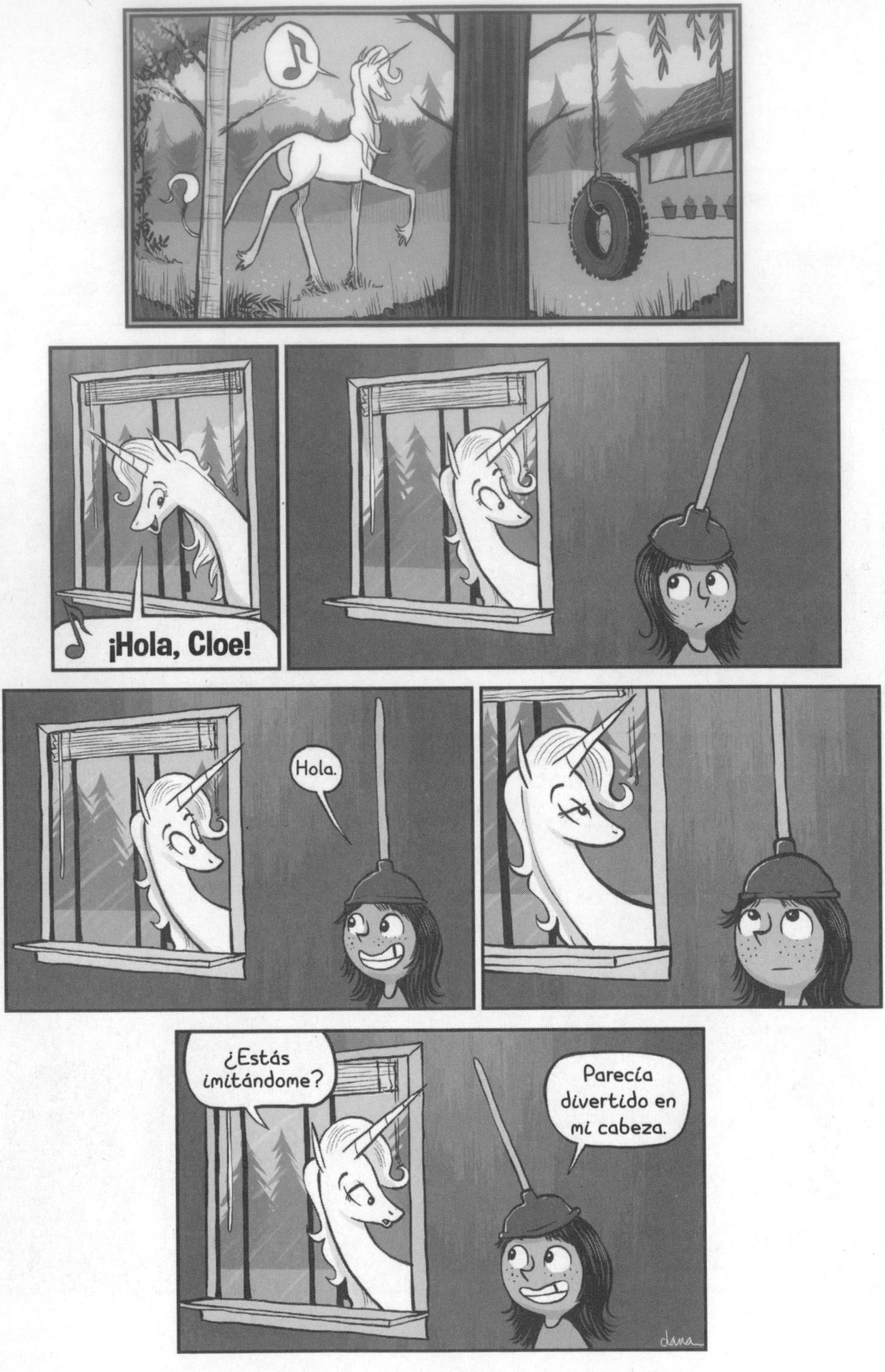
¡Hola, Cloe!
Hola.
¿Estás imitándome?
Parecía divertido en mi cabeza.
dana

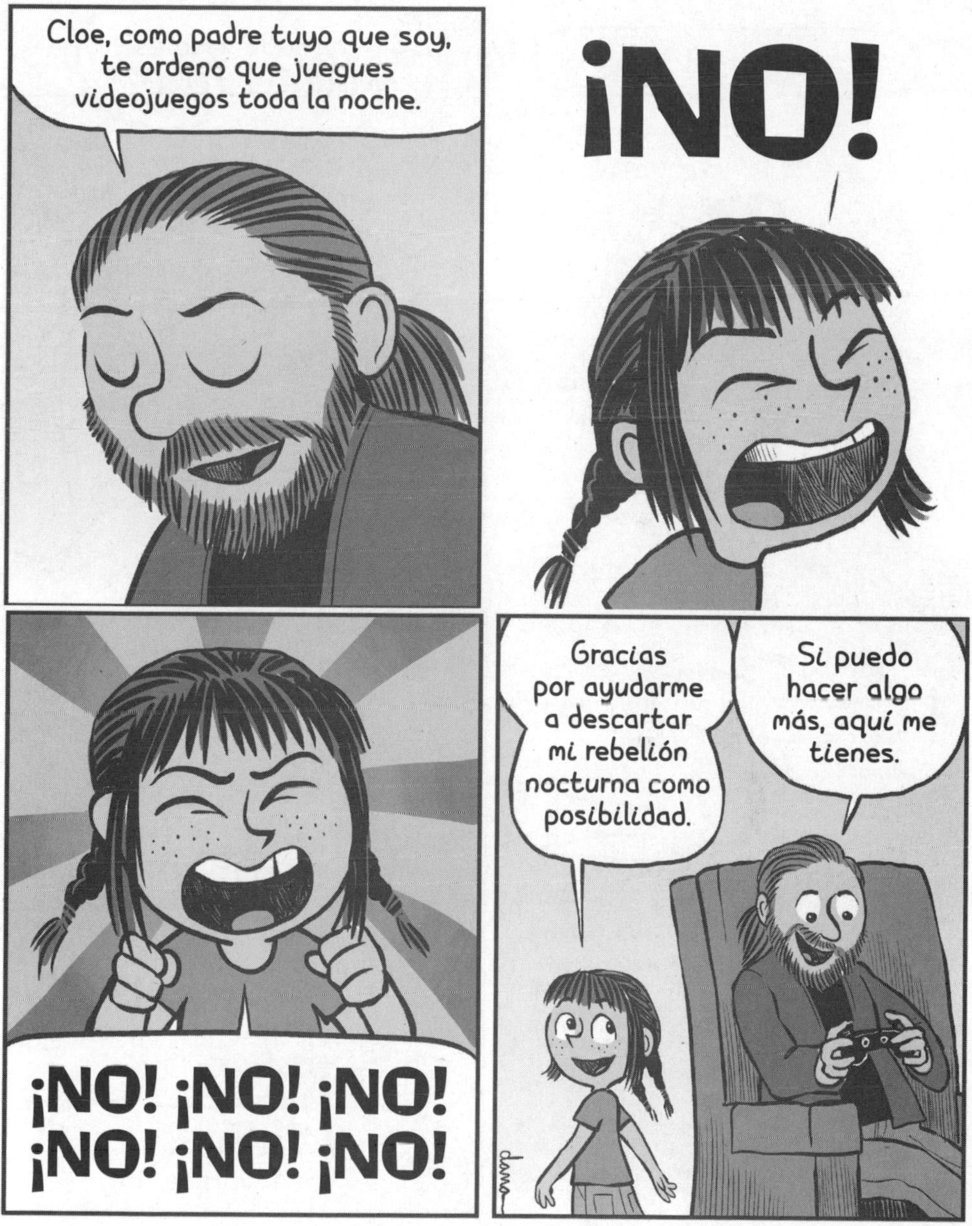
Cloe, como padre tuyo que soy, te ordeno que juegues videojuegos toda la noche.
¡NO!
¡NO! ¡NO! ¡NO! ¡NO! ¡NO! ¡NO!
Gracias por ayudarme a descartar mi rebelión nocturna como posibilidad.
Si puedo hacer algo más, aquí me tienes.

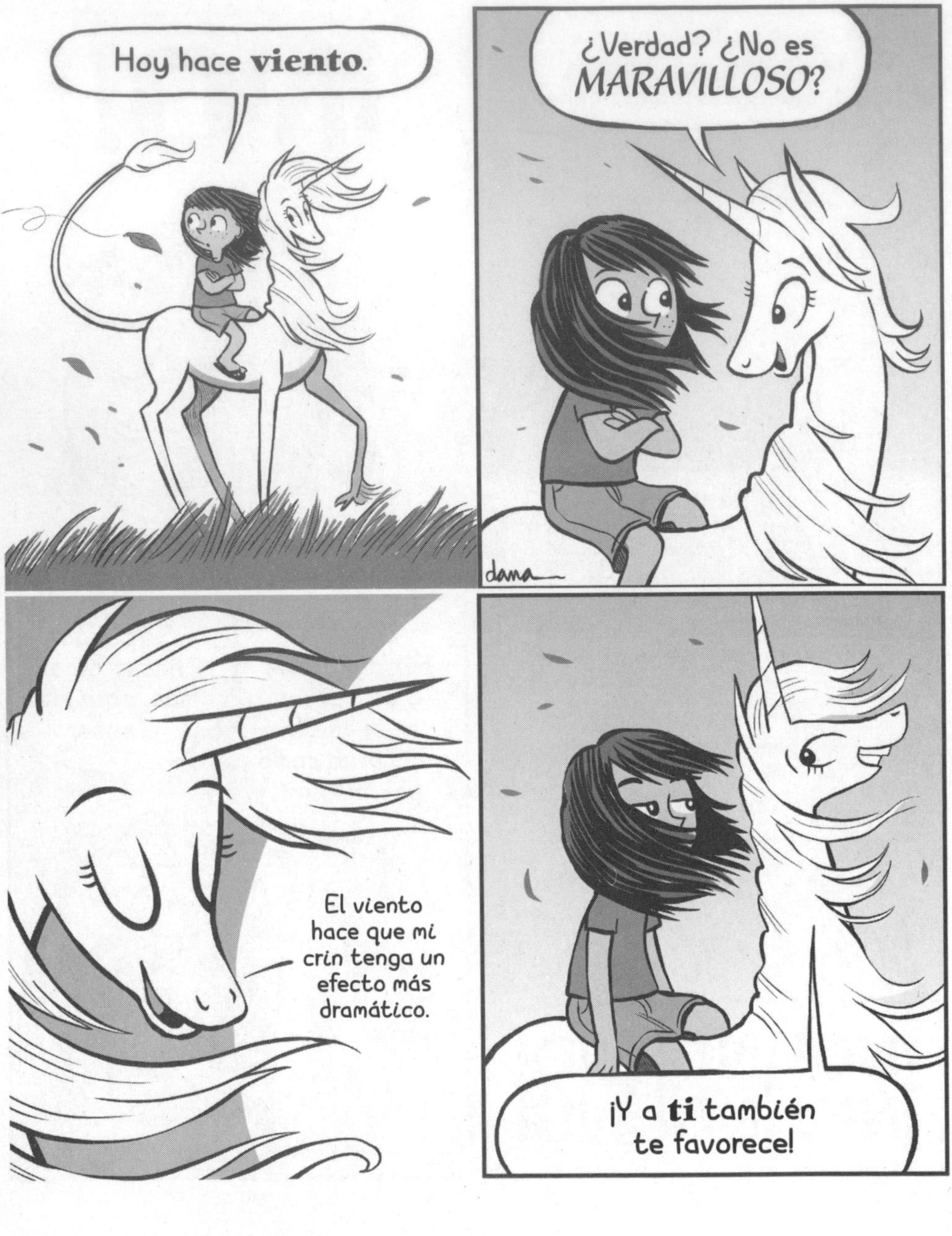
Hoy hace **viento**.
¿Verdad? ¿No es *MARAVILLOSO*?
dana
El viento hace que mi crin tenga un efecto más dramático.
¡Y a **ti** también te favorece!

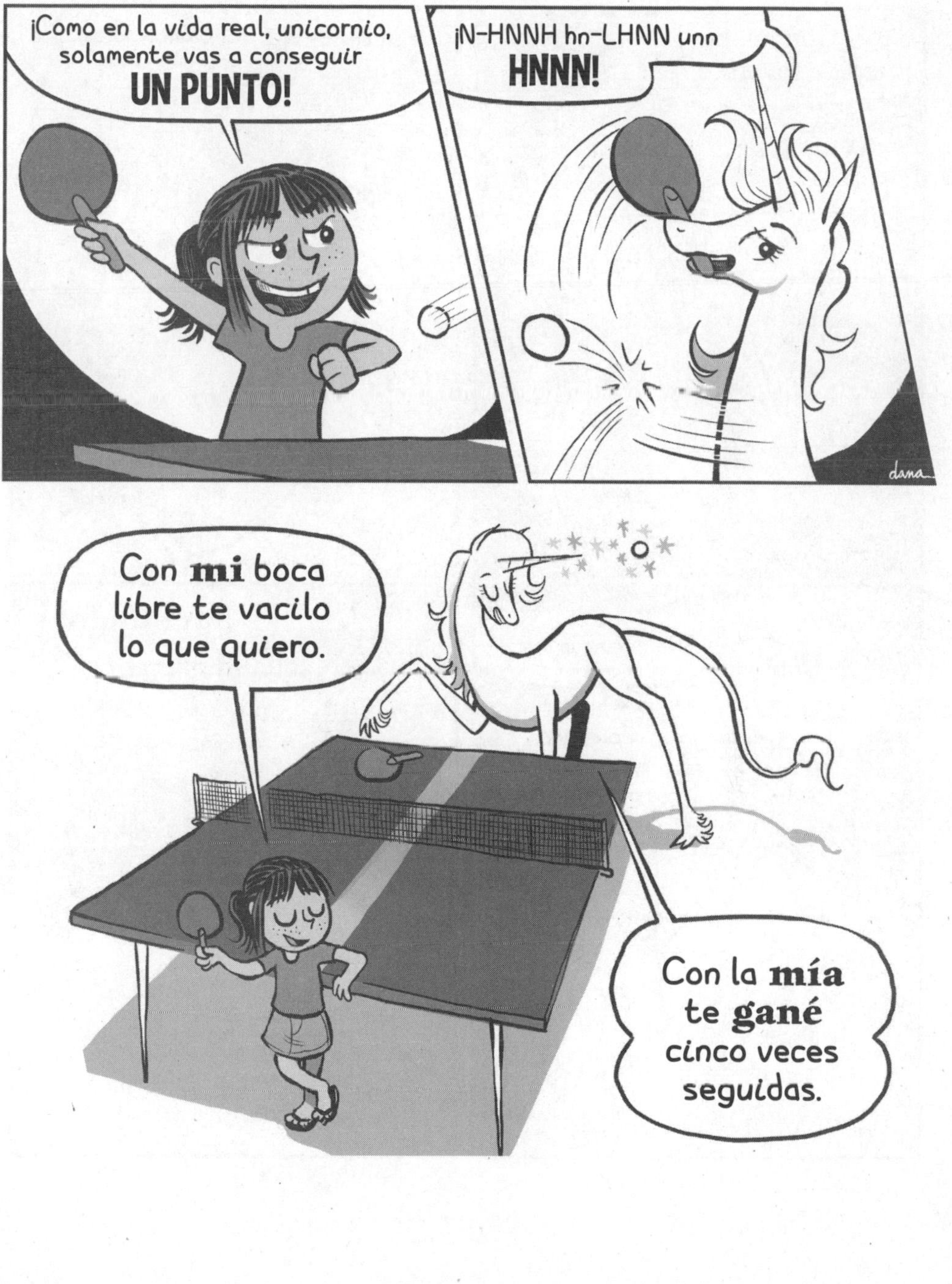
¡Como en la vida real, unicornio, solamente vas a conseguir UN PUNTO!
¡N-HNNH hn-LHNN unn HNNN!
dana
Con mi boca libre te vacilo lo que quiero.
Con la mía te gané cinco veces seguidas.

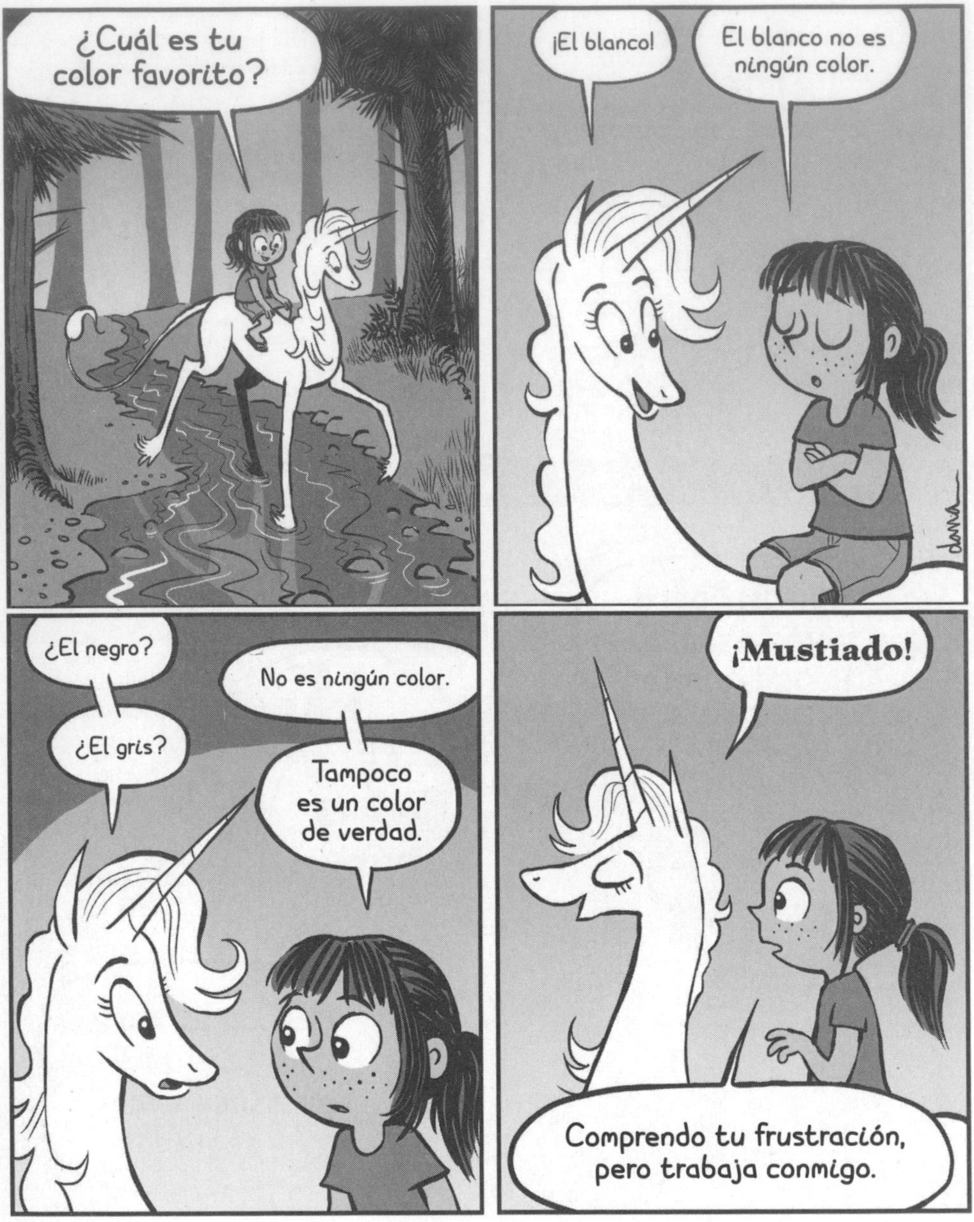
¿Cuál es tu color favorito?
¡El blanco!
El blanco no es ningún color.
¿El negro?
No es ningún color.
¿El gris?
Tampoco es un color de verdad.
¡Mustiado!
Comprendo tu frustración, pero trabaja conmigo.

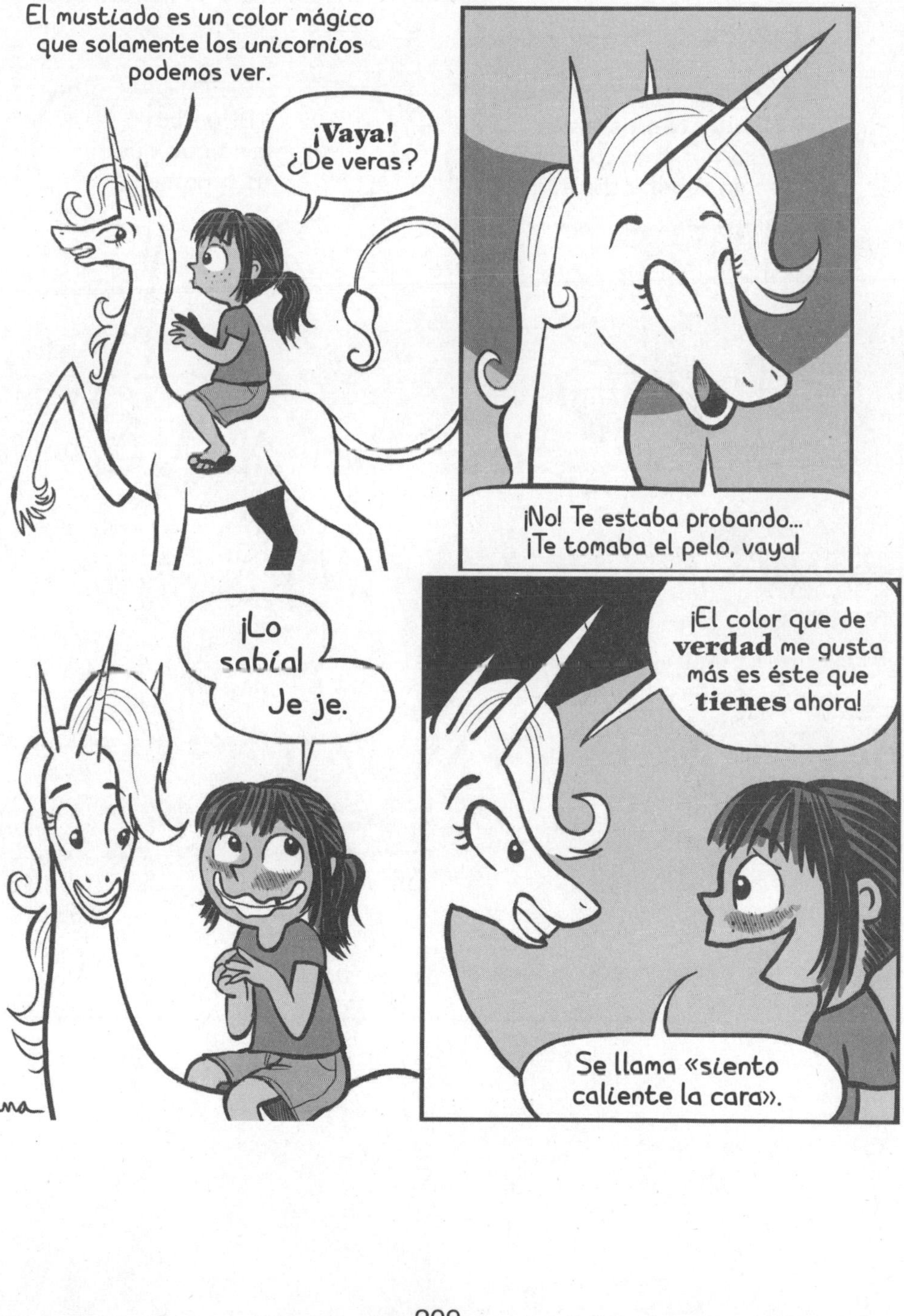
El mustiado es un color mágico que solamente los unicornios podemos ver.
¡Vaya! ¿De veras?
¡No! Te estaba probando... ¡Te tomaba el pelo, vaya!
¡Lo sabía! Je je.
¡El color que de **verdad** me gusta más es éste que **tienes** ahora!
Se llama «siento caliente la cara».
dana

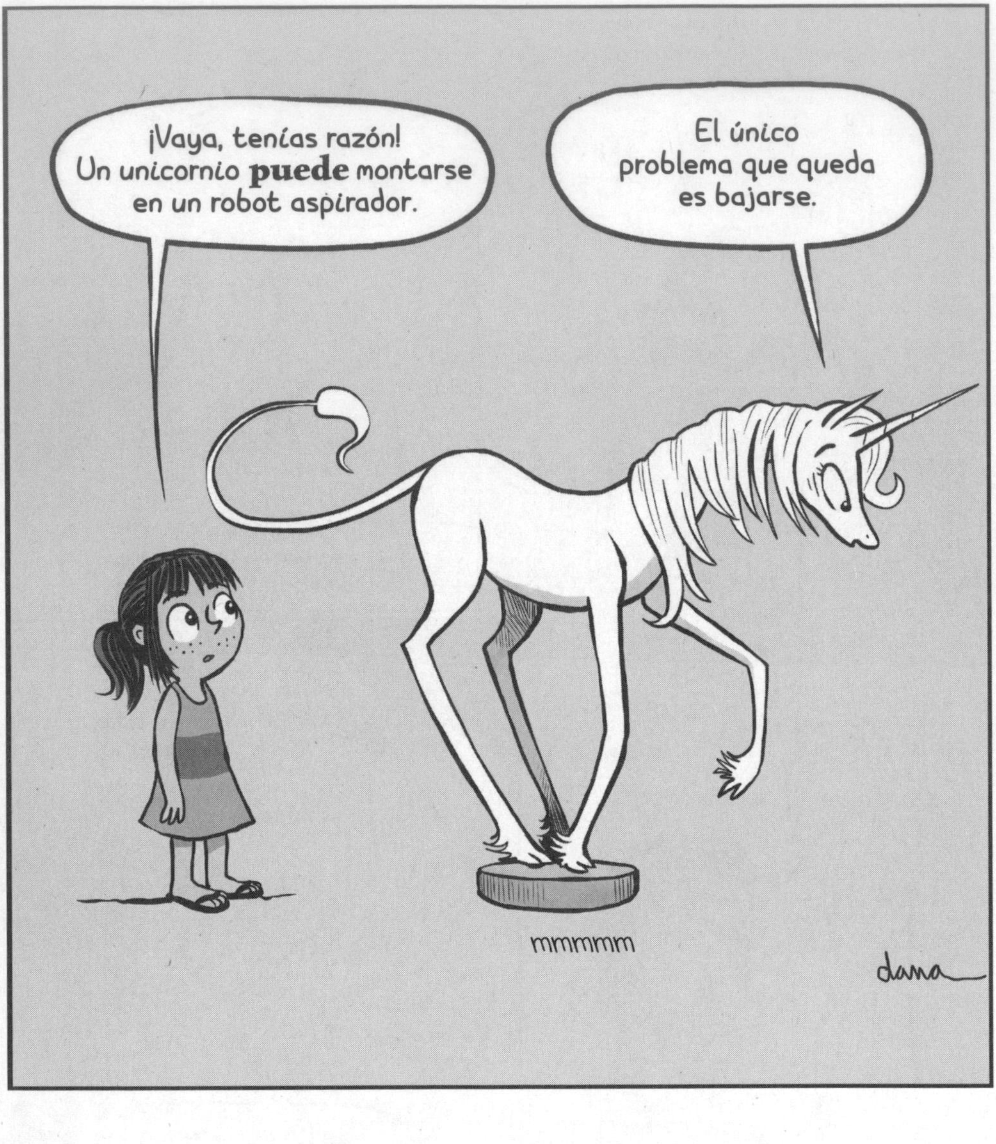
¡Vaya, tenías razón! Un unicornio **puede** montarse en un robot aspirador.
El único problema que queda es bajarse.
mmmmm
dana

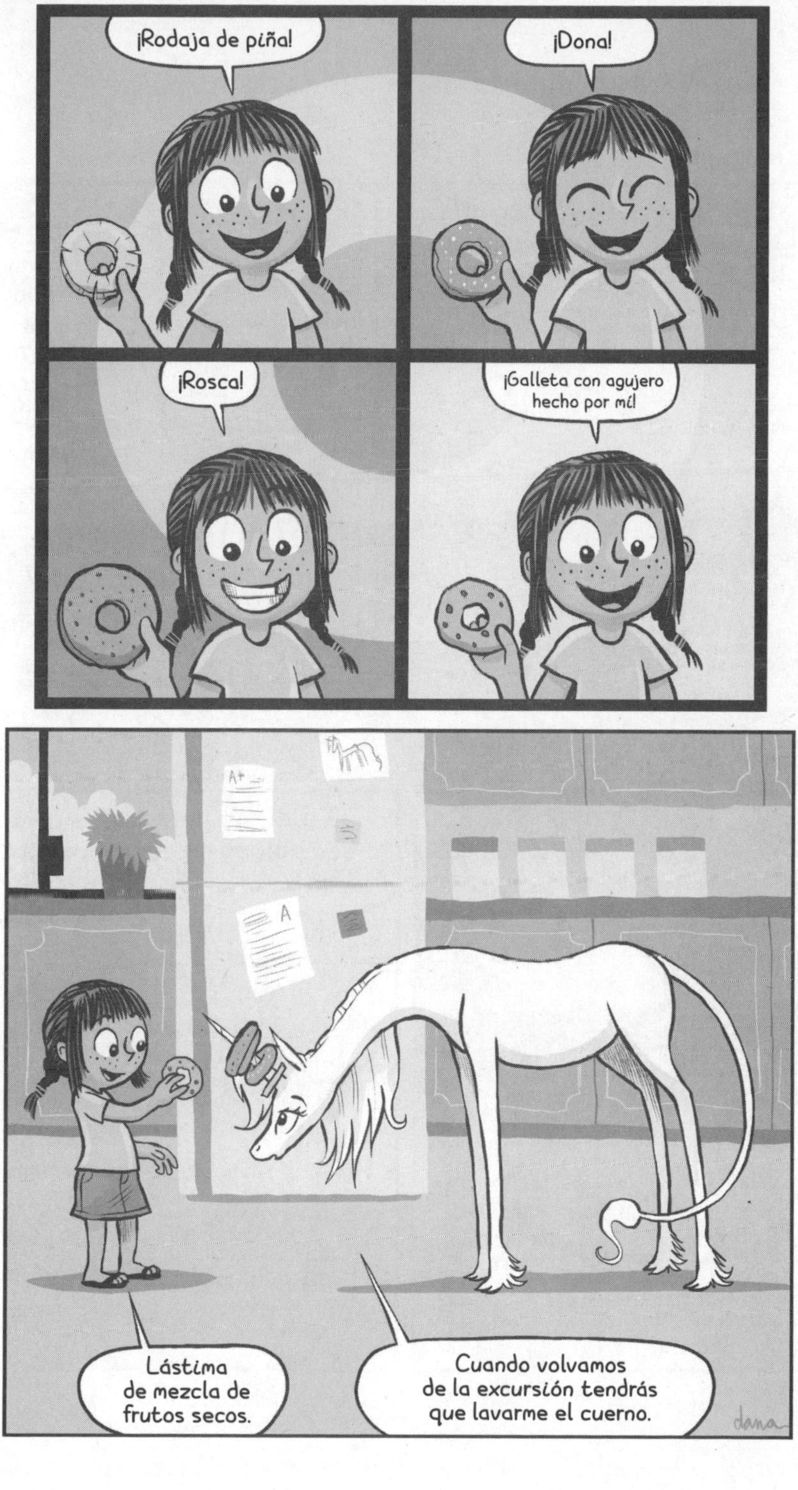
¡Rodaja de piña!
¡Dona!
¡Rosca!
¡Galleta con agujero hecho por mí!
Lástima de mezcla de frutos secos.
Cuando volvamos de la excursión tendrás que lavarme el cuerno.
dana

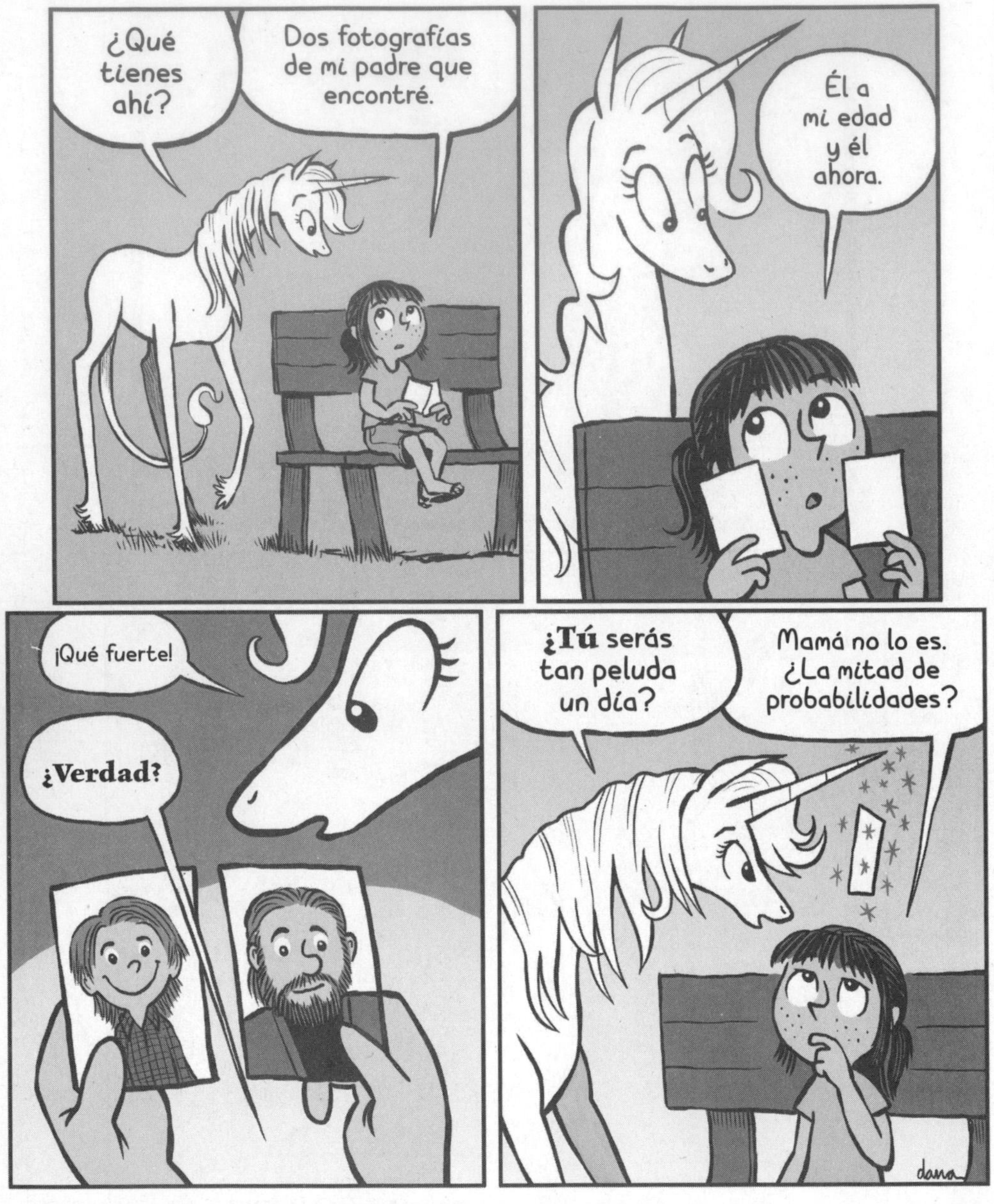
¿Qué tienes ahí?
Dos fotografías de mi padre que encontré.
Él a mi edad y él ahora.
¡Qué fuerte!
¿Verdad?
¿**Tú** serás tan peluda un día?
Mamá no lo es. ¿La mitad de probabilidades?
dana

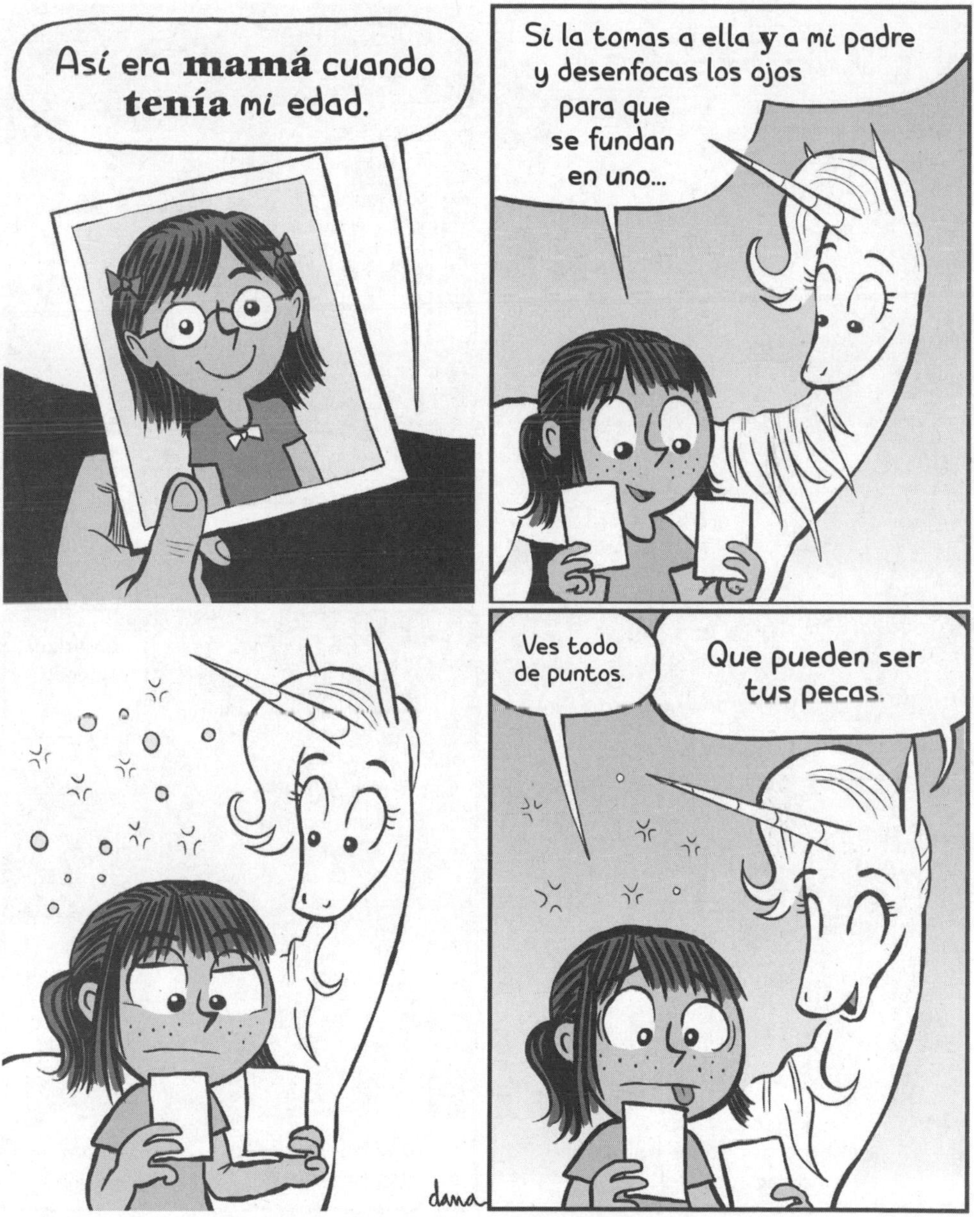
Así era **mamá** cuando **tenía** mi edad.
Si la tomas a ella **y** a mi padre y desenfocas los ojos para que se fundan en uno...
Ves todo de puntos.
Que pueden ser tus pecas.
dana

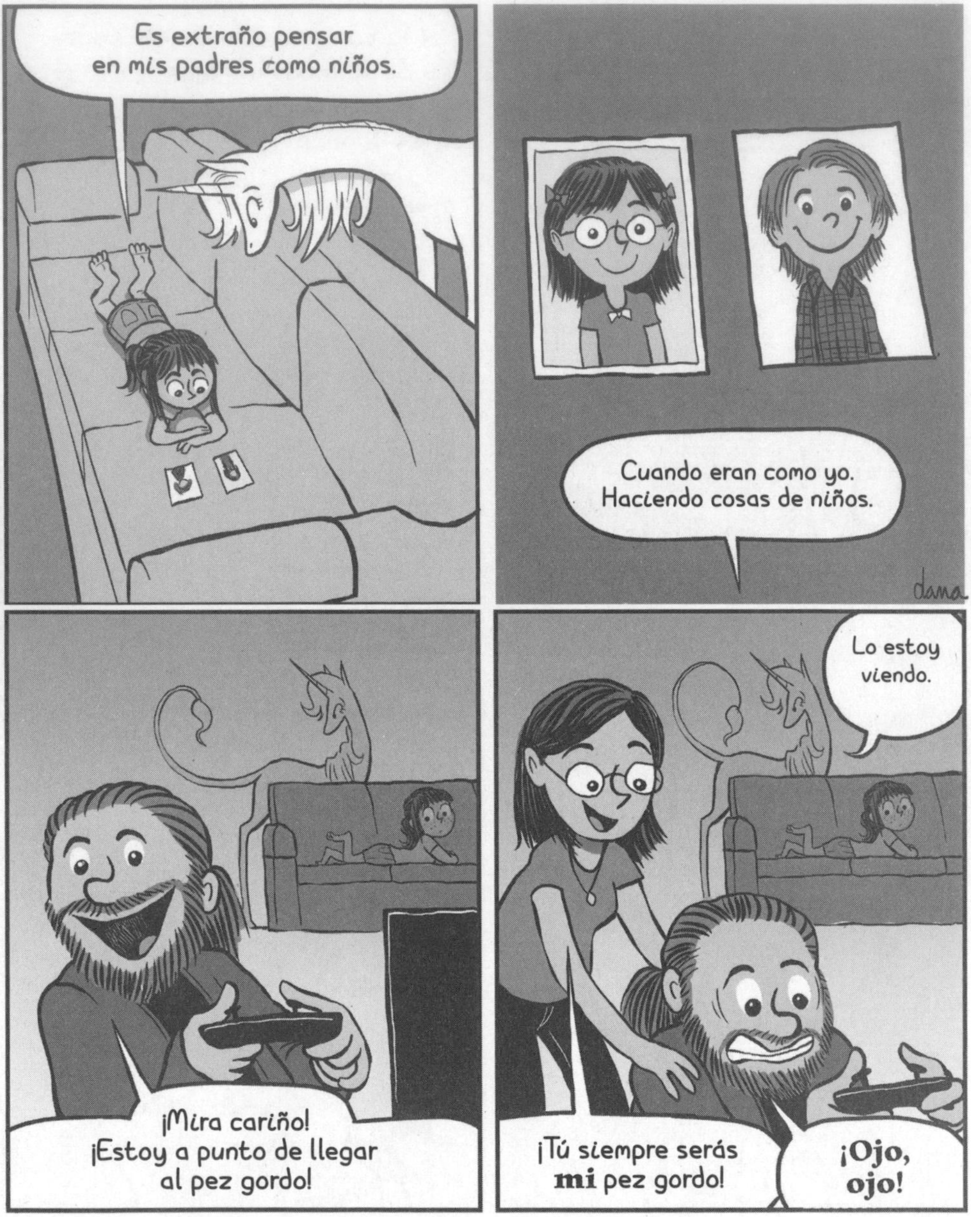
Es extraño pensar en mis padres como niños.
Cuando eran como yo. Haciendo cosas de niños.
dana
¡Mira cariño! ¡Estoy a punto de llegar al pez gordo!
Lo estoy viendo.
¡Tú siempre serás **mi** pez gordo!
¡Ojo, ojo!

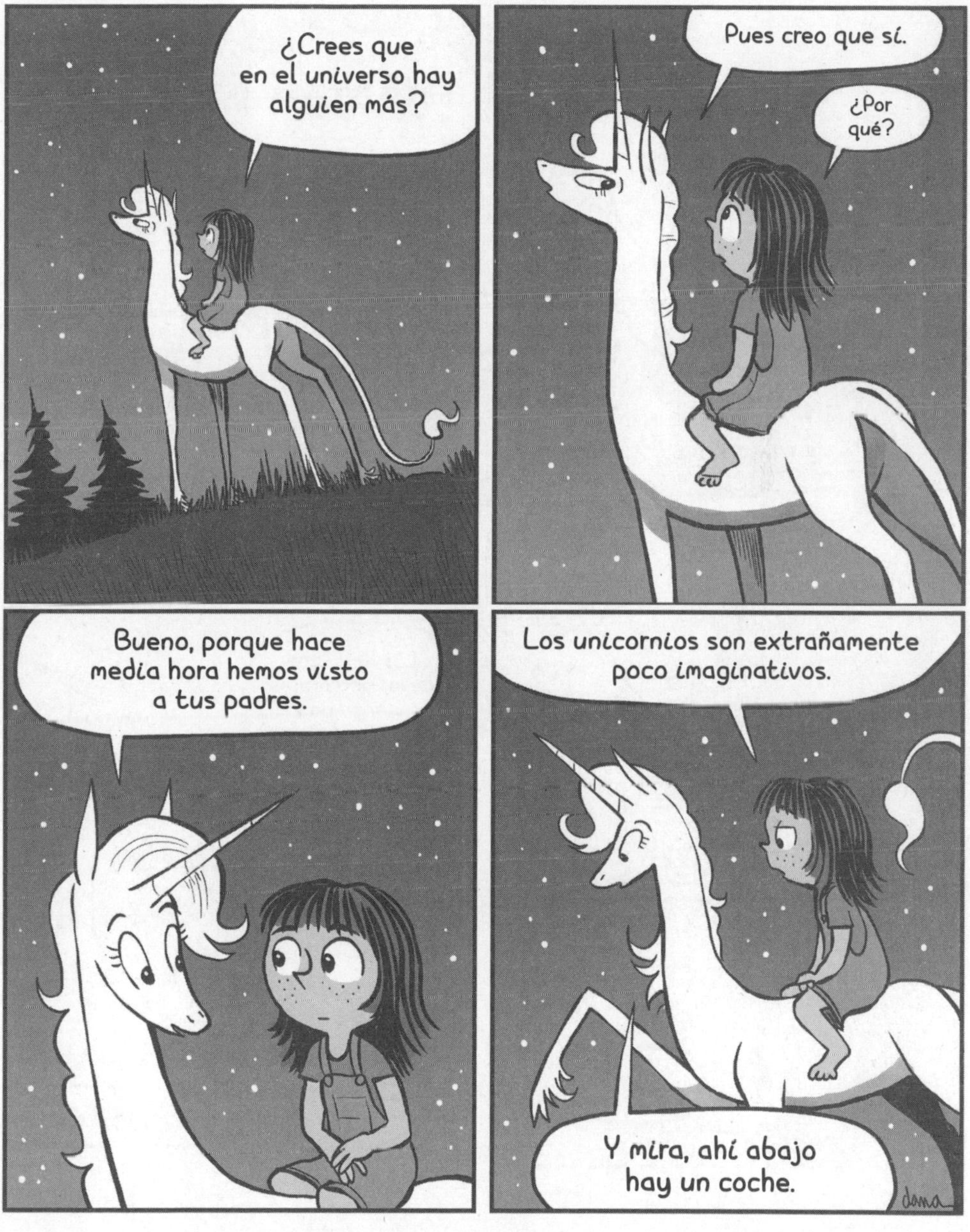
¿Crees que en el universo hay alguien más?
Pues creo que sí.
¿Por qué?
Bueno, porque hace media hora hemos visto a tus padres.
Los unicornios son extrañamente poco imaginativos.
Y mira, ahí abajo hay un coche.
dana

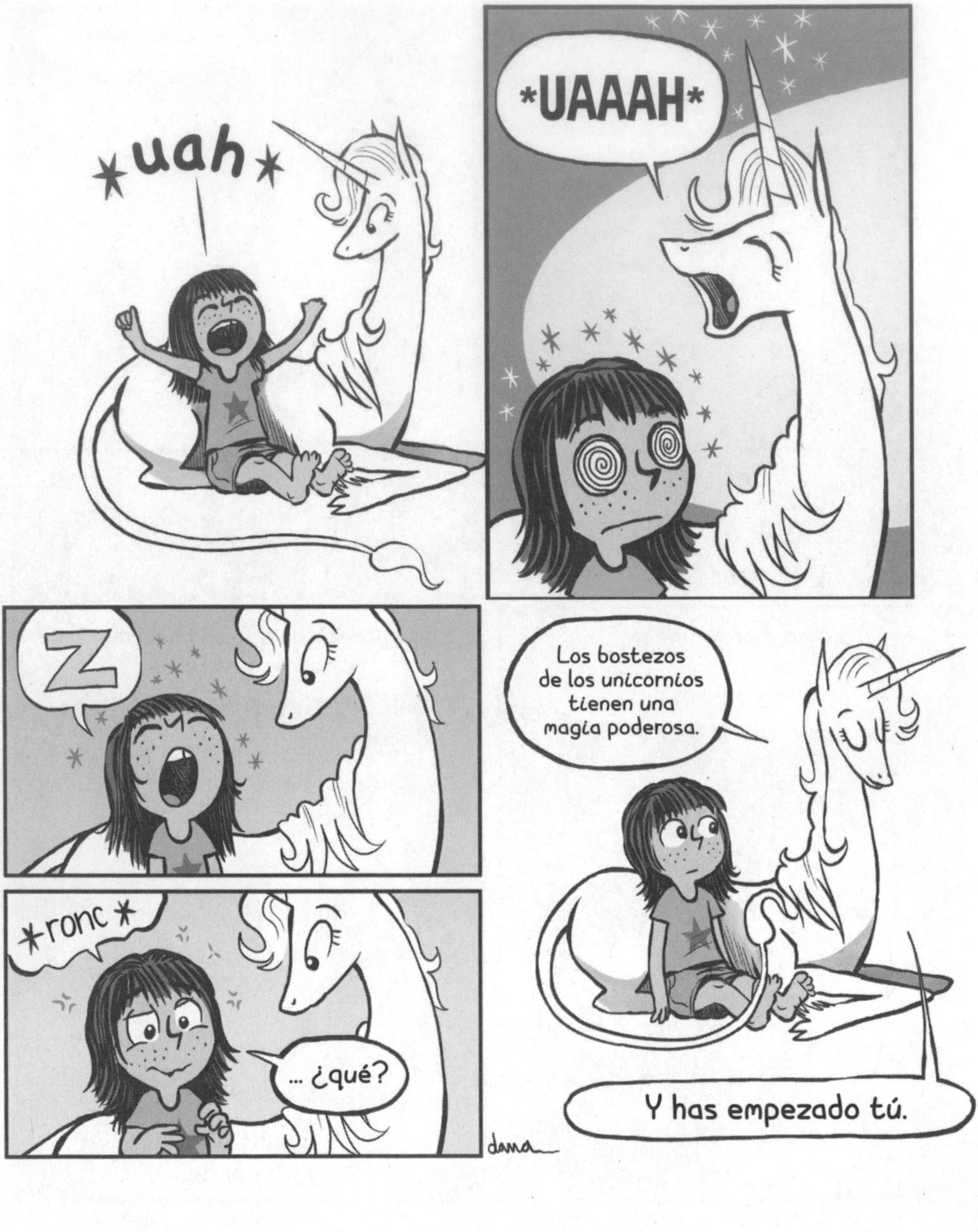
uah
UAAAH
Z
ronc
... ¿qué?
Los bostezos de los unicornios tienen una magia poderosa.
Y has empezado tú.
dana

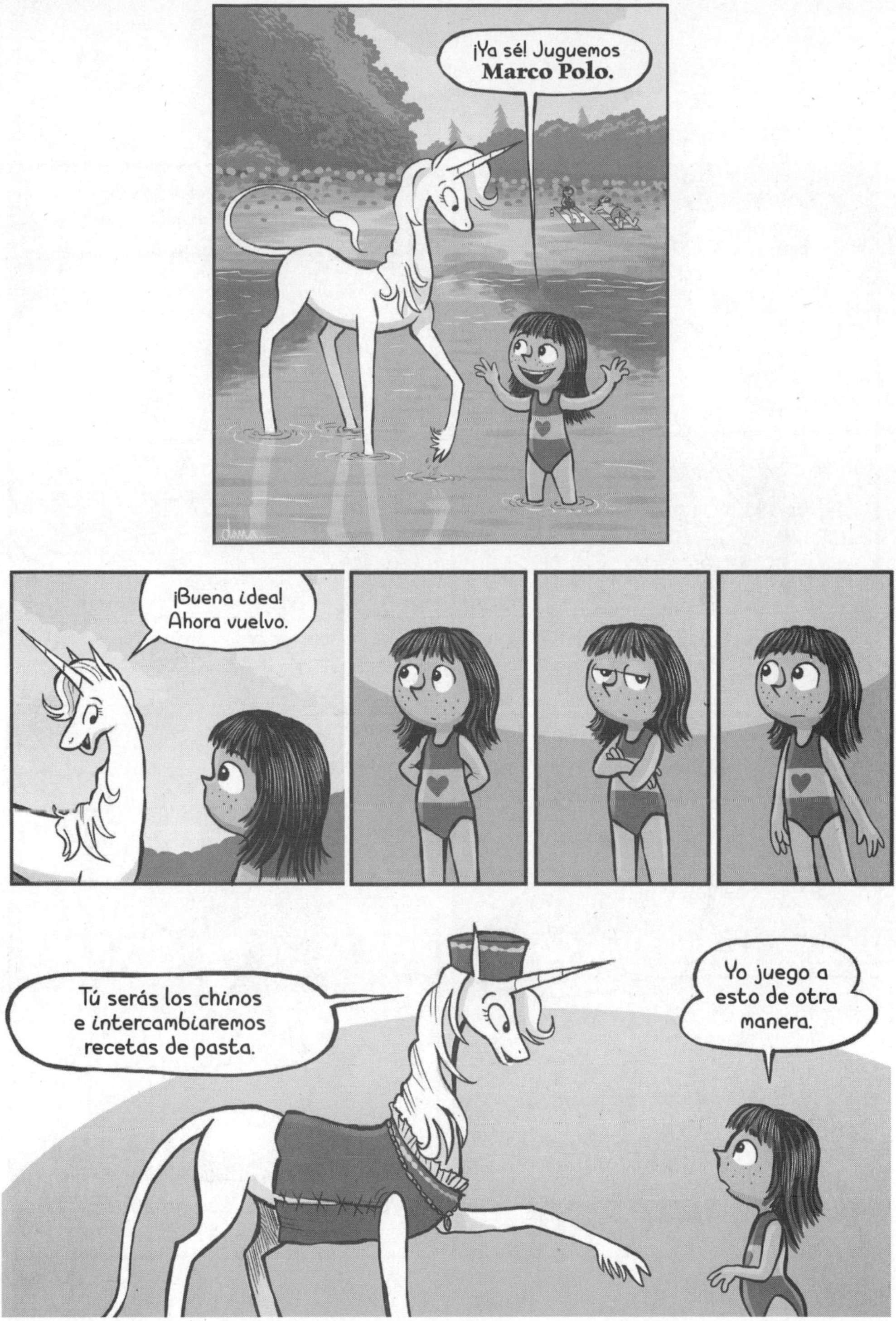
¡Ya sé! Juguemos **Marco Polo.**
¡Buena idea! Ahora vuelvo.
Tú serás los chinos e intercambiaremos recetas de pasta.
Yo juego a esto de otra manera.

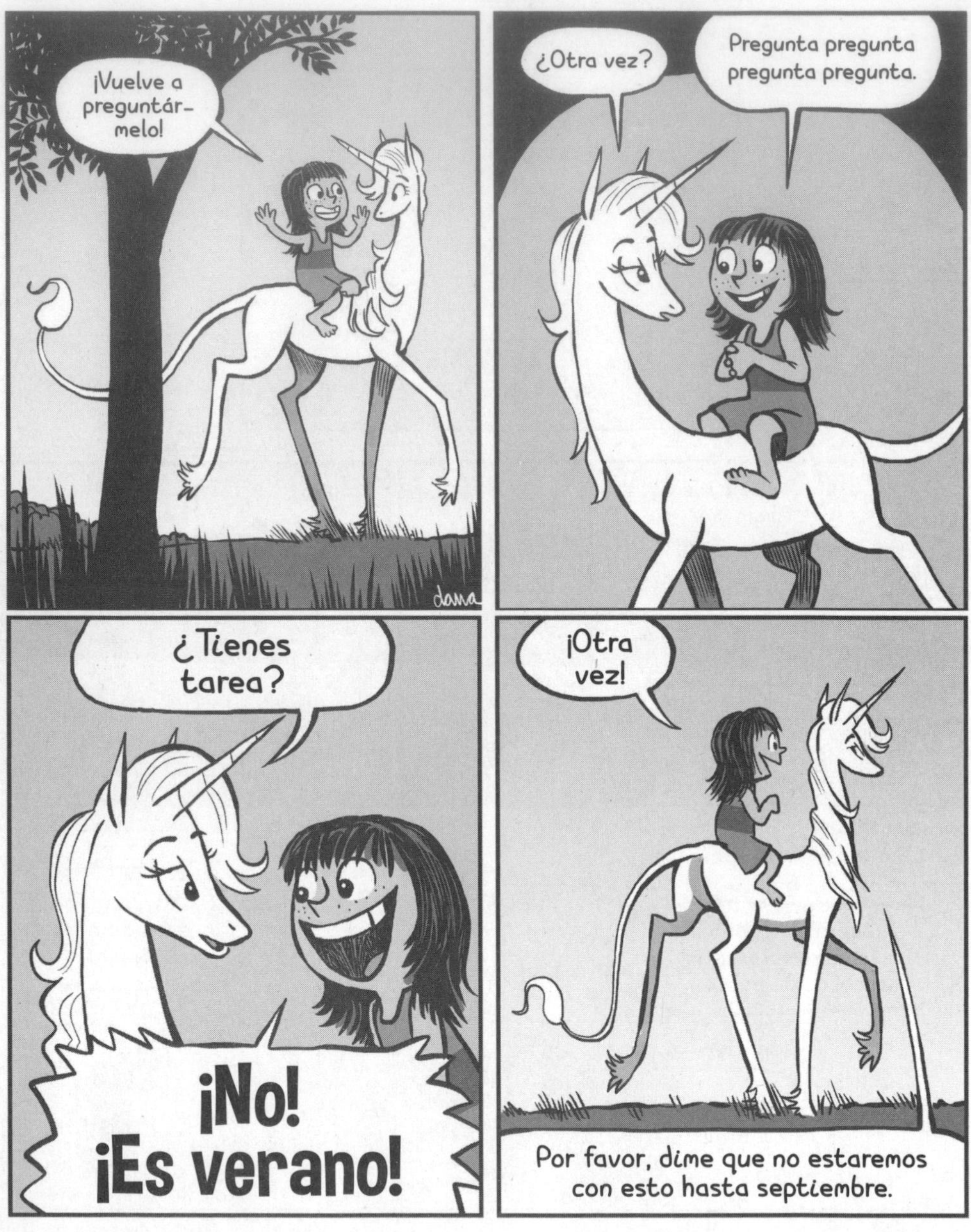
¡Vuelve a preguntár-melo!
¿Otra vez?
Pregunta pregunta pregunta pregunta.
¿Tienes tarea?
¡No! ¡Es verano!
¡Otra vez!
Por favor, dime que no estaremos con esto hasta septiembre.

¡EXPLORA MÁS!
Una sección especial con hechos curiosos y actividades.

Cómo dibujar expresiones

Hay muchas maneras de dibujar expresiones y no puede decirse que sólo una sea la correcta. Pero aquí tienes algo de lo que yo practico.

SERIA
(momentos antes de echarse a reír)
A veces, la boca de Caléndula es opcional.
RISA
CONTENTA
¡hey!
Cloe tiene la boca más grande que Caléndula, pero esta es demasiado educada como para decírselo.
TRISTE
¡ésta cuesta dibujarla!
orejas caen (también puedes hacer que decaiga el cuerno, pero eso sería tonto)
dibuja un montón de lágrimas si quieres, pero con una o dos basta

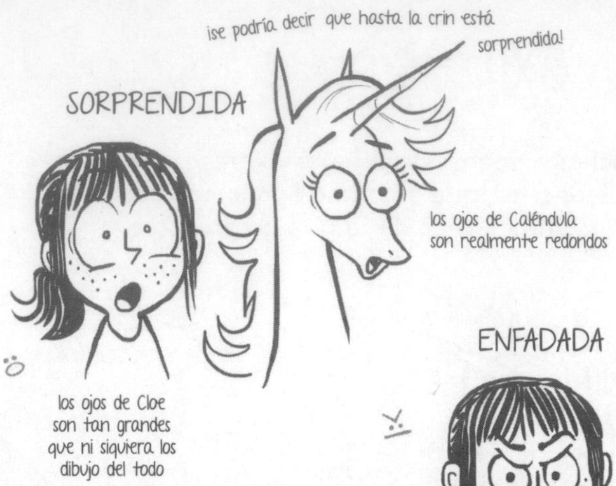
¡se podría decir que hasta la crin está sorprendida!
SORPRENDIDA
los ojos de Caléndula son realmente redondos
los ojos de Cloe son tan grandes que ni siquiera los dibujo del todo

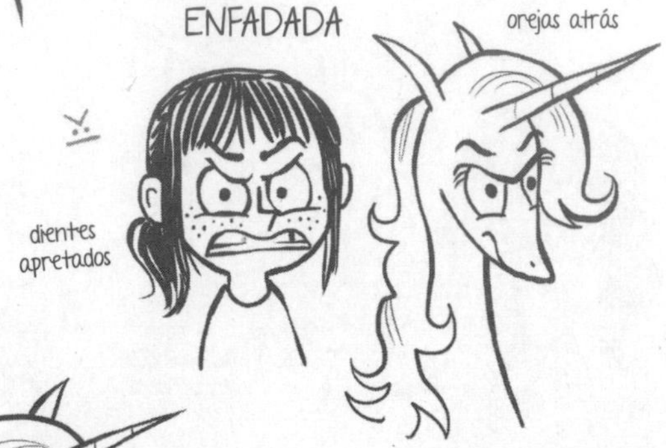
ENFADADA
orejas atrás
dientes apretados

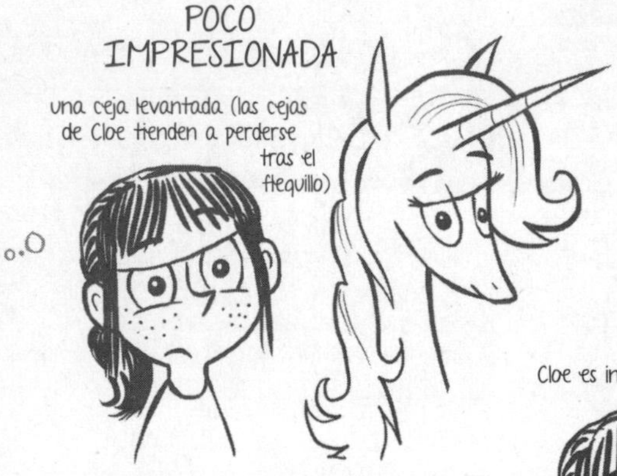
POCO IMPRESIONADA
una ceja levantada (las cejas de Cloe tienden a perderse tras el flequillo)
o.O

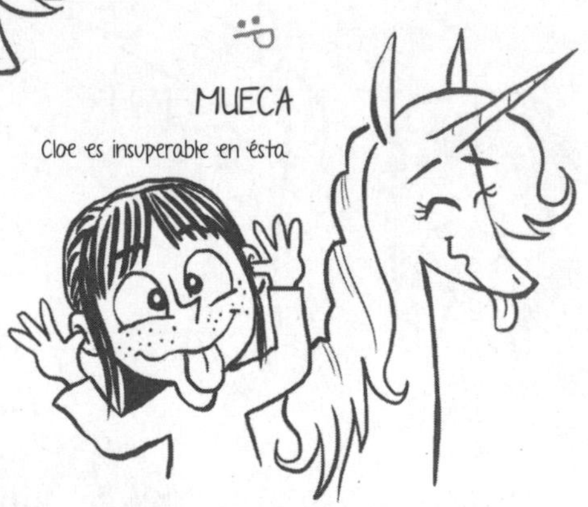
MUECA
Cloe es insuperable en ésta

También puedes (y debes) mirar las expresiones de personas a las que conozcas. O, simplemente, encontrar un espejo.

(Curiosidades: cuando dibujo expresiones faciales, a menudo reproduzco la misma expresión en mi cara, sin darme cuenta. A veces mi marido se me queda mirando y se echa a reír).

¡Haz unas galletas brillantes y coloridas de popó de unicornio!

Caléndula es demasiado refinada para utilizar la palabra popó, pero Cloe sabe distinguir unas galletas deliciosas en cuanto las prueba. Con la ayuda de un adulto podrás hacer este postre, y ya verás lo que disfrutas con tus amigos.

INGREDIENTES: Masa de galleta dulce preparada y refrigerada, paquete de cuatro colorantes vegetales, bolitas decorativas de azúcar, brillantina comestible.

INSTRUCCIONES:

 Divide la masa en cuatro trozos iguales y coloca cada uno en un bowl.

 Añade un colorante a cada bowl y mezcla bien con la masa.

 Mete los bowls en el refrigerador durante 30 minutos.

 Toma un poco de masa de cada bowl. Enrolla este trocito sobre la mesa o tabla de cortar para que cada uno tome la forma de una cuerda. Luego une las cuatro «cuerdas» de diferentes colores en una forma de galleta, y así hasta que hayas usado toda la masa.

 Sigue las instrucciones del envase de la masa para hornear y enfriar.

 Decora con tus colores preferidos de bolitas y de brillantina comestibles.

Da para unas 24 galletas.

¡Qué indecoroso!

¡Qué delicioso!

Haz un origami del pariente lejano de Caléndula, el Caballo Feliz

Primero haz la base del casco.

1 Toma una pieza cuadrada de papel y dóblala por la mitad, como se muestra.

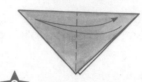

2 Luego dobla por la mitad otra vez.

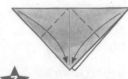

3 Dobla izquierda y derecha hacia el centro.

Base del casco

Y luego haz el Caballo Feliz.

4 Empieza con la base del casco.

5 Dobla lados y fondo tal como se indica.

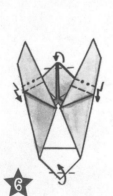

6

7

Caballo Feliz

Gracias a Jeff Cole, autor de Easy Origami Fold-a-Day Calendar 2015 (Accord Publishing, una división de Andrews McMeel Publishing) por las instrucciones del origami.

Cloe y su unicornio. Amigas sobre ruedas

Título original: *Unicorn on a Roll*

Primera edición en España: octubre, 2018
Primera edición en México: marzo, 2020

D. R. © 2015, Dana Simpson

D. R. © 2018, Penguin Random House Grupo Editorial, S. A. U.
Travessera de Gràcia, 47-49, 08021, Barcelona

D. R. © 2020, derechos de edición mundiales en lengua castellana:
Penguin Random House Grupo Editorial, S. A. de C. V.
Blvd. Miguel de Cervantes Saavedra núm. 301, 1er piso,
colonia Granada, alcaldía Miguel Hidalgo, C. P. 11520,
Ciudad de México

www.megustaleer.mx

D. R. © 2018, Francesc Reyes Camps, por la traducción

ISBN: 978-607-319-026-8

Impreso en México – *Printed in Mexico*

El papel utilizado para la impresión de este libro ha sido fabricado a partir de madera
procedente de bosques y plantaciones gestionadas con los más altos estándares ambientales,
garantizando una explotación de los recursos sostenible con el medio ambiente y beneficiosa para las personas.

Penguin
Random House
Grupo Editorial

Cloe y su unicornio. Amigas sobre ruedas de Dana Simpson
se terminó de imprimir en marzo de 2020
en los talleres de
Litográfica Ingramex, S.A. de C.V.
Centeno 162-1, Col. Granjas Esmeralda, C.P. 09810,
Ciudad de México.